戰龍無畏 2

THRONE OF JADE

勇闖皇城

娜歐蜜．諾維克 著
周沛郁 譯

以此追念巧娃・諾維克
希望有一天能爲她下筆寫書

〈推薦序〉

好看到讓人五體投地的《戰龍無畏》

灰鷹

關於《戰龍無畏》這本書的魅力，我有個很「嚇人」的故事分享。

我有位英國朋友P小姐，她任職某大出版社的版權部，常跑亞洲推展業務。該公司專門出圖文書，與文學小說半點沾不上邊，但她卻是個超級重度的科幻/奇幻迷。她是那種早慧的超齡讀者，一歲半就讀完《獅子、女巫、魔衣櫥》。一本五、六百頁的英文小說，她只要幾個小時就能解決，搭一趟長途飛機可能得帶上一箱書才夠「消化」。我或許因為工作之故，對科幻/奇幻類型的業界資訊掌握較多，可是要論實打實的閱讀功底，我是只有瞠目結舌的份。

有次和P小姐聊起《戰龍無畏》，她說愛死了這套結合拿破崙時代海戰與龍的奇幻小說，正在苦苦等後續幾本推出平裝。是這樣的，當時娜歐蜜．諾維克已經寫好三集的稿子，在英國以精裝書的高規格出版，每年推出一部，精裝出版後至少半年才會推出平裝，所以續集的等待實在曠日廢時。

可是美國出版社的策略不同，他們直接推出小平裝，而且是以一個月一本的速度，迅速出完三本，藉此打響諾維克的名號。說來也巧，我在 Page One 書店買到三本美國版，想到身在英國的P小姐沒有管道又想看續集，便決定趁法蘭克福書展，把書帶去送她。

結束了一整天的會議，我從版權中心走到她位於八號館的公司攤位，請櫃台人員進去通報外找。P小姐笑盈盈走出來，正要打招呼便看到我手上兩本《戰龍無畏》的續集，立即驚叫：「我的老天啊！」隨即跪倒在地，向我連聲說謝，只差沒有磕頭如搗蒜。不只我被嚇傻，現場諸多出版界「專業人士」也都目瞪口呆。

若要P小姐給《戰龍無畏》的好看程度打分數，肯定是破表的吧！

諾維克出道的過程很戲劇化。她在布朗大學讀英國文學，求學期間就提筆創作，活躍於網路上的同人小說社群（fan fiction）。畢業後她在某電腦公司工作，然後到紐約的哥倫比亞大學深造，改讀資訊工程。拿到碩士學位後，她放棄博士研究，投效大名鼎鼎的電腦遊戲公司 BioWare，協助開發「絕冬城之夜」的資料片「黯影之心」（*Neverwinter Nights: Shadows of the Undrentide*）。

一年後，她發現寫程式無法滿足自己。電腦遊戲畢竟是一個講究團隊分工的產業，不像小說作者擁有完全的創作主導權，於是諾維克辭去工作。

差不多就在那時候，她看了羅素．克洛主演的電影《怒海爭鋒》，頗受震撼，便去找派崔克‧歐布萊恩（Patrick O'Brian）的原著來讀，想不到一讀無法自拔，短短兩週內啃完二十本大部頭巨著，也埋下《戰龍無畏》歷史背景的種子。另一個重要的靈感來源，則是珍‧奧斯汀的作品，尤其是諾維克讀了至少三十遍的《傲慢與偏見》。她特別喜歡書中的時代氛圍、人物的古典談吐和應對禮儀。

我們可以用「安‧麥考菲莉（Anne McCaffrey）的《帕恩行星的龍騎士》（*The Dragonriders of Pern*）」加上「派崔克‧歐布萊恩的海戰歷史小說」來形容這部作品。她把奇幻元素注入拿破崙時代的英法戰爭，又把兩國交戰的領域從海疆拉高到空中，乘風而行的不是飛機，而是龍：碩大、優雅又兇猛的神話生物。

在諾維克的設定裡，世界各國都有自己的「龍種」，其中最優秀的便是中國龍。這些龍能通人語、具有高度智慧。主角威爾‧勞倫斯本是英國海軍艦長，在交戰過程中俘虜法艦一艘，意外在船艙裡找到一枚即將孵化的龍蛋，而且是歐洲人沒有親眼見過的中國帝王龍。威爾將之命名爲「無畏」後沒多久，這一人一龍便乖乖到英國皇家空軍報到，替女王陛下開疆拓土，和法國龍在長空決一死戰。

諾維克最令人激賞之處，在於她把「龍」這個在奇幻小說裡早被寫到爛的物種帶進了全新的文學傳統：講禮儀、重榮譽的十八、九世紀英國海戰文學，以及珍‧奧斯汀式的「風尚喜劇」（comedy of manners）。正如蘇珊娜‧克拉克在《英倫魔法師》中把魔法師寫成十八世紀愛吵嘴的英國紳士和老學究，放進攝政時期（Regency）的社會文化脈絡。誰想得到英國紳士騎龍打仗是如此地新鮮有趣、好看得令人五體投地呢？

從諾維克的成長軌跡，不難看出她是「血統純正」的奇幻迷：小時候讀《魔戒》，大學時迷《星艦迷航記》、寫同人小說，還參與過奇幻遊戲正宗「龍與地下城」的電腦版開發。對於這個類型的變革與流轉、經典和當代，她是再熟悉不過。當她再把屬於古典文學、歷史小說的元素帶入作品，自然激發出前所未見的火花。

《戰龍無畏》在美國出版後，很快打響名號，讓諾維克成爲近年來走紅最快的奇幻新人女作家。當彼得．傑克森買下電影版權，準備作爲繼《魔戒》之後下一個奇幻史詩大片的題材，更一舉將諾維克推上全球暢銷作家的高峰。

在傳統奇幻逐漸在本地式微，越來越少作品被譯成中文的當下，《戰龍無畏》的面世，實在值得所有奇幻迷鼓掌慶賀。即使不是奇幻迷，我相信也很難抵擋「無畏」的龍格特質和個龍魅力。說不定當續集推出的時候，我們會在書店看到很多人興奮得五體投地呢！

本文作者爲奇幻文學評論者

I

第一章

這是個異常溫暖的十一月天，但海軍部爲了款待中國使節，竟然把會議室的爐火升得又大又旺。勞倫斯此刻就站在壁爐前，他特別費心打扮，穿上最好的制服，冗長又煩人的會議中，深綠色厚呢大衣的內裡逐漸被汗水浸濕。

在巴勒姆勛爵背後，門上的羅盤指針正指著英吉利海峽，這天的風吹向北北東方的法國，海峽艦隊有些或許還能望見拿破崙的海港。勞倫斯挺胸站著，視線停留在金屬圓盤上，努力讓自己分心，他擔心與對方不友善的冰冷目光交會時克制不住自己。

巴勒姆說完話停下來，握著拳咳一聲。他是水手出身，細心準備的說辭在他嘴裡顯得彆扭不堪，每次支支吾吾說完一句就停下來瞥一眼對面的中國人，緊張的樣子實在有點諂媚。也難怪巴勒姆表現得不太好，他知道中國會送來正式的信息，也可能派來使節，不過誰也沒想到，中國皇帝居然派自己的兄長來世界的另一端。如果勞倫斯不是在這樣的處境下，應該會同情他。

成親王永瑆❶一聲令下就能讓兩國開戰，他生來帶著一股威嚴——身上的深黃色長袍華麗無比，緻密地繡著數條龍，鑲著珠寶的長指套則一下又一下緩緩點著椅子的扶手。成親王不滿地抿著嘴，巴勒姆說的每句話他都沉默以對，瞧也不瞧一眼，卻直直盯著桌子對面的勞倫斯。

他的隨從人數衆多，甚至連會議室角落都站滿了人。十多名衛兵穿著甲衣，汗流浹背，昏昏沉沉，此外還有不少負責各項事務的僕役一時沒事可做，站在房間另一端的牆邊，拿寬大的扇子搧風。成親王背後的人顯然是翻譯員，巴勒姆說完一段稍微複雜的話之後，成親王就會抬起一隻手，示意翻譯員在他身後低聲轉述。

成親王的兩側各坐了一名使節，之前只簡單介紹給勞倫斯認識。兩人在會議中都沒開口，不過年紀輕的那位孫楷一直不動聲色地看著會議進行，傾聽翻譯員說話。年紀大的那位挺著大肚腩，留了一撮灰鬍子，漸漸受不了悶熱打起盹來。他的頭垂到胸前，半開著嘴呼吸，在面前揮著扇子的手慢慢停了。兩名使節都穿著深藍色的絲綢袍子，衣著幾乎跟成親王一樣華麗——使節團擺出這麼大的陣仗，在西方前所未見。

老練千倍的外交官卑躬屈膝，或許都情有可原，不過勞倫斯實在沒心情體諒巴勒姆，他氣自己居然以爲情況不會這麼糟，還想爲自己請願，甚至暗自希望能延緩對他的懲罰。沒想到，會議中他居然在外國的親王和隨行使節面前受到辱罵，有些話連罵新科中尉都嫌過分，那些人活像在法庭集合聆聽他的罪狀一樣。他盡力克制自己不亂說話，但最後，巴勒姆用一副降貴紆尊的樣子對他說：「隊長，我們當然會派另一隻小龍給你。」勞倫斯聽了，終於忍無可忍。

「長官，不行。」他插嘴說：「很抱歉，我不能接受，也恕我婉拒其他職位。」

巴勒姆旁邊坐的是空軍部波伊斯上將，他從會議一開始就一言不發，這時臉上沒有一絲驚訝，只搖搖頭，兩手叉在大肚子上。巴勒姆不滿地看了波伊斯一眼，然後對勞倫斯說：「隊長，我大概沒說清楚，這不是要求，是命令，你一定要服從。」

勞倫斯也不在乎對方是海軍部首長，淡淡地回道：「先吊死我吧。」

他如果還是海軍軍官，說這種話之後生涯就完蛋了；即使這時身在沒那麼重規矩的空軍，對他也沒什麼好處。不過，他的空軍生涯橫豎要結束——他眼中什麼龍都比不上無畏，把無畏送回中國的話，他不想去當別的龍的飛行員，而且空軍有一堆人大排長龍等著成為馭龍者，何必逼他屈就他眼中次等的龍隻。

成親王沒說話，緊閉雙脣。他的隨行人員騷動起來，用他們的語言輕聲交頭接耳。勞倫斯覺得他們的語氣中有輕蔑之意，不過輕蔑的對象主要是巴勒姆而不是他。海軍首長顯然也察覺了，努力想保持冷靜，臉上一陣青一陣紅，對他說道：「勞倫斯，看在老天爺份上，別以為你能這麼就在白廳❷造反，別忘了你首要的責任是效忠英國和英王，不是你那隻龍。」

「長官，不對，您才別忘了我當初放棄在海軍的地位，馴養無畏為的就是盡忠職守，當時我完全不知道他的品種有什麼特別，誰知道他是隻天龍？」勞倫斯說：「我是爲了職責才帶他完成困難的訓練，參與艱辛危險的任務，而且犧牲他的幸福，讓他冒著生命危險參戰。他這麼盡責，怎麼反而欺騙他？」

「夠了，別吵了。」巴勒姆說：「別人還以爲我們要你交出長子呢。很遺憾，你居然把那種牲畜當寵物，不忍心離開他——」

「長官，無畏不是我的寵物、也不是我的財產。」勞倫斯猛然說：「他和您我一樣，都盡心效忠英國和英王，現在您卻因爲他不想回中國，居然就要我騙他。我要是答應，不就太沒信譽了。」他忍不住又加了一句：「說眞的，或許根本不該提議這種事。」

巴勒姆終於連最後一點禮貌也不顧了：「勞倫斯，去死吧你！」他進政府任官之前，在海軍當了許多年軍官，脾氣一發作，仍然不太像政客。他對勞倫斯說，「他是中國龍，自然比較喜歡中國，反正他是他們的，就這樣。竊盜之罪難聽得很，英國政府可不想擔起這個罪名。」

勞倫斯怒火三丈，臉紅得發紫：「長官，我徹底否認這項指控。這些先生承認他們把龍蛋送給了法國，而我們從法國戰艦上得到這顆蛋，您很清楚海軍法庭判定戰艦和龍蛋都是合法的戰利品。無畏沒道理是他們的，要是他們失去天龍那麼心急，當初就不應該把他的蛋給別人。」

成親王哼了一聲，在他們爭吵中插嘴用英文說：「這話倒沒錯。」他的口音很重，語調嚴肅，慢條斯理，他的話卻因清楚的抑揚頓挫而更有氣勢。「當初讓龍天蒨生的第二顆蛋遠渡重洋，的確不智。」

他的話讓勞倫斯和巴勒姆都靜了下來，一時之間誰也沒說話，只有翻譯小聲地把成親王的話轉述給其他中國人聽。孫楷突然用他們的語言說了什麼，這是勞倫斯頭一次聽到使節說出一個字以上的話。成親王聽了轉頭，嚴厲地盯著他，簡短回了一句，聲調聽來不容任何異議，而孫楷順從地垂眼低下頭，沒再說話。成親王很滿意屬下閉嘴，轉過身對他們說：「龍天祥不幸落入你們手中。他原來要送給法國皇帝，而不是變成載一般士兵的牲畜。」

勞倫斯聽到「一般士兵」這句話，氣得僵住了。他首次抬頭直視成親王，以堅定的眼神對上他冷酷又輕視的目光說：「我們和法國正在交戰，如果閣下您們決定和我們的敵人結盟，給他們武力上的援助，那我們以公平的戰役贏得這顆蛋，您們也不該抱怨才是。」

「胡扯！」巴勒姆連忙插嘴，大聲說道：「中國絕不是法國的盟友，我們並不認為中國有和法國結盟。」接著他粗魯地低聲說：「勞倫斯，冷靜點，你無權對成親王殿下說話。」

但成親王無視巴勒姆打岔，繼續不屑地說：「這下你拿海盜行為當藉口嗎？野蠻國家的習俗不關我們的事，大清才不管商人和賊打算怎麼互相劫掠，不過可不容許像你們這樣對皇上不敬。」

「不，殿下，沒這回事，我們絕對沒有這種意思。」巴勒姆急著說，一邊怒瞪勞倫斯。「英王和英國政府對貴國皇帝只有深深的崇敬，在下向您保證，我們從來就無意對貴國皇帝不敬。假使我們那時就知道那顆蛋是天龍蛋，知道你們會反對就不會這樣——」

「現在你們已經很清楚了！」成親王說：「可是仍舊不改！龍天祥還帶著鞍具，受的待遇跟一匹馬差不多，你們要他背負重擔，面對殘忍的戰鬥，再加上與他為伴的只是屈屈一介上校，還不如把他的蛋沉到海底好一點！」

勞倫斯震驚不已，還好意外的不只是他。這番無情的話也讓巴勒姆、波伊斯訝異得啞口無言，連成親王手下那名翻譯員也嚇到了，局促不安，難得沒把成親王的話翻成中文。

巴勒姆回復鎮定說：「我們一知道閣下您們有異議，他就沒戴任何鞍具了，真的。我們一心一意想讓無畏——我是說龍天祥覺得舒適，改善他受的待遇。在下保證，他不再是勞倫斯隊長的坐騎，他們已經兩星期沒見面了。」

勞倫斯回想起來只覺得難過，最後一絲理智就這麼消失了。「如果你們真正關心他的幸福，就會在乎他的感覺，不會只顧你們的欲望。」他說著，音量越來越大，那副嗓門受過訓練，喊聲能穿過暴風雨。「您說不該讓他戴著鞍具，同時卻要我拐騙他栓上鐵鍊，違背他的意志，把他拖走。我才不會那麼做，你們都去死吧！」

巴勒姆瞪大雙眼，兩手撐著桌面，幾乎就要站起來，好像巴不得勞倫斯被銬著拖走。波伊斯上將終於說話了，他搶先插嘴道：「勞倫斯，夠了，講話自制點。巴勒姆，留著他也沒用。你退下，出去吧！」

勞倫斯服從的習慣還在，於是轉身離開會議室。波伊斯很可能救了他一命，免得他因為抗命遭到逮捕，不過他離開時，一點也不感激。他腦中千頭萬緒，門在身後重重地滑上時，他還轉身想回去。門兩旁站崗的海軍思毫沒有惻隱之心，無禮地打量他，彷彿他有什麼稀奇似的。在他們毫不掩飾的好奇目光下，他稍稍控制自己脾氣，在克制不住之前趕緊走掉。

厚厚的木料吸收掉巴勒姆的字句，不過高聲的說話聲仍然依稀可聞，隆隆地隨著勞倫斯走過長廊。勞倫斯喘息著，差點沒氣昏頭，視線因憤怒的淚水而變得矇矓。海軍部的會客室滿是海軍軍官、職員和政府官員，還有一名身穿綠色大衣的飛行員拿著公文穿梭其中。勞倫斯粗魯地擠向門口，雙手深深插在外套口袋，不讓別人看見自己的手氣得發抖。

他直直走入倫敦午間時分的喧囂。白廳附近滿是準備回家午餐的工人，出租馬車的車夫和轎夫穿過人群，叫著：「讓一讓、讓一讓！」他的心情和周圍的環境一樣混亂，只靠直覺走在街上，因此直到聽見一個名字被叫了三次，他才發覺叫的是自己的名字。

他滿不情願地轉身，很不想和從前的同僚客套，也不願揮手打招呼。不過那人不是冒失的舊識，卻是羅蘭隊長。他見了她非常詫異。她的坐騎殲滅是多佛掩蔽所編隊的領隊龍，她要從職務中抽身可不容易，而且身為女性軍官，更不能光明正大地來海軍部。長翼龍堅持只接受女性馭龍者，因此女性軍官不可或缺，但空軍為了不受輿論非難，小心隱瞞，幾乎沒有外人知道女性從軍的秘密。勞倫斯自己起初也很難接受這種觀念，不過後來習慣了。羅蘭沒穿制服，他反而覺得不對勁。她為了掩飾身分穿的洋裝和大斗篷，完全不適合她。

「我已經氣喘吁吁跟著你五分鐘了。」她走到他身邊，挽住他的手。「我在那棟大房子周圍晃來晃去等你，結果你出來的時候氣得要命，就從我面前大步走過，我差點追不上。這身衣服討厭死了，勞倫斯，我爲了你這麼麻煩，你可要領情啊。」接著，她以柔和的聲音說：「算了，從你臉上就看得出事情不太順利。我們去吃午餐吧，你告訴我發生什麼事。」

「珍，謝謝妳，很高興妳來了。」他說著，雖然覺得自己吃不下東西，仍然讓她帶著走向酒館的方向。「不過妳怎麼會來這裡？殲滅沒怎樣吧？」

「他好得很，頂多吃太撐消化不良。」她說。「百合和哈克特隊長表現得太好了，藍登派他們去交叉巡防，放我們幾天假，殲滅那個貪心的混蛋趁機一口氣吃了三頭肥牛。跟他說我要來陪你，讓大副桑德斯照顧他，他聽了眼睛連眨都不眨一下。所以我就穿上上街的打扮和信差過來了。該死——等一下，好嗎？」裙襬太長，勾到鞋子，她停下腳步，奮力踢著腳，鬆開裙子。

他扶著她的手肘，免得她摔倒，接著兩人放慢速度，走過倫敦街頭。羅蘭的步伐像男人，臉上又帶著傷疤，引來陣陣無禮的目光。她自己不在意，但勞倫斯開始回瞪注視她太久的行人，她發現之後對他說：「你已經氣昏頭了，別嚇到可憐的女孩子。那些傢伙在海軍部跟你說了什麼啊？」

「妳應該聽說了吧，中國派了使節團來，他們想帶無畏回去，而政府也不反對。不過無畏顯然不願意。他們已經煩他幾星期，叫他們全去死好了。」勞倫斯說。他說話時，感到一股錐心之痛。他能想像無畏正關在倫敦的破掩蔽所，那兒百年來近乎荒廢，而勞倫斯或隊員都沒在他身邊，沒人唸書給他聽，只有幾隻送公文的小型信差龍爲伴。

「他當然不想去囉。」羅蘭說：「他們居然以爲能說服他離開你，真不可思議。聽說中國人是頂尖的馭龍者，怎麼會那樣做？」

「他們的成親王顯然瞧不起我，他們應該期望無畏也不喜歡我，而且很想回中國。」勞倫斯說；「總之，他們一直想說服他，已經說煩了，所以可惡的巴勒姆命令我騙他，說我們被派到直布羅陀，想把他騙上運龍艦，開到海上。在他發現他們的詭計之前，離陸地遠遠的，讓他飛不回來。」

「眞無恥。」她緊緊抓住他手臂。「波伊斯沒說什麼嗎？眞不敢相信他讓他們對你提議這種事。我們不能期望海軍軍官能了解，不過波伊斯應該對巴勒姆解釋才對。」

「我敢說他也無能爲力。他只是現役軍官，而巴勒姆是海軍部指派的官員。」勞倫斯說：「至少我氣到無法自制的時候，波伊斯叫我離開，沒讓我把脖子伸到套索裡給他們吊死。」

他們到了史崔德街，街上車水馬龍，很難再談話，還得小心笨重的貨車和出租馬車輾過水溝，將溝裡噁心的灰色泥漿濺上人行道。而勞倫斯的怒氣已消，情緒卻低落下來。

他和無畏分別之後，天天安慰自己事情馬上會結束，中國人很快就能明白無畏不想去中國，而海軍部也可能不再順著中國人。即使眞的速戰速決，這樣的處置仍然殘酷。無畏孵化以來，他們從來沒分開過一天，勞倫斯根本不知道該怎麼消磨時間。然而，兩星期再漫長，也比不上這時痛苦。他很確定自己葬送了一切機會。中國不會讓步，而海軍部終究會想辦法把無畏送到中國，他們顯然樂意爲了達成目的欺騙無畏。巴勒姆甚至可能不讓他和無畏道別。

勞倫斯完全不敢想像，沒有無畏他的人生會變成什麼樣子。他當然不可能再駕馭別的龍隻，海軍也不會讓他回去。他雖然可以進商船艦隊或開私掠船，卻沒那個心情，何況他的獎金經營得不錯，不愁沒錢過活。而他雖然想過結婚、過鄉紳的日子，那樣的情景此刻卻顯得單調而失色。

更糟的是，甚至不會有人同情他——他的舊識都會說他幸運逃離空軍，他的家人也會很高興，世人根本不重視他失去的事物。不論怎麼說，他變得這麼無依無靠眞的有點荒謬。他爲了強烈的責任感，心不甘情不願地成爲飛行員，而他轉換職位到現在還不到一年，卻已經不想回到過去的生活。只有空軍，甚至只有馭龍者才能眞正了解他爲什麼這麼感傷。而無畏一旦離開他，他和其他馭龍者的距離，就會像馭龍者與世人的距離一樣遙遠了。

這時還不到城裡的午餐時間，不過「王冠與鐵錨」小酒館的客廳已經很熱鬧了。店裡的顧客大多是習慣按時用餐的鄉下人，這裡並不是上流場所，連二流也談不上，良家婦女不會來，從前勞倫斯也不太主動光顧。羅蘭吸引了一些無禮的目光，也有人只好奇的看著，不過身材魁梧的勞倫斯佩著禮劍，威風凜凜地走在她身旁，沒有人敢輕舉妄動。

羅蘭帶勞倫斯上樓到她房間，讓他坐進難看的扶手椅，倒杯酒給他。他喝了一大口，然後拿酒杯擋住她同情的眼神，深怕自己下一秒就要崩潰。「勞倫斯，你一定餓昏頭，吃飽就會好多了。」她說著，搖鈴叫女僕來。不一會兒，就有幾名僕人端著菜爬上樓。烤雞佐青菜和牛肉，肉汁，加果醬的乳酪蛋糕，小牛腿排，一盤燉紫色高麗菜，還有一小個餅乾布丁當甜點。她要他們一次把菜上完，然後遣他們離開。

勞倫斯本來沒胃口，不過食物當前，他還是餓了。之前他為了離無畏待的掩蔽所近一點，住進廉價的旅舍，吃得很差，三餐又不定，所以都沒什麼食欲。這時他一口接一口吃著，幾乎是羅蘭一個人在講話，說工作上的傳聞和瑣事轉移他的注意。她提起她先前的大副洛伊德：「少了他當然很可惜。他們把他派給拉干湖頭那顆正在硬化的角翼龍蛋。」

「我好像在那裡看過那個蛋。」勞倫斯聽了從盤子上抬起頭來。「是梭巡姬的蛋嗎？」

「對啊，我們都很期待呢。」她說。「洛伊德當然興奮死了，我也很為他高興。不過他當了五年大副，要找新人來不容易，隊員和殲滅都會嘮嘮叨叨說洛伊德以前是怎麼做的。桑德斯心腸好，又可靠，葛蘭比拒絕當我的大副之後，他們就派他從直布羅陀來幫我了。」

葛蘭比是勞倫斯的大副，勞倫斯聽了錯愕地叫：「什麼？拒絕？不是為了我吧？」

「老天啊，你不知情嗎？」羅蘭也很驚訝地說：「葛蘭比說得好聽，說他很感激我，但是並不想找別的職位。我還以為他找你談過，你讓他有所期待呢。」

「沒有。」勞倫斯輕聲說：「他很可能落得什麼職位都沒有，放棄這麼好的位置，真可惜。」葛蘭比這麼做對自己的前途有害無益，拒絕過職位的人，短時間裡不會得到別的機會，而勞倫斯很快就會失去地位，不能再幫他的忙。

羅蘭停了一下，然後說：「唉，眞抱歉讓你擔心更多事。知道嗎？藍登上將並沒有解散你的隊員，不過柏克力那邊人手太不足了，他只好撥幾個人過去。我們滿心以爲巨無霸已經長到最大體型，可是你被召來這兒不久之後，就證明我們錯了，到目前爲止，他又長了十五呎。」她最後說了好消息，希望讓談話輕鬆起來，但是並不成功。勞倫斯只覺得胃口盡失，放下刀叉時，盤子還半滿。

外面天色越來越暗了，羅蘭拉上窗簾。「你想去聽音樂會嗎？」

「我可以陪妳去。」他楞楞地說，她聽了搖搖頭。

「算了，那不是辦法。到床上來吧，親愛的傢伙，坐在那裡愁眉苦臉也沒用。」

他們熄掉蠟燭，一起躺下。在黑暗的掩蔽下，心事比較容易有出口，他於是靜靜地說：「我完全不知道該怎麼辦。巴勒姆很可惡，居然要我欺騙無畏，太下流了，我絕不原諒他。不過他本性不算惡劣，要不是別無選擇，也不會耍那種手段。」

「他向外國的王爺鞠躬作揖，想到就不舒服。」羅蘭在枕頭上用手肘撐起身說：「我當見習官的時候去過廣州港，是從印度老遠搭運龍艦回來時經過的。他們那些平底船看起來連一陣雨都挨不過，在暴風雨裡一定完蛋。即使他們想開戰，龍隻也不可能中途不停頓，直接跨海飛過來。」

「我第一次聽說的時候，也是這麼想，」勞倫斯說：「但是他們高興的話，不用飛過海洋，就能中止我們對中國的貿易，擊沉我們在印度的船，何況他們還和俄國相臨。如果沙皇東邊的國界受到攻擊，反抗拿破崙的聯盟就要瓦解了。」

「反正也看不出俄國在戰爭上對我們有什麼幫助，而且不論是個人還是國家，即使有錢，也不該表現得像粗俗的暴發戶。」羅蘭說：「英國以前財政不太好，還不是熬過來了，現在還能讓拿破崙夜夜失眠。總之，我不能原諒他們把你和無畏分開。巴勒姆到現在還不讓你見他，對吧？」

「對，已經兩星期了。掩蔽所有好心人幫我傳訊息給他、告訴我他有吃東西，可是我不能請那個人放我進去，不然我們倆都會進軍事法庭。只不過我現在覺得，進軍事法庭也無所謂了。」

一年前，他從來沒想過自己會說這種話，這時他也不願這麼想，只不自主地吐露出來。羅蘭畢竟也是飛行員，對他的話沒大驚小怪。她伸手輕撫他的臉頰，將他拉入她舒適的懷抱。

勞倫斯被吵醒，在昏暗的房裡猛然坐起，羅蘭已經起床了。房門口站著一個手拿蠟燭、打著哈欠的女傭，黃澄澄的燭光灑入房中。女傭交給羅蘭一封蠟封的公文，還不願離開，居然色瞇瞇地看著勞倫斯。他感到一陣羞愧，臉紅了起來，低頭確定被單有遮好身子。

羅蘭拆開蠟封，伸手從女孩手裡拿走蠟燭，給她一先令說：「這是給妳的，可以走了。」接著就當著女孩的面關上門。她走到床邊，點亮其他的蠟燭，低聲說：「勞倫斯，我要走了。是多佛來的消息——有一隊法國的護航隊，正由龍隻護衛，急駛向哈佛港❸，海峽艦隊在追擊他們，不過有一隻光榮之焰在，我們的艦隊需要空中支援，才能和他們交戰。」

「有說法國的護航隊有幾艘船嗎？」他已經爬下床，開始穿褲子了。遇上噴火龍的船最危險，即使有大量空中支援，還是不能掉以輕心。

「三十艘，可能還不只，當然都全副武裝。」她一邊編著緊緊的辮子、一邊說：「你有看到我的外套嗎？」

窗外的天色漸漸轉淡成淺藍色，很快就不再需要蠟燭。勞倫斯找到外套，幫她穿上，一部分心思開始評估商船可能的戰力，英國艦隊會派哪些船艦去追擊，還有哪些商船可能溜走到達安全的哈佛港，那裡的砲火可兇狠了。如果風向和前一天一樣，情況就對英國有利。特拉加法之役以來，拿破崙即使在海上不再是威脅，但在陸地上仍然是歐陸之王；滿滿三十艘船的鐵、銅、水銀和火藥，輕易就能供應他數個月所需的補給。

「再幫我拿斗篷，好嗎？」羅蘭打斷他的思緒。她拉起兜帽，寬大的斗篷遮起她的男裝。「好，這樣就行了。」

「等一下，我跟妳一起去。」勞倫斯說著，費勁穿上自己的外套。「我也想幫點忙。柏克力的巨無霸如果缺人手，我至少能幫忙繫鞍具或是趕走登龍員。把行李留著、搖鈴叫僕人來，讓他們將行李送到我租的房子去。」

他們匆忙走過街道，這時街上還空盪盪的，清糞夫駕著臭氣衝天的馬車嘎吱嘎吱經過，打零工的工人開始四處穿梭工作，女僕穿著木屐喀啦喀啦地走去市場，一群群牲畜鳴叫著，氣息在空中凝成白煙。夜裡降下了濕冷的霧氣，像冰一樣刺痛著皮膚。至少這時人很少，羅蘭還不太需要煩惱她的斗篷，因此他們能以接近小跑步的速度急走。

倫敦掩蔽所距海軍部辦公室不遠，就在泰晤士河西岸，雖然坐落的位置非常方便，周圍的建築卻很破舊，年久失修。附近的窮人只住得起靠近龍的地方，有些房子甚至成了棄屋，只有幾個瘦巴巴的孩子聽到陌生人經過的聲音，好奇望著窗外。一灘髒水沿著街旁的水溝流動，勞倫斯和羅蘭跑過的時候，靴子踩破髒水上層的薄冰，一股臭氣衝向他們，飄盪身後。

這裡的街道空無一人，但他們快步走過時，路上卻有一輛笨重的馬車不懷好意似的，突然從霧裡衝出來。勞倫斯差點就被絞到車輪下，幸好羅蘭在千鈞一髮之際把勞倫斯拖到人行道上。車夫沒停下來，也沒一句道歉，就駕著左搖右晃的馬車消失在下一個轉角。

勞倫斯的衣褲都濺了黑泥，他懊惱地低頭看這身最好的行頭。羅蘭安慰說：「沒關係啦，在空中沒人會在意的，說不定擦擦就能清掉了。」他沒這麼樂觀，但當下沒時間處理，他們於是重拾先前匆促的速度。

掩蔽所的大門最近才重漆成黑色，掛著擦亮的銅鎖，在髒兮兮的街道和灰濛濛的早晨中十分醒目。居然有一對年輕的、穿紅制服的海軍把步槍靠在牆上，在大門附近閒晃。守門人來幫他們開門時，舉手碰帽子向羅蘭行禮。羅蘭的斗篷這時已經披到肩後去了，露出她那三條金槓和體面的衣著，海軍不由得疑惑地看著她。

勞倫斯皺著眉頭大步走到他們眼前，擋住他們的視線。兩人一穿過大門，勞倫斯立刻對守門人說：「謝謝你，帕特森，多佛的信差呢？」

「長官，他鐵定在等你們了。」帕特森說著拉上大門，一邊伸出大拇指指著背後。「請到第一塊空地去。」他加了一句：「別理他們。」說著瞪向尷尬的海軍。那兩名海軍不過是大孩子，而帕特森已經是大人了。他是護甲師出身，一眼帶著眼罩，旁邊灼傷的皮膚泛紅，樣子更是嚇人。「別生氣，我會好好教訓他們。」

「謝了，帕特森。快走吧。」羅蘭說著，他們繼續前進。「那些蠢材在這裡幹嘛啊？還好他們不是軍官。我還記得十二年前，聖傑曼隊長在土倫受傷的時候，被某個陸軍軍官發現她是女的，把女隊長這件事大肆張揚一番，差點鬧上報紙。真是白痴。」

掩蔽所周圍只有窄窄的一圈樹木和房舍，隔絕了城市的氣味和喧囂。他們很快就來到第一片空地，空地不大，剛好夠一隻中型龍伸開雙翅。信差真的在等他們了。那是隻年輕的溫徹斯特龍，她的翅膀還沒完全轉成成年龍的深紫色，但鞍具已經穿戴妥當，急著想起飛了。

「嗨，荷林。」勞倫斯說著，和她的隊長握手，很高興能和他前任的地勤官重逢，荷林這時已經穿上軍官的外套了。「這是你的龍嗎？」

「是啊，長官。她叫艾兒希。」荷林眉開眼笑地對他說，「艾兒希，這是我說的勞倫斯隊長，我能變成妳隊長，是他幫的忙。」

溫徹斯特龍轉過頭，睜著明亮好奇的眼睛看著勞倫斯。她孵出來還不到三個月，體型仍小，甚至和同種的龍相比也不算大，不過她一身龍皮光亮潔淨，看起來的確受到細心照顧。「那你就是無畏的隊長囉？謝謝你，我很喜歡我的荷林。」她的話中帶著一絲興高采烈的語氣，然後親暱地拱了荷林一下，差點撞倒了他。

「很高興能幫上忙，讓你們認識。」勞倫斯盡力以熱烈的語氣回答，但她的話卻讓他暗自心痛。無畏就在這兒，離他不到五百碼，而他連去問候一下都不行。他向那方向看了一眼，掩蔽所的建築卻擋住他的視線，沒有半點黑色龍皮的影子。

羅蘭問荷林說：「都準備好了嗎？我們要立刻出發。」

「長官，準備好了，只是在等公文」荷林說：「想在起飛前伸伸筋骨的話，還有五分鐘的時間。」

誘惑太大了，勞倫斯努力自制，而紀律戰勝了衝動。公然拒絕有違道德的命令是一回事，但他不該暗自違抗不喜歡的命令，何況這樣還可能牽連荷林和羅蘭。於是他說：「我去這裡的軍營和賈維斯談談，馬上就來。」說完轉身去找照顧無畏的人。

賈維斯年紀大了，從前做鞍具師的時候，受到龍隻斜劈左側的重創，令他失去大半的左手和左腳。他的傷勢非常不樂觀，但仍康復過來，被派到鮮少使用的倫敦掩蔽所當閒差。他整個人看起來不太對稱，一邊裝了木腿和鐵鉤，又因為過得悠閒而有點懶散固執，不過勞倫斯常願意聽他說話，因此這時他熱情地歡迎。

勞倫斯婉拒他的茶之後，問道：「麻煩你幫我傳個信好嗎？我要去多佛，看看能不能幫上忙，我可不想要無畏氣我沒給他隻字片語。」

「沒問題，我會讀給他聽的。可憐的傢伙，他一定很想看到你的信。」賈維斯說著，蹣跚走去用一手拿來墨水罐和筆；勞倫斯翻過紙片寫下訊息。賈維斯對他說：「海軍部的那個肥仔不到半小時前，又帶了一群海軍和那夥怪中國佬來了，現在還在那裡和我們親愛的小傢伙胡扯。他們不趕快走，他今天不吃東西可別怪我。那個海上的混帳畜生自以為很了解龍，眞不知道在幹嘛。」賈維斯說到這兒，想到勞倫斯是海軍出身，趕忙改口：「哎呀，長官，眞不好意思。」

勞倫斯發覺自己的手在紙上顫抖，墨汁濺到前幾行字和桌子上。他隨便回句話應付，努力繼續寫信給無畏，但半個字都想不出來，一句話才寫一半就卡住了。他呆站一會兒，刹那間差點被震倒。桌子倒下，墨汁灑了一地，門外一陣驚人的碎裂聲，好像超強的暴風雨，或北海冬天的強烈暴風。

桌子都倒了，他手裡還抓著筆，實在滑稽。他丟下筆，拉開門，賈維斯跌跌撞撞地跟著他出去。聲音還在空中迴響，艾兒希以後腿蹲坐著，焦慮地將翅膀半開半閉，荷林和羅蘭忙著安撫她。掩蔽所其他龍隻也抬起頭來，從樹頂上望過去，警戒地嘶嘶叫。

「勞倫斯！」羅蘭叫著，但他沒理會，一手不經意地抓著劍柄跑過去。他來到空地，發現被一間倒塌的營房和幾棵傾倒的樹木擋住去路。

中國人馴養龍隻的歷史已久，早在羅馬馴服西方龍隻一千年前，中國的技術就十分純熟了。比起作戰能力，他們更重視優雅和智慧。能噴火或吐酸液的龍在西方身價不凡，他們卻有點輕視。中國的空中戰力多到數不清，不需要他們眼中華而不實的伎倆。但是他們也崇尚某些罕見的天賦，在培育天龍時，中國人達到最高成就——天龍在眾多優勢外，有一種神秘而致命的能力，能在吼叫時傳出比砲火還強大的力量。中國人稱之爲「神風」。

勞倫斯只在多佛之役看過一次神風造成的破壞。那時無畏用神風對付拿破崙空中的運兵船，成效驚人。然而這一次，可憐的樹木在近距離受到衝擊，像火柴一樣倒在地上，破碎不堪。整間簡陋的營房也攤在地上粉碎，水泥完全瓦解，磚頭碎裂四散。只有颶風或地震可能造成這樣的破壞。「神風」這名字從前聽來詩意，此刻更顯得名副其實。

護衛的海軍各個嚇得臉色發白，幾乎全退到空地周圍的矮樹旁，巴勒姆是海軍一方唯一堅守不動的人。中國人沒退卻，只是屈服地五體投地，唯有成親王永瑆站在他們前頭，絲毫沒退縮。

地上倒了一棵粗大橡木，把這些人擋在空地邊緣，橡木樹根上還附著泥土，無畏站在橡木後，一隻前腳踏在樹幹上，彎曲的龍身聳立在他們上方。

他低頭向巴勒姆說：「不要再跟我說這種話。」他露出白森森的龍齒，頭上帶棘的頭冠立了起來，因憤怒而顫動。「我一點也不相信你，別再騙我了，勞倫斯絕對不會接受其他的龍。要是你把他送走，我會跟著他走，要是你傷了他——」

他準備吸氣再一次大吼，胸口開始像強風裡的船帆一樣向前隆起，這次無助的人類和他之間不再有任何阻礙。

「無畏！」勞倫斯喊著，踉踉蹌蹌跨過地上的殘骸，由殘骸堆上滑下，不顧碎片刮過衣服和皮膚。「無畏，我很好，我在這裡——」

無畏一聽到他的聲音就轉過頭來，連跨兩步來到空地邊緣。勞倫斯站在那兒，任由無畏兩隻前腳圍在他左右兩旁，驚人的爪子就在他眼前。他心臟猛跳，不過不是因爲害怕。龍光亮的身軀有如一堵黑牆，圍在他周圍保護他，龍頭則低下來，伏到他身邊。

他的雙手蓋上無畏的鼻頭，臉頰在無畏柔軟的口部靠了一下。無畏不滿地低喃一聲說道：「勞倫斯，勞倫斯，別再離開我了。」

勞倫斯吞了吞口水說：「親愛的。」之後便不再開口，心裡的話無法言喻。

他們頭靠著頭站著，什麼也沒說，世上一切似乎都被隔絕在外，但這一幕只維持了片刻。羅蘭站在四周的紛亂之外，著急地喊著：「勞倫斯！無畏，乖，請挪一下位置。」無畏抬起頭，不甘願地把蜷曲的身軀伸直一點，讓他們能說話，不過，他仍然擋在勞倫斯和巴勒姆那夥人之間。

羅蘭從無畏的前腳下鑽過，來到勞倫斯旁邊。「你一定要來無畏身邊，可是這在不了解龍的人眼裡很糟糕。行行好，別讓巴勒姆逼你做出更糟的事，就像聽話的小孩一樣，照他說的去做。」她搖搖頭，又說：「老天啊，勞倫斯，我不想留你一個人面對這種窘境，可是公文已經送來了，一分之差在戰場上就可能讓一切不同。」

「妳當然不能留下來。」他說：「他們應該早在多佛等妳發動攻擊了。我們會有辦法的，別擔心。」

「攻擊？要打仗嗎？」無畏聽到，問他們說。他合起爪子，仰頭望向東方，彷彿在倫敦就能看見飛上多佛空中的編隊。

「去吧，快，小心一點。」勞倫斯連忙對羅蘭說：「幫我向荷林道歉。」

她點點頭說：「盡量保持冷靜，我會趕在起飛前跟藍登說，空軍部對這件事不會坐視不管。分開你們已經夠殘酷了，現在還給無畏這麼大的壓力，連帶驚擾到所有的龍。不能再這樣下去了。而且這不是你的錯。」

「別擔心，別再耽擱了，現在要緊的是攻擊的事。」他認真地說。然而他和她一樣都在故作輕鬆，他們都明白情況有多糟。勞倫斯一點也不後悔跑來無畏身邊，然而他的確公然違反命令。巴勒姆會提出告訴，勞倫斯受審的話，很難否認自己的罪行，軍法法庭更不會判他無罪。他們應該不會吊死他，畢竟他沒有違抗軍令，而且當時那麼做情有可原。不過如果在海軍，一定會被免職。他也只能承擔後果了。勞倫斯擠出笑容，羅蘭在他手臂上握一下便急忙離開。

中國人已經爬起身，重振旗鼓，狀況比慘兮兮的海軍好很多。海軍的士兵似乎隨時準備拔腿而逃。中國人小心爬過倒下的橡樹，年輕的官員孫楷動作敏捷，爬得比較快，和一位隨從一起伸手扶成親王下來。成親王穿著滿是刺繡的長袍，行動不便，破碎的樹幹勾住了亮銀的絲線，就像色澤眩目的蜘蛛網，但他外表十分鎭靜，即使內心像恐懼的英國士兵一樣害怕，也沒顯露出來。

無畏憂憤地注視著這些人說：「管他們要什麼，其他龍都作戰去了，我也不會坐視不管。」勞倫斯撫摸著無畏的頸子安慰他：「別讓他們激怒你。親愛的，平靜一點，情緒失控沒什麼好處。」勞倫斯安撫沒效，無畏只哼了一聲，眼睛仍閃閃發光盯著不動，頭冠還是立著，膜上的棘緊繃。

巴勒姆臉色慘白，不打算再接近無畏。成親王厲聲對著巴勒姆說話，由動作看來，是在下達對無畏的命令。孫楷則站在一旁心事重重看著勞倫斯和無畏。最後，巴勒姆一臉怒容走向他們。勞倫斯在開戰時刻看多了這種行為，他顯然以怒氣掩飾恐懼。

「空軍的紀律就是這個樣子吧。」巴勒姆開口說。他很可能因為勞倫斯抗令才撿回一條命，這麼說未免太卑鄙、太狠心。巴勒姆似乎也有自覺，反而更憤怒了。「勞倫斯，我不容許這種行為，你會為此付出代價。士官，逮捕——」

勞倫斯聽不到那句話最後是什麼。巴勒姆的聲音沉了下去，越變越小，他吼著，紅紅的嘴唇一開一合，就像喘氣的魚兒。地面由勞倫斯腳下飄過，巴勒姆的話再也無法分辨。無畏的爪子小心翼翼圈在他身邊，重重揮動巨大的黑色翅膀。他們在倫敦的空中越升越高，無畏的頭在煤煙中朦朧，煤灰則沾污勞倫斯的手。

勞倫斯在彎成杯形的爪子間坐好，沉默地由無畏帶著飛。木已成舟，他很清楚不能馬上叫無畏飛回地上。無畏沉沉的拍翅中，隱含著無法扼抑的怒意。他們飛的速度很快，經過城牆時，他擔心地瞥向腳下——無畏飛過時沒戴鞍具，也沒打出訊號，勞倫斯生怕砲火會轉向他們。但是大砲沒有發射——無畏身軀和翅膀都是黑色的，只有翅膀邊緣有著深藍和珠光的紋路，外觀很顯眼，顯然被認出了。

也可能是無畏飛得太快，地面的人來不及反應。他們起飛後十五分鐘，就將城市拋在背後，不久就飛出長管胡椒砲的射程外。積雪斑斑的鄉間小路在他們下方分枝，空氣的味道清新不少。無畏在空中停一會兒，搖搖頭抖掉煤灰，大聲地打噴嚏，讓勞倫斯微微顛簸了一陣。之後飛行的速度沒那麼瘋狂，又飛了一、兩分鐘，他彎下頭說：「勞倫斯，你還好嗎？會不舒服嗎？」

他的語氣焦急得反常。勞倫斯伸手摸到無畏前腳，拍拍他說：「沒有，我很好。」

無畏聽到勞倫斯溫柔的回答，放鬆了一點：「很抱歉這樣把你帶走。我不能讓那個人逮捕你，不要生氣好嗎？」

「沒有，我沒生氣。」勞倫斯說。他說的是真話，即使他腦中理性的那部分明白自由不會長久，但能再次飛翔，感覺強大的生命力流過無畏的身軀，他心中就充滿喜悅。「我不怪你，沒關係的，不過我們恐怕得回頭了。」

「不行，我不要帶你回去交給那男人。」無畏固執地說。勞倫斯明白自己激起無畏保護的本能，一顆心不禁沉了下去。無畏又說：「他騙我，不讓你來，又想抓你，我沒踩扁他算他走運。」

「親愛的，我們不能遠走高飛啊。」勞倫斯說：「那就真的太過分了。我們不偷東西，要怎麼填飽肚子？而且那樣等於丟下朋友不顧。」

「我呆坐在倫敦的掩蔽所裡，對朋友也沒什麼幫助。」無畏的話理直氣壯，勞倫斯完全不知該怎麼反駁。無畏接著若有所思地說：「我並不是要遠走高飛。話說回來，要是能隨心所欲一定很棒，而且我想東少一頭羊、西少一頭羊，也不會有人在乎。只不過不是現在，現在我們有仗要打。」

「老天啊。」勞倫斯瞇著眼看向太陽，才發現他們正朝東南方的多佛掩蔽所直直飛去。「無畏，他們沒辦法讓我們出擊。藍登一定得命令我回去，我保證，如果我抗命的話，他會和巴勒姆一樣逮捕我。」

「梭巡姬的司令應該不會逮捕你。」無畏說：「梭巡姬很好，雖然年紀大我很多，又具旗龍地位，但說話很溫柔。何況司令真的想逮捕你的話，巨無霸和百合也在那裡，他們會幫忙我。倫敦的那個人還想來抓你的話，我會殺了他。」他的話中帶著嗜血的渴望，讓人不禁憂心。

譯註：

❶：成親王永瑆，乾隆皇帝第十一子，約生於一七五二年。擅書法，爲清代四大家之一。

❷：白廳（Whitehall），本指倫敦的一條路，此路穿過英國政府機要所在地，後來成爲英國政府的代名詞。

❸：哈佛港，法國北方諾曼第地區的海港，位於塞納河河口。

第二章

他們到的時候，多佛掩蔽所正準備出戰，一片忙亂喧鬧。鞍具師吼著對地勤人員發號施令，扣環叮噹響，一袋袋炸彈交給龍腹員，傳出沉沉的金屬碰撞聲。步槍手裝備武器，磨刀石磨過劍刃，發出尖銳的聲音。十幾隻好奇的龍看著他們飛過去，無畏降落時，許多龍都喊著打招呼。他興高采烈地喊回去，越加興奮，但勞倫斯卻更沮喪了。

無畏降落在梭巡姬的空地，她的空地符合她身居旗龍的地位，是掩蔽所最大的空地之一。不過她是角翼龍，只比中型龍隻稍大。剩下的空間很夠無畏停在她身邊。梭巡姬已經全副武裝，隊員正在登龍。藍登司令穿著一身騎行的裝束站在一旁，等著他的軍官就位，他們再幾分鐘就要升空了。

勞倫斯還沒從無畏的爪中爬出來，藍登就問：「唉，你幹了什麼好事？羅蘭跟我說過了，不過她有說叫你要冷靜，這下可麻煩了。」

「長官，很抱歉讓您這麼為難。」勞倫斯困窘地說，思考要怎麼解釋無畏拒絕回倫敦的事，聽起來才不像為自己脫罪。

「不，是我的錯。那個人要逮捕他，我就把他帶走了。」無畏低下頭，努力做出慚愧的樣子，但眼中得意之色太明顯，裝得不夠成功。

他聽起來實在太沾沾自喜，梭巡姬猛然靠過來，在他臉旁一拍，雖然他的體型比她大了一半，但那力道卻連他也為之踉蹌。他畏縮一下，驚訝地露出受傷的表情望著她。她哼一聲對他說：「你也不小了，不該矇著頭亂闖。藍登，我們差不多好了。」

「好。」藍登說著，在陽光下瞇起眼，檢查她的鞍具。「勞倫斯，我現在沒時間處理你的事，這件事慢點再說。」

「長官，這是當然的，不好意思。」勞倫斯低聲說：「別讓我們耽誤你們。您允許的話，我們會待在無畏的空地等您回來。」無畏才受梭巡姬教訓，但仍然發出微弱的抗議聲。

「唉，不是，別一副地上人的樣子。」藍登不耐煩地說：「他這樣的年輕公龍要是看到所屬的編隊上戰場，絕不會想要自己安安全全地留在後方。巴勒姆這傢伙和海軍部的人就是不懂。每次又有人被中央塞進來，好不容易讓他們了解龍不是野蠻的禽獸，他們就開始以為龍像人一樣，可以用一般的軍隊紀律約束。」

勞倫斯想否認，無畏不會不服從，但回頭一瞥，只好閉上嘴——無畏正不安地用巨大的爪子刨著地，翅膀半張，逃避勞倫斯的目光。

藍登注意到勞倫斯的沉默，於是挖苦地說：「是啊，就是這樣。」他嘆口氣，伸展一下身體，將額前稀疏的灰髮向後撥一撥。「那些中國人想討回他，他沒護甲又沒隊員，受傷的話，情況只會更糟。去幫他準備出戰，我們晚點再談。」

勞倫斯完全不知該怎麼表達自己的感激，不過藍登話一說完就轉身去面對梭巡姬，他也沒必要道謝了。時間一分一秒都不能浪費，勞倫斯揮手要無畏離開，自己不顧尊嚴，徒步跟著跑向他們平常用的空地。一路上他腦中冒出一堆激動的片段念頭。他大大鬆了口氣，心想無畏當然不會留在後方，不過突然抗令加入戰局的行為眞差勁。馬上就要起飛了，但是他們的處境其實一點也沒改變——這可能是他們最後一次的飛行。

他很多隊員都坐在室外，裝作沒看天空，多此一舉地擦亮裝備，幫鞍具上油，人人都沮喪沉默。勞倫斯跑進空地，他們起初只瞪著他看。

「葛蘭比在哪？」他問道：「各位，全體集合，立刻裝上重戰裝備。」

這時無畏飛到他們頭上降落下來，其餘的隊員從營房裡蜂湧而出，爲他歡呼。接著大家一哄而散，準備軍械和配備。勞倫斯習慣了井然有序的海軍，總覺得他們匆忙準備的過程太混亂，但他們卻能迅速爲無畏完成裝備。

葛蘭比也和衆人一同走出營房。這名年輕軍官一頭黑髮，身材高瘦，之前天天飛行，皮膚曬黑脫皮，停飛幾星期後難得回復白皙。他是空軍出身，不像勞倫斯半途才加入。兩人剛認識的時候，他和其他不少空軍一樣，痛恨無畏這麼優秀的龍隻竟然被海軍軍官霸占，因此和勞倫斯有過衝突。不過出了一次任務，他的不滿就煙消雲散，而他們兩人的性格雖然大爲不同，勞倫斯卻從不後悔選他做大副。

勞倫斯因爲從小家教嚴謹，應對的禮儀對他來說就像呼吸一樣自然。葛蘭比當時尊敬他，努力想仿效，但是學不透徹。他就像一般飛行員，年僅七歲就進入空軍，沒接觸過上流社會，所以天性隨和不受拘束，但挑剔的人會覺得他很放肆。

他走過來，抓住勞倫斯的手說：「勞倫斯，看到你他媽的眞高興。」他沒敬禮，這樣跟上司說話，同時還單手把劍掛上腰帶，一點也不覺得自己行爲不當。「他們改變主意了嗎？那些大爺應該沒那麼明理，不過要是他們放棄送無畏去中國，我還眞錯怪了他們。」

很久以前，勞倫斯就明白空軍不是刻意沒禮貌，這時則完全沒注意葛蘭比不顧禮節。他一想到要讓葛蘭比失望，而且忠心的葛蘭比還拒絕了極佳的職位，就覺得難過。「約翰，他們的決定恐怕沒變，不過現在沒時間解釋，我們要馬上讓無畏起飛。帶平常一半的武器就好，別帶炸彈，海軍不會要我們把船弄沉，而且必要的話，無畏還可以用大吼來攻擊。」

「沒問題。」葛蘭比說完，馬上跑到空地另一邊，向隊員喊出命令。他們已經加緊腳步抬出巨大的皮鞍具，無畏也盡量幫忙，趴到地上讓人調整背上負重的寬大皮帶。

保護無畏胸口和腹部的兩片鍊甲也迅速抬出來。勞倫斯對大家說：「直接就位。」於是一等龍隻裝備好，空中隊員就手腳併用，混亂地登上龍，一反往常的秩序。

這時葛蘭比來到他身邊說：「我們恐怕少了十個人。我照司令的要求，派了六個人加入巨無霸的隊員，其他人……」他欲言又止。

「知道了。」勞倫斯沒再追問。隊員不能參加行動當然會不滿。留下的人埋首工作，少掉的那四個人，想必是去找酒或女人等等更吸引人又名副其實的慰藉了。他很慶幸溜走的人那麼少，而他自覺沒有立場責怪那些人，之後也不會找他們麻煩。「會有辦法的，如果地勤人員有人擅長槍枝刀械，不怕高、自願加入的話，就把他們帶上去吧。」

他換上作戰穿的厚重皮製長外套，綁上鐵鎖皮帶，遙遠的天邊，聲聲低沉的吼叫傳來。勞倫斯抬起頭，只見比較小的龍隻開始升空，他認出飛在他們編隊翼端的悅欣和藍灰色的燦輝，他們倆在空中盤旋，等待編隊的其他龍隻起飛。

「勞倫斯，還沒準備好嗎？拜託快點，其他的龍在起飛了。」無畏伸長脖子張望，焦急地說，中量級的龍隻也起飛到他們上空。

葛蘭比邊上龍身，跟著他的是威洛比和波特這兩位高大的年輕鞍具員。勞倫斯等到他們扣上鞍具的扣環，確定牢固，便說：「一切就緒，請測試。」

這是爲了安全起見不能省略的步驟。無畏以後腿立起，搖動身軀確保鞍具穩固，所有人員都鎖在定位。他急著起飛，搖動的力氣不夠大，因此勞倫斯嚴厲地喊著：「搖用力點。」

無畏哼了一聲，聽話照做。這次仍舊沒有東西鬆落，於是他對勞倫斯說：「沒問題，上來吧。」說著落到地上，伸出前腿。勞倫斯走入龍爪，隨即就被拋到平常在無畏頸根坐的位置。他不以爲意，這時的一切都讓他欣喜萬分。鐵鎖扣上定點的聲音令人深深滿足，而鞍具雙層縫線的皮帶上過油，手感滑潤。在他身下，無畏的肌肉已經開始緊繃，準備躍入空中。

說時遲那時快，巨無霸從他們北方的樹叢中冒出頭來。羅蘭說得不錯，他紅金色的身軀比之前還大，擋去了大片陽光。他是唯一駐守海峽的皇銅龍，體型讓舉目可見的其他生物都顯得小巫見大巫。無畏看到他，高興得大吼一聲，跟在他後面躍入空中，興奮過頭，黑翅膀拍動得快了些。

「慢一點。」勞倫斯喊著，無畏點點頭表示了解，不過他們仍然趕過速度慢的龍隻。

「巨無霸，巨無霸！你瞧，我回來了。」無畏叫著，旋身而下，飛回巨無霸身邊的位置，兩隻龍一起揮翅爬升到編隊的飛行高度。無畏大概自認爲他說悄悄話的音量別人聽不到，於是得意地說：「他們打算逮捕勞倫斯，所以我就把他從倫敦帶走了。」

「爲什麼，他殺了人嗎？」巨無霸一點也沒有責備的意思，低沉迴盪的聲音帶著好奇。「眞高興你回來。你不在的時候，他們要我飛在中間，做的操練都不一樣。」

無畏說：「他沒殺人，只是有個胖老頭不准他來找我。他來跟我講話，就要抓他。我覺得這樣就逮捕他，完全沒道理。」

勞倫斯無奈地搖頭，假裝視而不見年輕少尉疑問的目光。柏克力這時從巨無霸的背上向他嚷：「你最好讓你的賈各賓黨龍閉上嘴。」

「無畏，別忘了我們有正事要辦。」勞倫斯裝出嚴厲的樣子喊道。不過其實沒必要保密，不到一個星期，這件事就會人盡皆知。再不久，他們就要被迫面對沉重的處境，所以趁現在讓無畏沉溺在興奮中，無傷大雅。

「勞倫斯！」葛蘭比對他肩頭喊道：「剛剛準備太急，彈藥都照平常位置放在左側，可是右側沒帶炸彈，不能平衡。我們得重新裝載。」

「你們能在交戰前處理好嗎？」勞倫斯說到這兒，才發現自己有事疏忽了，問葛蘭比：「我連護航隊的位置都還不知道呢，你知道嗎？」葛蘭比困窘地搖搖頭。勞倫斯只好厚著臉皮喊：「柏克力，我們要到哪裡去啊？」

巨無霸背上爆出一片笑聲。柏克力喊回來：「往地獄去啊，哈哈！」大家又笑了起來，笑聲幾乎蓋過了柏克力接下來大聲報出的座標。

勞倫斯收到座標，心算一下說：「那還要飛十五分鐘。保守一點，要在到達前五分鐘完成。」葛蘭比聽了點點頭，「沒問題。」說著立刻爬下龍腹，指揮作業，從無畏腹側一排連向腹部儲物網的等距扣環上，熟練地解開鐵鎖，重新扣回去。

無畏和巨無霸開始爬升，準備進入編隊後方的防禦位置，編隊就此集合完畢。勞倫斯看到百合的背上拉出編隊領隊的旗幟，他們不在的期間，百合的隊長哈克特終於晉升爲編隊隊長了。

百合孵出的時間早於預期，哈克特很年輕就當上隊長，這時仍是年僅二十歲的女孩。他想到要聽命於她，就覺得不太自在。然而空軍的指揮權是照龍的能力而定，長翼龍這種會噴酸液的龍隻極爲罕見，這麼重要的龍雖然只接受女性馭龍者，仍然必須飛在編隊的中心。先前以側翼的龍為領隊龍，其實十分麻煩。信號官要注意側翼的領隊龍，又要注意前方，而且龍隻會本能地跟從領隊龍，不在乎正式的地位高低。因此他還是很高興百合能成為領隊龍。

信號官透納喊道：「司令傳訊：準備會合。」過了片刻，百合的信號杆上打出「編隊集體行動」的信號，編隊的龍向前推進，不一會兒就達到十七海里，也就是編隊最省力的飛行速度。無畏以這個速度飛翔很輕鬆，但這已是巨無霸和黃色收割者正常飛行的最高速度。

勞倫斯該鬆開劍鞘裡的劍，為手槍塡上彈藥了。葛蘭比在龍腹之下喊著命令，聲音壓過風聲，聽起來並不慌張。勞倫斯相信他的能力，確定他能在時限內完成作業。

掩蔽所的龍隻一字排開，集結的數量雖然不及十月的多佛之役，仍然十分驚人。那場戰役發生時，大部分的戰龍都在特拉加法南方，為了阻止拿破崙侵略，他們被迫派出所有龍隻，即使小隻的信差龍都得上場。這天，殲滅和羅蘭隊長整整十隻龍的編隊回來帶領群龍。他們編隊中最小型的是隻中量級的黃色收割者，所有龍隻都飛在完美的定點，每一下振翅都恰如其分，這是同在一個編隊多年培養出的默契。

百合的編隊目前聲勢還沒那麼大：她身後只飛了六隻龍，而由體型較小、更靈活，隊長較資深的龍隻飛在側翼和翼端位置，隨時彌補百合或後方巨無霸、無畏缺乏經驗犯下的失誤。編隊的龍飛得更靠近時，勞倫斯看到側翼的豐慶背上，他的隊長索頓站起來俯望他們，確認年輕的龍一切妥當。勞倫斯伸手致意，旁邊的柏克力也舉起手來。

龍隻飛近攻擊之前，早早就看到法國護航隊和英國海峽艦隊的船隻。下方的景象十分壯觀，勞倫斯在無畏肩後拿望遠鏡向下望，船艦就像棋盤上的棋子般移動，大艘的英國軍艦急切地開向一大群小艘的法國商船，軍艦一艘艘都神氣地揚著白色船帆，英國國旗的顏色混雜其間。葛蘭比沿著肩帶爬回勞倫斯身旁，對他說：「應該沒問題了。」

勞倫斯看著英國船艦，心不在焉地回道：「很好。」英國船大多是船速快的巡防艦，其中摻雜了更小的偵防艦，另外還有幾艘六十四門或七十四門砲的船艦。碰上噴火龍，海軍不會讓最大的一級艦或二級艦冒險，不然敵方走運的話，眨眼就能炸掉裝滿火藥的三層甲板大船，讓周圍半打的小船連帶遭殃。

「哈雷先生，要隊員各就各位。」勞倫斯直起身來說，年輕的少尉連忙將鞍具上固定的信號帶換成紅色。在無畏背上待命的步槍手向龍背兩旁移動，準備好槍枝，其餘的龍背員都握著手槍，壓低身子。

殲滅和其他大型的編隊降到英國船上空的主要防禦位置，將空間讓給較小的編隊。百合帶隊的速度加快了，這時無畏隆隆低吼一聲，吼聲的震波甚至透過龍皮傳過來。勞倫斯刻意靠到無畏身上，脫掉手套，以手貼著無畏的頸子。這時他們間不需言語，他感覺到無畏放鬆一些，這才坐起來，戴回皮製的騎士手套。

「敵龍來襲！」百合的前方守望員尖銳的叫聲乘風飄來，雖然微弱但仍然清晰。不久之後，在無畏翼關節的亞倫也喊了起來。隊員間一陣竊竊私語，勞倫斯則掏出望遠鏡觀察。

「應該是巨蟹隊型。」他說出隊型的法文名稱，將望遠鏡交給葛蘭比，暗自希望自己的發音沒有太差。他空戰的經驗雖不多，但很確定沒看錯敵方隊型。十四隻龍的隊型只有幾種排法，而且巨蟹隊型中間是大型龍，前方兩旁由較小的龍隻排成向前伸出的蟹螯，非常醒目。

不過編隊中的光榮之焰卻不太容易定位。隊中有幾隻黑蝶龍塗上黃色，蓋掉原來的藍色斑紋，左右飛舞，讓人遠看分不出哪隻是光榮之焰。「哈，我看出來了，是光炙。就是她，壞東西。」葛蘭比把望遠鏡還給勞倫斯，指給他看。「她的左後腳少了一隻爪子，而且六月一日光榮戰役那時候，我們給她好好吃了一發胡椒砲，讓她瞎了右眼。」

「看到她了。哈雷先生，傳話給所有守望員。」他說著，拿起擴音器向無畏喊道：「無畏，你看出光榮之焰了嗎？是下面靠右邊少了一隻爪子的那隻。她右眼不太好。」

「看到了。」無畏的頭微微轉過來興奮地說：「要去攻擊她嗎？」

「我們的首要目標是阻止她襲擊海軍的船，好好盯著她。」勞倫斯說，無畏聽了點一下頭回應，隨即挺直頸子繼續飛。

望遠鏡很快就派不上用場，勞倫斯將望遠鏡塞到勾在鞍具上的袋子裡，接著對葛蘭比說：「約翰，你最好下去。他們靠外面的幾隻輕型傢伙應該會試著登龍。」

在此同時，兩方的距離正不斷縮近，交戰的時刻轉眼即將來臨，法國龍以整齊劃一的隊型盤旋而來，編隊中沒有一隻龍落後，就如一群飛鳥那麼優雅。勞倫斯自己看了心都怦怦地越跳越快，但聽到背後有人讚嘆地吹了聲口哨，他皺眉喊道：「別吵了。」

一隻黑蝶龍飛在前方張著大嘴，像是要噴出其實不存在的火焰。勞倫斯看著龍演戲，不禁感到怪異的滑稽。無畏在編隊後方，中間有豐慶和百合擋著，不能以吼聲攻擊，不過雙方要會合前他並沒有飛開，只伸出爪子迎戰。在雙方編隊撲向彼此、開始纏鬥時，他和黑蝶龍一起飛向上空，兩隻龍撞在一起，力道之大，讓他們緊抓的爪子都鬆開了。

勞倫斯拉住鞍具，踩穩了腳，回頭發現一位守望員由鐵鎖皮帶吊在空中，手腳像翻過來的烏龜一樣慌亂揮舞，他連忙對守望員叫道：「亞倫，扣到這邊。」這男孩奮力抓住鞍具，扣好扣環，臉已經慘白得發綠。他像其他守望員一樣才要滿二十歲，剛升上少尉，還沒學會在戰鬥中克服急衝和減速，與在龍身上平衡。

這隻法國龍體重比無畏輕一點，顯然一心想擺脫無畏回到編隊去，但無畏瘋狂地拍著翅膀又咬又抓，不肯放開黑蝶龍。此刻重要的不是纏住敵方，而是不能讓編隊分散。勞倫斯喊著：「維持隊型！」無畏這才滿不甘願地放開黑蝶龍，向前平平飛去。

下面遠處傳來第一陣砲火聲。射擊的是英國船的船首砲，他們用這幾發砲碰碰運氣，希望能打斷法國商船的桅杆，雖然不太可能成功，不過至少能讓船員進入情況。勞倫斯背後的步槍手這時開始上膛，鏗鏘作響。他觀察無畏，確定飛得平順，沒有流血的跡象，而看得到的鞍具似乎都安然無恙。這時沒空問無畏好不好，百合帶著他們調過頭，再一次衝向敵方的編隊。

法國龍這回毫不抵抗，反而四散而開，四隻小型龍往上衝，其他的龍降到大約一百呎的下方。勞倫斯起先以爲他們落荒而逃，接著才發現敵方的龍散開後的位置十分完美。這時光炙又混入當誘餌的黑蝶龍之中。

他們不再有明確的攻擊目標，而且又有龍隻在編隊上空，編隊這時十分危險。百合背上的信號杆上掛起了「靠近交戰」的旗幟，示意編隊裡的龍可以散開分別戰鬥。無畏讀旗語的能力不輸信號官，一心想了結之前的戰鬥，立刻俯衝向流著血的誘餌。勞倫斯原來想帶他去追光炙，連忙喊著：「無畏，不行！」但已經太遲了。兩頭小型龍隻，就是常見的紋漁龍，由兩側包抄而來。

勞倫斯背後，龍背員的隊長菲利斯上尉喊道：「準備擊退登龍者！」兩名體格最壯的見習官到勞倫斯後方防守。勞倫斯回頭看了他們一眼，抿起雙唇。他一想到被保護得這麼周到，像懦夫一樣躲在別人背後，就覺得討厭。不過他只得認了，不然有劍架在隊長脖子上，任何的龍都會不戰而降。

誘餌龍逃離的時候，無畏又在他肩上抓出一道傷痕才罷休。他翻身調頭，幾乎轉了一百八十度的彎，追趕而來的兩隻龍一下衝過頭，飛了半圈繞回來。這爲他們在要緊之際贏來寶貴的時間。勞倫斯低頭看了看戰場——靈活的法國輕型戰龍橫衝直撞地阻擋英國龍隻，而大型的法國龍則重新集合起來，跟上護航隊。

這時下方一陣閃光引起他的注意，一顆胡椒砲霎時從法國船上呼嘯而來。原來是他們編隊的另一個成員不朽追擊敵龍飛得太低，遭到法軍攻擊。還好他們沒瞄準，胡椒砲只打到肩膀，而大部分的胡椒砲都沒起作用，撒進海裡去。不過剩下的胡椒砲還是讓那可憐蟲狂打噴嚏，每打個噴嚏就退得老遠。

「迪格比，量出高度做紀錄。」勞倫斯說。龍隻如果進入下方火砲射程中，右前側的守望員就要負責警告。

測量高度的圓形鉛球固定在測繩上，迪格比拿出鉛球，再將測繩由無畏肩上拋出去。絲質的測繩每隔五十碼都以打結作記號，一個個結飛快滑過他指間。「離標記點高度三百碼，離海面八百五十碼。」他算出了不朽的高度之後，便剪斷絲繩。「長官，胡椒砲射程爲五百五十碼。」他說著，手已經開始將絲繩纏上另一顆鉛球，爲下次測量做好準備。

這射程比平時來得短。他們在掩飾實力，打算引誘厲害的龍隻低飛嗎？或是風讓射程減短了呢？勞倫斯決定還是謹慎一點比較好，於是喊道：「無畏，保持在六百碼。」

「長官，領隊龍傳訊，『於巨無霸左側就位』。」透納說。

但他們沒辦法立刻到巨無霸身邊。兩隻紋漁龍折回頭包夾無畏，要讓他們的隊員登龍，不過兩隻龍飛得歪歪扭扭，動作很奇怪。

「他們在幹嘛啊？」馬丁問道，勞倫斯一想就明白了。

「他們怕被無畏吼叫攻擊。」勞倫斯故意放大聲量，好讓無畏聽到。無畏不屑地哼了一聲，猛然在空中停下來，聳起頭冠，正對那兩隻龍振翅。個子小的那隻看來被無畏的架式震懾住，不由得向後退開，讓路給無畏。

「哈！」無畏看到他的本領讓別的龍畏懼，得意了起來，在空中盤旋。勞倫斯拉拉鞍具提醒他，他這才注意到百合背上的信號。「噢，看到了。」他說著衝向前，飛向巨無霸的左側，而百合早飛在巨無霸右邊了。

哈克特的用意很明顯。勞倫斯喊道：「全體趴下！」同時在無畏頸子上趴低身子。他們一眨眼就飛到位置上，柏克力隨即架著巨無霸，以他最快的速度朝那群法國龍飛去。

無畏吸氣膨脹身軀，頭冠也立了起來。他們飛行的速度極快，勞倫斯的雙眼被風吹得直流淚，但仍然看得到百合也揚起頭準備攻擊。巨無霸低頭直直撞向法國龍，用他體重的絕佳優勢硬生生穿過他們的隊伍。法國龍被趕到兩旁，正好對上無畏的怒吼和百合噴吐出的腐蝕性液體。

他們飛過之處，龍隻慘叫連連，法國人切斷第一批死者和鞍具相連的皮帶，任由他們像破爛的布娃娃一樣落入海中。法國龍幾乎完全停止攻擊，不少龍驚慌失措，四散而飛，不再像上一回散開得井然有序。巨無霸和他們穿過法國的編隊，這時和光炙之間只有另一隻誘餌龍和一隻小騎士龍阻擋。那隻小騎士龍只比無畏大一點。

他們減慢速度，巨無霸氣喘吁吁，勉強維持飛行高度。哈克特坐在百合背上，不等編隊的信號掛上百合的背，就用力向勞倫斯揮手，拿著擴音器嘶聲叫著：「去追她！」

勞倫斯碰碰無畏身旁，要他追過去。百合又噴了一次酸液，逼得兩隻防守的龍退開來，無畏趁機鑽過他們，突破防守。

就在此時，下面的葛蘭比喊著：「小心登龍者！」看來有法國人跳到無畏背上來了。勞倫斯沒空回頭，光炙就在他們前面十碼的地方正調頭飛回來。她的右眼白濁、左眼淡黃的瞳孔外圍有圈黑色的鞏膜，炯炯發光，露出狡猾的神色；前額和上下顎旁長著細細的龍鬚，張著血盆大口，要噴出火焰時，前方燒熱的空氣爲之扭曲，閃起微光。他看著那腥紅的深淵，腦裡閃過一個念頭，覺得她的嘴就像地獄之口。接著無畏倏然收起翅膀，像顆石頭一樣落了下去。

勞倫斯只覺得胃一緊，接著聽到身後傳來驚呼聲和騷動，登上龍的敵人和防衛的隊員都跌成一片。無畏立刻展開翅膀，奮力振翅攀升，不過他們已經俯衝了一段距離，光炙迅速飛開，保護下方的船隻去了。

法國護航隊最後面的商船進入英國戰艦的長砲射程，砲火咆哮聲不絕於耳，煙霧和硫磺的氣味四散。速度最快的巡防艦繼續前進，超越砲火下的商船，追趕前方獎金更豐厚的目標。但他們卻因此不再受到殲滅編隊保護，只見光炙向他們俯衝而去，背上的隊員從她身邊投出拳頭大的燃燒彈，她再向燃燒彈吐出烈焰，讓它飛向無助的巡防艦。

無畏追著光炙，她不敢飛太低，因此在高空的攻擊不夠準確，大半的燃燒彈都掉進海裡。然而勞倫斯仍看到有幾枚擊中船艦的甲板，薄薄的金屬外殼破裂爆開，高熱的金屬點燃裡面的石油腦，在甲板上燃起一片烈焰。

無畏是在甲板上孵化的，這一生的前三個星期都在海上渡過，因此對船艦保有一份情誼。他看到一艘巡防艦的船帆起火，便低沉怒吼，再次加速急追光炙。勞倫斯同樣憤慨，拍拍無畏，吆喝著驅策他追上前。

勞倫斯一心追擊光炙，東張西望，希望附近有其他龍能支援，卻突然被嚇得分了心。龍背員克洛英倒到他身上，滾向一旁，翻落無畏的龍背，原來他身上的鐵鎖皮帶被切斷了。他伸出雙臂，張圓了嘴，卻沒抓住鞍具，雙手滑過無畏平滑的龍皮。勞倫斯伸手抓他，卻徒勞無功，男孩的手臂在半空中揮動，人就這麼滾下去，掉落四分之一哩之後，墜入水裡。水面只濺起稍許水花，而男孩再也沒浮起來。

又有人跟著掉了下去，不過這次是登龍的敵人，四肢癱軟落下時，人已經死了。勞倫斯將皮帶放長站起身，拔出手槍同時轉過來。無畏背上還有幾名登龍者在浴血奮戰。離他幾步遠的地方，一名肩頭有上尉軍肩章的敵人對上了庫爾羅，也就是最後一名保護他的見習官。勞倫斯還沒完全站直，法國上尉就用劍打掉庫爾羅的武器，左手那把兇惡的長刀刺入側腹。庫爾羅鬆開手上的劍，兩手抓住刀柄癱了下去，嘴邊咳出血來。勞倫斯要射中他很容易，但法國上尉的身後，馬丁正被另一名登龍者逼得跪下來，光溜溜的脖子正對那個人的海軍軍刀。勞倫斯瞄準射擊，只見登龍者胸前槍孔噴出鮮血倒下去，馬丁撐起身來。上尉趁勞倫斯來不及再次瞄準，不顧砍到自己皮帶的危險，跳過了庫爾羅的屍體，一把抓住勞倫斯的右手穩住重心，同時把槍推開。不論他果斷或魯莽，此舉都十分了不起，勞倫斯不由得脫口喊道：「好啊！」

法國人訝異地望著他，笑了笑，稚氣未脫的神情和血染的臉十分不協調，但下一刻他便舉起劍來。

誰也知道勞倫斯占了不公平的優勢：他活著對敵人才有用。要是殺了隊長，那名隊長的龍就會對敵人狂怒殘暴，即使不再受到隊長控制，仍舊極度危險。所以法國上尉要他活著當人質，就得格外謹慎。勞倫斯則可以盡量瞄準他，發出致命一擊。

話是這麼說，但是情勢沒那麼好。他們正在無畏狹窄的頸根，彼此的距離很近，上尉雖然個子高，手長腳長，卻沒占便宜。不過就是因為距離近，勞倫斯沒處可逃，因此法國人還緊緊抓著他。怪的是兩人不像在比劍，倒像在比推力，彼此的劍刃還沒離開一、兩吋又貼在一起。勞倫斯不禁有種念頭，覺得要有人先跌倒，這場打鬥才能分出勝負。

他冒險移動一步，兩人對峙的方向稍稍轉了角度，方便他從法國上尉的肩上看到後面的戰況。馬丁和菲利斯還沒倒下，還有幾名步槍手在作戰，然而他們勢單力薄，要是再有兩、三個敵人登上龍背，勞倫斯就慘了。有些龍腹員努力想爬上來，但是登龍者派了幾個人去阻擋，龍腹員強森就在勞倫斯的眼前中劍落了下去。

「法皇萬歲！」法國上尉也看到了這一幕，用法文喊著激勵士氣，然後利用他的位置，對準勞倫斯的腿再次出劍。勞倫斯擋下他的劍，手上的劍卻發出怪異的聲響，他才驚覺前一天去海軍部之後，一直沒機會更換佩劍，此時拿的竟是禮劍。

這下子勞倫斯的行動更受限了。他勉強以禮劍前段擋下攻擊，以免劍刃斷掉時整把劍都報銷。又是狠狠的一擊，瞄準的是他的右臂；他接下這劍，但劍前端五吋的鐵刃果眞應聲而斷，映著黃澄火光彈爆開時，還在他下巴劃出一道細傷。

法國上尉也發現勞倫斯的劍的弱點，打算把劍砍成碎片。啪嚓一聲，劍刃又斷一截。勞倫斯手上只剩六吋的鐵刃，鍍銀劍柄上黏著鑽石，在他眼中嘲諷地閃爍荒謬的光芒。他咬緊了牙，心想自己絕對不投降，要是讓他們強迫無畏飛去法國，他就罪該萬死了。如果他向一旁跳下去，一邊喊著無畏，無畏還有可能抓住他。沒抓住的話，至少他也不會讓無畏落入拿破崙的手中。

這時，一陣喊聲傳來。葛蘭比沒用鐵鎖，直接爬上後方的尾帶才扣回鞍具上，接著襲向防守在左側腹帶的敵人。那人倒下來死去，幾乎才一眨眼，就有六個龍腹員衝到龍背上，剩下的登龍者連手抗敵，不過再不用多久，他們就得選擇投降或陣亡了。馬丁有了下面來的援手，終於脫身轉向勞倫斯，舉著劍跨過庫爾羅的屍體。

「這下可好了。」法國上尉臉上掛著喪氣的神情，絕望地以法文說，接著奮力一搏，以劍刃勾住勞倫斯的劍柄。他使勁把劍從勞倫斯掌中拔出，卻吃驚地踉蹌一下，鮮血湧出鼻子，失去意識，跌入勞倫斯懷裡。在他背後，小迪格比搖搖晃晃地拿著測繩上的鉛錘，由守望員在無畏肩上的位置爬過來，讓法國上尉的頭吃上一記。

「幹得好！」勞倫斯弄清楚狀況之後，讚美了男孩，男孩得意得滿臉通紅。勞倫斯將癱軟的法國上尉交給馬丁說：「馬丁先生，麻煩把這傢伙抬到下面治療。他剛才的表現很英勇。」

「是，長官。」馬丁嘴唇還在動，應該又說了些什麼，但是他們頭上一陣吼聲蓋過他說的話。那是勞倫斯最後聽到的聲音。

無畏低沉恐怖的隆隆咆哮從上頭傳來，穿透令人窒息的黑暗。勞倫斯掙扎著移動，看清周圍的情況，但光線刺痛了他的眼睛，兩腿一點也不聽使喚。他沿著大腿向下胡亂摸索，才發現大腿和個人鞍具的皮帶纏在一起。一枚環扣甚至扯破褲子，劃傷皮膚，濕濕的傷口滲出血來。

他一時間以爲他們被俘虜了，不過耳邊聽到的都是英語，他聽出了巴勒姆的喊聲，而葛蘭比正惱怒地說：「長官，請止步，你他媽的別再靠近了。無畏，他們要攻擊，你就摺倒他們。」

勞倫斯掙扎著坐起來，沒想到有人熱心地來扶他。

「長官，小心點，您還好吧？」說話的是迪格比，正把手上滴著水的水袋遞給他。勞倫斯潤潤嘴，但是胃還在翻騰，不敢吞下去。他努力把瞇瞇的眼睛撐大一點，一邊粗聲說：「扶我站起來。」

「長官，不行。」迪格比連忙輕聲說：「您的頭被狠狠敲了一下。這些傢伙是來逮補您的，葛蘭比說我們得把您藏起來，等司令來。」

無畏前腳彎起來，護住躺著的勞倫斯，他身下就是空地硬硬的泥土地，而迪格比和艾倫這兩位前方守望員正蹲在他兩旁。無畏腳上有幾道血痕汩汩流下，染黑了不遠處的地面。勞倫斯嚴厲地說：「他受傷了。」一邊又想爬起身。

「凱因斯先生去拿繃帶了，長官。有隻紋漁龍攻擊到肩膀，不過只有抓傷。長官，您不可以起來，貝勒斯伍去找單架了。」迪格比不讓他爬起來，勞倫斯也無力再反抗，他扭到的腿連彎都彎不了，更沒辦法支撐重量。但勞倫斯知道戰鬥剛結束，藍登不可能馬上過來，他可不打算躺在那兒讓事態惡化下去，於是厲聲說：「夠了，扶我起來！」迪格比和艾倫只好扶起他，讓他一跛一跛走出藏身之處。他的體重壓得這兩名少尉步履蹣跚。

巴勒姆身邊帶了一打海軍，這可不是當初在倫敦當他護衛的菜鳥，而是堅毅老練的士兵，還帶著一門胡椒砲，雖砲身不長、口徑不大，但雙方距離很短，要攻擊還綽綽有餘。

巴勒姆在空地邊和葛蘭比爭論，臉氣得發紫，一見到勞倫斯就瞇起眼說：「出現啦，你難道以爲可以像懦夫一樣躲在這裡嗎？給我從那隻牲畜上面下來。中士，逮捕他！」

勞倫斯還來不及反應，無畏就向士兵咆哮：「不准你們靠近勞倫斯半步！」他舉起長著致命利爪的前腳準備攻擊，肩上和脖子流下鮮血，頭周圍的巨大頭冠緊繃立起，讓他的模樣更加駭人。

士兵有點退縮，那位中士卻無動於衷地說：「下士，把砲推出去。」接著示意其他士兵舉起毛瑟槍。

勞倫斯緊張地嘶聲叫道：「無畏，住手！拜託別激動！」但無畏氣紅了眼，裝作什麼也沒聽到。毛瑟槍也許只能讓他受點輕傷，不過胡椒砲一定會讓他看不見、變得狂暴，一不小心就會激怒到無法控制、傷人害己的地步。

就在這時，他們西邊的樹叢突然晃動起來，巨無霸龐大的頭和肩膀猛然探出樹叢，他揚起頭打一個大呵欠，露出兩排參差的利齒，抖抖身子問道：「仗還沒打完嗎？在吵什麼啊？」

「喂，你，」巴勒姆指著無畏，對巨大的皇銅龍吼：「制住那隻龍！」

巨無霸就像一般的皇銅龍一樣，有很嚴重的遠視，他爲了看清楚空地的情況，只好用後腳立起來，站高一點。他的體重已經是無畏的兩倍了，從頭到尾比無畏長二十呎，還半開翅膀保持平衡，映著背後紅紅的太陽，翅膀上的血管在半透明的皮膜上清晰可見，身形則在前方的地上投下長長的影子。

他就這樣巍然立在他們頭上，挺著脖子看空地，然後好奇地問無畏：「幹嘛要制住你啊？」

「我才不用被制伏咧。」無畏氣得幾乎口沫橫飛，頭冠顫抖，兩肩上的血湧得更急了。「這些人要帶走勞倫斯，把他關起來處決，我絕不會讓他們得逞。」他說著，轉向巴勒姆勛爵，兇狠地說：「就算勞倫斯叫我不要踩扁你們，我也不管。」

「老天爺。」勞倫斯驚呼道。他從不知道無畏原來在擔心這種事。話說回來，無畏看過的唯一一次逮捕行動，被捕的人是叛國者，而他不久之後就在自己的龍眼前被處決。無畏和掩蔽所其他年輕龍隻看了都感同身受，痛苦了好幾天，難怪此刻他會如此驚慌。

巨無霸無心之舉引開了海軍的注意，葛蘭比連忙趁機示意無畏的隊員們，於是菲利斯和伊凡斯衝過去跟著他，李格斯和手下的步槍手趕緊跟上前。一轉眼，大家就在無畏前方舉著手槍和步槍，排出防禦隊形。子彈在戰鬥中已經用盡了，他們就算在虛張聲勢，但這麼做還是很糟糕。勞倫斯懊惱地閉上眼睛。葛蘭比和他那群部下明目張膽地反抗，等於跳進燉鍋裡陪他遭殃，對方這會兒更有證據說他們叛變了。

海軍面對他們的陣勢，手裡的毛瑟槍並沒有動搖，士兵仍然快速地裝填胡椒砲，用小支的砲塞將一顆又大又圓的胡椒砲填入砲中。

「準備！」下士喊道。勞倫斯想不出該怎麼辦才好，他命令無畏毀掉那門砲，就等於攻擊軍隊中的同袍，而那些人只不過是奉命行事。讓無畏攻擊雖然罪不可赦，但他更不願袖手旁觀，看著他們傷害無畏或是他手下。

「你們在搞什麼鬼？」負責照顧無畏的龍醫官凱因斯這時回到空地，跟著他的兩名助手跌跌撞撞地放下乾淨的白色繃帶和縫合用的細絲線。他的頭髮上結了汗水的鹽晶，外套濺著血，誰也不敢違逆那副威嚴的樣子。凱因斯推擠、穿過吃驚的海軍，從站在胡椒砲旁的士兵手裡搶過引信，丟到地上踩熄，接著以憤怒的目光掃視一圈。巴勒姆、那批海軍、葛蘭比和他手下都沒逃過他一視同仁的怒火。

「你們發神經啊？怎麼可以這樣子激怒戰鬥完的龍，他才從戰場上回來而已。」他指著巨無霸又說：「過不了半分鐘，不只這個大雞婆，全掩蔽所的龍都會伸頭看過來的。」

他說得不錯，這時候已經有其他龍把頭伸過樹梢，想探頭看看發生什麼事，樹枝折斷的聲音不絕於耳。巨無霸很不好意思，不想那麼明目張膽，於是放下前腳坐了下來，卻讓大地爲之動搖。巴勒姆不安地看著周圍許許多多困惑的旁觀者，龍隻習慣在戰鬥後進食，所以下巴大多淌著血，還能聽到咀嚼時牛骨碎裂的聲音。

凱因斯不給巴勒姆回過神的機會，馬上接著說：「去，你們這些傢伙，現在就出去，總不能叫我在一團混亂中動刀吧？」他轉頭嚴厲地對勞倫斯說，「還有你，馬上給我躺回去。我早就下令要他們立刻抬你給醫生看，你居然還踩著那隻腳跳來跳去，天曉得又造成什麼傷害。貝勒斯伍單架拿到哪去了？」

巴勒姆一直欲言又止，這時抓住機會開口：「勞倫斯已經被逮補了，我會讓你們這些造反的混帳也關進鐵牢去。」

結果這番話只讓凱因斯的砲火轉向他：「等我們處理好他的腿傷還有他的龍，明天早上隨你逮捕他。可是你們現在竟敢騷擾傷者，野蠻的混帳——」凱因斯就這麼在巴勒姆臉前揮起拳頭，拳頭裡還握著十吋長、恐怖的手術鉤，加上義正辭嚴，氣勢十分驚人。巴勒姆不由得退了幾步。海軍欣然把這視為暗示，動手拖著胡椒砲離開空地。巴勒姆啞口無言，又沒了幫手，只好放棄。

他們爭取到的時間並不長。醫官湊到勞倫斯的腿上研究一番。腿骨沒斷，只不過觸診時痛得要命。腿上沒有傷口，但每塊肌膚似乎都有著斑斑瘀傷。他的頭也很疼，但是他們只給他鴉片酊，要他不能把重量放到那隻腳上，此外就無能為力了。他拒絕服用鴉片酊，腳傷的事呢，反正站也站不住。他們的建議雖然實際，卻沒有一點用處。

幸好無畏的傷口不大，這時正由醫官縫合。無畏很焦慮，然而勞倫斯連哄帶騙，還是說服他吃了點東西。早上再檢查的時候，發現無畏復原得很好，沒有因為受傷而發燒，因此藍登司令傳喚勞倫斯到掩蔽所總部報告時，勞倫斯沒理由再拖延了。勞倫斯坐到扶手椅上，由人抬著離開焦慮不安的無畏。「你明天早上還不回來的話，我會去找你。」無畏認眞地說，怎麼也不肯收回這句話。

勞倫斯不想騙無畏，所以沒出言安撫。除非發生奇蹟，藍登說服了巴勒姆，否則他應該會遭到逮捕，而軍事法庭看了他們連番抗令，很可能會判他死罪。一般來說，只要不是叛變，飛行員就不可能受到絞刑。不過巴勒姆一定會讓陪審團都由海軍軍官擔任，他們比其他的軍官來得嚴厲，而且會認爲基於中國的要求，無畏已經不再是英國的戰龍，因此根本不會想到挽留無畏爲國家效力。

他和無畏的處境實在糟糕又難堪，想到讓自己部下陷入危險中，更覺得氣餒。葛蘭比不服軍令，一定得負起責任，而伊凡斯、菲利斯和李格斯這幾位上尉也一樣，都可能被除去軍籍。空軍從小受的教育就是爲了成爲飛行員，見習官即使永遠升不到上尉，通常也不會被免職。繁殖場也好、掩蔽所也好，總會找到工作給他們做，讓他們留在同僚間，因此被逐出空軍是莫大的悲哀。

過了一晚，勞倫斯的腿稍有改善，但努力爬上總部前短短的樓梯，就已經臉色蒼白、滿身大汗了。腿傳來劇痛，讓他頭暈目眩，他只好在進小辦公室之前，先停下來喘口氣。

「老天爺啊，我還以爲醫官已經放你走了。勞倫斯，趁還沒倒下來，快坐下。來，拿著。」藍登說著，遞給勞倫斯一杯白蘭地；巴勒姆不耐煩地皺眉，但他置之不理。

「謝謝您，長官。您沒弄錯，醫官放我走了。」勞倫斯的頭已經夠渾沌了，不過還是啜飲了一口酒以示禮貌。

「夠了，他不是來給人寵的。」巴勒姆說：「我這輩子還沒看過這麼過分的事，犯人居然還是軍官——勞倫斯，上天有眼，我一點也不喜歡絞刑，不過我可覺得你被判絞刑也罪有應得。只是藍登信誓旦旦，說他們會制不住你那頭牲畜。在我看，現在已經控制不了了，不是嗎？」

藍登聽了他輕蔑的言論，抿緊雙唇。勞倫斯眞不敢想爲了把這觀念灌輸到巴勒姆腦袋裡，他還受了多少侮辱。藍登是空軍司令，剛從戰場回來，但這對地位比他高的人來說沒什麼意義。海軍司令在政治上都有影響力，而且關係良好，更有本錢要求得到別人的尊敬。

「已經決定要你卸下職務了。」巴勒姆繼續說：「那頭牲畜得去中國，而且說來抱歉，我們還需要你跟我們合作，說服他去。成功的話，這件事我們就不追究了，再不聽命令，我就不信我吊不死你。沒錯，我還會槍決那牲畜，管那些中國人去死。」

勞倫斯腿傷很重，卻被他最後那句話激得差點從椅子裡跳起來，但藍登的手壓住勞倫斯肩膀，堅定地把他壓回座位，不讓他亂動。「長官，您太超過了。」藍登說：「英國向來只有在龍吃人的時候，才會槍決龍隻，我們可不會創下先例，要不然連我自己都會叛變的。」

巴勒姆皺起眉頭，低聲咕噥一些沒規矩之類的話，聽不太詳細他在說什麼。不過那話由巴勒姆嘴裡說出來，其實很諷刺，勞倫斯很清楚他在一七九七年海軍大叛變時也在服役，當年可是大半的艦隊都造反呢❶。

「唉，希望不會發生那樣的事。斯皮特黑德停了艘普通的運龍艦——忠誠號，已經準備妥當，一週內就能出航了。那畜牲那麼固執，要怎麼把他弄上船啊？」

勞倫斯沒辦法開口回答，一星期的時間短得可怕，他甚至有一瞬間放任自己想像要怎麼逃亡。要無畏從多佛飛到歐洲大陸並不難，德意志諸邦有些森林直到那時都還住著野龍，不過都是小型的品種。

「這件事還需要進一步考量。」藍登說：「長官，我就直說吧，整件事從頭開始就沒處理好。這下子龍被氣壞了，要哄龍去做他執意不做的事，可沒那麼容易。」

「藉口也太多了吧，藍登。」巴勒姆才開口，門上就傳來敲門聲，臉色慘白的見習官在三人驚訝的目光中打開門才說道：「長官、長官——」就被迫讓路出來。中國士兵走上前爲成親王永瑆開路。

房裡的人都訝異地楞了一陣子，才想到該站起來。成親王都進到房裡了，勞倫斯還在掙扎著起身。他的隨從趕忙找椅子，結果拉了巴勒姆的椅子給成親王坐，但是成親王不坐下，其他人只好也站著。藍登悄悄伸手扶著勞倫斯的手肘，幫他站穩一點，然而房間仍舊在勞倫斯腦中顫動旋轉，成親王鮮豔的長袍異常刺眼。

「好啊，原來你們是這樣尊重天子的。」成親王對巴勒姆說：「你們又將龍天祥丟上戰場，還在這裡密會商量要怎麼保住你們偷來的寶物。」

巴勒姆五分鐘前才在罵中國人，這會兒卻刷白了臉，吞吞吐吐地說：「閣下、殿下，我們沒有——」不過成親王不理睬。

「你們叫『掩蔽所』的這個畜欄，我已經裡裡外外看過了。」他說，「做事方法這麼落後，對待龍又刻薄，只有一個同伴給他僅有的溫暖，難怪龍天祥會受誤導，產生依賴，不想和那同伴分離。」他轉向勞倫斯，不屑地上下打量他。「你欺負他年輕沒經驗，這樣對待他，這種行爲可不能姑息，不准再藉口拖延了。他回家以後，重拾適當的地位，就會知道用不著重視遠不如他的人。」

巴勒姆還在苦思怎麼回答比較禮貌，只見藍登冒失地說：「殿下，不是這樣的。我們絕對樂意和您合作。問題是無畏不肯離開勞倫斯，您應該也清楚不能命令龍去哪裡，只能循循善誘。」

成親王冷冷地說：「既然如此，當然要勞倫斯隊長一起來了。除非你這下子想要我們相信，你們連個隊長也不能命令。」

他們都疑惑地楞住了，腦裡一片空白。勞倫斯幾乎不敢相信自己的耳朵。巴勒姆這時脫口而出說：「天啊，您要勞倫斯的話，就他媽的帶走吧，皆大歡喜。」

勞倫斯大感放心，但腦子幾乎都被放心和困惑交雜的感覺占據，接下來的會商就在恍惚間過去了。他仍舊覺得頭暈目眩，偶爾應答幾句。藍登終於又插手叫他上床睡覺去。勞倫斯回到房間，努力保持清醒，撐著請女僕幫他送張紙條給無畏之後，立刻就落入疲憊沉重的睡夢中。

他睡足十四小時，隔天早上才掙扎著醒來。羅蘭隊長正坐在他床邊打瞌睡，頭斜斜靠著椅背，嘴巴半張。她聽到勞倫斯有動靜，睜開眼揉揉臉，打了個呵欠。「哎呀，勞倫斯，你醒啦？可眞嚇死我們了。艾蜜莉來找我，說可憐的無畏氣炸了，你幹嘛寫那樣的字條給他啊？」

勞倫斯拚了命回想自己到底寫了什麼，卻怎麼也想不起來。前天的事幾乎都沒印象了，忘不了的只有最重要、最基本的那件事。他回道：「羅蘭，我完全不記得寫過什麼。無畏知道我要跟他一起去嗎？」

「我來找你的時候，藍登有跟我說，所以無畏才知道。信裡顯然讀不出來。」羅蘭說著遞了張紙給他。

紙上是他的字跡，還附著他的簽名，但是內容荒謬至極，他完全沒印象：

無畏：

別怕，我也要走了。天之子可不准事情拖延，而且巴勒姆又讓我去。我們將乘忠誠而去！吃點東西吧。

勞筆

勞倫斯有點喪氣地看著紙條，納悶著自己爲什麼會那樣寫。「哎，上面寫的我都不記得了。忠誠是運龍艦的船名，天之子是成親王永瑆對皇帝的稱呼，不過眞不知道我爲什麼要跟他重述天之子這種褻瀆的話。」他把紙條遞還給羅蘭，「我一定昏了頭，麻煩幫我燒掉，然後跟無畏說我現在沒事了，很快就會去見他。請幫我搖鈴叫僕人來好嗎？我要換個衣服。」

「不行，你現在的樣子，看起來就該在床上待著。」羅蘭說：「好好躺一下吧。我曉得這個叫巴勒姆的傢伙要找你談談，藍登也要找你。不過據我所知，目前沒什麼好急的。我會去找無畏，告訴他你沒死，也沒多長顆腦袋。要是有給你的訊息，我會讓艾蜜莉跑腿幫你傳達的。」

勞倫斯被她說服了。說實在，他也不太想爬起床，何況他得養精蓄銳，等巴勒姆來找他。

幸好他逃過一劫，只有藍登一個人來。

「唉，勞倫斯啊，恐怕你得踏上漫長的旅程了。希望你的旅途順利點。」他說著拉張椅子來坐。「九〇年代那時候，我的運龍艦在開往印度的途中遇上暴風雨，一颳就颳了三天。雨落下來的時候都要結凍了，龍都不能飛到雲層上喘息一下。可憐的梭巡姬從頭到尾都在暈船。龍暈船啊，對人對龍而言，都是最討厭的事。」

勞倫斯沒有指揮過運龍艦，不過藍登的敘述還真生動。他回答道：「長官，還好無畏非常喜歡航行，他一點也不怕坐船。」

「等他碰到颱風，看他還喜不喜歡。」藍登說著，搖搖頭。「就目前的狀況，你們應該都同意去中國吧。」

「當然。」勞倫斯坦白地說。在他來看，到中國不過是由煎鍋往火裡跳，不過只要別逼得那麼緊，就值得慶幸。去中國要好幾個月的時間，有時間就有希望，在他們到達中國之前，什麼事都可能發生。

藍登聽了點點頭，又說：「你看起來還是糟得很，就長話短說吧。我想辦法說服了巴勒姆，最好讓你們原封不動地上船，也就是帶著你的隊員走，以免你有軍官要跟去，讓事情鬧得不愉快。最好在他改變主意之前讓你上路。」

勞倫斯原先根本不敢奢望能這樣。他鬆了口氣，然後對藍登說：「長官，我真的虧欠您很多——」

「亂講，才沒有，別謝我。」藍登撥了撥前額稀疏的灰髮，突然說：「勞倫斯，真他媽的對不起。要是我碰上這種事，早發瘋了。實在是太亂來了。」

勞倫斯不知該怎麼回答，他沒想到會得到同情，也不覺得自己值得同情。藍登頓一頓又開口，這次語調比較輕鬆了：「很抱歉不能給你多點時間復原，反正在船上除了休息，你也沒多少事好做。巴勒姆跟中國人保證，忠誠號會在一週內啓航，只不過據我所知，他很難在一星期內找到好艦長。」

「忠誠號不是要由卡特萊指揮嗎？」勞倫斯喚起腦中模糊的記憶。他雖然離開海軍，但仍然會讀《海軍年鑑》，因此知道各船艦指派的艦長。卡特萊多年前和他一起在哥利亞號服役過，那個名字深植在他腦中。

「是啊，他原來要開忠誠號到哈利法克斯，去接那邊一艘爲他打造的船，不過來回中國要兩年的時間，他不能讓他們等，所以忠誠號現在沒艦長了。」藍登說：「反正還是會找到人，你要準備好才行。」

「長官，沒問題的。」勞倫斯說：「我那時一定恢復了。」

然而勞倫斯似乎不該太樂觀，藍登離開之後，他試圖寫封信，才發現頭痛得太厲害，沒辦法下筆。好在過一個小時之後，葛蘭比來了。葛蘭比想到要旅行就興奮，根本不在乎所做所為有礙自己的前途。

「那個混蛋想把你拖走，還拿砲指著無畏，我哪管前途這種龍屎事啊。」葛蘭比說：「別在意了，告訴我要我寫什麼吧。」

勞倫斯原來還想勸他謹慎一點，只好放棄。他一開始很討厭勞倫斯，幸好隨著日子過去，已經轉變為同等執著的忠心。勞倫斯對他說：「幾行字就好，拜託你了。收信人是湯瑪斯．萊利艦長，跟他說我們一週內就要啓程前往中國，而巴勒姆還沒有忠誠號的艦長人選，要是他覺得運龍艦還能接受，他很可能拿得到忠誠號，不過務必立刻就去海軍部，記得告訴他在海軍部別提我的名字。」

「好的。」葛蘭比說著，開始振筆急書，他的筆跡潦草，不夠優雅，不過還能辨認。他邊寫邊問：「你和他很熟嗎？不管他們派誰當艦長，我們都得忍受好一段時間。」

「我和他非常熟。」勞倫斯說：「我在貝里斯號時，他是我的三副；在信賴號他是我的二副；無畏孵化時他也在場。他是海上男兒，也是位好軍官，對我們而言，他是最好的人選了。」

「我會親自去找信差，要他確定交到那人手裡。」葛蘭比向勞倫斯保證。「還好艦長不是由那種固執的混帳傢伙——」說到這兒，葛蘭比不好意思地住口，因爲沒多久以前，勞倫斯也是他眼中那種「固執的傢伙」。

「約翰，謝了。」勞倫斯連忙替他解圍。他補充道：「不過別高興得太早，海軍部可能還是希望更資深的人去當艦長。」說是這麼說，他也暗自認爲這機會難得，畢竟願意接受運龍艦的人一定很難找。

運龍艦看似威風，指揮起來其實不容易。這些船艦要不是漫無目的地停在港口裡，等著龍來搭程，船員花天酒地度日；要不就在汪洋大海中待上幾個月當龍隻的休息站，努力保持在同個位置，等待遠距飛行的龍前來休息。後者很像一般執行封鎖任務的船艦，只不過沒有其他友船陪伴，更孤獨難耐。運龍艦沒什麼機會參戰爭光，更不可能拿到獎金，一般人通常不會想屈就。

不過萊利的信賴號在特拉加法戰役後，遭到暴風侵襲，受損十分嚴重，得在船塢裡待上好一段時間。他被擱在岸上，沒人脈幫他找到新船，也沒有能提拔他的上級。因此如果有這個機會，不只勞倫斯慶幸萊利當艦長，萊利自己也會很高興，而且有人自告奮勇，巴勒姆大多會急著接受。

隔天，勞倫斯忙著處理其他該寫的書信。巡迴送信的時間遠超過許多事務處理的時限，要是沒事先安排好，根本不能去長途旅行。另外，前幾個星期太悲慘，勞倫斯完全擱下和親友通信的事，這時欠了幾封信還沒回，其中還有他家人的信件。

多佛之役以後，他父親不再那麼反對他的新職位，他們雖然依舊不寫信給對方，但是勞倫斯寫信給母親時，不必再躲躲藏藏，有幾次還直接在信上署名給她。他父親知道他要去中國，也許又會不准他和母親公然通信，他只希望父親不會聽到詳情。還好讓阿連德勛爵沒面子對巴勒姆沒什麼好處，而他們共同的盟友威伯福斯❷還計畫下個議期在議會推動廢除奴隸。

勞倫斯匆匆寫了十幾封短籤給其他人，他的字跡跟平常不太一樣，不過收信的大多是海軍朋友，會體諒他將匆忙離開。信寫得簡短，卻依然累慘了他，珍．羅蘭來找他的時候，他又幾乎筋疲力竭，正在床上靠著枕頭閉目養神。

「好啦，我會幫你寄，不過勞倫斯啊，你這樣太荒唐了。」她說著收好桌上的信，「頭上給人敲一下，就算頭骨沒裂，也很危險。之前我在西印度得黃熱病都沒像你這樣跑來跑去，說自己沒事。我乖乖待在床上喝粥和牛奶酒，可比其他傢伙都快康復。」

「謝了，珍。」他沒和她爭論，他真的很難過，很高興她拉上窗簾讓房間暗下來，讓他舒服一點。

幾小時後，他醒來片刻，聽到有人在門外吵鬧，羅蘭的聲音說：「媽的，你再不給我滾蛋，我可要把你踢下樓了。我才出去一下，你就偷偷摸摸要來打擾他，想幹嘛？」

「我得和勞倫斯上校談談，事情非常緊急——」陌生的聲音困惑地抗議，「我是從倫敦直接騎馬趕來的——」

「要是這麼緊急，大可以去找藍登司令。」羅蘭說：「管你是不是從海軍部來的。你看起來和我的見習官一樣年輕，我才不相信有什麼事不能等早上再說。」

話說完，她拉上背後的門，接下來的爭執就聽不清楚了。勞倫斯又昏睡過去。然而，隔天早上沒人幫他擋人，女僕剛剛拿來粥和熱牛奶酒逼他吃早餐，那個人又來找他，這次可成功了。

「隊長，在下無禮打擾，眞不好意思。」陌生人嘴說個不停，逕自拉椅子到勞倫斯床鋪旁，「您一定很意外，不過事情是這樣的——」他放下笨重的椅子，坐了下來，幾乎只坐到椅子邊緣，「敝姓哈蒙德，亞瑟·哈蒙德。海軍部指派我陪您去中國進宮。」

哈蒙德意外地年輕，或許才二十歲，一頭零亂的黑髮，臉上帶著誇張的表情，因此面容雖然削瘦，卻容光煥發。他每句話都不能好好說完，一下要禮貌地道歉，一下急著切到正題。「還沒人爲我們互相引見，請您見諒。這件事來得突然，而巴勒姆勛爵已經指示我們必須在二十三號出航。您需要的話，當然也能拜託他延後一點。」

哈蒙德這麼開門見山，勞倫斯也有點吃驚，不過倒是一點也不希望延後出發，他猶豫了一下說：「沒關係，還請您多指教了。我們可不能爲了形式而耽誤航程，何況已經保證成親王那天要出發。」

「喔！我也是這麼想。」哈蒙德大大鬆了口氣。勞倫斯看著他的臉估計年齡，懷疑指派他來，是因爲倉促之下難得有人很快就答應去中國。不過哈蒙德馬上推翻勞倫斯的看法，顯現了其他才能。他坐好之後，從外套前面鼓鼓的口袋掏出厚厚一捆文件，連環珠砲地開始告訴勞倫斯鉅細靡遺的任務內容。

勞倫斯起先幾乎聽不懂他的話，因爲哈蒙德低頭看著中文的文件時，常常會不經意地脫口說出中文，用英文說的部分則全在講馬戛爾尼出使中國的事，而那已經是十四年前的事了。勞倫斯那時候才升到海軍上尉，忙著海軍事務和自己的事業，分身乏術，別說那趟出使的細節，甚至快忘了英國有大使到過中國。

不過哈蒙德說得滔滔不絕，很難打斷，而且他說話時感覺很可靠，對他講的內容架輕就熟，表現出超齡的權威，所以勞倫斯沒有馬上打斷他。巴勒姆和海軍部的表現，讓勞倫斯以爲哈蒙德也會沒禮貌，但他卻彬彬有禮。勞倫斯只知道馬戛爾尼坐的那艘獅子號，是西方第一艘繪製渤海灣航海圖的船艦，不過哈蒙德這麼禮貌，讓他仍覺得兩人在某些層面上是同一國的。

哈蒙德好不容易才明白高估了眼前的聽衆。「呃，我想應該沒關係吧。簡而言之，那次遣使一敗塗地。馬戛爾尼拒絕在中國皇帝面前行使臣服之禮，也就是叩頭，所以冒犯了他們。他們甚至不肯讓我們派使常駐北京，最後他還被一打的龍押送出中國海。」

「這我倒記得。」他的確有點模糊的印象，記起和朋友在軍官室裡討論這件事，因爲英國使節受辱而憤慨。「不過中國人不是要他趴在地板上嗎？叩頭眞的很侮辱人。」

「我們彬彬有禮地脫下帽子，來到別人國家的時候，可不能對他們的禮俗視若無睹啊。」哈蒙德投入地靠向前說：「隊長一定看得出後果，我確信那次事件的餘毒至今還在危害我們兩國的關係。」

勞倫斯皺起眉頭，哈蒙德這番話確實很有說服力，也難怪成親王剛到英國就對他們有很深的成見。「你覺得那次造成的不合，會讓他們想把天龍送給拿破崙嗎？他們會記恨那麼久嗎？」

「隊長，我就對您實話實說吧。這我們一點也不明白。」哈蒙德說，「十四年前馬戛爾尼出使失敗，還好中國對歐洲事務就像我們對企鵝一樣興趣缺缺。我們對外政策都以此為基礎，但這假設現在完全不成立了。」

譯註：

❶：一七九七年，英國海軍發生一連串的叛變事件，首先發難的是停泊於斯皮特黑德的十六艘海峽艦隊船艦，之後又有諾爾的叛變及其他各地海軍船艦的叛變。

❷：威伯福斯（William Wilberforce，一七五九～一八三三），英國下議會議員。推動廢除奴隸運動，促使英國國會通過「廢除奴隸貿易法案」及「廢除奴隸制度法案」。

第三章

忠誠號就像在水裡緩緩前進的巨獸，長度超過四百呎，船身的比例狹長得怪異，而且在船首到前桅杆之間，有個特大號的龍甲板，因此從船下仰頭看，忠誠號幾乎呈扇子狀，怪模怪樣。在寬闊的龍甲板下方，船殼急速變窄。龍骨不是一般的榆木，而是用鐵做的，表面塗了厚厚的白漆防鏽，在船殼中央形成一條狹長的白色條帶，讓忠誠號多了一絲時髦的味道。

為了要在暴風中平穩航行，忠誠號的吃水超過二十呎深，整艘船大到不能進港，只能在沉了巨樁的深水中下錨，補給品則由小船來回運送，活似一位胖女士四周繞著忙碌的隨從。勞倫斯和無畏以前搭乘過別的運龍艦，不過那艘運龍艦是在狹窄的船上加了幾塊厚板子拓寬，只能載三隻龍，並不能真的遠洋航行，和忠誠號比起來實在有如天壤之別。

「太好了，這裡比我的空地還舒服呢。」無畏悠然自得，愉快地讚嘆。他待在龍甲板，既不會擋到船員、又能看到整艘船上的動靜，而且船上廚房的爐子就在龍甲板正下方，烤得龍甲板暖烘烘的。「勞倫斯，你都不會冷嗎？」無畏問了差不多三次，同時彎下脖子仔細端詳他。

無畏一再對他過度關心，勞倫斯有點煩了，只簡短地說：「不會，一點也不冷。」頭昏和頭痛雖然已經和他後腦勺的腫包一起消失，但腿上的淤青一直不退，痛個不停，不時會無法施力，陣陣抽痛。他覺得自己要爬上船並沒有問題，所以坐著吊椅被吊上船時，心裡很受傷。接著他們直接把他放到扶手椅中，抬到龍甲板，像廢人一樣蓋上毯子。而此時無畏正小心翼翼地蜷曲在他身旁，幫他擋風。

前桅杆的兩側各有一座梯子可以爬上龍甲板。而從梯子到主桅杆之間，靠梯子那半的船首樓照例屬於飛行員；靠主桅杆的另一半，則是駐守在前桅杆的船員的天下。無畏的隊員已經占好屬於他們的區域，刻意把船上捆起的纜繩推到那條肉眼看不見的分隔線外，他們在自己的位置放下一束束皮鞍具和裝滿鐵環、鐵扣的簍子，提醒海軍飛行員他們不好欺負。沒在整理工具的人員，都站到那條線旁，有的閒晃、有的裝忙；幾名少尉把保衛空軍的權利視為己任，還叫小羅蘭和摩根、戴爾這三個小傳令兵在那條線旁遊戲。

他們年紀雖然很小，卻已經能輕鬆地在船緣欄杆上走動，還故意莽撞地衝來衝去。

勞倫斯看著他們沉思，想到帶了小羅蘭仍然覺得不安。之前詢問珍的意見，她只問他：「為什麼要丟下她？她不聽話嗎？」在她面前，他真的很不好意思解釋自己在擔心什麼。她年紀小，不過帶她走當然也有道理。等她母親退休，她就要成爲殲滅的隊長，往後必須達到和男性軍官相同的要求。這時候對她太好，不讓她受到磨鍊不是好事。

即便如此，他才上船卻又後悔了。運龍艦和掩蔽所不同，他已經看出這裡就像一般的海軍，甚至還有酒鬼、鬧事者和罪犯這些糟糕透頂的傢伙。要照顧待在這些人之間的年輕女孩，責任太重大了，何況他還希望在船上瞞住空軍有女性服役的秘密。

當然，他絕對沒有要小羅蘭撒謊的意思，而且給她工作的時候，也不能因爲她是女生而有差別待遇，但他仍暗自希望能瞞著空軍之外的人。她才十一歲，穿上長褲和短夾克，不仔細的話沒人會看出她是女孩，連他也曾誤以爲她是男孩子。但是他也很希望飛行員和船員能相處得不錯，至少不要對彼此抱著敵意，如果眞能這樣，相處久了，很難不發現小羅蘭的眞實性別。

到目前爲止，他想守住秘密的心願還得以維持，不過海軍和空軍兩方的情形卻不太樂觀。前桅杆的船員忙著上貨，用不太小的音量埋怨有人無所事事，只知道坐著當乘客，還有幾個人大聲批評纜繩被動過，丟得亂七八糟，接著多此一舉地把纜繩重捆一遍。勞倫斯看了搖搖頭，沒說什麼；他的手下沒有逾矩，而他無權指責萊利的部下，就算說了也沒好處。

然而，這一切無畏都看在眼裡，他稍稍揚起頭冠，哼了一聲說：「我看那些纜繩一點也沒問題啊。我的隊員動纜繩的時候都很小心。」

勞倫斯連忙說道：「親愛的，沒事，沒事，重捲纜繩沒什麼大不了。」無畏的隊員和他在一起好幾個月了，他自然覺得他們是自己人，開始想保護他們，不過這樣的時機太糟了。船員剛和龍相處，通常都會很緊張，而如果無畏涉入爭執，站在他的隊員這邊，船上的情勢會更緊繃。

勞倫斯撫摸無畏的身體，吸引他的注意說：「別在意，旅程開始的時候最重要了，我們在船上要好好相處，別慫恿他們對立。」

「嗯，應該吧。」無畏讓步了，「可是我們並沒有錯，他們不應該那樣抱怨的。」

勞倫斯又想辦法讓他分心：「我們很快就會啓航。潮水的方向變了，搬上船的那些應該是使節團最後一批行李了吧。」

忠誠號可以輕而易舉裝載十隻中量級的龍，儲藏空間更是驚人。無畏單獨上船，對忠誠號來說不算什麼，不過使節團的行李多得驚人，似乎連她巨大的存放空間都會被占滿。勞倫斯通常只帶一個船員衣箱旅行，沒什麼別的，因此看了十分訝異。使節團隨行的人已經不少，行李和人數相較之下，更是多得不成比例。

隨行人中大約有十五名士兵，至少三名醫師：一名專門照顧成親王，一名負責其他兩位使節，還有一名醫師負責使節團的其餘人等，每名醫師都有幾個助手。除了士兵、醫師和翻譯員之外，還有帶著助手的廚師，十來個貼身僕人，另外十幾人看起來沒有明顯的職務，其中一位男士介紹時說是詩人，不過勞倫斯懷疑翻譯有問題，那男人感覺比較像某種學者。

光是成親王的衣服就多到二十箱左右，每個箱子都雕刻精細，上面的軸和鎖都是金的。

有些大膽的船員想把金鎖、金軸撬起來，水手長便啪啪地用力揮了幾下鞭子。一袋袋的食物多到數不清，由船員扔上船來，由於是從中國大老遠帶來的，袋子已經磨損了。一只八磅的米袋在傳過甲板的途中裂開來，盤旋在附近的海鷗樂不可支。船員為了繼續工作，每隔幾分鐘就得揮手趕開那群瘋狂的鳥兒。

更早一點，中國人還為登上船的事大驚小怪一番。成親王的隨從一開始要求造一條直接通到船上的斜坡道——這根本就不可能，就算忠誠號可以靠到碼頭附近，這艘運龍艦的甲板還是太高了，沒辦法造走道之類的東西。倒楣的哈蒙德花了快一個小時努力說服他們，坐吊椅吊上船無損尊嚴，而且很安全。他有時辭窮，只好對他們指著忠誠號，沉默地抗辯。

後來哈蒙德來找勞倫斯，十分喪氣地問：「隊長，這裡的海浪都很高，很危險嗎？」哈蒙德問得沒頭沒腦，浪高不過五呎，雖然寒風有時會吹動等待的駁船，拉扯著綁在碼頭的繩索，卻一點也不危險。勞倫斯訝異地告訴中國人，但他的答案並沒有讓使節的隨從滿足。看樣子，他們要啓航遙不可期。幸好到了最後，成親王本人也等厭了，不理會他焦急激動的隨從，也不接受駁船水手熱心伸出的手，就自己坐上裝飾華麗的轎子，拉上船，下轎爬到船上。

坐第二艘駁船來的中國隨從還在右側船舷登船，迎接他們的是十幾位禮貌拘謹的海軍，還有船員滿是敬意的目光。船員和海軍都站在通道邊，耀眼的紅外套、船員的藍色短夾克還有白長褲交雜。

比較年輕的使節——孫楷——輕鬆地從吊椅上跳下來，看著忙碌的甲板，若有所思地站了一陣子。勞倫斯納悶他是否看不慣甲板忙亂嘈雜，後來發現他只是努力想站穩腳步。他遲疑地前進後退幾步，接著比較有自信了，繼續練習在船上走動。他兩手背在腰後，走過通道又走回來，一路上皺著眉專心地看索具，顯然想看出繩子的頭尾各綁在什麼地方。

他看著船員做事，船員也樂得很，至少能光明正大地回看他。之前成親王剛上船就消失到船尾特別安排的私人艙房，讓船員大失所望。孫楷身材高大，穿著紅橘刺繡的藍長袍，還有引人注目的長長黑辮子跟光額頭，而且一點也沒回房間的意思，讓船員滿意多了。

片刻之後，又發生讓船員更開心的事情。船下傳來喊叫聲，孫楷連忙趕到船邊，低頭看去。勞倫斯站起身，發現哈蒙德臉色蒼白，驚恐地跑到船舷，而水裡傳來一陣潑水聲。一會兒之後，年長的那位中國使節終於從船邊冒出頭，長袍濕了一半，不停淌水。這位灰鬍子男人雖然才發生意外，爬入船中時，卻自嘲地朗聲大笑，揮揮手制止哈蒙德焦急道歉。接著他帶著無奈的表情拍拍自己的大肚子，就和孫楷一起離開了。

勞倫斯坐回椅子上，說道：「好險啊，直直掉到水裡的話，他那身長袍一下就會讓他沉下去。」

「真可惜他們沒有都掉到水裡。」無畏喃喃說著，以一隻二十噸的龍來說算小聲，實際的音量卻不小。甲板上響起竊笑聲，惹得哈蒙德緊張地東張西望。

其他隨員抬上船，沒再發生意外，他們幾乎就跟行李一樣，匆匆移出大家的視線。人和行李都裝載完畢，哈蒙德看樣子鬆了一大口氣，用手背擦擦刺骨寒風中汗水淋漓的額頭，然後虛弱地坐上通道旁的一只箱子，結果惹惱了船員。他擋在中間，他們沒辦法把駁船拉回運龍艦上，然而他是乘客、又是特使，地位太高，不能直接叫他走開。

勞倫斯看了於心不忍，於是找了手下的傳令兵來。小羅蘭、摩根和戴爾奉命乖乖留在龍甲板，少礙事，因此這時正在船邊坐成一排、腳掛在船外晃啊晃。「摩根！」勞倫斯叫那個黑髮的男孩，男孩趕緊爬起來面對著他。「幫我去請哈蒙德先生過來一起坐。」

哈蒙德聽到勞倫斯邀他，高興了起來，立刻就爬上龍甲板。他沒發現他才走開，船員隨即就開始操作滑輪索具，準備吊起駁船。

「謝謝您，長官，您眞的太好了。」他說著坐到摩根和羅蘭爲他推來的箱子上，心花怒放地接過一杯白蘭地。「要是劉寶淹死，眞不知道怎麼辦才好。」

「那位使節叫劉寶嗎？」勞倫斯問，他在海軍部見過這位年長的使節，不過只留下他咻咻打呼的印象。「旅程一開始就這樣，不太吉利，不過他自己失足，成親王也不能怪你吧。」

「噢，這您就錯了。」哈蒙德說：「他是王爺，高興怪誰就怪誰。」

勞倫斯覺得他在開玩笑，不過哈蒙德愁眉苦臉，似乎是認眞的。接下來，哈蒙德喝掉大半杯的酒，沉默了好一陣子，勞倫斯雖然認識他不久，不過也覺得不太對勁。這時他突然開口：「不好意思，說實在他的話非常不恰當——輕率冒犯人，後果眞的不堪設想。」

勞倫斯思索半天，才猜出哈蒙德說的是之前無畏喃喃的怨言。無畏倒是一下子就明白了，自己答道：「他們不喜歡我，沒關係。也許不喜歡我，就會放了我。我也不用待在中國了。」這念頭讓他楞了一下，忽然興奮地抬起頭來問：「如果我太沒禮貌，你覺得他們會現在就不管我了嗎？勞倫斯，有什麼行爲特別無禮呢？」

哈蒙德一副打開潘朵拉之盒，裡面恐怖的事物全跑到世界上來的樣子。勞倫斯很想笑，不過看他可憐，還是忍住了。哈蒙德做這職位還很嫩，人雖然聰明，但是顯然經驗不足，難怪太過小心翼翼。

「不行，親愛的，那樣行不通。」勞倫斯說：「他們還可能怪我們沒教你禮貌，更堅持要留住你。」

「噢。」無畏難過地垂下頭靠著前腳。「好吧，雖然除了我之外，大家都在作戰，感覺很差，不過我沒那麼討厭去中國。」他的態度軟化了，「旅程會很好玩，我其實也想看看中國，可是他們一定又想拆散我和勞倫斯。我才不要。」

哈蒙德還算聰明，沒和他爭論下去，只是急著換話題說：「裝載行李都要花多久時間啊？平常不會那麼久吧？我確認過中午會開到英倫海峽一半的地方，可是到現在都還沒啟航。」

「他們應該快完工了。」勞倫斯答道。最後一只巨型的箱子用滑輪和繩索盪上船，交到等候的船員手中。花了可以讓十隻龍登船的時間，讓一個人和他的諸多家當登船，船員似乎都疲倦又暴躁，而他們的午餐已經晚了半小時❶。

大箱子搬進船倉以後，萊利船長由後甲板爬上龍甲板加入他們，脫下帽子擦擦額頭上的汗，又戴回去。「眞不知道他們到底是怎麼帶那麼多東西來英國的？應該不是坐運龍艦來的吧？」

「不是，不然我們就會坐他們的運龍艦回去了。」勞倫斯說。他從沒想過這個問題，這時才發現自己完全沒頭緒。

「也許他們是走陸路吧。」哈蒙德說完，皺著眉頭沉默下來，顯然也很懷疑自己說的話。

「可以去好多地方，旅途一定很好玩。」無畏說完連忙又加了一句：「不過從海上去也不錯，眞的。」他焦急地望著萊利，深怕冒犯了他。「走海路會快很多嗎？」

「不會，根本不會比較快。」勞倫斯說：「我聽說信差龍從倫敦到孟買花了兩個月的時間，我們到廣州再順利也要七個月。陸路照理說比較快，但是現在陸上的路徑都不安全。很倒楣，法國就在途中，而且一路上強盜很多，還要越過塔克拉干沙漠。」

「我自己估計起來，至少要八個月。」萊利說：「我看過忠誠號的日誌，風從船正後方來的時候不算，我們平常能開到時速六海里，就該謝天謝地了。」

就在這時，他們頭上和腳下都傳來忙亂的騷動，船員全體出動，準備起錨揚帆了。退潮的潮水正輕拍著迎風側的船身。

「勞倫斯，我們得出發了，今天我要留守觀察忠誠號航行的情形，不過明天你能和我一起用餐嗎？哈蒙德先生，當然也希望你一起來。」

「艦長，」哈蒙德說：「不好意思，我不太熟悉船上的規矩，不過是不是該邀請中國的使節呢？」

「啊？」萊利很意外。勞倫斯了解萊利會這樣反應，是因爲邀人去別人那裡用餐，並不禮貌。幸好萊利發現自己失態，用比較禮貌的態度回道：「先生，還是應該讓成親王先邀請我們。」

「照我們現在的關係，可能等我們到達廣州，成親王還沒發出邀請。」哈蒙德說：「這樣不成，我們得想辦法請他們來用餐才行。」

萊利繼續反抗了一下，但是哈蒙德對萊利婉拒的話充耳不聞，並且抓住機會循循善誘。萊利還能繼續抵抗他的遊說，但是退潮的時間一分一秒過去，船員全都不耐煩地等他下令起錨，這時哈蒙德說了：「艦長，非常感謝您的好意。兩位，恕在下失陪。我的字在陸地上寫得不錯，不過在船上要寫出能見人的邀請函，可要多花點時間。」話一說完，萊利還來不及辯駁說他沒同意，哈蒙德就站起身溜走，算是達成了目的。

「唉。」萊利鬱鬱寡歡地說：「我要趕在他寫完請帖之前，快快讓船出海。他們要是覺得我沒禮貌、火冒三丈的話，以現在的風向，我說回不了港，不能讓他們把我踢上岸，至少還算說實話。等我們到馬德拉，他們應該氣消了。」

他跳下船首樓對船員發號施令，馬上有人開始推動四倍大的絞盤，吊錨架絞起纜繩，下層甲板則傳來叫喊聲與使勁時的呻吟。忠誠號最小號的小錨和一般船的船頭錨一樣大，錨爪的寬度比一個人還高。

萊利沒下令叫船員把忠誠號拖出停泊區，他們鬆了口氣。幾個人正用鐵桿推開沉椿，不過有點多此一舉。這時西北風正吹向忠誠號橫樑的右舷方向，加上潮水推動船身，船就這麼從容地離開外港。忠誠號剛開始只展開頂桅帆，等到他們離開停泊區，萊利就下令升起上桅帆，定出航道。而他之前對船速雖然很悲觀，船隻此時卻以飛快的速度切過海面。忠誠號的龍骨很長，因此完全依照航道，平穩地航向英倫海峽。

無畏轉頭看著前方，享受船隻行進時的海風。他看起來還眞像老維京船上的船首像。勞倫斯想著，不禁露出微笑。

無畏看見他的表情，親暱地蹭蹭他，渴望地說：「讀書給我聽好嗎？再過兩、三小時就要天黑了。」

「當然好。」勞倫斯說著坐直身子，尋找他的傳令兵。「摩根！」他喊著：「你幫我去拿箱子最上層放的那本書好嗎？吉朋❷寫的，我們讀到第二冊。」

船尾的司令室特地趕工改造爲成親王用的貴賓室。船尾甲板下的艦長室則一分爲二，給另外兩位上級使節。附近小型一點的房間，都分給那一群守衛和隨從。除了萊利自己，船艦的大副波白克爵士、醫官、水手長和幾位軍官全都被迫搬了家。

船前端的部分通常會保留給資深飛行員，幸好這時船上只有無畏一隻龍，因此分出空間給所有沒了房間的人，位置也都還夠，而且爲了這次航行，忠誠號的木匠還拆了個人艙房的艙壁，做成一個大型的宴客廳。

一開始，哈蒙德抱怨說這間宴客廳太大了，他解釋：「不能讓人覺得我們的空間比成親王大。」因此木匠把艙壁向內移了六呎，併起的桌子一下就變得十分擁擠。

掠奪到無畏的蛋後，萊利得到的獎金幾乎和勞倫斯一樣多，所以還有錢擺出豐盛的筵席，邀請不少人去用餐。結果成親王不出席，只有其他使節會到。萊利聽說會有中國人來，還是很錯愕，從意外的心情中恢復過來，馬上就邀請軍官室所有資深的軍官、勞倫斯手下幾位副官，還有其他所有可能彬彬有禮談話的人前來用餐。結果居然要動用船上所有的家具。

「可是成親王不會來，」哈蒙德說：「而剩下那兩個人會講的英文字加起來，連一打都不到。翻譯員好一點，不過也只有他一個。」

「那至少我們自己還能熱鬧，不會安安靜靜太尷尬。」萊利說。

但是他的希望落空了，賓客來到的那一瞬間，現場就籠罩著一股不知所措的沉默，從頭到尾都揮之不去。翻譯員雖然也跟著來，一開始中國人卻依然沒說話。劉寶這位年紀大的使節也沒來，因此孫楷成了使節的最高代表，但他也只有在到達時，禮貌上簡單地打個招呼，之後除了熱中地注視房間裡木桶粗的前桅杆之外，都保持沉靜的風度。前桅杆畫上黃色條紋，從天花板直直伸下來穿過桌子。孫楷甚至低頭到桌布底下，看前桅杆向下穿過下面的甲板。

萊利把左側餐桌全留給中國客人，讓人爲他們領座。不過英國軍官開始入座時，他們卻不坐下來。英國人只覺得困惑，有人坐到一半，只好停在半空中。萊利也不明白爲什麼，一再請他們就座，他們才願意坐下。一開始就這樣，實在不是好兆頭，全場的氣氛因此冷了下來。

英國軍官爲了掩飾困窘，便開始用餐，但裝出的一點禮貌不久就蕩然無存。中國人不用刀叉吃東西，用的是自己帶來的漆筷，竟然單手就能用這樣的小棒子把食物送進嘴裡。英國這一方很快就深受吸引，無禮地盯著他們，每上一道新的菜，就趁機觀察這種技巧。一道菜是烤羊腿肉，每片肉都很大塊，客人楞了一下，然而過一會兒，一位年輕的中國人就用筷子小心地拿起一片肉，一整塊夾起來，三大口就把肉吃完，而其他人也跟著這麼吃。

萊利最年輕的見習官崔普，是個胖嘟嘟又難看的十二歲男孩。他家族在議會裡占了三席，是靠關係上船來的。請他來只是因爲他家教好，並不是因爲他人緣好。崔普這時正把刀叉反過來當筷子，想偷偷模仿中國人，不過不太成功，倒弄髒了乾淨的褲子。他坐的位置靠下座，距離太遠，沒辦法使眼色阻止他，而坐在他附近的人都盯著他看，也沒注意長官的神色。

孫楷坐在最靠近萊利的上座，努力不去注意男孩滑稽的動作，而萊利一邊猶豫地對孫楷舉杯，一邊以眼角看著哈蒙德，想得到適當的暗示。他說道：「先生，祝您身體健康。」哈蒙德快快向桌子對面的孫楷低聲翻譯，孫楷聽了，點點頭，舉起自己的酒杯，禮貌地啜飲一口，不過沒喝多少。他們喝的是摻了不少白蘭地的濃烈馬德拉白酒，這種酒得以在惡劣的海上環境中保存。其他軍官終於想起他們有責任表現紳士風範，這才開始向其餘客人敬酒。敬酒的動作簡單明瞭，不需要翻譯，雙方間的氣氛改善不少。桌子兩邊的人開始對彼此點頭，交換微笑。勞倫斯聽到旁邊的哈蒙德輕聲吐出一口氣，終於開始吃點東西了。

他知道自己沒盡到職責，不過這時他的膝蓋正撐著桌子的木框，以防忍不住伸出疼痛不已的腿。他喝一點點酒表示禮貌，頭已經變得遲緩渾沌了。到這個地步，他只希望不要出醜，決定午餐結束後，再爲他愚蠢的表現向萊利道歉。

萊利的三副是一位叫法蘭克斯的傢伙，前三次敬酒都一言不發，只呆坐著，默默笑一笑就舉起酒杯，不太禮貌，然而酒一杯杯喝下去，他也鬆口開始說話了。法蘭克斯小時候待過東印度公司的貿易船，那時英法還沒開戰，看樣子他模模糊糊學了幾個中國字，這時正拿其中最正經的字眼對他對面的男士說。那年輕男子名叫葉冰，臉修得乾乾淨淨，穿著體面的長袍顯得十分笨拙。他聽到法蘭克斯的話，高興了起來，接著用自己不太通順的英文回答。

「眞是非常……很好的……」他讚美著，後面的話卻接不下去，卡住了。法蘭克斯提出自己覺得最自然的詞：風、傍晚、午餐，但是每說一個詞，葉冰就搖搖頭，最後只好招手叫翻譯員過去。翻譯員爲他說道：「你們的船眞棒，建造得非常精巧。」

海上人聽了這種話都很開心。萊利原來和哈蒙德、孫楷用雙語談不相關的事，討論之後航道應該向南，聽到他的話就停下來叫翻譯員說：「先生，請謝謝那位先生的褒獎，請轉告他說，我希望他們在船上都能過得很舒適。」

葉冰頷首示意，透過翻譯員說：「先生，感謝您，我們已經比來的時候舒服多了。我們來的時候用了四艘船，其中一艘慢得眞不像話。」

哈蒙德這時突然插嘴：「萊利艦長，據我所知，您之前曾繞經好望角吧？」突然打斷人說話很無禮，勞倫斯訝異地望了他一眼。

萊利也很驚訝，不過仍然禮貌地轉身回答。而法蘭克斯前兩天來一直待在臭氣熏人的貨艙裡，指揮存放各種貨物，現在又喝醉了，有點無禮地說：「四艘而已嗎？我還以爲至少要用六艘。你們一定像沙丁魚一樣擠得緊緊的。」

葉冰點點頭說：「要開這麼遠，那些船實在不夠大，不過爲皇上效命，再辛苦也是我們的榮幸。何況那些已經是你們在廣州最大的船了。」

「喔，這麼說，你們這趟雇了東印度公司囉？」問話的麥克里迪是海軍上尉，身材精瘦結實，在疤痕累累的臉上戴著眼鏡，看起來很不協調。他的問題沒有敵意，不過的確帶著一點優越感，在場其他海軍也交換了自豪的微笑。英國海軍常說：法國人光會造船，不會開船；西班牙人愛激動，沒紀律；而中國人根本連艦隊都沒有。每次這些話得到驗證，總讓他們得意又開心。

「四艘廣州港裡的船，貨艙不載絲綢瓷器，卻被你們塞滿行李，他們一定收了天價。」法蘭克斯又說。

「怎麼會呢？我們是拿皇上的聖旨出使的。」葉冰說：「不過倒是有個船長想收我們的錢，還想抗令把船開走。他一定中了邪。相信你們公司一定能找到醫生治治他，我們會接受他道歉的。」

法蘭克斯聽了，吃驚地瞪著他說：「可是你們不付錢，他們怎麼肯載你們？」

葉冰被他這麼一問，也意外得很，看著他說：「那些船都奉令充公了，他們還能怎樣？」他聳聳肩，像要這樣結束話題的樣子，然後就把注意力轉回食物上，似乎覺得萊利的廚子那道果醬小餡餅比自己說的話還重要。

勞倫斯猛然放下刀叉。他一開始就沒什麼胃口，這下食欲全消。他們居然能這麼漫不經心地談論扣押英國船隻財產的事，還逼迫英國船員讓外國帝王奴役。他一時之間還以為自己弄錯了——如果是眞的，英國國內的報紙應該都會激動地報導這種事，而政府也會發出正式抗議。然而他看了眼哈蒙德，這位外交官臉色蒼白又焦急，但並不驚訝，顯然早就知道了。勞倫斯想起巴勒姆近乎卑躬屈膝的可悲行爲，又想到哈蒙德先前一直想轉移話題，這才恍然大悟。

沒過多久，英國人彼此交頭接耳，低語一番之後，也明白發生了什麼事。萊利原來一直和哈蒙德說好望角的事，這時慢慢停了下來，只不過哈蒙德還急著催萊利回答，又問：「您繞經好望角的過程很驚險嗎？希望路上的天氣不會太壞。」他的話說得太遲了，這時全場一片死寂，只剩小崔普嚼東西的聲音。

船長嘉內特用手肘狠狠撞了小崔普一下，這下子連嚼食的聲音也消失了。孫楷放下酒杯，皺著眉頭向餐桌左右張望，注意到氣氛大變，感覺風暴正在醞釀著。午餐還沒吃到一半，大家已經喝了不少酒，軍官大都年輕氣盛，因爲羞辱氣憤而滿臉通紅。許多海軍在承平時期，或是沒人脈幫忙上船而留在岸上的時候，都曾經在東印度公司的船上工作。英國海軍和商船隊之間關係十分密切，因此軍官聽到這樣的事，更是大受侮辱。

翻譯員一臉著急，退到座位後方，不過餐桌上其他中國人都還沒察覺。有人聽到鄰座說的話哈哈地大笑起來，笑聲在室內顯得十分突兀。

「老天，」法蘭克斯突然大聲說：「我眞想……」但坐他旁邊的人趕忙抓住他手臂，不讓他起身，焦急地看著上級長官，一邊安撫他。然而，這時其他人的低語聲也越來越大了。有人說了句：「……來做客用餐還……」引來陣陣憤慨同意聲，大家激動的情緒勢必一發不可收拾。哈蒙德想開口說什麼，卻沒有人理會他。

這時勞倫斯粗聲說道：「萊利艦長，請您解說一下這次的航線好嗎？相信葛蘭比先生很想知道我們會走什麼路線。」他的聲音很大，平息了熱烈的低語聲。

葛蘭比坐在下方一點的位置，曬紅的臉透著蒼白，聽到勞倫斯的話十分驚訝，頓了一會兒才對萊利點頭致意說：「是的，長官，麻煩您了。」

「沒問題。」萊利有點恍惚地回答。他彎身向背後的櫃子拿出其中一張地圖，攤在桌上，指示路線，說話的音量比平常大了些：「我們出英倫海峽之後，要走一個圓弧出去，繞過法國和西班牙，接下來會靠近陸地一點，貼著非洲的海岸走。我們會停在好望角等夏季季風開始，視前面這段的速度，可能停一到三個星期，接著就順風一路開到中國的南海。」

萊利的話打破了最糟糕的沉默，慢慢有人開始禮貌交談，但是除了哈蒙德之外，沒人跟中國客人說半個字。哈蒙德偶爾會跟孫楷說點話，但是換來周圍人不滿的目光，最後連他也安靜了。萊利只好叫廚師上布丁，而午餐就在遠比平常早的時間慘澹落幕。

每位海軍軍官的座位後面，都站了海軍士兵和船員充當侍者，當時他們也彼此喃喃交談著。勞倫斯的腳使不上力，靠手的力氣拉著自己爬上扶梯。這時士兵和船員都已在甲板上了。那件事的消息從甲板的一端傳到另一端，連空軍都和界線另一邊的船員說起話來。

哈蒙德走到甲板上，注視著一群群緊張低語的男人，他把嘴脣咬得失去血色，焦慮的神情讓他的臉顯得異常蒼老憔悴。但是勞倫斯並不同情他，只覺得憤慨，哈蒙德顯然打算瞞著這件丟臉事。

萊利來到他們身旁，手裡拿著一杯咖啡，卻一口也沒喝。那杯咖啡聞起來有點煮過頭，甚至煮焦了。「哈蒙德先生，請轉告中國佬，要他們務必待在船艙裡，原因隨便您怎麼說。

反正要是他們現在上甲板來，我可不敢擔保他們不會出事。」他的聲音雖小，但是充滿威嚴，甚至比勞倫斯的聲音還要有氣勢。他從前是勞倫斯屬下，這是勞倫斯第一次看到他一掃平日和善的態度。萊利又對勞倫斯說：「隊長，現在的氣氛很糟，麻煩您立刻要您的人去休息。」

「是的。」勞倫斯很明白這是爲什麼。情緒激動的人可能變得暴力，暴力一出，就很可能發生叛變，到時候，他們爲什麼發怒就不一定有關係了。於是他招手叫葛蘭比過來：「約翰，叫大夥們下船艙去，指示軍官要他們保持安靜，我們不希望引起騷動。」

葛蘭比點點頭：「不過，老天啊——」他氣得瞪大了眼，勞倫斯搖搖頭，他就停嘴去辦事了。空軍靜靜地解散，下到船艙。他們的榜樣大概有點效果，而船員也明白在這件事中，自己的長官和他們其實站在同一邊，所有人胸中都燃著一把火，大家敵愾同仇，因此要船員進艙時，他們沒吵鬧。大副波白克爵士從室內走到人群中，用不耐煩的語調緩緩說著：「詹金斯，下去了。走吧，哈維！」這時船員也只小聲嘀咕。

無畏張著明亮的雙眼，高高抬著頭，在龍甲板上等著。他已經偷聽了不少片段消息，夠他好奇了。聽完整個故事之後，無畏哼一聲說：「要是他們的船沒辦法載他們來，就該乖乖待在家裡。」他這麼說，只因爲不喜歡中國人，倒不是像勞倫斯他們受到冒犯。他一向不會很討厭誰，而且像一般的龍一樣，除了自己的金銀珠寶之外，對財產不太重視。無畏在說話時，還一邊擦拭平常都帶在頸子上的藍寶石墜子。

「他們侮辱了英國的王權。」勞倫斯說著，在腿上輕輕敲揉，恨自己受了傷，不能踱步走來走去。哈蒙德靠在後甲板的欄杆旁抽雪茄，吸氣時雪茄燃燒的菸灰閃著微弱的紅光，照亮他汗涔涔的慘白臉頰。勞倫斯看著他站在幾乎空無一人的甲板那端，酸酸地說：「眞搞不懂他和巴勒姆爲什麼不表示異議，就這樣吞下那口氣，怎麼忍得住呢。」

無畏眨眨眼，驚訝地看著他：「可是，我們不是要不計一切代價，避免和中國開戰嗎？」也難怪他會這樣說，他們幾個星期來，一直都在灌輸他這個觀念，連勞倫斯也這樣跟他說。

「要是兩害相權取其輕，我還寧願和拿破崙打。」勞倫斯一時太生氣，回答失去理智。「至少他還有禮貌，會在扣住我們公民之前先宣戰，不像中國人讓我們出其不意地受辱，好像我們不敢回應一樣。我們政府還畏畏縮縮，像一群該死的雜種狗翻肚子示好。」他又悶悶不樂地說：「而且啊，那個混蛋明知道發生那種事，還想說服我向中國皇帝叩頭。」

無畏看到他這麼憤怒，驚訝地哼一聲，用鼻頭輕輕地磨蹭他說：「別那麼生氣，生氣沒好處。」

勞倫斯無奈地搖搖頭，靠著無畏沉默下來。

他的確不應該這樣說氣話。這時候還留在甲板上的人可能不經意聽到他的話，誤認爲他鼓勵他們輕率行事，而且他也不想讓無畏難過。但是這麼一想，他明白了不少事：英國政府嚥下這樣的侮辱，無畏等於提醒他們不堪的回憶，海軍部當然不會堅持不交出他，反而會很高興擺脫他，讓整件事徹底平息。

他摸摸無畏的身子以求慰藉。無畏哄著他：「你可以陪我在甲板上待一下嗎？最好坐下來休息休息，別那麼生氣了。」

勞倫斯也不想離開，他沉穩的脈搏竟然能讓自己平靜下來，真的很神奇。這時的風還不會太強，守夜的人不會全下到艙裡，因此甲板上多一位軍官沒什麼關係。「好，我就留下來，而且船上氣氛這樣子，我也不想留萊利一個人在這裡。」他說完，便跛著腳去找毯子。

譯註：

❶：船上的時刻以值更時段分爲七段。分別是正午至下午四時的午後更，四至六時的上狗更，六至八時的下狗更，八時至午夜的夜更，午夜至凌晨四時的午夜更，晨間四至八時的晨更，以及八時至正午的午前更。一般於晨更後半用早餐，午後更用午餐，依排更於上狗更或下狗更用晚餐。值更的時刻按照船上四小時制的沙漏爲準，另有半小時制的沙漏，漏盡時則依時刻鳴鐘，翻轉沙漏。

❷：吉朋（Gibbon，一七三七～一七九四），英國史學家，著有《羅馬帝國衰亡史》等書。

第四章

冰冷的東北風越吹越強，勞倫斯由昏沉間醒過來，抬頭看看頭上的星空，才發現他只睡了幾個小時。他靠著無畏，又往毯子裡鑽了鑽，努力忽略發疼的腳。甲板上異常安靜，萊利值班時機警又嚴格，還留在甲板上的船員幾乎沒什麼交談，不過勞倫斯有時會聽到上面索具傳來男人說悄悄話的模糊聲音。這晚沒有月光，甲板上只掛著幾盞燈。

「你好冷。」無畏突然說。勞倫斯轉身，發現那對深藍色的大眼睛正凝視著自己。「勞倫斯，進去吧，你要快點好起來才行。我會好好保護萊利的。」他又說：「如果你不想要中國人受到傷害，我也會保護他們。」但語氣意興闌珊。

勞倫斯疲倦地點點頭，撐著身子坐起來。在他看來，至少目前威脅已經解除了，他待在龍甲板也沒什麼意義。

「你夠舒服嗎？」他問無畏。

「很舒服，下面有熱氣傳來，溫暖得很。」無畏說。他說得沒錯，勞倫斯即使隔著靴底，也能感覺到龍甲板的暖意。

離開寒風好多了。他爬下梯子到住艙甲板的過程，腿劇痛了兩次，還好他用手撐住身體等痙攣過去，才沒在半途摔倒，勉強到達艙房。

勞倫斯的艙房有幾個可愛的小圓窗，不會漏風，而且因爲房間離船的廚房很近，雖然外面風大，房裡卻很溫暖。他的傳令兵幫他點了提燈，吉朋的書還翻開放在箱子上。腿很痛，但吊床輕輕搖盪，比任何床鋪還令人懷念，而船邊陣陣海潮無言的低喃，更讓人安心。勞倫斯幾乎立刻就睡著了。

他霎時醒了過來。眼睛都還沒睜開，那一陣震動就震出他肺裡的氣，然而他倒沒聽到什麼巨響。甲板在瞬間傾斜，他急忙伸出手，以免撞到天花板。一隻老鼠滑過地板，撞上前櫥櫃，才又憤慨地衝回黑暗中。

船幾乎隨即就扶正了。窗外沒有不尋常的大風，也感覺不到大浪，他頓時明白那是無畏起飛造成的晃動。勞倫斯睡衣也沒換，披上大斗篷，光著腳就衝出去。全員戒備的鼓聲響起，俐落的斷音在木造船壁間迴響，勞倫斯踉蹌走出房間時，木匠和助手還趕過他，忙著清除艙壁。

又一陣震動傳來，他這才了解那是炸彈。而葛蘭比突然就出現在他身邊，因爲穿著長褲就寢，比他像樣多了。勞倫斯乾脆攙住葛蘭比伸來的手臂，讓他扶著擠過人群，從一片混亂中回到龍甲板。船員急忙跑向幫浦，或從船邊丟下桶子汲水，澆上著火的甲板，沾濕船帆。後桅杆摺起的頂桅帆邊緣燃起一朵橘黃色的火焰，作勢要擴大。一位長著雀斑的海軍見習官，早上還被勞倫斯看見在船上嬉鬧，這時英勇地撲上船桁，一手拿著濕淋淋的上衣把火苗打熄。

除了零星火光之外，甲板沒有其他光線，看不出他們的頭頂上發生了什麼事，而且船上一片喧嘩吵鬧，也聽不出上方戰鬥的任何聲響。他們只知道無畏可能不停放聲吼叫。

羅蘭拿著勞倫斯的靴子跟著他們跑過來，摩根手裡則拿著長褲，勞倫斯一邊接過靴子、一邊說：「趕快放信號彈。」

「卡洛威，去拿一盒信號彈還有閃光粉過來。」葛蘭比喊著：「敵方的龍一定是夜之花，其他品種沒有月光就看不見。他們要是能安靜一點就好了。」他說著，徒勞無功地瞇眼看著天上。

一陣爆裂的巨響傳來，葛蘭比試圖拉勞倫斯壓低身子，勞倫斯卻倒了下去。結果甲板上只有一些木屑飛散，炸彈落到甲板上的弱點，穿過木板，掉到廚房裡。他們腳下傳來陣陣驚叫聲，由炸彈穿過的洞中冒出熱蒸氣和醃牛肉味。醃牛肉已經浸著汁，要做隔天午餐，勞倫斯還記得隔天是星期四。船上規律的生活深植他腦中，念頭就這麼一個接著一個冒出來。

「你得下船艙去。」葛蘭比又抓住勞倫斯的右臂，喊著：「馬丁！」勞倫斯震驚地看著他，但他根本沒發現。馬丁抓住勞倫斯的左手臂，似乎覺得這是理所當然的事。勞倫斯厲聲說：「我絕對不會離開甲板！」

砲手卡洛威抬著信號彈的箱子氣喘吁吁跑來，不一會兒，第一發信號彈就劃過鬧哄哄的嘈雜聲，咻地升空，在空中點燃淡黃色的火焰。一隻龍咆哮了一聲，但聲音太低沉，不是無畏。在光線維持的那瞬間，勞倫斯瞥見無畏拍著翅膀，在船上空守衛。那隻夜之花離他有一段距離，隱身黑暗中，縮著頭避開光線。

無畏吼了一聲，就衝向法國龍，然而閃光淡去消失，一切又恢復漆黑。「混蛋，再一發、再一發啊。他一定要有光，繼續發射，不要停。」勞倫斯向卡洛威叫著，卡洛威這時居然還像其他人一樣抬頭觀看。

好幾個隊員趕過去幫他，但是幫手太多了，一下子就有三枚信號彈升空，葛蘭比連忙阻止他們浪費其他的彈藥。他們很快就抓好時機，讓信號彈持續穩定地一枚接著一枚升起，前一枚的光線轉弱時，新的一枚就發射。無畏身旁煙霧繚繞，他逼近夜之花時，微弱的黃光下還能看到煙霧飄在他翅膀後。法國龍俯衝避過他，龍身上丟下的炸彈掉入水中，傳來陣陣落水聲，沒傷到任何人。

「我們還有幾發信號彈？」勞倫斯低聲問葛蘭比。

信號彈消耗的速度很快，葛蘭比嚴肅地說：「快五十發，只有這樣了。忠誠號的庫存也加上了，他們砲手剛剛拿他們所有的信號彈給我們。」

卡洛威把發射的速度放慢一點，讓僅有的信號彈撐久一些，而黑暗便在一次次光亮迸發之間吞沒一切。他們在煙霧中張著疼痛的眼睛，努力就著信號彈模糊又不斷減弱的光線工作。勞倫斯眞不敢想像無畏獨自在昏暗中，要怎麼對抗準備充分、人手充足的敵人。

「長官，隊長！」羅蘭從右舷的欄杆上對他揮手。馬丁扶勞倫斯過去，不過還沒走到她那裡，倒數幾枚信號彈就發射了，一時間把忠誠號後方的海面照得一清二楚——他們後面駛來兩艘法國重型巡防艦，占了上風，還有十幾艘載滿人的小船正從兩旁向他們划來。

忠誠號的守望員也看到了，喊著：「有船接近！敵方登船！」船上一下子又陷入混亂，船員飛奔過甲板，架起防禦用的登船網，萊利和他的舵手與兩名最強壯的船員站在巨大的雙舵盤旁邊。以這樣的風勢，法國巡防艦至少能開到時速十海里，他們不可能甩掉法國船脫逃。

廚房煙囪旁不斷迴響著叫喊聲和踺踺的腳步聲，聲音在砲台甲板上空虛地迴盪，萊利的見習官和副手正催促人員在砲台旁邊就位，他們一遍遍用尖細緊張的聲音向部下重述命令，似乎想把需要練習幾個月才能得到的技巧，灌到剛睡醒又迷惘的腦子裡。

「卡洛威，信號彈節省用。」勞倫斯眞不想發出這種命令，無畏在黑暗中很容易受到夜之花攻擊。但是剩下的信號彈不多，他們要保守一點，等到確定能重傷法國龍再說。

「準備抗敵！」水手長吼道。忠誠號終於來到上風處，現場安靜了片刻。黑暗中船槳拍打海水的聲音繼續傳來，法國人持續計數的微弱聲音飄過水面，進入他們耳中。接著只聽到萊利喊：「各自開火！」下方砲聲咆哮，噴出紅色的火焰和灰煙。這時還看不出攻擊的成果，只能由敵方連連的尖叫和四散的木片，看出至少有砲彈命中目標。砲聲繼續響起，在忠誠號笨拙轉向時，弦側的砲聲隆隆，但發射了第一砲之後，就開始看出船員缺乏經驗了。

隔了至少四分鐘，第二輪砲聲才再度響起。第一聲砲響之後，第二門砲根本沒發射，第三門也是，而第四、第五門砲同時響起，聽得出有擊中東西，不過第六發砲彈打出，只聽到落水聲，第七發的下場也一樣。

波白克喊著：「停止砲擊！」忠誠號太逞強了，這下子要等到船再次轉頭才能開砲，而這段期間，企圖登船的敵人會繼續迫近。他們的槳手看著目標就在眼前，越划越快。

砲聲消逝，濃濃的灰煙籠罩水面。船又一次陷入黑暗之中，只有甲板上搖晃的提燈投出微小的光暈。

「要讓你騎上無畏才行。」葛蘭比說：「我們距離岸邊不遠，他還飛得到，而且附近可能有別艘船，哈利法克斯開出來的運龍艦現在可能在附近了。」

「我不會就這樣逃走，把百門砲的運龍艦拱手讓給法國人。」勞倫斯憤然說道。

「我們一定有辦法能拖延，而且即使被他們拿下，只要你能警告艦隊，在開進港口之前，一定也能把船搶回來。」葛蘭比爭論著。海軍軍官絕對不會這樣和長官唱反調，但是空軍的紀律比海軍鬆很多。葛蘭比做得也沒錯，他身爲勞倫斯的大副，的確有責任照顧隊長安危。

「他們輕易就能把忠誠號開到艦隊封鎖外，在西印度群島或是西班牙的海港徵募船員。

忠誠號不能失守。」勞倫斯說。

「最好還是讓你坐上無畏，和他在一起比較安全，除非我們被迫投降，不然他們傷不了你。」葛蘭比說：「得想辦法讓無畏擺脫他們。」

「報告長官，」埋頭在信號彈盒子中的卡洛威抬起頭說：「如果我能拿到一門胡椒砲，我們也許能用閃光粉做顆砲彈，讓無畏有點喘息的空間。」他說著，揚起下巴比比天空。

「我去跟麥克里迪說。」菲利斯馬上回應，接著就匆忙去找這位海軍上尉了。

胡椒砲由兩名士兵抬出船艙，兩個人各抬著長型螺紋砲身的一部分，砲手卡洛威則仔細地撬開一顆胡椒砲彈。他倒掉大約一半的胡椒，打開閃光粉上鎖的盒子，拿出一包紙包的粉末，又封起盒子。他把紙包拿在身邊，由兩位助手扶住他的腰幫他保持穩定，然後打開捲起的紙包，瞇起一隻眼，小心地將黃色粉末倒進砲彈中。他側著臉操作，那張臉上留著黑色的疤痕，是之前使用閃光粉時留下的傷——讓閃光粉爆炸並不需要引線，只要不小心撞擊一下就會燃燒，而且溫度比火藥還高，只是持續的時間比較短。他蓋起砲彈，把剩下的紙和粉末浸入水桶中。助手倒掉桶裡的水，他則用一塊焦油密封砲彈，用油塗抹砲彈整個表面，才把砲彈塡入砲中，再將砲後半部旋上。

「好了。不一定發射得了，不過應該沒問題。」卡洛威將髒髒的手擦乾淨，大大鬆了口氣。

「很好。」勞倫斯說：「準備好，留下三枚信號彈等發射的時候用來照明。麥克里迪，你有部下可以開砲嗎？一定要最好的發射手，要射中頭部才有用。」

「哈利斯，你來接手。」麥克里迪指派一名部下到胡椒砲旁。那個傢伙身材削瘦，動作笨拙，大概才十八歲。麥克里迪對勞倫斯說：「長官，長射要年輕的來，絕對射得準。」

這時，下方的後甲板傳來一陣不滿的喧鬧聲。船員和無畏大部分的隊員人手一把手槍或海軍軍刀，聚在欄杆旁抵抗登船的敵人，但是叫孫楷的使節居然帶著兩個僕人上到甲板來，還抬了一只龐大的箱子。法國船雖然漸漸逼近，但忠誠號的一名船員還是舉起長矛，向使節走了一步，水手長連忙揮起末端打結的鞭繩嚇阻他，喊道：「大伙們，守住陣線，守住陣線！」

勞倫斯在慌亂中完全忘了那場不幸的午餐，那似乎是幾星期前的事了，不過孫楷還穿著同一件繡花長袍，兩手平靜地在袖子裡相抱。憤慨激動的英國人看了他挑釁的行爲，更是火冒三丈。「該死的傢伙，得把他送走。先生，快下去，快啊！」勞倫斯喊著，手指向艙口，但孫楷仍然爬上龍甲板，示意他的手下抬著沉重的大箱子慢慢跟上來。

「那個該死的翻譯員呢？」勞倫斯說：「戴爾，去找他。」然而僕人這時已經把箱子抬上來，他們打開箱上的鎖，掀起箱蓋，接著便什麼也不用翻譯了——箱子底的草桿上躺著一支支極爲精巧的煙火，有紅、有藍、有綠，活像小孩的玩具，上面還有金、銀兩色清晰的螺旋圖案。

卡洛威立刻抓起一支有黃白紋路的藍色煙火，其中一個僕人急著教他怎麼用火柴點燃引線。他不耐煩地說著：「知道，知道。」然後接過引線點火，煙火隨即燃起來，嘶嘶叫著向上衝，轉眼消失在比信號彈還高的空中。

先出現的是白亮的火花，接著是霹靂般的巨響，響聲還在水面迴盪，然後出現一圈稍弱的黃色星星掛在空中。煙火爆炸時，夜之花現出身影，就在不到一百呎的上空。他亂了方寸，粗聲大叫，無畏倏然露出牙齒怒聲嘶吼，向上飛撲。

夜之花嚇了一跳，俯衝著從無畏爪下溜走，卻逃進他們的射程中。「哈利斯，發射，發射！」麥克里迪叫著，年輕的海兵瞇眼望向天上，射出砲彈。胡椒砲直穩穩飛了出去，只是瞄得有點高，不過夜之花額頭上彎曲的犄角就長在眼睛上方，砲彈碰到犄角爆炸，閃光粉炸出白熱的火焰。

法國龍這次真的痛了，嚎叫一聲，狂亂飛過下方的船艦，沒入黑暗中。她低低掃過忠誠號，翅膀帶的風讓船帆啪啪抖動。

哈利斯從胡椒砲旁站起來，咧著缺牙的嘴笑，卻隨即露出訝異的表情倒了下去。他的手臂和肩膀都消失了。夜之花飛走時，他的隊員又投下一枚炸彈，正中胡椒砲，炸得砲身稀爛。不過除了哈利斯之外，沒有其他人戰死，他倒下時撞倒麥克里迪；勞倫斯則從自己手臂上拔起一片短劍長的碎片，抹去臉上濺到的血跡。

幾名士兵把哈利斯的屍體拖到船邊，拋下船去。四周的聲音變得朦朧。卡洛威又射了幾枚煙火出去，一道道橘色的火花四散，幾乎布滿半個天空，然而勞倫斯只有左耳聽得見煙火爆炸的聲音。

夜之花被趕開了，無畏於是降落甲板，讓忠誠號微微晃了一下。「快，快！」他說著低頭穿進皮帶中，讓鞍具員七手八腳地幫他裝備。「她速度好快，而且好像不那麼怕光線，不像我們去年秋天碰到的那隻。她眼睛有點不一樣了。」無畏喘著氣，翅膀微微顫抖。他平常並不習慣在空中長時間逗留，卻在半空中振翅飛了很久。

孫楷還一直待在甲板上看著他們裝備，不過無畏戴上鞍具，並沒有提出異議。勞倫斯不滿地想，也許只有性命受到威脅時，他們才不介意。就在這時，他發現甲板上滴著一滴滴暗紅的鮮血。

「你受傷了嗎？」

「是小傷，她只抓到我兩次。」無畏轉頭舔了舔右側的身子，他身旁有一道淺淺的傷口，靠近背部的地方則有一道爪子抓出來的溝痕。

勞倫斯總覺得兩次已經太多了，陪同他們來的醫官凱因斯由人抬高，爲無畏包紮傷口。勞倫斯責備道：「不用先縫起來嗎？」

「什麼話？」凱因斯說：「他好得很，這一點根本不算什麼傷，沒什麼好著急。」

麥克里迪爬起身來，用手背揩了揩額頭，聽到醫官的回答，懷疑地看了他一眼，又瞥了眼勞倫斯。凱因斯則刻意繼續工作，喃喃抱怨隊長太擔心，像雞婆似的。

勞倫斯聽了倒是安下心來，因此沒有反駁他。他檢查自己的手槍和配劍問道：「各位，準備好了嗎？」這次他帶的是上好的海軍軍刀，簡樸的刀柄扣著標準的西班牙鋼刃，他拿著手中沉沉的重量，只覺得心裡踏實。

「長官，準備好了。」費洛斯說著，一面拉緊最後一條皮帶。無畏伸爪把勞倫斯舉到肩上。勞倫斯坐定位，固定好鞍具之後，無畏回喊道：「你拉拉看鞍具，撐得住嗎？」

勞倫斯把體重放到分解掉的鞍具上，然後喊道：「夠穩了。」他轉頭說：「費洛斯，幹得好，謝謝。葛蘭比，讓步槍手到上桅杆去跟海軍一起作戰，其他人負責擊退登船的人。」

「好的。還有啊，勞倫斯——」葛蘭比顯然打算繼續勸勞倫斯將無畏帶離戰場。勞倫斯打斷他，迅速用兩膝夾了一下無畏。無畏縱身一躍，忠誠號隨之起伏，而他們終於又一同飛翔了。

忠誠號上方的空氣很悶，濃濃煙霧充滿煙火刺鼻的硫磺味，很像發射火槍後的味道。風雖然冷冽，煙霧卻包覆著他的舌頭和皮膚。

「在那裡。」無畏說著，拍拍翅膀升到空中，勞倫斯隨著他的視線，看到夜之花從高空飛向他們。和從前遇到的夜之花比起來，她被照到刺眼的光線之後，恢復的速度確實太快了，讓他懷疑她是不是某種新的混種。

「要去追她嗎？」

勞倫斯猶豫了，如果不想使他們得到無畏，當務之急就是要先讓夜之花無法戰鬥，不然忠誠號被迫投降，無畏要試圖回到陸地的時候，一路上很可能不停地在黑暗中被騷擾。但是法國巡防艦對忠誠號來說更是危險，一次對船尾的艉射就會讓船員死傷慘重。而且英國的運龍艦在數量上很吃緊，忠誠號被俘虜的話，對海軍和空軍都是一大打擊。

於是他終於回答無畏：「不要。我們首要的任務是保護忠誠號，得想辦法對付巡防艦。」這話不只要說服無畏，更是為了說服自己。他覺得自己的決定沒錯，但是不確定感揮之不去。空軍要為珍貴稀有的龍負責，因此一般人的勇敢對空軍來說卻常常是魯莽。過分謹慎是葛蘭比的分內責任，不過葛蘭比或許沒錯。勞倫斯不是受空軍教育長大的，深知自己的天性和不少龍隊長的禁忌相違。他不禁納悶，這次他是不是太過自負了。

無畏一向好戰，聽了他的話沒和他爭論，只低頭看著巡防艦半信半疑地說：「那些船比忠誠號小很多，真的有威脅性嗎？」

「威脅可大了，他們打算攻擊船尾。」勞倫斯回答時，船上又燃起一支煙火。勞倫斯騎著無畏飛在空中，因此煙火爆炸的位置距離他們近得嚇人，他還得舉起手遮住發眩的眼睛。待視線中的亮點消失之後，他才警覺到忠誠號下風處的巡防艦用錨作支點，急轉了一個彎。如果他是敵方，不會為了占到有利的位置而冒這麼大的險。不過說實話，他得承認對方做得很巧妙。這下子忠誠號脆弱的船尾完全暴露在法國船的右舷砲之下了。「天啊，快去！」他急忙說著，伸手指向法國船，忘記無畏看不見他的手勢。

「看到她了。」無畏說著，一邊俯衝而去。他吸氣準備吐出神風，身體側面膨脹了起來，閃亮的黑色龍皮隨著他胸部隆起而緊繃。勞倫斯感覺得到無畏的皮膚下，已經有一陣明顯的低沉聲音隆隆迴響，預示著即將展現的毀滅力量。

夜之花這時飛在他們身後，猜出了無畏要做什麼。勞倫斯聽到她拍著翅膀，但無畏比她更快，而且體重在俯衝時不再是他的阻礙。她的步槍手對他們開火，火藥砰砰炸開，然而黑暗中他們只能憑猜測射擊。勞倫斯趴近無畏的脖子，悄悄地示意他加強速度。

他們下方，巡防艦的砲火爆出一大團猛烈的煙霧，砲眼吐出火焰，鮮紅的火光襲向無畏胸前。巡防艦甲板上又響起一陣槍聲，無畏像被打到一樣，猛然縮了一下。勞倫斯心急地喚著他的名字，但是無畏沒有停下，繼續往船撲去。最後他平平飛向巡防艦，吐出怒吼，神風如雷的可怕巨響蓋過勞倫斯的聲音。

無畏從來沒用神風攻擊過船隻，勞倫斯只在多佛之役見識過神風的致命共鳴，讓拿破崙載運軍人的輕質木船隨之粉碎。他原來以爲這次會有類似的成果，甲板破碎，船桁斷裂，甚至能折斷桅杆。但是法國巡防艦打造得很結實，橡木板足足有兩呎厚，爲了作戰，桅杆和船桁除了一般的繩索之外，也用鐵鍊牢牢固定。船帆顫動一會兒便鼓了起來，繃得緊緊的迎著無畏吼叫的風力，好幾條轉帆索像琴弦一樣繃斷，桅杆都隨之傾斜，木材和帆布發出嘎吱聲，但仍然撐住了。看起來不能造成重大損害，勞倫斯的心沉了一下。然而船桅和船帆受到波及，後果馬上顯現了。就在無畏停下吼叫，飛過巡防艦時，整艘船隨著神風轉向，由船舷側迎著神風，慢慢向一旁倒了下去。風力之大，讓巡防艦只剩下船樑在水面上，索具與欄杆上都攀著人，一個個在半空中踢腳，有人就這麼掉入海中。

他們飛離巡防艦時，勞倫斯回頭張望著，無畏貼著水低低掠過。船尾上的「薇洛莉號」那幾個精美的字體，正映著船艙窗戶中半倒提燈搖曳的燈光，閃動美麗的金色光芒。薇洛莉號的艦長經驗老道，勞倫斯已經聽到喊聲傳過水上，一些船員手裡拿著各式各樣的錨具爬上船側，拉起纜繩，準備把船扶正。

但他們根本來不及動手。無畏飛過之後，神風的風力撼動水面，海上颳起滔天大浪，浪頭就像是有意識似的越漲越高。前一瞬間，一切靜止，船在黑暗中載浮載沉，連黑夜也被閃亮的水牆遮蔽。然後牆倒了，船就像小孩玩具一樣，被大浪翻過去，大海捻熄了船上所有的砲火。

巡防艦再也沒有浮起來。原處只有一片慘白的浪花，和露出水面的船殼，零星小浪跟著大浪而來，拍打船殼的弧線。接著連船殼也滑進水中。這時空中燃起一陣煙火。夜之花在翻騰的水面上盤旋飛著，用低沉孤單的聲音叫啊叫，彷彿無法了解船爲什麼突然消失。

忠誠號上的人一定看到這一景，但是沒人歡呼。勞倫斯自己也震驚地沉默了。三百人，至少有三百人就這麼被平滑如鏡的無瑕海面吞噬。船可能在暴風雨、強風或四十呎高的大浪中沉沒，可能在作戰中被擊沉，久戰之後遭到燒毀或炸毀，也可能觸礁擱淺。但是這艘船毫髮無傷，所在的外海浪高不到十呎，風速不過十四海里，就這麼整艘船消失了。

無畏發出氣管有東西的咳嗽聲，疼痛地呻吟，勞倫斯嘶聲叫道：「快回船上！」但夜之花已經猛拍翅膀向他們飛來。又一陣閃亮的煙火，映著光輝，他看見敵龍背上登龍員的剪影，他們已經準備好等著要跳到無畏身上，刀劍、手槍在身影的邊緣閃著白光。

無畏吃力地慢慢飛，夜之花靠近時，他竭力加速逃開，但他在空中的速度已經不如夜之花了，而且沒辦法繞過夜之花，飛到忠誠號尋求庇護。

勞倫斯幾乎想讓法國人登上無畏，幫他治療。無畏翅膀顫抖的感覺傳來，他腦中不斷重演著那血腥的一刻，彈丸隱約的衝擊令他恐懼，在空中多待一下，無畏的傷勢就可能更加惡化。但是他也聽到法國龍隊員的喊聲，聲音中滿滿的悲痛震驚超越了語言，他可不認爲他們會讓他投降。

無畏喘著氣，用尖細痛苦的聲音說：「我聽到翅膀聲。」他的意思是有別的龍向他們飛來。究竟是英國龍、還是法國龍呢？勞倫斯在無法穿透的黑暗中張望，卻什麼也看不到。夜之花猛然又向他們衝來。無畏一鼓作氣，準備奮力加快速度，就在此時，燦輝出現了，在法國龍頭旁邊用力鼓動他灰金色的翅膀，嘶嘶尖叫著。他的隊長華倫站在鞍具上，高舉帽子向勞倫斯揮手，喊道：「回去，回去！」

悅欣也從他們另一邊出現，咬向夜之花的腹部，逼得法國龍折回頭抓向她。燦輝和悅欣是輕型龍，也是他們編隊速度最快的同伴，雖然體重比不上夜之花，卻可以暫時騷擾她，引開注意。無畏已經繞著圓弧轉一個彎，揮動翅膀時顫抖著。他們接近忠誠號時，他的隊員趕忙清理龍甲板，讓無畏降落。勞倫斯只見甲板上散落著碎片、斷繩和扭曲的金屬。巡防艦艉射時，顯然忠誠號受到重擊，另一艘巡防艦還在不停對她的下層甲板開火。

無畏降落時不太成功，笨拙踉蹌地倒在甲板上，整艘船隨之搖動。他們還沒完全停穩，勞倫斯就拆開皮帶，直接滑下無畏的肩胛，他的腿在重重落地時沒站好，但他掙扎著站起來，跌跌撞撞地跑到無畏的頭旁邊。

凱因斯已經開始手術，手肘以下都染著黑血。無畏為了方便他治療，正在大家的引導下慢慢斜側一邊，鞍具員提著燈為醫官照明。勞倫斯跪在無畏的頭旁，用臉頰貼著無畏柔軟的鼻頭。暖暖的鮮血浸透了長褲，他的雙眼發疼，視線模糊了。他不太清楚自己說了什麼，可能都是沒意義的話，無畏雖然沒回答，卻吐出溫暖的氣息回應他。

凱因斯在他背後說：「我摸到了，來，鉗子。艾倫，別再那樣子，受不了就趴到船邊去透氣。很好。鐵熱了嗎？來，勞倫斯，無畏要穩住不動。」

「親愛的，撐住。」勞倫斯輕撫無畏的鼻子，對他說：「盡量撐住不要動，別動喔。」無畏只發出嘶嘶聲，發紅搧動的鼻翼奮力吸起氣來。他的心臟跳了一下、又一下，那口氣才吐了出來，而一旁也傳來凱因斯把釘球丟到拖盤上的聲音。炙熱的鐵塊貼上傷口時，無畏又輕輕嘶叫了一聲。勞倫斯聞到龍肉燒炙的味道，差點嘔吐。

「好了，完成了，傷口很乾淨。釘球停在他胸骨上。」凱因斯說。海風吹散了煙霧，勞倫斯突然又能聽到長管砲的砲聲和迴聲，以及船上一切聲響。這世界再度有了意義，清晰起來。

勞倫斯拖著身子，搖搖晃晃站起來說：「羅蘭，你和摩根去看看他們有沒有多餘的帆布或填棉可以使用，我們要幫他做一些敷墊包著。」

「長官，摩根死了。我和戴爾去處理。」羅蘭說。他在提燈的燈光下，赫然發現她髒臉上斑斑的白紋不是汗水，而是淚痕。

他們倆沒等他點頭就跑走了，在船員模糊的身影之間顯得那麼瘦小。他的目光跟著他們好一會兒才回頭，臉色凝重了起來。

後甲板覆滿鮮血，亮黑得像剛油漆過一樣。勞倫斯看到船員死傷慘重，索具卻沒受到多少破壞，判斷法國人用的應該是榴霰彈，而甲板上的確有一些彈殼的碎片。所有能離開第二艘巡防艦的法國人全擠上小船，大約有兩百個人因爲失去船艦而怒火中燒，奮力爬上忠誠號。四處的爪鉤繩上滿滿都是人，也有的攀住欄杆，英國人背對著空盪盪的大甲板奮勇抵抗。槍聲和刀劍相擊聲清晰可聞，船員拿著長矛刺向又推又擠的登船敵軍。

勞倫斯從來不曾在這樣不遠不近的距離下觀察過登船作戰。他焦躁不安，掏出手槍讓自己心安一點。很多隊員不在視線內，葛蘭比和他的二副伊凡斯都不見蹤影。馬丁在船首樓下跳向前砍倒敵人，金髮在提燈的燈光中閃爍一陣，接著高大的法國船員拿著棍子揮向他，他便消失了。

「勞倫斯！」他似乎聽見有人在叫自己的名字，只不過三個音分別拉長，聽起來像在唸「勞吾——倫恩——滋——」。他轉過頭，看到孫楷順著風指向北方，這時最後一發煙火快熄滅了，勞倫斯看不到他指的是什麼。

在他們頭上，燦輝和悅欣還在向夜之花的兩側進攻。她卻大吼一聲，猛然轉頭飛開，迅速向東方飛去，很快就消失在黑暗裡。她才剛飛走，便聽到一聲皇銅龍發自丹田的咆哮，還有黃色收割者高頻的尖叫。兩隻龍由頭頂飛過，帶起的風讓破損的帆布啪啪作響，火苗被撲得四面八方竄延。

剩下的那艘法國巡防艦立刻熄掉船上所有的燈，想躲入暗中，但百合帶著她的編隊，以低得讓桅杆嘎吱作響的高度掠過巡防艦。他們來回飛了兩次，接著勞倫斯便在漸弱的暗紅色煙火中，看到法國國旗緩緩降下，忠誠號甲板上登船的敵兵則丟下武器，蹲到地上投降。

第五章

令郎於各方面之表現向來英勇又具紳士風範，有幸相識者皆痛失英才。而榮幸與其共事者，深知令郎已具備忠君愛國，以及軍官智勇雙全之高尚特質，悲痛之情更甚。

令郎勇敢無懼，至死方休，且敬畏上帝，當能與保家衛國犧牲奉獻之先烈同在，尚祈節哀。

威廉·勞倫斯　敬唁

他放下筆，摺好信，信雖然寫得彆扭又辭不達意，但他已經盡力了。從前他當見習官和中尉時，曾經失去和自己年紀相仿的朋友。第一次指揮船艦時，手下也有一名十三歲大的男孩戰死。然而，他從來沒爲十歲的孩子寫過唁文，只覺得那孩子應該還在教室裡玩小錫兵。

這是最後一封談公事的信，摩根之前並沒有什麼功蹟，因此這封也最簡短。勞倫斯把信放到一旁，開始寫私人信函，這次的收信人是他母親。他知道他們和法方交戰的消息會刊登到公報上，她看了一定會焦急。寫完那幾封唁文，很難在信中故作輕鬆，他和無畏雖然都受了傷，但是覺得沒必要提起，而且寫給海軍部的報告中，已鉅細靡遺地描述了戰事，他沒興致再重述，因此只向她保證他和無畏都平安。

大功告成之後，他收起小書桌，整理好信件，個別蓋上蠟封，用油布包住以防被雨或海水弄濕。他又坐了一會兒，從窗內默默看著外面空寂的大海，沒有立刻站起來。

走回龍甲板，雖然花了很多時間，卻不比寫信累人。他走到船首樓時，裝作要看船下的戰利品——歌女號，一枴一枴地走向左舷欄杆旁休息。歌女號的船帆都鬆鬆掛著，在風中翻騰。英國船員爬到她的桅杆上整理索具，遠看就像忙碌的螞蟻。

龍甲板上的情景這時完全不同了，編隊幾乎所有的龍都擠在船上。靠右舷的那半邊全都給無畏使用，讓他好好療傷，而其他的龍隻則四肢交纏，窩成五顏六色的一堆，幾乎不太動彈。巨無霸一隻龍差不多占了左半邊所有的位置，躺在最下面。百合一向覺得和其他龍蜷曲在一起有損尊嚴，然而這時尾巴和一邊翅膀卻都要被迫翹在巨無霸身上。豐慶和不朽這兩隻龍比較年長，個子也小，根本不顧矜持，直接癱在巨無霸龐大的背上，幾條腿垂在旁邊打起盹來，似乎對這樣的情況滿意得很。只有燦輝覺得躺太久不太安心，這時飛在天上，好奇地繞著巡防艦盤旋。不過他飛得太低，讓歌女號上的船員很不安，不斷有人緊張地抬頭張望。

悅欣已不見蹤影，或許是去把交戰的消息送回英國了吧。

龍甲板上躺了一堆龍，要穿越甲板驚險非常，而且勞倫斯拖著的那條腿又不合作。豐慶在睡夢中抽搐一下，掛著的尾巴差點就絆倒他。無畏也沉沉地睡著，勞倫斯來探望時，他只半睜一隻眼，深藍色的眼睛閃爍一下，馬上又閉起來。那天早上，他食欲很好，吃下兩隻牛和一隻大鮪魚，勞倫斯看他舒服了，也很欣慰，因此不打算吵醒他。

醫官凱因斯說他對傷口的復原情況很滿意。「這種武器很惡毒。」他很殘忍，還自得其樂地給勞倫斯看取出的釘球。勞倫斯鬱鬱寡歡地看著釘球上又粗又短的突起物，慶幸釘球已經清洗過了。凱因斯又說：「我第一次見識到這種東西，不過聽說俄國人也會用類似的，要是打得再深一點，可就麻煩了。」

無畏很幸運，釘球打中胸骨，嵌在皮膚下不到半呎的地方，不過打進去和挑出來的過程，都嚴重撕傷胸肌，所以凱因斯說無畏接下來少則兩星期、多則一個月，都完全不能飛行。勞倫斯伸手貼著無畏寬大溫暖的肩膀，覺得這已經是不幸中的大幸了。

廚房煙囪附近可說是龍甲板上唯一剩下的空間，煙囪旁邊卡了一張小小的摺疊桌，其他隊長都坐在桌子旁玩牌，勞倫斯過去加入他們，把那疊信交給哈克特。「麻煩妳帶回去了。」他說著，重重地坐下喘氣。

他們暫停玩牌，看著那一大袋信件。哈克特接過信，放到小背包裡對他說：「勞倫斯，請節哀。他們居然這麼卑鄙。」

場。」

「真是懦夫。」柏克力搖搖頭說：「晚上偷偷摸摸，像在刺探一樣，不敢真的打一

勞倫斯沉默了下來。他很感激他們表示同情，當下卻沮喪得說不出話。喪禮已經是很大的折磨了，他必須忍住腳痛站上一個小時，看著用死者吊床包住的遺體從船邊滑入海中，海員的腳上綁著圓型子彈，空軍則繫著鐵彈頭，由萊利帶領儀式，緩緩誦禱。

菲利斯成了他的代理二副。早上其餘時間，都和菲利斯上尉在密談，討論傷亡名單。那名單長到讓人痛心。葛蘭比胸前中了一槍，幸好只打斷一條肋骨，就直直從背後穿出去，不過仍然流了不少血，發起燒來。原來的二副伊凡斯斷了腿，傷勢嚴重，要送回英國。馬丁撿回一條命，但是下顎腫得一場糊塗，只能含糊地說話，而左眼目前還看不見。

另外有兩名守望員受傷，不過沒那麼嚴重；步槍手杜恩受傷了，另一名步槍手唐納陣亡；龍腹員米格西陣亡；鞍具員的傷亡最慘重，有四名在甲板下挪動備用鞍具時，被同一顆砲彈擊中身亡，摩根那時拿著一盒備用扣環和他們走在一起，死得冤枉。

柏克力大概發現他表情不太對，於是換了話題：「我可以把波提斯和麥當諾留給你。」他們倆原是勞倫斯的龍背員，在中國使節前來造成的混亂中調給巨無霸當隊員。

「你自己不也人手不足嗎？」勞倫斯問：「我可不能搶巨無霸的人，你們可要出任務呢。」

「運龍艦『奧蘭治的威廉號』會從哈利法克斯開下來，大概幫巨無霸帶了十幾個適合的

傢伙。」柏克力說：「沒道理不讓你拿回自己的人。」

「話是不錯，其實我的人手眞的緊得很。」勞倫斯說：「不過運龍艦開得慢，可能再一個月才會到呢。」

「喔，我們剛剛才跟萊利艦長說過，你在下面沒聽到，」華倫說：「幾天前才有人在這附近看到威廉號，所以我們派錢納里和悅欣去找了，我們和傷患會坐威廉號回去。還有，萊利好像說這艘艇需要什麼東西。柏克力，他說的應該不是雲彩吧？」

「是圓材。」勞倫斯說著，抬頭看船上的索具。在日光下，才發現支撐船帆的帆桁被子彈擊中，不少地方碎裂或有凹痕，醜得很。「要是她能分我們一些補給，我們就能放心一點。可是，華倫啊，這是船艦，不是艇。」

「有差嗎？」華倫漫不經心的樣子，讓勞倫斯大爲不滿。「我還以爲只是字不一樣，說的都是同樣的東西，是大小不同嗎？這艘船可眞是龐然大物，只不過巨無霸還是隨時可能從甲板滾下去。」

「才不會呢。」巨無霸說完，睜開眼瞥了瞥身後，確定自己不會翻進水裡，就繼續睡下去。

勞倫斯一方面想解釋，一方面想還是閉上嘴放棄，覺得自己已經不戰而敗了。他問道：「那你們會陪我們幾天囉？」

「只會待到明天。」哈克特說：「如果要待更久，我覺得就應該用飛的，別坐運龍艦。

沒必要的話不想讓龍太累，可是我更不想讓多佛軍力不足，而且藍登一定納悶我們跑哪去了。我們原先只計畫和布列斯特外海的艦隊做一點夜間操演，後來就看到你們放了一堆煙火，活像在過煙火節❶。」

萊利當然請了他們所有人去用餐，被俘的法國軍官也在受邀之列。哈克特只好裝暈船，免得和其他人就近相處，洩漏性別。柏克力生來沉默寡言，說的每句話都盡量不超過五個字。華倫說起話來無拘無束，喝了一、兩杯烈酒之後更健談。而索頓在空軍待了快三十年，肚子裡藏了一堆軼聞趣事。有他們兩人，談話雖然有一搭、沒一搭，不過還算活絡。然而除了他們之外，法國人仍然震驚，十分沉默，英國海軍也差不了多少。用餐過程中，壓抑的氣氛越來越濃。波白克爵士拘謹又嚴肅，麥克里迪臉色陰鬱，連萊利也反常地很安靜，久久都不說話，顯然很不自在。

之後他們回到龍甲板喝咖啡，華倫說：「勞倫斯，我不想批評你過去的工作和同事，可是老天啊，午餐的氣氛還眞沉重！今晚感覺像我們得罪了他們，而不是幫了大忙，省得他們一夜作戰，血流成河。」

「他們應該是嫌我們來太晚，沒幫上什麼忙。」索頓親暱地靠著他的龍——燦輝，然後爲自己點了根雪茄。「搶了功勞，沒讓他們獨出風頭，又在法國船沉下去之前趕到。你知道嗎，我們還分到一份獎金呢。親愛的，要來一口嗎？」他問了燦輝，然後把雪茄拿過去讓龍嗅聞。

「不是這樣的，你們誤解他們了。」勞倫斯說：「你們不來的話，我們絕對治不住巡防艦。那艘巡防艦受損不嚴重，還能在我們眼前來去自如，船上所有人都誠心慶幸你們來了。」他不太願意說明白，又不想讓幾位隊長對海軍留下壞印象，於是只簡單地說：「問題是你們來之前，我們擊沉了另一艘巡防艦，薇洛莉號，很多人跟著溺死了。」

他們都察覺勞倫斯不安的心情，因此沒再追問。華倫打算開口，但索頓用手肘頂頂他，要他閉嘴，然後叫自己的傳令兵拿副牌來。他們開始用紙牌玩投機遊戲，這時沒有海軍，因此哈克特也加入了。勞倫斯喝完自己的咖啡，靜靜溜走。

無畏睡了一天，不久前醒來又大吃一頓，這時正獨自坐著眺望開闊的大海。他移移身子，讓勞倫斯爬上他前腳，接著便蜷在勞倫斯身邊，輕輕嘆了口氣。

「別在意。」勞倫斯明白連他自己都辦不到，但他很擔心無畏會放不開，一直想著沉船的事，鬱鬱寡歡。

「那時候我們很可能會落到背風位置，左舷還有一艘巡防艦，要是他們熄掉燈光，又阻止我們繼續放煙火，百合和其他龍就不太可能在夜裡發現我們。你救了很多生命，也救了整個忠誠號呢。」

「我不覺得內疚。」無畏說：「我沒想要弄沉薇洛莉號，但是我不後悔。他們會屠殺我的隊員，我當然不能讓他們如願。問題是，那些水手現在看我的眼神都很奇怪，而且根本不想靠近我。」

勞倫斯無法反駁，也沒辦法安慰他。

船員還是習慣把龍視爲戰鬥機器，幾乎就像會飛又會呼吸的船艦，這樣的戰鬥機器只是人類意志的工具。龍力大無窮這點，他們也不難接受，因爲龍的力氣不過反應了龍龐大的體型。船員會怕龍，就和會怕高大兇狠的人一樣。但是神風不同，還帶了一點超自然的味道，而擊沉薇洛莉號又超出人類能耐的極限，讓他們記起飛龍帶來火焰和毀滅的古老傳說。

在勞倫斯腦中，那場仗已經像噩夢一樣遙遠——豔麗的煙火不斷升空，大砲吐著紅光，夜之花的灰白眼珠在黑暗中閃爍，大浪緩緩蓋下，有如舞台上滑下的布幕。他默默撫摸無畏的前腳，一起看著船跡輕輕流去。

第一抹曙光出現時，有人喊道：「有船！」奧蘭治的威廉號出現在船頭靠右舷二十二點五度的海平面上。萊利瞇起一隻眼看著望遠鏡：「我們會提早吹號，讓船員吃早餐，不到九點，它就會近到能打招呼了。」

歌女號的位置在兩艘大船之間，已經在和接近的運龍艦致意了。之後歌女號會帶著戰俘回到英國，由官方宣告成為戰利品。那天天氣晴朗而寒冷，天空帶了冬天獨有的豐富藍色，歌女號升起白色的上桅帆和頂桅帆顯得歡欣鼓舞。很少有運龍艦得到戰利品，而且歌女號是艘四十四門砲，完整無瑕的帆船，一定會收編入海軍，而戰俘也會有人頭獎金，船上這時的氣氛應該很開心才對。然而過了一晚，不安的氣息卻沒有完全消散，船員在工作時仍然很安靜。勞倫斯自己也沒睡好，正憂愁地站在船首樓，看著奧蘭治的威廉號駛向他們。再過不久，他們又要孤獨了。

「早啊，隊長。」哈蒙德走到欄杆旁來找他。勞倫斯不高興被他打擾，也不隱瞞自己的不悅，不過哈蒙德忙著看歌女號，臉上露出鄙俗的得意之色，一時間並沒有察覺勞倫斯的反應。

「旅程開始就得到這麼大的戰利品，太幸運了。」

木匠和助手正在附近修理破損的甲板，其中一個斜肩的開朗傢伙勒杜斯，是在斯皮特黑德上船的，已經成了船上的開心果，這時蹲下來盯著哈蒙德，露出不滿的表情。高大的瑞典木匠伊克洛夫給他肩頭吃了一大拳，他才低頭回去工作。

「居然叫這樣幸運，」勞倫斯說：「你不希望我們得到的是一級艦嗎？」

「不會，不會。」哈蒙德一點也沒發現話中的譏諷意味。「這樣剛剛好。您知道嗎？有砲彈剛好穿過成親王的艙房，他死了一個衛兵，另一個受重傷，晚上也死了，他氣得火冒三丈。幾個月外交往來，還不如法國海軍一個晚上給我們的好處多。您覺得抓到的艦長可以帶去給他看嗎？我當然說過攻擊我們的是法國人，不過要是能給他們確實的證據就更好了。」

「我們可不像羅馬，戰勝時會把敵方的軍官當戰利品帶著遊街。」勞倫斯冷冷地說。他自己也做過戰俘，那時候是年輕的見習官，不過是個男孩子，但他至今還記得法國艦長彬彬有禮、正經八百地要他投降。

「當然，當然，我能了解——那樣不太好看吧。」哈蒙德讓步了，不過看來很失望，而且又加了句：「眞可惜，要是——」

「還有事嗎？」勞倫斯不想聽下去，於是打斷他的話。

「噢——不好意思，抱歉打擾了。」哈蒙德終於看到勞倫斯的表情，遲疑地說：「我只是想通知您，成親王想見您。」

「多謝你。」勞倫斯斬釘截鐵地說。哈蒙德欲言又止，也許想督促勞倫斯快點去，或是想就會面一事給點意見，但是最後仍然不敢開口，微微一鞠躬便離開了。

勞倫斯不想跟成親王談話，更不想再聽成親王輕蔑的言詞，而成親王艙房在船尾，跛著腳走過去很不舒服，因此走到那兒時他的情緒沒好多少。親王的隨從讓他在接待室等候，他乾脆地說：「他準備好再派人叫我來。」說完調頭就走。隨從匆匆縮在一起商量，甚至有個人擋在門口不讓他離開。片刻之後，他們直接領著勞倫斯進到大房間。

牆上裂了兩個面對面的大洞，洞裡塞了團藍絲綢擋風，但長條書法仍然被氣流吹動，木軸敲在牆上咯咯作響。成親王永瑆直挺挺地坐在漆木小桌前披紅緞的太師椅上，船緩緩搖晃，他的毛筆在硯台和紙之間卻能穩穩移動，沒滴下半滴墨，濕亮的字體一橫一豎乾乾淨淨。

「聽說殿下想見我。」勞倫斯說。成親王沒有馬上回答，寫完最後一筆，將毛筆放到一旁。他拿起放在紅印泥中的石印章往那張紙的角落蓋下去，然後把紙摺起來，放到旁邊另一張類似的紙上面，再把這兩張紙一併用蠟紙包起來，接著喚道：「馮力！」

勞倫斯嚇了一跳，他完全沒發現房間角落站了個侍從，那人穿著一身樸素的深藍棉袍走上前來。馮力個子高，但是背很駝，勞倫斯只能看到他剃光的額頭和黑髮的分界。他瞥了眼勞倫斯，眼神好奇，但沒說什麼，便抬起整張桌子搬到艙房牆邊，硯台裡的墨汁一滴也沒灑出來。

馮力急忙拿了張腳凳給成親王，便退回房間角落去，顯然成親王和勞倫斯談話時，沒打算遣他走。成親王直直坐著，兩臂擱在扶手上，而遠遠的牆邊雖然還有兩張空椅子，卻沒有請勞倫斯坐下。他還沒開口，談話的氛圍就這麼定了。勞倫斯的肩頭緊張起來。

成親王冷冷地說：「我們逼不得已才帶你一起走，你竟然以為自己還是龍天祥的伴，照舊把他當成你的。這下可好了——你膽大妄為，讓他受了重傷。」

勞倫斯緊緊抿住雙脣，克制住不禮貌的回答。他帶無畏出戰之前，與在漫長夜裡回想起恐怖的衝擊聲、無畏痛苦喘氣的樣子時，也懷疑過自己的判斷，但他可不想讓成親王質疑他。

「還有別的事嗎？」他問。

他沒有卑躬屈膝或乞求原諒，這句話讓成親王大感意外，繼續怒罵：「你什麼規矩都不懂嗎？」成親王問道：「眞不知反省，好像把馬騎到垮一樣，要把龍天祥帶向死亡。不准再和他一起飛了。還有，叫你那些下人離遠一點，我會在他身邊安排自己的侍衛——」

「殿下，」勞倫斯突然插嘴：「去死吧你。」成親王永瑆停了下來，一臉震驚，他意外的並不是遭人冒犯，而是居然有人打斷他。勞倫斯這時又加了句：「至於你的侍衛，他們誰敢踏上我的龍甲板，我就叫無畏把他丟下海。失陪了。」

他簡單一鞠躬，也不管成親王要不要回答，就轉身直接走出房間。經過侍從時他們眼睜睜看著他，這次沒試圖擋路。他強迫自己的腿聽話，迅速走開，不過逞強還是得付出代價。走到漫長船身另一端的艙房時，他的腿就像中風一樣，每走一步就痙攣顫抖，最後才欣慰地坐上安穩的椅子，喝杯酒平撫激動的情緒。他不後悔自己話說得太過分，至少能讓成親王明白，不是所有英國軍官和紳士都那麼沒骨氣，會對他蠻橫的態度唯命是從。

勞倫斯這麼想也就心安了，不過他明白自己這麼反彈，是因爲成親王堅持拆散他跟無畏。而哈蒙德代表的海軍部姿態那麼低，應該是爲了什麼好處。勞倫斯自己沒什麼好損失的，所以才能理直氣壯。這種想法太灰暗了，他放下杯子，靜靜地坐著發愁，把疼痛的腿翹在箱子上揉搓。甲板上的鐘敲了六響，他隱約聽見鳴汽笛的聲音，還有船員下去住艙甲板吃早餐時的腳步聲和喧嘩聲，廚房也飄來濃郁的茶香。

勞倫斯喝乾酒，腿也舒服了點，於是起身走去萊利的艙房，在門上敲了敲。他原來想請萊利派幾名海軍看著龍甲板，不讓成親王的侍衛過去，卻不快地發現哈蒙德竟然在房裡，坐在萊利桌旁，臉上的神情愧咎不安。

萊利拿了張椅子給他坐，說道：「勞倫斯，我正在和哈蒙德先生談旅客的事。」勞倫斯發現萊利也一副疲憊焦慮的樣子。「他提醒我說，中國人自從東印度商船的消息傳出之後，就一直被留在船艙裡。但是不可能七個月都這個樣子，我們得讓他們上甲板呼吸新鮮空氣。我們不敢放他們去船員附近，所以要讓他們到龍甲板上走走，你不反對吧？」

這是他當下最不想聽到的提議，勞倫斯近乎絕望，怒瞪了哈蒙德一眼。不知道別人怎麼想，不過勞倫斯卻覺得那個男人似乎專門製造麻煩，這趟漫長的旅程要忍受他接二連三的外交計謀，前途越來越悲慘了。

萊利看到勞倫斯沒馬上回話，於是說：「抱歉讓你們不便，不過大概沒別的辦法。你們的空間不會不夠吧？」

他們的空間當然夠。忠誠號上的空軍不多，船員則幾乎額滿，請船員讓出空間並不公平，而且會讓緊張的事態變得更爲嚴重。就事論事，萊利做得很對，何況艦長有權決定乘客活動的範圍。不過勞倫斯受到成親王威脅之後，怎麼也不想答應中國人任何要求。他眞想對萊利坦白自己的煩惱，只可惜哈蒙德在場，而——

就在這時，哈蒙德急著插嘴：「勞倫斯隊長或許擔心他們會打擾龍。個人認爲，我們可以拉繩子或塗油漆，分出一部分界線清楚的龍甲板給他們。」

「很好啊，只是得麻煩哈蒙德先生您向他們解釋活動範圍了。」萊利說。

勞倫斯若要表示異議，就得解釋先前和成親王的衝突，但他不想讓哈蒙德有機會批評他，而且說了大概沒什麼好處。勞倫斯原來寄望萊利會同情他，不過突然不太確定了。話說回來，不論萊利同不同情，問題依舊沒解決，而勞倫斯也不知道有什麼別的辦法。

他不想屈服，也不願公然抱怨，讓萊利難做人，於是只說：「不過你得說清楚，任何中國人都不能帶個人武器上龍甲板，毛瑟槍或刀劍都不行。要是發生衝突，他們要立刻離開，我不會容忍他們騷擾我的隊員，也不可以打擾無畏。」

「可是，隊長，他們之中還有士兵，」哈蒙德反駁道：「一定有時需要操練——」

「可以等到了中國再說。」勞倫斯說。

哈蒙德隨他走出萊利的艙房，在他進房間前攔住了他。勞倫斯房裡有兩名地勤人員還在搬椅子，羅蘭和戴爾正忙著在桌上排餐盤，準備讓其他隊長離開前和勞倫斯共進早餐。

「隊長，」哈蒙德說：「耽誤您一下。抱歉我明知道成親王不太高興，還要您去找他。這件事和您們的爭執完全都是我的錯，不過還希望您別——」

勞倫斯聽到這裡，越加不信任地說：「你是說你事前就知道——你曉得我不讓他們上龍甲板，還向萊利艦長這樣提議嗎？」

他說話的聲調越提越高，哈蒙德絕望地看向艙房敞開的門口，羅蘭和戴爾正好奇地睜大眼睛注視著他們倆，快忘了自己手上拿著大銀盤。「請您了解，我們絕不能讓他們沒面子。成親王下了命令，要是我們公然不從，等於給他羞辱，而且還是當著他自己的——」

「先生，那請他最好聰明點，別再對我下令。」勞倫斯憤慨地說：「拜託你就這麼告訴他，別再幫他貫徹命令，而且手段還這麼卑——」

「老天啊！您以為我有意不讓您和無畏見面嗎？我們唯一的籌碼，就是這條龍拒絕和您分開啊！」哈蒙德說著也越來越激動了。「單單這樣卻沒有釋出善意，還是成不了事。要是成親王的命令在海上都不能達成，到中國以後，我們的處境就會完全顛倒了。難道您為了自己的尊嚴，要我們犧牲結盟的機會嗎？」哈蒙德還想卑鄙地哄騙勞倫斯：「並犧牲留下無畏的機會！」

「我不是外交官，」勞倫斯說：「不過先生，你實在太蠢了，知道嗎？別以為阿諛奉承這位王爺，他就會釋出善意。行行好，拜託別以為我會被虛無的承諾給收買。」

勞倫斯原來想風風光光地為哈克特和其他隊長送別，不過他沒心情聊天，因此只有桌上的佳餚為他盡招待之誼。幸好他藏了不少好東西，而且艙房離廚房近也有好處——他們才剛

入座，培根、火腿、蛋和咖啡就熱騰騰地送上桌，大塊鮪魚切下的魚肉沾上碎餅乾炸過，其他部分全給了無畏，另外還有一大盤櫻桃蜜餞，與更大盤的果醬。他吃得不多，華倫請他說說海戰的經過，他欣然抓住機會，推開幾乎沒碰的盤子，用碎麵包表示船艦和夜之花，鹽罐代表忠誠號，向他們說明。

勞倫斯和其他隊長回到龍甲板上時，他們的龍才剛吃完沒那麼文明的早餐。勞倫斯高興地發現無畏醒來，恢復機靈的樣子，而且綁的白繃帶乾乾淨淨，看來舒服許多。他這時正在遊說巨無霸嘗口鮪魚。

無畏說：「這隻是今天早上現抓的，特別好吃。」巨無霸滿腹猶疑地看著那隻魚。無畏已經吃掉將近半條，不過魚頭還連著，正張著嘴，目光呆滯地躺在龍甲板上。勞倫斯估計捕上來時應該足足有一千五百磅，即使這時只剩半隻，仍然很壯觀。

不過巨無霸低下頭吃魚時，鮪魚就沒那麼威風了。他一口吃進嘴裡嚼食、一臉疑惑的樣子還真有趣。無畏期待地等他吃完，巨無霸吞下魚，舔舔下巴說：「沒別的可以吃的時候，還過得去吧，可是好滑喔。」

無畏失望地垂下頭冠。「也許吃慣了就會覺得好吃。他們可以再抓一條給你。」

巨無霸哼了聲：「不用了，魚就給你吃吧。還有羊肉嗎？」他興致勃勃低頭看著牲畜官。

「你已經吃幾隻了？」柏克力邊爬上梯子邊問：「四隻？夠了，再吃就要飛不起來了。」

巨無霸假裝沒聽到他的話，吃掉肉桶裡最後一條羊腿。其他龍也吃完了，牲畜官的副手開始汲水到龍甲板上沖掉鮮血，而船頭旁的海裡很快就出現一群瘋狂的鯊魚。

奧蘭治的威廉號幾乎與忠誠號並排著，萊利去威廉號和他們艦長討論補給品的事宜。這時他爬下威廉號甲板，坐上小艇划回來，威廉號的船員則開始搬出給他們的圓材、船帆等嶄新的補給品。

「波白克爵士，」萊利由船緣爬上船，一邊說著：「我們要派小艇去載補給，麻煩您了。」

「要我們幫你帶過來嗎？」哈克特從龍甲板上向他喊著：「反正我們要先讓巨無霸和百合離開龍甲板，我們只是繞個圈圈，就能順便載補給了。」

「隊長，謝謝，您幫了大忙。」萊利說著抬頭鞠躬，似乎沒有起疑。哈克特的頭髮緊緊拉到腦後，長辮子藏在飛行帽下，外套則掩飾了她的身材。

巨無霸和百合沒載隊員就升空了，空出龍甲板讓其他龍隻準備。其他龍隊員推出鞍具和戰甲，開始為小隻的龍著裝，兩隻大龍則飛到威廉號拿補給。分離的時間近了，勞倫斯一枴一枴地走到無畏身邊，突然感到一陣突如其來的強烈失落。

「我不認識那隻龍呢。」無畏看著對面另一艘運龍艦，有隻龍憂鬱地趴在他們龍甲板上。那是隻褐綠相間的龍，翅膀和頸子上有紅色的條紋，很像油漆畫上去的。勞倫斯從沒見過那個品種。

勞倫斯指那條怪龍給索頓看，索頓說：「他是印地安龍，是從加拿大的部落來的。應該叫達科塔吧，不知道發音有沒有錯。據我所知，他和他的馭龍者在打劫邊疆墾地的時候被抓到。他們那裡沒有隊員，不管龍多大隻，都是一頭龍配一個人。幹得好啊，那是很不同的品種，據我所知很驍勇善戰。他們打算把他用在哈利法克斯的繁殖場，不過我相信，只要奇鋒送過去，他們就會把那傢伙換過來，這傢伙看來一副愛造反的樣子。」

「把他送到離家那麼遠的地方，待在那裡，感覺好殘忍。」無畏看著那隻龍低聲說：「他看起來一點也不快樂。」

「他只是換個地方，從這裡的繁殖場搬到哈利法克斯的繁殖場，沒什麼差別。」豐慶說著伸開翅膀，方便她的地勤鞍具人員爬上她，幫她戴鞍具。

「兩個地方都差不多，也沒什麼好玩的，只有繁殖有趣一點。」豐慶說得有點太白。她比無畏大很多，已經三十歲了，自然見識得多。

「聽起來也不太好玩。」無畏說著，鬱悶地躺回去。「你覺得到了中國，他們會把我送到繁殖場嗎？」

「一定不會的。」勞倫斯說。他心裡暗自下定決心，即使中國皇帝或是誰要送無畏去，他也不會讓無畏遭遇那種事。「如果他們只想要用你繁殖，不太可能鬧得這麼麻煩。」

豐慶哄著他說：「你試過就不會覺得那麼可怕了。」

「不要教壞小孩。」索頓快活地拍拍她，拉拉鞍具做最後確認。「我想我們準備妥當了。勞倫斯，下次再會啦。」他和勞倫斯握手說道：「我想整段旅程發生這些事已經夠刺激了，祝你們接下來的旅途平安無事。」

三隻小龍一隻接著一隻躍離龍甲板，飛向奧蘭治的威廉號，老練的燦輝起飛時幾乎沒讓忠誠號下沉。接著巨無霸和百合飛回來戴上鞍具，也讓柏克力、哈克特和勞倫斯告別。整個編隊最後終於完全移到另一艘運龍艦，而無畏又獨自留在忠誠號了。

萊利下令直接開航。這時吹著東南風，風不會太大，副帆也升上了，整艘運龍艦綻放著滿滿的白帆。他們駛過時，奧蘭治的威廉號向下風處鳴了一砲，萊利下令後，忠誠號不久也鳴砲回禮。兩艘運龍艦最後莊嚴地緩緩駛離對方，威廉號的歡呼聲由水面飄來。

巨無霸和百合年輕力壯，剛吃過東西，體力旺盛，所以飛上空中嬉戲。過了很久，還能看見他們穿過船艦上方的雲層追來追去，無畏目不轉睛望著他們，直到他們小到像鳥兒一樣爲止。他嘆了口氣，低下頭蜷了起來。

「還要過好久才能再看到他們吧。」無畏說。

勞倫斯默默地把手放上無畏光滑的頸子。這次離別感覺更確實了。沒有忙碌喧嘩，沒有對新冒險的期待，隊員乖乖工作，四周只有遼闊的海洋、不確定的旅程和更不確定的目標。

「時間會過得比你想像得快，」他對無畏說：「來，再讀點書吧。」

譯註：

❶：煙火節（Guy Fawkes Day），即福克斯節。每年十一月五日紀念蓋·福克斯密謀刺殺英王詹姆斯一世及國會成員，但事蹟敗露被捕一事。

II

第六章

開頭一小段航程的天氣都很好，是冬天獨有的晴朗天氣。海水深藍，萬里無雲，向南航行時，氣溫越來越暖。船員活力十足，忙著更換受損的帆桁，掛上新的船帆。忠誠號逐漸重拾原先風貌，航行的速度也日漸加快。一路上，只見到遠處幾艘小商船遠遠避開，也有隻信差龍飛過頭上的高空——可以確定那是飛長程的灰紋龍，不過距離太遠，連無畏也看不出是不是他們認得的龍。

龍甲板靠左舷處用油漆畫了寬寬的界線，事情安排好的隔天，中國侍衛準時在清晨出現了。他們看來沒帶武器，不過仍然有站哨，以三班制輪班，和海軍遊行一樣正式。勞倫斯和哈蒙德爭執時太靠近船尾窗，甲板聽得很清楚，因此隊員這時已經知道上司發生衝突的事，看了侍衛在場就討厭，更敵視中國方面的高級官員，看到他們來，一律投以陰鬱的目光。

不過勞倫斯卻慢慢看出來龍甲板上中國人之間的不同。幾位年輕一點的眞的很喜歡海，會站在末端左舷處，享受忠誠號破浪前進濺起的水花。有個年輕的傢伙叫李宏林，膽子特別大，甚至穿著那身不適當的衣服，模仿見習官的習慣掛在帆桁上。他短袍的下襬很容易和繩索纏在一起，而且和船員的光腳或薄船鞋比起來，他黑色的短靴底太厚，在甲板邊緣的抓地力不夠，每次爬上去，同伴就很緊張，揮手大喊，催他趕快下來。

其他人則是散步，比較規矩，會遠遠避開船邊。他們常常帶著矮凳子上來坐，愜意地以抑揚頓挫的奇異語言交談，勞倫斯聽了完全沒頭緒。雙方雖然無法直接交流，勞倫斯卻很快察覺大多數的隨行人員不太仇視英國，他們的表情和動作至少都很客氣，上甲板和離開時都會禮貌地鞠躬。

他們只有陪同成親王出現會省略這些禮節。依照成親王的習慣，不再對英國空軍點頭示意，上龍甲板和離開時都一副旁若無人的樣子。成親王的艙房有著寬大的窗戶，室內寬敞，沒必要出來散步，因此不常上龍甲板，上來似乎只是爲了皺皺眉頭、看看無畏而已。而無畏的傷口還在復原，差不多整天都在打盹，所以讓他看也不痛不癢。無畏躺在那兒，任由船上人忙碌來去，不時愛睏地打個大呵欠，讓龍甲板傳過一陣隆隆聲。

劉寶的艙房位在船尾樓甲板下，其實只要打開門走出來就能爬上甲板，卻連露個臉都不肯。據說他一直關在艙房，從沒出來過。他甚至沒下樓去與成親王用餐或商談，幾名僕人每天只有一、兩次在他艙房與廚房之間來去。

孫楷白天倒是幾乎都待在室外，每次用完餐就會出來龍甲板透氣，一待就是很長一段時間。成親王上龍甲板時，孫楷總是畢恭畢敬地行禮，靜靜待在成親王一旁，不太說話，跟成親王的僕役保持一段距離。孫楷最有興趣的是船上的生活和船艦的構造，看到大砲操演時特別著迷。

哈蒙德主張他們不能時常驚擾成親王，萊利只好大幅簡化大砲操演，平時船員只把空的大砲推出來演練，偶爾才進行砲聲轟隆的實戰練習。無論哪種演練，即使開始前孫楷不在龍甲板，鼓聲響起，他也會立即出現，然後從頭到尾專注觀看，聽到砲彈發射和砲身後座的巨響，眼睛也不眨一下。他站的位置選得很細心，即使船員跑上龍甲板操作上面的火砲，也不會被他擋到，而過了兩、三次以後，砲兵便不再留意他了。

船上沒操演時，孫楷會靠近研究附近的大砲，對固定砲架特別有興趣。龍甲板上的砲是大口徑短砲，配有四十二磅的大砲彈，沒有長管平射砲精確。不過發射完後座時，沉重的鑄鐵砲身與固定砲架會前後滑動，後座情形減輕很多，因此所需空間不大。他看著空軍和海軍人員工作，不覺得盯著人看沒禮貌，不過即使他們罵他，他也聽不懂半個字。他同樣興致勃勃地觀察忠誠號，看它桅杆和船帆的排列，特別注意船殼的設計。勞倫斯發現他常常從龍甲板的船緣望下去，看著那道白色的龍骨，也幫龍甲板畫速描，想記錄忠誠號的構造圖。

他那副外國人的外表很嚴肅，而他的好奇心更是含蓄，研究忠誠號時並沒有學者急切的熱情，卻更爲勤勉熱中，只不過並不會讓人想親近。哈蒙德沒被他嚇到，向他搭訕了幾次，都被冷冷婉拒。勞倫斯看了很難受，因爲孫楷很明顯並不歡迎哈蒙德，哈蒙德接近或離開的時候，他臉上的表情一點也沒變，沒微笑、沒皺眉頭，只露出自制而禮貌的態度。

孫楷在研究船艦，勞倫斯知道給他一點指導一定會有所幫助，而且能讓他們有話題可聊。然而除了語言的隔閡之外，勞倫斯也認爲時機不太恰當，看了哈蒙德失敗的例子，會覺得即使能和孫楷說上話，自己也沒意願打擾他，至少目前在一旁觀察就夠了。

他們在馬德拉儲水，補充百合編隊消耗的牲畜，不過沒在港口逗留。「忠誠號船帆的設計都有意義，我開始有概念，知道怎麼樣才是適合它的了。」萊利對勞倫斯說，「你介意在海上過聖誕節嗎？我很想試試它，看能不能讓它開到時速七海里。」

他們揚著帆，威嚴地駛離芬查耳的停泊區，不用等萊利開口，光看他歡喜的樣子就知道他想開更快的願望實現了。「八海里，至少快八海里，你覺得如何？」

勞倫斯當艦長的時候，覺得應該小心駕駛國王的財產，因此從來沒有讓船隻疾駛，不過也和全天下的船員一樣，都希望自己的船能盡力表現。因此他對萊利說：「眞恭喜你。我還以爲不可能呢，它眞是太強了。」他平常會和萊利一樣高興，此時卻有一種不尋常的失落，不禁留戀起背後墨點般的島嶼。

萊利邀請勞倫斯和幾名艦上的軍官一起吃午餐，慶祝忠誠號的船速達到新高。結果像是看不得他們慶祝一樣，他們用餐用到一半，無緣無故就颳起一小陣暴風，那時只有倒楣的年輕上尉貝基特在値班。要是船艦用數學公式就能駕駛，他大概能駕船環繞世界六圈都不用停，然而隨便什麼眞實氣候，他都會下錯指令。忠誠號壓下船首抗議，腳底的艙面開始傾斜，無畏驚叫一聲，用餐的人急忙奔向甲板，不過還是來不及。萊利和波白克趕回甲板時，暴風幾乎要把後上方的桅帆給吹走了。

暴風來得快、去得快，黑雲奔騰而去，只在身後留下湛藍天空和幾抹粉紅，海浪平緩下來，忠誠號在幾呎高的浪上非常平穩地航行。勞倫斯趁龍甲板上的光線還夠，讀書給無畏聽，卻看到一群中國人走上龍甲板，原來是幾名僕人攙扶著劉寶走出他的艙房，經過後甲板和船首樓，最後爬上龍甲板。老使節的樣子變了很多，大概掉了十四磅，鬍鬚下的臉和鼓鼓的雙頰都沒了血色，一臉難過的樣子，勞倫斯看了就覺得可憐。僕人幫他搬了張椅子，扶他上座。他轉頭吹吹濕冷的海風，但似乎沒有舒服一點，有隨從拿了盤食物要給他吃，他揮手要他們收走。

「他該不會餓死吧？」無畏不太擔心他，這麼問主要是好奇。勞倫斯心不在焉地答道：「希望不會，不過他第一次出海的年紀大了點。」說著坐起身召喚傳令兵：「戴爾，下去找波利特先生，麻煩他上來一下。」

不久船醫就氣喘吁吁笨拙地跟著戴爾來了。波利特在勞倫斯指揮的兩艘船艦下當過船醫，熟到沒敬禮就找張椅子坐下說：「好啦，長官，腿有問題嗎？」

「波利特先生，謝謝你的關心，我恢復得很順利，只是擔心那位中國先生不太舒服。」勞倫斯指著劉寶。波利特搖搖頭，認為他以那樣的速度瘦下去，大概還沒到赤道就不行了。

「中國人不習慣長途航行，這麼嚴重的暈船大概沒藥醫。」勞倫斯說：「你能幫他開點藥嗎？」

「這個嘛，他不是我的病人，我可不想被人家說我干預治病。我想他們和我們的醫護人員一樣，都不喜歡別人插手吧。」波利特愧疚地說：「不如給他吃船上的餅乾。誰知道他逼自己吃的是哪種外國菜，而且我發現什麼樣的胃吃餅乾都不太會有問題。吃點小餅乾、再喝點淡酒吧，一定會讓他恢復的。」

那種外國菜當然是劉寶吃慣了的中國菜，不過勞倫斯覺得他的提議很對，因此那天晚上叫羅蘭和戴爾滿不情願地挑掉餅乾裡的象鼻蟲，送了一大包餅乾，加上三瓶上好的麗絲玲白葡萄給劉寶。他眞正介意的是送出白葡萄酒，這酒不烈，非常順口，是他用一瓶六先令三便士的價錢，向普茲茅斯的酒商買的。

勞倫斯對劉寶示好不太自在，他只希望自己平常也會這麼做，卻因為不習慣在做事時算計，不太喜歡這種不眞誠、奉承的感覺。他和仇視中國人的船員一樣，並沒有忘記他們將東印度公司的商船充公羞辱英國的事，因此和中國人來往便心有不安。

那晚他派人送東西給劉寶之後，去找無畏說話，在談話中原諒了自己。「畢竟這件事不是他們本身的錯，君王怎麼對待別國，並不是臣民的錯。英國政府對那件事沒有表示意見，就不能怪中國人不在意了。至少他們不像某些人試圖隱瞞欺騙。」

說是這麼說，他仍然不太安心。然而他們沒有別的選擇，他不能坐以待斃，也不能靠哈蒙德幫忙。這位外交官也許有頭腦、有手腕，然而勞倫斯確信他無意下工夫留住無畏。對哈蒙德而言，這隻龍不過是外交上的籌碼。勞倫斯不可能說服成親王，不過只要有希望說服其他使節，即使得放下身段，他也要試試。

結果他的努力沒有白費。隔天劉寶從艙房爬出來，樣子沒那麼慘了，又隔一天，已經恢復到能派翻譯員來，請勞倫斯到他們那半的龍甲板聚一聚。他臉上回復一點血色，人也輕鬆多了，說他聽他們醫生的建議，用一點生薑配餅乾一起吃，效果非常神奇。他身邊還帶著一位中國廚師，很想知道餅乾是怎麼做的。

「嗯，主要原料是麵粉和一點水，再詳細的恐怕我就不清楚了。」勞倫斯說：「餅乾不是在船上烤的，不過，我保證我們麵包房的餅乾庫藏很充足，夠先生您繞地球吃兩圈。」

「繞地球一圈就吃不消了。」劉寶說，「我這把年紀，居然還要離家這麼遠，在浪頭上被拋來拋去。我上船之後就吃不下東西，連燒餅都吃不了，最後只吃得下這餅乾！不過今天早上吃了點魚和粥也不覺得反胃。眞是萬分感激。」

「先生，很高興能幫上忙。您看起來眞的好多了。」勞倫斯說。

「您過獎了，哪有那麼好。」劉寶悲慘地伸出兩臂晃了晃，長袍鬆鬆地掛在他身上。「我要吃胖一點，才能長回以前的樣子。」

劉寶的話不是正式的提議，不過足以鼓勵他邀約了。「先生方便的話，可以請您明天下午和我們一起用午餐嗎？明天是英國的節日，我要為手下軍官辦個午餐慶祝，很歡迎您和您的同胞一同參加。」

葛蘭比還躺在病房裡，只能吃清淡的食物，因此菲利斯上尉努力抓住機會表現，對勞倫斯的指示唯命是從。他年輕又有幹勁，在特拉加法之役率隊登龍，表現傑出，因此不久前才升作無畏的龍背長。一般而言，憑他的條件至少還要一年，甚至兩、三年才可望升上二副，不過可憐的伊凡斯被送回家之後，就晉升為代理二副，顯然他希望能保住他的位置。

勞倫斯早上居然聽到他嚴厲地告誡見習官，叫他們用餐時要有禮貌，不要呆呆坐著。勞倫斯覺得很有趣，而用餐時更發現菲利斯有時會怒瞪見習官，被瞪的男孩會匆匆喝口酒，開始講述年輕軍官不可能經歷過的故事，讓人懷疑他甚至告訴他們一堆趣聞。

這頓午餐比之前的成功很多。孫楷陪著劉寶來，還是一副觀察員的樣子，不像客人。劉寶倒完全不拘謹，顯然是準備來享受的。不過，說實在，桌上的乳豬串烤了一天，在乳酪與奶油下晶瑩剔透，再冷酷的人也無法抗拒。兩人都添了一次乳豬肉，劉寶也大力稱讚褐色的脆皮烤鵝。那隻鵝是他們在馬德拉特地買的，宰殺的時候還很肥美，和一般船上的家禽不同。

年輕的小子雖然彆扭笨拙，不過盡力表現禮貌，功勞也不小。劉寶很容易被逗笑，自己也有很多狩獵、意外之類的好玩故事。餐桌上的氣氛從一開始就十分融洽，所有人之中只有可憐的翻譯員不開心，他得匆忙繞著桌子跑來跑去，把英文譯成中文，中文譯成英文。孫楷依舊很安靜，聽的比說的多，看不出他愉不愉快。他吃東西也很節制，酒喝得少。劉寶酒量很大，有時會好心責備他，幫他斟滿酒。之後聖誕大布丁愼重地端出來，白蘭地的藍色火焰閃爍，大家鼓掌喝采，瓜分布丁。就在衆人享用布丁的時候，劉寶轉向孫楷說：「你今天晚上好悶啊。來吧，爲我們吟誦〈行路難〉❶，這首詩正適合這趟旅程！」

孫楷雖然沉默，卻欣然接受這個要求，他清清嗓子，吟唱道：

用金杯盛一壺清酒要一萬銅幣，
玉盤裝著佳餚要一百萬文錢。
我吃不了也喝不了，酒杯和肉丟一旁……
伸爪向天空，四望卻徒勞。
我想渡過黃河，冰卻凍住四肢；
我想飛上太行山，而雪遮蔽了天空。
我想閒坐小溪旁，看著金鯉魚——

但我突然夢見橫過浪濤，向太陽航去……

行路難，

行路難，

好多支路——

該向哪條去？

有一天，我會乘著長風，衝破厚厚的雲層，

揚起翅膀橫越遼闊的大海。

翻譯後聽不出原詩有沒有押韻或格律，不過空軍軍官聽了內容，還是一致鼓掌叫好。

「先生，這是您的作品嗎？」勞倫斯好奇地問，「我從來沒聽過以龍的觀點寫的詩。」

「不是，不是，」孫楷說：「這是唐朝著名的『龍李白』寫的。我只是個小學究，寫的詩不好，獻醜。」不過，他卻很樂意爲他們背誦幾首經典的詩。勞倫斯覺得他的記憶力眞不簡單。

他們刻意避談英中兩國船隻或龍的主權，客人們離開時，雙方和樂融融。勞倫斯後來到龍甲板陪無畏，無畏吃羊肉時，他啜飮咖啡說道：「勉強可以算成功吧。他們相處起來沒有多固執，劉寶人也很好。我待過不少船，難得能和這樣的人用餐。」

「嗯，你午餐愉快，我眞替你高興。」無畏若有所思地嚼著羊腿骨。「可以再唸一次那首詩嗎？」

勞倫斯拉來手下的軍官，試圖拼湊出詩句來。隔天早上成親王出來透氣時，他們還在努力，成親王聽著他們胡亂拼湊那首詩，在他們嘗試了幾次之後，皺起眉頭轉向無畏，然後自己唸起詩來。

成親王說的是中文原詩，無畏聽過一遍，就能用中文重述給他聽，看樣子並不覺得困難。勞倫斯已見識過無畏的語言天賦，不過仍然感到意外。無畏像一般龍一樣，在龍蛋中成熟期間學習語言，而且那時接觸過三種語言，顯然還記得最早接觸的中文。

無畏又和成親王用中文說了幾句，便轉頭興奮地看著勞倫斯說：「勞倫斯，他說詩的作者根本不是人，是龍。」

勞倫斯還在訝異無畏的語言能力，聽了這番話，更驚訝了。「龍以寫詩爲業還眞特別，不過中國龍要是都和你一樣喜歡讀書，有的龍能做詩也不奇怪了。」

「不曉得他是怎麼寫的。」無畏沉思著說：「眞想試試看，可是我應該不能拿筆，不知道要怎麼把詩寫下來。」他抬起前腳，疑惑地看著腳掌上的五爪。

「可以你來口述，我來寫啊。」勞倫斯覺得他的想法很有趣。「他應該也是這樣做詩的。」

勞倫斯之後就沒再想這件事了。兩天後，他在病房待上好一陣子。葛蘭比又發燒了，臉色蒼白，嘴唇乾裂，意識模糊，睜著矇矓的藍眼睛看著天花板的凹處。他只喝一點水，語無倫次。波利特沒說什麼，只微微搖頭。

他離開病房走向龍甲板時，看到菲利斯焦急地站在甲板下的梯子旁等他，臉上的表情讓他看了不禁蹣跚地加快腳步。菲利斯說：「長官，我不知道該怎麼辦。他和無畏談了一個早上，我們都聽不懂他在說什麼。」

勞倫斯急忙爬上梯子，發現成親王坐在太師椅上，正在用中文和無畏交談。成親王講得很慢，大聲清晰地唸誦，然後糾正無畏的話，他還帶了幾張紙上來，在紙上大大地寫了他們的怪符號。無畏似乎真的很著迷，全神貫注，尾巴尖端在空中來回擺動，興奮異常的樣子。

無畏看到勞倫斯，叫他過去：「勞倫斯，你看，他們的『龍』是這樣寫的。」勞倫斯照他說的看了，但有看沒有懂，即使無畏指著告訴他哪部分代表龍的翅膀、哪部分是龍身，那個字在他看來仍舊像退潮後沙灘上的紋路。

「他們的龍只用單一個字表示嗎？」勞倫斯疑惑地問，「要怎麼唸啊？」

「唸『ㄌㄨㄥˊ』。」無畏說，「就是我的名字『龍天祥』裡的『龍』，而『天』是天龍用的。」他自豪地指著另一個符號。

成親王看著他們，臉上的表情沒什麼特別，不過勞倫斯覺得他眼中帶了一絲得意。勞倫斯對無畏說：「很高興你找到有趣的事做。」接著轉身刻意向成親王鞠了一個躬，不等他開頭就說：「多謝殿下熱心，麻煩您了。」

成親王傲慢地答道：「這是應該的。熟讀經書才能知天下事。」

他的態度實在不友善，不過是成親王先不顧設下的界線和無畏講話，勞倫斯覺得這樣等於正式的造訪，所以自己先開口也沒什麼不對。也許成親王心裡並不同意，但仍然繼續來探視無畏。從那天開始，每天早上他都會到龍甲板教無畏中文，介紹不同的中文作品，滿足無畏的胃口。

無畏和巨無霸、百合分離之後，終於又快樂起來，雖然討他開心的是成親王永瑆，但無畏受傷不能飛，難得有新的事讓腦子忙，勞倫斯不忍心阻止。因此成親王公然討好無畏，勞倫斯起初只覺得不高興，至於無畏的忠誠會不會因爲東方人的甜言蜜語而動搖，隨成親王去想。勞倫斯很相信無畏，然而日復一日，無畏對中文仍興趣不減，勞倫斯不禁沮喪不已。無畏常說中國的文學作品給勞倫斯聽，他們的書則不時被擱置。無畏不能讀寫詩句，因此把詩句記得很熟。勞倫斯很明白自己完全不是學者，他喜歡的休閒活動是聊天聊一個下午、寫信或閱讀近期的報紙。無畏影響了他，他慢慢對書有了前所未有的興趣。不過他對中文一竅不通，要他感受到無畏對中文作品的熱愛，可沒這麼容易。

他才不想讓成親王知道他大受打擊，讓成親王稱心如意。不過成親王的確很自豪，而且有時無畏學了首新詩，難得得到誇獎也很高興。無畏進步神速，成親王欣喜之餘，似乎也有點訝異，勞倫斯看了卻擔心起來。他自然覺得無畏是最出色的龍，不過可不希望成親王也這麼想，畢竟他們要帶走無畏的動機已經夠多了。

幸好無畏不時會換成用英文說話，讓勞倫斯加入交談。用英文說時，成親王就被迫和他客套一番，否則怕惹無畏生氣。勞倫斯雖然聊以慰藉，不過並不想和他溝通。他們之間的現實立場衝突，即使關係友好也沒用，何況他們向來對彼此都沒有好感。

一天早上，成親王很早就爬上龍甲板，無畏那時還在睡覺。他的隨從搬出椅子，鋪上綢緞，爲他排好那天要唸給無畏聽的書卷。成親王讓他們負責準備，自己則走到甲板邊緣望著大海。忠誠號在湛藍美麗的海中航行，景色宜人，海風涼爽清新。勞倫斯這時正站在船頭享受美景，看著一望無際的深色海面，有時會有小波浪互相吞噬，濺起白沫，而形單影隻的船艦從弧形的蒼穹下駛過。

勞倫斯正要禮貌地對他談起美景，他劈頭就說：「這麼寂寞無趣的景色，也只有沙漠才有。」勞倫斯困窘地啞口無言，哪想到成親王又加了一句：「你們英國人不停航向新地方，眞的對自己的國家那麼不滿嗎？」他不等勞倫斯回答，就搖搖頭轉身走開，而勞倫斯更加確定世上找不到這麼愛和他唱反調的人了。

無畏在船上的食物通常都是自己抓的魚，勞倫斯和葛蘭比計算補給時，也考慮到這一點，所以帶的牛和羊只是爲了換換口味，並且預防壞天氣無畏不能離開船去捕食。然而，這下子無畏受傷不能抓魚，正以超乎預期的速度消耗他們庫藏的食物。

「我們要盡可能靠近撒哈拉海岸，不然就可能被信風❷直直吹到里約去。」萊利說，「不過可以在海岸角❸停下來補給。」勞倫斯聽說能補充糧食，原本應該鬆一口氣，卻另有心事，點點頭便離開。

他們倆對蓄奴的觀念不同。萊利的父親在西印度群島有幾座農莊，還有數百名奴隸爲他們工作，而勞倫斯的父親則大力支持威伯福斯和克拉克森❹，在上議院發表過幾次犀利的演講，甚至提出一串蓄奴的貴族名單，委婉地說這些人「讓基督徒蒙羞，危害國家名譽與國格」，萊利的父親也名列其中。

那時候，這件事讓他和萊利冷淡了一陣子。萊利的父親和阿連德勛爵不同，爲人熱情，萊利和父親很親近，因此自然痛恨阿連德勛爵公開侮辱父親。勞倫斯雖然和父親不太親，又討厭父親讓他的立場變得很麻煩，卻不願意向萊利道歉。從小他在家裡就常看到克拉克森委員會出版的宣傳小冊和書籍，而且才九歲大，就去看過準備拆解的舊時奴隸船。那場噩夢在他腦海中縈繞好幾個月，在他小小的心裡留下無法磨滅的印象。

他們後來休戰了，不過對這議題從來沒講和過，只是閉口不談這方面的話題，也刻意不去談論兩人的父親。

勞倫斯完全不希望停到奴隸港裡，不過他不能選在這時候跟萊利說。

於是私下找來凱因斯詢問無畏康復的情形，問無畏能不能飛一下，捕魚來吃。醫官不情願地說：「最好不要。」勞倫斯嚴厲地看著他，他最後才承認傷口復原的情形沒有預期的好，他不放心。「肌肉摸起來還在發熱，而且龍皮下應該有拉傷。」凱因斯說，「現在擔心還太早，不過我不想冒險，至少還要兩星期不能飛。」包括食物短缺必須在海岸角停留的事，他要煩的已經很多了，這下子又多了一件事要擔心。

屋漏偏逢連夜雨。無畏受了傷，成親王又固執地反對無畏飛行，因此空軍幾乎無所事事。然而船員為了修復船艦、搬運庫存，正忙得不可開交，看不得空軍如此悠閒。意外的不幸就這麼發生了。

快到馬德拉時，勞倫斯不想讓羅蘭和戴爾太閒，沉浸於同伴死去的哀傷，於是把他們倆叫到龍甲板上，看他們平常有沒有用功。他們看他的眼神都很愧疚，因此他發現他們當上傳令兵後就沒再唸書時也不意外。他帶了吉朋的著作，之後要唸給無畏聽，也順便拿出來考他們。他一問之下，才發現他們算術的觀念很弱，更深的數學完全不懂，法文也完全不行。戴爾稍微好一點，至少記了大部分的九九乘法表，對文法也有點概念。羅蘭唸書時嚴重結巴，無畏甚至立起頭冠，靠著記憶開始糾正她。而八以上的數字相乘，羅蘭就錯誤百出了，後來居然承認很訝異語言還有詞性。勞倫斯自責沒監督他們的功課，決心擔當起他們教師的任務，順便讓他們有事可忙。

傳令兵在馭龍隊通常都很受寵，摩根去世後，羅蘭和戴爾更受縱容。其他空軍都興味十足地看著他們每天努力學分詞和除法，卻有忠誠號的見習官開始嘲笑他們。空軍少尉挺身還以顏色，之後船上的死角發生了一點打鬥。勞倫斯和萊利起初還會拿這件事自娛，彼此比較黑眼圈和嘴巴帶血的人笨拙的說辭。然而年紀稍長的人也得遮掩瘀傷時，起初無傷大雅的爭吵便每下愈況了。船員覺得雙方出的勞力不公平，又懼怕無畏，所以恨意特別深，不只再拿羅蘭、戴爾學習的事當劍靶，幾乎每天都想出侮辱空軍的新點子。而空軍覺得對方只知道無畏英勇，不懂得感謝空軍，也侮辱了他們。

忠誠號經過帕馬斯角❺，開始航向東方，向海岸角駛去。就在此時，第一次衝突爆發了。勞倫斯沒看到事情是怎麼發生的，那時他正在龍甲板打盹，無畏身軀的陰影爲他遮去直射的陽光。一陣重擊聲吵醒了他，接著叫喊聲突然傳來，他連忙爬起身，看到衆人圍成一圈。圓圈裡站著馬丁和副軍械士布萊斯，馬丁抓著布萊斯的手臂，而萊利的一位年長見習官倒在地上，波白克爵士則從船尾樓甲板喊著：「康乃爾，快把那個人銬起來！」

無畏猛然抬起頭大吼，幸好不是吐出神風，但仍然造成隆隆巨響，不少人刷白了臉，衆人都從他旁邊退開。「不可以關我隊員。」無畏憤怒地在空中舞著尾巴，接著站起身，展開翅膀。船張滿了帆，船桁迎著撒哈拉海岸吹向船尾的風，保持往東南的航線，無畏一張開翅膀，翅膀便成了獨立於其他帆而作用相反的風帆，整艘船艦都隨之晃動。

「無畏！快住手，聽到了嗎？」勞倫斯厲聲說。打從無畏孵化以來，他就沒有這麼說過話，無畏聽了吃驚地坐下，本能地緊緊收起雙翅。「波白克，拜託你讓我處理我的手下。風紀官，退下。」勞倫斯迅速下令道。他不想讓事態繼續惡化，在空軍和海軍面前讓事情演變成公開的衝突。「菲利斯，」他說，「把布萊斯帶下去關禁閉。」

「是，長官。」菲利斯一邊回答，一邊擠過人群，把身旁的空軍向龍甲板推去，還沒走到布萊斯旁，就驅散了激動圍觀的人。

勞倫斯嚴厲地看著事情進行，接著又大聲說：「馬丁先生，立刻到我艙房報到。所有人回去工作。凱因斯先生，過來。」

他又待了一會兒，不過立即的危險不再，他已經很滿意了，也相信他們有紀律，會自動解散，於是從欄杆旁走回去。

他走到龍甲板，卻發現無畏幾乎癱平縮在地上，錯愕又不滿地看著他。勞倫斯向無畏伸出手，無畏卻猛然避開，雖然沒有躲得遠遠的，不過看得出他下意識的反應。

「對不起，」勞倫斯放下手，喉嚨一緊，「無畏……」他不知該說什麼。那時他不能讓無畏插手，否則可能會使船艦受損，而且要是無畏再對船員發怒，船員將會太害怕他，不能好好工作。他看到凱因斯趕過來，於是改口問：「你沒弄傷自己吧？」

「沒有，」無畏很小聲地說，「我沒事。」他讓凱因斯檢查，凱因斯說他的動作並沒影響傷口。

「我要去找馬丁談談。」勞倫斯仍然覺得很失落，無畏沒回答，只蜷曲起來，把翅膀伸向前面包住自己的頭。勞倫斯沉默了很久，還是離開龍甲板，走下樓去。

艙房裡的窗子開著，卻還很悶熱，勞倫斯的心情完全好不起來。馬丁一身髒髒的水手服，正焦躁地在房裡踱步。他兩天沒刮鬍子，正滿臉通紅，頭髮也長得蓋到眼睛。馬丁還不明白勞倫斯有多生氣，勞倫斯進門一拐一拐地走向椅子，才剛重重坐下，他就脫口而出：

「很抱歉，全是我的錯。我根本不應該回嘴的。勞倫斯，你不能處罰布萊斯啊。」勞倫斯已經習慣空軍不拘禮節了，通常不會糾正他們，但馬丁在這種情況下居然想趁機辯解，勞倫斯氣得靠向椅背怒瞪著他。馬丁的雀斑臉龐頓時刷白，急忙嚥下口水說：「隊長，恕我冒犯。」

「沒想到你們還需要加強管束。馬丁先生，我會不計代價維持隊員的紀律。」勞倫斯感到怒火中燒，努力克制自己的音量。「告訴我是怎麼回事。」

「我不是故意的。」馬丁的態度溫順多了，「雷諾茲那傢伙整星期都在罵人，菲利斯要我們別理他，可是我走過去的時候，他說——」

「我沒興趣聽你說閒話。」勞倫斯說：「你做了什麼？」

「噢——」馬丁臉紅了起來，「我只說——呃，我罵回去，我還是別說我罵了什麼比較好，然後他——」馬丁停了下來，不知道不指控雷諾茲要怎麼把事情說完，只好草草收尾。「長官，反正他正要提議決鬥，布萊斯就敲昏了他。布萊斯知道我不能決鬥，不想讓我在船員面前丟臉地拒絕。長官，他真的沒錯，是我不對。」

「的確是你的錯。」勞倫斯怒聲說著，滿意地看著馬丁聽了他的話，肩頭垮下來。「我星期日會以襲擊長官的罪名處布萊斯鞭刑，到時候別忘了他是因爲你不知自制而受罰。這星期除非叫違抗軍紀的人上甲板，都必須待在自己房間，不要上去。解散吧。」

馬丁欲言又止，最後小聲地說：「遵命，長官。」他走出房間時差點絆了一跤。勞倫斯坐在椅子上，還在激動地呼吸，空氣悶到他幾乎喘了起來。他氣得要命，但怒火仍然漸漸消退，只留下沉痛的沮喪。即使空軍禁止決鬥，馬丁公然拒絕在全體隊員面前挑戰，他們仍然會名譽掃地。因此布萊斯不只挽回馬丁的名譽，也保住空軍的名譽。然而這種事沒得通融。布萊斯在眾目睽睽下攻擊軍官，勞倫斯必須給他夠重的處罰，才能平息船員的不滿，讓其他人不敢再犯。鞭刑會由副水手長執行，那個人絕不會放過機會找空軍麻煩，而且布萊斯犯的又是襲擊海軍軍官的罪。

他原來想去找布萊斯談談，還沒站起來，門上的敲門聲卻打斷他的計畫。進來的人是萊利，他穿上了外套，端正地打上領巾，手臂下夾著艦長帽，臉上毫無笑容。

譯註：

❶：〈行路難〉原詩如下：金樽清酒斗十千，玉盤珍饈值萬錢。停杯投箸不能食，拔劍四顧心茫然。欲渡黃河冰塞川，將登太行雪暗天。閒來垂釣坐溪上，忽復乘舟夢日邊。行路難！行路難！多歧路，今安在？長風破浪會有時，直掛雲帆濟滄海。

❷：信風是地球行星風系的一個風帶。

❸：海岸角（Cape Coast），位於今日迦納中部的沿岸重鎮，鄰幾內亞灣。

❹：克拉克森（Thomas Clarkson，一七六〇～一八四六），致力於鼓吹廢除英國奴隸制度。

❺：帕馬斯角（Cape Palmas），位於今西非賴比瑞亞海岸，鄰幾內亞灣。

第七章

一星期後，他們駛近海岸角，全船籠罩的不滿氣氛像那時的熱度一樣昭然若揭。空軍嫌處罰太殘酷，船員則覺得判得太輕。鞭刑快結束時，布萊斯不斷尖叫，無畏忍不住兇猛地咆哮起來。這倒有好處，副水手長原來鞭子揮得比平時還用力，聽到他的叫聲嚇到了，最後幾下打得很輕。不過木已成舟，鞭刑之後，無畏一直默默傷心，回話都很簡短，胃口也不好。而布萊斯復原的狀況並不理想，仍然沒什麼意識地躺在病房，由其他地勤人員輪流坐在他身邊，替他身上血淋淋的鞭痕搧風，哄他喝水。可憐的馬丁受的懲罰是去幫鞍具長鞣皮，處罰不重，不過他十分內疚，有空的時間都待在布萊斯身邊。

隊員都明白勞倫斯的脾氣，因此並沒有在言行上表現對船員的恨意，只投以陰沉的目光，注視著他們喃喃低語，只要船員接近，就突然安靜下來。

事發之後，勞倫斯就沒到宴客廳用餐，因爲當時他在甲板上干涉波白克的命令，萊利十分不滿。萊利拒絕和解，坦白說，他覺得勞倫斯判的十二下鞭刑不夠。這下子換勞倫斯不高興了。脣槍舌劍之間，勞倫斯說溜嘴，建議萊利別去奴隸港。萊利很氣他暗示兩人對奴隸的歧見，最後沒以叫罵收尾，雙方只冷淡客套地道別。

更糟的是，無畏的心情非常低落。他已原諒勞倫斯兇他的事，勞倫斯也說服他犯了那樣的錯必須處罰。然而，無畏對實際發生的事沒有完全釋懷。唯一滿意目前狀況的是成親王，竟然抓住機會，用中文和無畏私下長談了好幾次，而無畏也無意讓勞倫斯加入談話。

只不過最後一次談話結束時，成親王可沒那麼開心了。無畏嘶嘶叫著，揚起頭冠，接著蜷到勞倫斯身旁要保護他，把他都撞倒了。巨大的黑色身軀擋住勞倫斯，他看不到外面，只好問無畏：「他跟你說了什麼啊？」他自己很氣成親王一直來找無畏，快忍無可忍了。

「他告訴我中國的事，還有中國龍的生活。」無畏說得避重就輕，勞倫斯不禁懷疑，無畏對親王保證的事還滿嚮往的。「後來他說，我到那裡之後應該得到更相稱的同伴，然後他們會送你離開。」

等他終於肯放開勞倫斯時，成親王已經走了。菲利斯開心得沒了上尉的樣子，對勞倫斯說：「他氣得火冒三丈呢。」

不過勞倫斯仍然不滿，憤憤不平地告訴哈蒙德：「我可不能讓無畏這麼心煩下去。」他想說服這個外交官爲他傳達措詞強硬的訊息，卻徒勞無功。

「眼光放遠一點。」哈蒙德暴怒地說，「如果成親王在旅途上明白無畏不同意和你分開，那麼我們到中國以後，談判就好進行了。」他停了下來，以更急躁的語氣問：「你確定無畏眞的不會同意吧？」

葛蘭比終於可以下床，臉色蒼白，瘦了一圈，那天晚上勞倫斯請他一起晚餐，他聽了這件事說道：「乾脆找個夜黑風高的晚上，把哈蒙德和成親王都從船邊丟下去，就解脫了。」他不顧用餐禮儀，一邊喝著湯，吃烤乾酪、豬油炸的洋芋和洋蔥、烤全雞和肉餡餅，一邊說出勞倫斯無法坦露的心情。

「成親王還對他說了什麼？」

「我完全沒頭緒。上星期他用英文說的話，還不到三個字！」勞倫斯說，「我也不想逼無畏告訴我，那樣管太多了。」

「大概是說他朋友不該被鞭打吧，」葛蘭比不高興地說：「還有他每天都應該有十本書可以看，甚至該擁有幾堆珠寶。我聽過引誘龍的事，不過要是空軍裡有人敢嘗試，即使龍沒有剁碎他，上頭也會迅雷不及掩耳地把他踢走。」

勞倫斯在手中把玩著杯子，沉默了一會兒。「無畏會聽他說話，只是因爲他不開心。」

「唉，眞該死。」葛蘭比重重地靠向椅背。「很抱歉我病了那麼久。菲利斯不錯，不過他沒待過運龍艦，不知道船員是哪副德性，也不知道要教大夥兒別理他們。」他鬱鬱寡歡地說：「而且也不會提議怎麼逗無畏開心。我在悅豐隊上待最久，她雖然是皇銅龍，不過非常隨和，完全不會生氣，也不會心情不好影響食欲。無畏可能是不能飛才不開心吧。」

隔天早上，他們駛進奴隸港。港灣有著半圓形的金色沙灘，綴著可愛的棕櫚樹，後方的高聳城堡下立著白色矮牆。港裡有不少尚待加工的獨木舟來來去去，有些才鑿了一半，還連著樹幹，另外還有各式各樣的帆船。港灣的西側有艘中型的二桅帆船，成群的小船在周圍往來，船上都是黑人，還有更多黑人正從海灘上的走道趕上船。

忠誠號艦身太大，不能進港，不過下錨的地方離港口很近。這天風和日麗，卻因此能清楚聽到岸上傳來鞭打聲，還混雜著哭喊和陣陣啜泣。勞倫斯皺著眉爬上龍甲板，發現羅蘭和戴爾都驚訝地張望，於是派他們下去打掃他艙房。可惜不能用同樣的方法保護無畏。無畏不再對周圍漠不關心，這時疑惑地看著黑人隊伍，縱向的眼瞳一縮一張。

「勞倫斯，那麼多人都鎖著鐵鍊，他們犯了什麼錯啊？不可能全是犯人吧。你看，那是個小孩，那個也是。」

「他們不是犯人，」勞倫斯說，「那是奴隸船，別看了。」他之前就擔心這個情況，因此點到爲止地解釋了奴隸概念。不過他自己很厭惡奴隸制度，而無畏又沒有財產的觀念，因此仍然沒讓無畏好好了解。這時無畏不聽他說話，只瞪著眼看，尾巴焦慮地掃來掃去。那艘船整個早上都在上貨，岸上吹來溫熱的風，帶來髒身體上汗味和悲苦的味道。

上貨的過程終究結束了，二桅帆船載著它不幸的貨物開出海灣，在風中揚起帆，平穩地駛過他們，劃出美麗的船跡。船上不少船員攀在索具上，不過大部分的人員是武裝的陸地人，身上配著毛瑟槍和手槍，拿著酒杯坐在甲板上無所事事。他們工作完滿身是汗與髒污，面無表情，就這麼好奇地瞪著無畏看，其中甚至有人拿起槍瞄了瞄無畏消遣他。勞倫斯還來不及反應，李格斯上尉便倏然喊道：「備槍！」龍甲板上的三名步槍手立刻拿起槍來。二桅帆船上的傢伙放下毛瑟槍露出黃板牙，轉頭和他船上的夥伴一起大笑。

雙方距離太遠了，毛瑟槍的子彈對無畏來說就像蚊子咬，他無須擔心，卻仍然氣急敗壞地攤平了頭冠，隆隆咆哮了一聲，甚至還吸了口氣準備大吼。勞倫斯連忙把手放在他身旁說：「不行，這樣沒好處。」他一直陪在無畏身邊，直到二桅帆船在海平面上越縮越小，離開他們的視線。

二桅帆船開走之後，無畏的尾巴仍然悶悶不樂來回甩動。勞倫斯問他要不要吃點東西，他說不餓，說完又沉默了下來，偶爾不自覺地用爪子刨刨甲板，發出可怕的磨擦聲。

萊利正在船尾巡視船尾樓甲板，不過他們附近有不少船員正在安置大艇和軍官乘坐的駁船，準備載運補給品，聽得到他們說話，波白克爵士甚至看得到他們。不論如何，在甲板上如果用正常語音談話，說話的內容傳到船的另一頭再傳回來，絕對比來回走一趟的時間短得多。勞倫斯明白即使和萊利還沒鬧得不愉快，在他的船甲板上批評他也不禮貌，但最後終於忍不住了，只好盡量委婉地安慰無畏。

「別難過了。」他說，「奴隸買賣不久之後就可望停止，國會這個議期會再討論奴隸的問題。」

無畏聽了顯然開心起來，不過對這麼簡單的解釋並不滿意，繼續熱切地追問廢除奴隸的可能性。勞倫斯的父親參與相關活動，他只好靠著自己對這些活動的了解，解釋國會和上下議院的差別，還有與奴隸爭議相關的黨派，一方面還不能忘記有人在聽他們談話，言詞要盡量禮貌。

孫楷在龍甲板待了一整天，看到那艘二桅帆船，也發現無畏心情大受影響，因此若有所思地注視著無畏，顯然在猜他們談了什麼。他靠在油漆的邊界上，趁他們說話的空檔，請無畏爲他翻譯他們談的內容。

無畏簡單解釋了一下，孫楷點點頭，接著問勞倫斯說：「也就是說，你父親是位官員，覺得奴隸制度並不光采嗎？」

孫楷問得太直接，雖然會冒犯到人，仍然不得不回答。而他不想以沉默欺瞞，只好答道：「是的，沒錯。」孫楷還沒提出問題讓談話繼續，勞倫斯便看到凱因斯走上龍甲板，爲了結束尷尬的談話，連忙和他打招呼，問他能不能帶無畏飛一小段距離去岸上。

他們的談話雖然中斷，卻已經讓船員反感了。船員平常對奴隸的事沒有特別意見，這時卻自然和艦長站在一邊，而且覺得萊利家族和奴隸貿易的關係無人不知，勞倫斯他們還在船上公然唱反調，對萊利並不公平。

船員午餐時間前不久，大艇就載著郵件回來，而波白克指派先前引發爭端的年輕見習官雷諾茲拿郵件給空軍——這麼做簡直是刻意挑釁。男孩眼睛還帶著布萊斯那拳深深的痕跡，卻無禮地嘻皮笑臉。勞倫斯看了，立刻決定提前一星期結束馬丁的懲罰工作，然後故意說：「無畏，你看，我們收到羅蘭隊長的信呢。我想一定會有多佛的消息。」無畏急著低頭看信，頭冠恐怖的陰影和尖利閃亮的牙齒逼近他們頭上，雷諾茲嚇了一跳，臉上得意的表情瞬時消失，一溜煙逃離龍甲板。

勞倫斯待在龍甲板上唸信給無畏聽。珍．羅蘭的信不到一頁長，寄出時他們才離開幾天，信裡沒什麼新聞，只開心地說到掩蔽所裡的生活。雖然無畏聽了，想家想得嘆口氣，勞倫斯也感傷起來，不過至少有激勵的效果。勞倫斯只是不明白為什麼沒從其他同袍那兒接到信，連常寫信的哈克特也沒寄信來。他倒還接到一封信——是他母親寄去多佛，又被轉過來的。

飛行員因為有信差龍在各掩蔽所之間來回，接到信的速度會比其他人靠驛馬傳送快很多。而她寫信時，顯然還沒接到勞倫斯告知要出發的信件。

他拆開信，信裡寫的主要是他長兄喬治的事。喬治有三個兒子，又添女兒了。他母親還寫到他父親從政的工作，勞倫斯和阿連德勛爵難得有事情看法相同，正好無畏又對這話題感興趣，因此就把信裡的內容大聲唸給無畏聽，讓他開心。不過讀到一半，勞倫斯突然停了下來，默默讀完她順筆帶過的一段話，才明白他的同袍爲何都沒消息：

我們聽到奧地利傳來的消息都很震驚，聽說首相彼特❶先生病倒了，你父親當然很難過，首相對你父親他們的議案一向支持。常有傳言說上天偏愛拿破崙。兩方勢均力敵的時候，一個人能在戰爭中造成那麼大的影響，的確很不尋常。

不過納爾遜勛爵在特拉加法之役大勝，還有你們英勇保衛英國海岸的事，居然一下就遭到遺忘，意志不堅的人開始和那個暴君講和，眞是丟人。

她寫信時當然認爲他會在多佛，而且收到信會先聽說歐洲方面完整的消息，沒想到他會先接到信，而她又沒寫出詳情。勞倫斯在馬德拉港聽說奧地利的幾場戰役，不過都沒這麼關鍵，於是他立刻向無畏道歉，急著下船艙找萊利，希望萊利知道更多消息。只見萊利在艙房裡呆呆讀著哈蒙德剛給他的公文快件。發文處是海軍部。

「他在奧斯特里茲城外打垮了他們。」哈蒙德說著，在萊利的地圖上找出那個地方，是奧地利內地，維也納東北方的小城市。「我知道的不多，政府不願透露細節，不過至少有三萬人死傷或是被俘。俄國人倉皇逃跑，而奧地利人已經簽署停戰協議了。」

即使沒有細節，這些消息聽起來就很慘烈了，三人同時陷入沉默中，反覆看著那幾行短短的訊息，但無論重讀多少遍，都讀不出別的資訊。最後，哈蒙德開口說：「唉，看來我們只好餓餓他，逼他出來。感謝天賜我們納爾遜和特拉加法之役！海峽那兒有三隻長翼龍駐紮，這下子他沒辦法再從空中打來了。」

「我們該回去嗎？」勞倫斯尷尬地問。這樣的提議感覺很自私，然而他明白英國一定很需要他們。殲滅、滅絕和百合的編隊很強，但那三隻龍不可能隨傳隨到，而拿破崙早就知道該怎麼調虎離山了。

「我沒收到回頭的命令，」萊利說，「說眞的，聽到這種該死的消息，還要載著一百五十五門砲的船和一隻重量級戰龍開向中國，眞的很討厭。」

「各位，不是這樣的。」哈蒙德嚴厲地說，「奧地利傳出噩耗，只讓我們的任務變得更急迫。只有貿易才能讓我們打敗拿破崙，並且在法國占領下的歐洲之外，保有重要的地盤。奧地利人和俄國人一時戰敗，但是只要我們持續供應資金和資源給我們在歐陸的盟友，他們必定會反抗拿破崙的暴政。我們一定得繼續前進，即使得不到好處，至少要讓中國保持中立，同時確保東方的貿易路線。這比任何軍事目標都還重要。」

他說話的樣子十足威嚴，萊利隨之點頭同意，接著便和他討論如何加快旅程。勞倫斯一直沒發言，不久就跟他們道別回到龍甲板。哈蒙德的話很有份量，而勞倫斯又有私人的顧慮，因此不方便爭論，不過仍然心有不滿，而且一想到和他們的想法完全沒交集，就很沮喪。

勞倫斯告訴無畏和他的高階軍官這個壞消息，無畏立起頭冠說道：「特拉加法和多佛那兩次，他的船和龍都比我們多，我們還是贏了，而這次奧地利和俄國人的軍隊人數比他還多，爲什麼會敗給拿破崙呢？。」

勞倫斯說：「拿破崙是陸軍出生的，從來沒有眞正了解過海軍，特拉加法那場海戰才贏不了。而多佛之役是靠你贏的，要不是你，拿破崙應該會直接在西敏寺加冕吧。別忘了他在侵略前居然騙過我們，讓我們把海峽大半的兵力派到南方，還隱瞞他的龍隻動向。要是沒有你的神風奇襲，那一戰的結果可能大不相同。」

「我還是不覺得奧地利打得好。」無畏不滿地說，「我們和朋友都在那兒的話，一定不會輸。眞不知道大家都在打仗時，我們幹嘛去中國。」

「好問題。」葛蘭比說，「剛開始就很沒意義，我們軍力已經很拮据了，仗打一半居然要送走我們最好的龍。勞倫斯，難道不該回去嗎？」

勞倫斯只搖了搖頭，他非常想回去，卻無權改變決定。多佛之役中，無畏和他的神風確實逆轉了戰況。即使海軍部不願承認，或是不相信會那麼簡單就取得勝利。勞倫斯仍然記得當天無畏扭轉情勢前，敵衆我寡、絕望掙扎的情景，而今居然要拱手讓出無畏和他驚人的能力，在勞倫斯看來，眞是盲目得固執。他可不相信中國人會答應哈蒙德任何要求。

然而，就算萊利和哈蒙德的想法和他一樣，他也很清楚海軍部不會容許他們抗命。他只好告訴葛蘭比：「我們得聽從命令。」他看了無畏難過的樣子，安慰道：「很抱歉。來吧，凱因斯先生來了，他要看看你能不能上岸動一動，我們收拾一下，讓凱因斯檢查吧。」

凱因斯好不容易檢查完，離開無畏胸前，無畏煩躁地說：「傷口眞的完全不痛了，我確定可以飛了，反正只飛一小段就好。」

凱因斯搖搖頭：「也許再等一星期吧。」無畏要坐起身抗議，他又說：「不行，不准跟我抱怨。」他向勞倫斯解釋道：「飛行距離長短不重要，起飛才是問題，我不確定他的肌肉能不能承受升空時的張力。」

「可是我躺在甲板，什麼也不能做，好煩啊。」無畏傷心得快哀嚎起來了，「連好好轉個身都不行。」

「頂多再忍一星期就好了。」勞倫斯努力安撫他。勞倫斯眞後悔自己提議讓他飛，害無畏燃起希望，卻更失望。「很抱歉，不過凱因斯先生在這方面是專家，最好聽他的話。」

但無畏沒那麼好安撫：「可是他的意見不應比我的感覺重要，肌肉到底是長在我身上啊。」

凱因斯抱起雙臂，冷冷地說：「我不和病龍吵架。你想蹦蹦跳跳害自己受傷，再躺兩個月，儘管去吧。」

無畏氣得向他噴氣，勞倫斯不耐煩了，連忙趁醫官還沒繼續激怒無畏之前請他離開。勞倫斯很信任這個人的醫術，不過他說話的技巧還有待加強。無畏並不任性，不過受到的打擊太大了，反應才這麼激烈。

勞倫斯想讓無畏振奮一點，於是說道：「我有個好消息。波利特先生上岸去一趟，好心為我帶了幾本書，要我現在拿來嗎？」

無畏心情不好，把頭垂在船邊，望著他不能涉足的海岸，只咕噥一聲回應。勞倫斯下艙房拿書，希望內容有趣，能逗無畏開心。然而他仍在艙房裡，船就猛然晃了一下，巨大的浪花濺得水從圓窗窗口潑到地板上。勞倫斯趕忙救起沾濕的信，從最近的舷窗向外看，只見無畏在水裡載浮載沉，臉上的神情愧疚又滿足。

他衝回龍甲板。葛蘭比和菲利斯正警戒地從船緣向下望，而船邊原先聚集了滿載妓女和熱情漁夫的船隻，這時傳來陣陣尖叫和划槳聲，慌忙地逃回海灣避難。無畏不好意思地看著他們，沮喪地說：「我沒想要嚇他們。」他向他們喊道：「不用逃走嘛！」但小船停也不停地划走。船員的樂子沒了，不滿地瞪著無畏。而勞倫斯只擔心無畏弄傷自己。

凱因斯被召回龍甲板，對勞倫斯說：「唉，我這輩子從來沒見過這麼荒唐的事，他應該不會怎樣就是了。龍的氣囊會讓他浮著，而且鹹水對傷口也沒什麼害處。不過我可不知道該怎麼把他弄回船上。」

無畏潛入水裡，過了一下又幾乎被浮力推得衝出水面。「好舒服啊！」他喊著，「勞倫斯，水一點也不冷，你要不要下來？」

勞倫斯的泳技並不好，而且他們離岸邊整整有一哩遠，他想到跳進開闊的海裡，就覺得不安。不過他怕無畏太久沒動，突然運動太多會累壞，因此仍然划了艘忠誠號的小艇去陪無畏。小艇在無畏嬉戲撥起的海浪顛簸，偶爾會被浪淹過，還好勞倫斯聰明，只穿了舊衣褲。

無畏開心多了，勞倫斯卻仍然心情不佳。奧斯特里茲之役不只是輸了一場仗，同時也推翻了首相彼特的精心計畫，破壞了反抗拿破崙的聯盟。英國本身派不出像拿破崙大軍那麼壯大的軍隊，即使有足夠的兵力，也很難帶他們攻向歐陸。奧地利和俄國都退出戰局，英國的情勢顯然更糟了。

不過看著無畏精力充沛、滿心喜悅的樣子，他即使有心事，仍然不禁笑了。不久之後，無畏甚至哄得他也下水去玩。勞倫斯沒游多久就爬到無畏背上，讓無畏興奮地打水游動，把小艇像玩具一樣頂來頂去。

他閉上眼睛，還能想像他們還在多佛或拉干湖，不用煩惱太多戰爭的事，指派給他們的工作簡單明瞭，還有友誼和團結的國家可以依靠。如果眞能那樣，連目前的麻煩都不難克服，反正他們離熟悉的空地不遠，忠誠號只是與他們無關的一艘船，也沒有外交官或親王惹他們煩心。他躺下身去，攤開兩手貼著無畏曬暖的黑鱗，暫時沉醉在幻想之中，幾乎快打瞌睡了。

過了半晌，他問無畏：「你爬得上忠誠號嗎？」他一直在煩惱這個問題。

無畏轉過頭看著他，提議說：「我們能不能在這裡等我康復，之後再追上忠誠號呢？」

他突然興奮地抖一下頭冠，「或是飛過陸地，到另一頭等他們呢？我看過你的地圖，記得非洲中部都沒有人住，所以不會有法國人攻擊我們。」

「那裡沒有法國人，但是有報告說那裡有很多野龍，而且還有不少危險的生物跟可怕的疾病。」勞倫斯說，「無畏，我們不能就這樣飛過沒地圖的區域，尤其是現在，沒有理由冒險。」

無畏只好放棄他興致勃勃的計畫，輕輕嘆了口氣，不過同意試著爬上龍甲板。他又玩了一陣子之後，游回船邊，然後把小艇拾起來交給等著拉小艇上船的船員，讓他們大爲詫異。勞倫斯從無畏肩上爬回船邊，倉促地和萊利討論起來：「我們可以放下右側的腳索錨幫忙平衡嗎？」他建議道：「船上貨時船尾已經偏重了，加上船首錨，應該能穩住忠誠號。」

萊利不太喜歡他的提議：「勞倫斯，讓一艘運龍艦在晴朗無雲的海灣外沉沒，我可不敢想像海軍部會怎麼說。我罪有應得，應該會被吊死吧。」

「要是可能翻船，他可以馬上停住。」勞倫斯說，「不然我們就得在港裡呆坐一星期，等凱因斯准他飛行才能出發。」

無畏把頭伸過後甲板的欄杆，讓萊利嚇了一跳。他自信地插嘴說：「我不會把船弄沉啦，我會很小心的。」

萊利仍然猶豫不決，不過終於點頭了。無畏努力在水中站起，用前腳抓住船邊，忠誠號向他斜去，但有兩支錨在支撐，因此傾斜得不太嚴重。無畏從水裡抬起翅膀，拍了幾下，又爬又蹬，掙扎上船。

他動作笨拙，重重跌上龍甲板，後腿還難看地踢了幾腳，不過至少上船了，而忠誠號只在他身下微微起伏。他連忙收回腿來，抖掉頭冠和臉上觸鬚的水，裝出一副從容的樣子，高興地對勞倫斯說：「爬回來不難嘛，在我能飛之前，我可以每天游泳了。」

勞倫斯眞不知萊利和船員聽了做何感想，不過自己倒不生氣。只要無畏能這麼開心，他被瞪幾眼也沒關係。他問無畏要不要吃點東西，無畏愉快地同意，接著便把兩頭牛和一隻羊給吞得精光。

於是隔天成親王上了龍甲板時，發現無畏的心情好得很。他剛游完泳，吃飽肚子，心滿意足。這次他爬上船時，動作優雅多了，只不過波白克爵士看到油漆被刮掉，終於找到事情埋怨，而船員還在爲前一天小販和妓女被嚇走的事生氣。

勞倫斯覺得成親王活該被無畏討厭，不過成親王因禍得福，無畏這天心情大好，仍然原諒了他。誰知道他還是一臉不滿，早上探視的時間都不發一語，若有所思地看著勞倫斯讀波利特先生拿來的書給無畏聽。

成親王很快就走了。他離開不久，他的僕人馮力上龍甲板，比手畫腳請勞倫斯下去。這時天熱，無畏已經窩起來打盹了。勞倫斯心不甘情不願，非常謹愼，堅持要先去房間更衣，全副武裝穿上禮服和好褲子，打上剛燙好的領帶。不然只穿著和無畏去游泳的破衣物，怎能去成親王雅致的艙房？

這次他到成親王艙房外，沒發生什麼事。他立刻被領進去，而成親王甚至遣走馮力和他私下交談。馮力離開之後，成親王並沒有立刻開口，只把雙手背在腰後靜靜站著，皺著眉頭看出船尾窗。就在勞倫斯忍不住要說話時，成親王突然轉身說：「我明白你眞的很喜歡龍天祥，他也很喜歡你。可是，他在你的國家受到動物般的對待，還要參與危險的戰爭，你忍心讓他這樣下去嗎？」

聽他這麼直接呼籲，勞倫斯十分訝異，覺得哈蒙德說的也許沒錯——成親王的態度改變，必定是因爲他越來越覺得沒辦法騙走無畏。勞倫斯雖然慶幸成親王不再試圖拆散他們，卻更加不安。他和成親王之間顯然沒有共同之處，而他想不通成親王爲何會站在他這邊。

他頓了一下，然後答道：「殿下，他並沒有受到苛待，而且只要爲國家效力，就會經歷危險的戰爭。在下並不後悔自己的選擇，也以爲國冒險爲榮。」

「但是你出生平凡，軍階又低，英國像你這樣的人大概有一萬個。」成親王說，「你配不上天龍，請爲他的幸福著想，讓他回到適合的地方吧。和他愉快地道別、讓他覺得你離開時沒有留戀，他會更容易忘了你，與更適合他的伴幸福生活。你應該讓他得到他有權擁有的一切，不該讓他和你局限在一起。」

成親王永琨像在說很普通的事實，語調中沒有侮辱之意，甚至還顯得誠懇。然而，勞倫斯還不清楚成親王這番話究竟是在羞辱他、還是在好言相勸，於是回道：「我不相信欺騙所愛的對方、爲了對方著想而隱瞞是眞的爲他好。」

等成親王又說了一句話，勞倫斯的疑惑就煙消雲散了。成親王堅持道：「我曉得我要求的事對你而言犧牲很大。你家人也許會對你失望，何況你帶他回英國而得到的大筆獎金，這下子可能要全數繳回。我們並不希望你落到悲慘的下場。照我說的做，你就能得到一萬兩白銀，皇帝也會很激賞。」

勞倫斯楞了一下，接著羞辱地紅透了臉，一時間說不出話來，最後才憤憤不平地說：「你們提的金額很高，不過即使用全中國的白銀都別想收買我。」

他本來要轉身就走，但他拒絕的話終於讓成親王失去僞裝的耐性，對他說道：「你絕不可能獲准當龍天祥的伴，遲早會被遣送回國。你眞傻，怎麼不接受我的提議呢？」

「到了你的國家，你們可以用武力將我們分開，」勞倫斯說，「但那不是出於自願，是你們強迫的。而我和無畏直到最後，都會忠心不二。」他一心想離開現場。成親王的話深深傷了他的心。他既不能攻擊成親王，也不能與成親王決鬥，痛苦無從平息，不過明正言順地吵一架，至少能發洩一下怒氣。他接著以極爲輕蔑的語氣說：「省省吧，別再哄我們了，再怎麼賄賂、要計謀都沒用，我全心相信無畏，他不可能喜歡把爭執當禮數的國家。」

「會藐視世上最偉大的國家，是因爲你太無知。」成親王自己也發怒了，「你和你們國家的人都一樣，不懂得尊重比自己優秀的事物，而且還侮辱我國傳統。」

「說得好聽，難道殿下就沒侮辱我或我的國家，就尊重他人傳統了嗎？」勞倫斯說。

「我們對英國的一切從來沒有興趣，也不想去強迫你們照我們的方法行事！」成親王說，「你們從小島來到我們國家。中國地大物博，能自給自足，你們的小玩意兒、鐘錶、燈飾和火砲，我們都不稀罕。你們喜歡茶葉、絲綢和瓷器，我們好心准你們買，你們卻不知足，得寸進尺。傳教士想散布異國宗教，商人違法走私鴉片。我們的條件相差甚鉅，你們本應加倍感激，順從皇帝，卻一再冒犯中國。我們容忍你們不尊重的行爲，容忍得太久了。」

成親王這堆抱怨雖然和眼前的事無關，卻說得義憤填膺。勞倫斯很意外，成親王說話一向經過盤算，從來沒有像這樣地發自肺腑之言。他訝異的表情顯然讓成親王回過神來，停下抱怨。他們沉默地站著。成親王敘述兩國的關係時，居然把傳教士和走私客混爲一談，而且死也不肯正視開放貿易對雙方都有利。勞倫斯氣壞了，雖然成親王這番話不是用中文說的，仍然想不出怎麼回答。

過了好一會兒，勞倫斯才說：「殿下，我不是外交官，不會和您爭論外交事務，不過我拚了最後一口氣也要維護我國和我同胞的尊嚴。您無論有什麼理由，都不能讓我做出無恥之舉，對他不義。」

成親王雖然還是極爲不滿，不過已經恢復鎮定。他搖搖頭，皺眉說道：「你不能爲龍天祥或你自己著想，至少要爲你們國家的利益著想吧？」他滿不情願地說：「我們不可能加開廣州之外的口岸通商，不過我們會讓你們如願駐使在北京，只要貴國尊崇我國皇帝，就不會對貴國或貴國的盟國宣戰。你幫忙讓龍天祥回來，我們就會同意這些條件。」

成親王期待勞倫斯回應，勞倫斯卻驚訝地面色蒼白，動也不動地站了半晌，才用小到快聽不見的聲音說：「不行。」接著不等成親王反應，便掀開帷幕，離開艙房。

他信步走到龍甲板，看到無畏尾巴捲在身旁平靜地睡覺。勞倫斯沒伸手撫摸，直接走去坐在龍甲板邊的木箱上，垂下頭，不想和任何人的眼神交流。他兩手交握，不讓人看到他的手在顫抖。

勞倫斯見到哈蒙德時，繃起皮準備挨罵，誰知哈蒙德居然說：「拜託，你拒絕了吧？謝天謝地，沒想到他會這麼快就這麼直接。隊長，拜託你私下詢問我意見之前，別同意任何提議，不論是在船上或是到中國以後，再吸引人的提議也先別同意。」他想了想又說：「再說一次，他說會保證維持中立，允許大使常駐北京嗎？」

他露出一抹急切的神情，勞倫斯只好硬挖出談話的記憶，回答他沒完沒了的問題。

哈蒙德手指在地圖上緩緩移動，思索該要求開放哪個港口好，一邊問勞倫斯認為哪個港口最適合船運。勞倫斯不禁向他反應：「他很堅持不會開放其他港口通商，我不會弄錯的。」

「沒錯，沒錯，」哈蒙德揮揮手打斷他，「可是只要他本人同意可能大使常駐，還有什麼進展不可能呢？別忘了，他的意見幾乎能決定對西方交流的政策。」

「這我很清楚。」勞倫斯說。這位外交官一直致力建立雙方的良好關係，只是沒料到居然這麼世故。

「想說服成親王本人，機會並不大，只希望我們有一點成果。」哈蒙德說：「不過他現在就急著要請你合作，眞讓人振奮。他希望到達中國時，條件都談妥了，可見他認爲皇帝會答應的條件，對他不那麼有利。」

哈蒙德發現勞倫斯露出疑惑的表情，於是解釋道：「你知道嗎？他不是皇位繼承人。皇帝有三個皇子，皇長子綿寧❷已成年，可望成爲皇太子。成親王永瑆當然有他的影響力，不然就不會給他那麼大的權力，派他去英國。不過看了他自己提出這些建議，我覺得我們的機會比原來想像的大，只要——」

他說到這兒，突然憂慮了起來，擱著手邊的地圖坐了下來，然後低聲講完那句話：「只要朝廷主張開放的勢力不支持法國。」

「不過這麼一來就說得通了。難怪法國會得到那顆蛋。眞可惡。瑪戛爾尼勛爵被遣返之後，我們就呆坐在那裡慶幸自己保住尊嚴，沒下實質功夫修補兩國關係，而他們已經完全得到中國的信賴了。」

勞倫斯離開時，比原先更內疚，心情也更差了。他很清楚自己當時只是直覺地拒絕成親王，根本不是爲了那麼理性、那麼好聽的理由。勞倫斯絕對不願照成親王提議的去欺騙無畏，把他留在未開化或他討厭的地方。然而，哈蒙德可能提出其他更不容易拒絕的條件。如果非得他們分開才能簽下眞正有利的條約，那麼勞倫斯再不情願，爲了忠於職責仍然得離開無畏，還得說服無畏聽話。在此之前，他一直安慰自己，認爲中國絕對不會提出讓人滿意的條件，而這不實的慰藉如今被戳破了，船每行一海里，悲傷的離別就更靠近他們一分。

勞倫斯倒是慶幸他們兩天後就由海岸角起航。出發的那天早上，一隊奴隸從陸路被帶到岸上，趕進忠誠號看得見的臨時牢房裡。接下來的情景更可怕。奴隸受到長期監禁，還有體力、還沒對命運低頭。就在牢房打開如墓穴口的門讓他們進去時，幾名年輕奴隸反抗了。

他們在旅程中已經解開束縛。兩名守衛被奴隸的鍊子擊中，應聲倒地，其他守衛慌忙地亂放槍，跌跌撞撞退開。這時，又有一隊守衛從崗哨跑下來加入混戰。

反抗的奴隸雖然英勇，卻毫無希望，掙脫的人發現大勢已去，多半拋下同伴逃走。有人逃離沙灘，有人逃向城裡，守衛讓其餘被綁住的奴隸乖乖聽話，接著開始射殺逃跑的奴隸。大部分奴隸還沒逃出視線外就被殺了。他們立刻組織搜索隊，依據赤裸的身子和鐵鍊磨擦的傷痕，搜查逃跑在外的奴隸。通向地牢的泥土路染血後變得泥濘，反抗之中，不少女人、小孩也被殺害，活人之間躺著動也不動、瘦小扭曲的屍體。奴隸商人開始強迫剩下的男男女女進牢房，派其他人拖走屍首。事情從頭到尾還不到十五分鐘。

起錨時沒有歌聲也沒有歡呼聲，過程比平時來得慢。水手長通常不准船員偷懶，但這時並沒用手杖敲人。天氣悶熱黏膩，連索具上的瀝青都融化了，一坨坨滴下來，有的還滴到無畏的龍皮上。無畏氣得要命，勞倫斯讓輪值的傳令兵和少尉拿水桶、抹布幫他清理。結果那天晚上，他們自己也都又臭又累。

隔天的情況完全相同，接下來三天更是一模一樣。船左舷的海岸頑固地跟著他們，偶爾才會出現峭壁和亂石堆。岸旁的風向多變，駕船時還得不斷注意，讓船在深水中保持安全位置。人們在熱天裡面無笑容靜靜工作，而奧斯特里茲的壞消息已在船員間傳開。

譯註：

❶：彼特（William Pitt the Younger，一七五九～一八〇六），二十四歲即當上英國史上最年輕的首相。其父老彼特（William Pitt the elder）亦曾爲首相。任首相期間爲一七八三至一八〇一年，及一八〇四年至過世時。

❷：綿寧，應爲嘉慶皇帝第二子，即爲後來的道光皇帝（一七八二～一八五〇）。

第八章

布萊斯終於能離開病房了。他瘦很多，大多時候只坐在龍甲板的椅子上打盹。馬丁特別熱心照顧他，就連有人碰到他搭的臨時遮雨棚，他都會說重話。布萊斯幾乎連咳嗽都咳不出來，手裡就已經拿了杯烈酒。他沒抱怨天氣，卻會因著天候得到毯子、擋雨布或是涼巾。

布萊斯無奈地對勞倫斯說：「長官，看他那麼在意，眞不好意思。我想只要有點脾氣的傢伙看到那些水手的態度，都會看不下去。其實眞的不是他的錯，希望他別再這樣了。」

船員看到污辱他們的人受到這麼好的照顧，很不是滋味，於是繼續吹捧已經像殉難者的雷諾茲以爲報復。雷諾茲原來只是無足輕重的船員，一下這麼受到重視，樂昏了頭。他在甲板上趾高氣昂地走來走去，下達沒必要的命令，然後開心地看他們畢恭畢敬照做，連波白克和萊利都不太阻止他。

勞倫斯原先指望奧斯特里茲戰敗的消息能弭平雙方敵意，這下子他們卻因爲對方的行爲而更加激動。忠誠號正駛向赤道，勞倫斯覺得有必要安排一下，照常慶祝跨越赤道❶。空軍裡只有不到一半的人曾經越過赤道。而且要是准許船員喝個爛醉，勞倫斯不覺得在目前的氣氛下，幫首次通過赤道的人進行儀式能夠維持得了秩序。他找萊利商量，萊利同意他以屬下的名義交出海岸角買的三桶蘭姆酒，因此不曾越過赤道的空軍就能逃過一劫。

然而，船員聽說不能維持傳統，大爲不滿，有些船員甚至說會帶來噩運，當然其中有不少人一直暗地找機會羞辱對手。結果他們演出慣例的神話劇時，場面十分尷尬，只有無畏很興奮。但船員沒有特別做戲服，他看到一半，從破爛的裝束認出是船員，大聲說道：「勞倫斯，可是那根本不是海神，是葛里格斯，還有那也不是安菲特麗特，應該是博恩。」勞倫斯連忙噓聲制止他。

木匠助手勒杜斯扮演海神的侍從獾皮袋，戴上了骯髒的拖把頭當長假髮，比較難認出。他發現船員聽了無畏的話氣得快要爆發，突然靈機一動，宣布誰偷笑出來都要成爲海神的祭品。勞倫斯向萊利點頭同意，准許勒杜斯在船員和空軍中任意挑選人選。抓來的兩方人數相當，剩下的人都鼓掌叫好，萊利趁興宣布：「感謝勞倫斯隊長請客，大家都多分配一份烈酒！」衆人聽了高興地喝采。

船員開始奏樂，有人興起跳舞，萊姆酒發揮了功效，不久連空軍都隨著音樂拍起手來，雖然歌詞不熟，仍然跟著哼起歌來。這次慶祝雖然沒有平時那麼興高采烈，不過至少比勞倫斯擔心的要順利。

中國人也上了龍甲板，他們當然沒參加儀式，只在一旁交頭接耳。慶祝的形式比較粗俗，勞倫斯不太好意思讓成親王目睹，不過劉寶卻和大家一起拍著大腿打拍子，每次海神侍從抓一個祭品，就爆出如雷的笑聲。後來他向界線另一邊的無畏問了一個問題。無畏轉述說：「勞倫斯，他想知道這個慶典是做什麼的，是在祭拜哪個神明。我也不知道呢。」

「這樣啊。」勞倫斯思索著該怎麼解釋這麼荒謬的儀式。「我們剛越過赤道，依照傳統，從來沒跨過赤道的人，要向海神致敬。海神是羅馬神話裡的神祇，其實已經沒有人在信仰祂了。」

「喔！」劉寶聽了翻譯，滿意地說：「真不錯。雖然不再信仰古老的神明，還是應該尊敬祂們。船一定會得到保佑。再十九天就要過新年了，我們得在船上設宴，這也是個好兆頭。我們的祖先在天之靈會引導船回到中國的。」

勞倫斯聽了半信半疑，不過船員一向迷信，好奇地聽著翻譯，聽到他說會有宴席，而且是好兆頭，十分高興。雖然他說的是先靈，船員覺得太接近鬼魂，私下嚴肅地爭論，不過最後大家都同意，既然是先靈，一定會照顧船上的後人，所以沒什麼好怕的。

數日之後，萊利看著幾位中國僕人忙著釣鯊魚，煩惱地說：「他們跟我要一頭牛、四隻羊，還有剩下的那八隻雞。結果我們還是得停到聖赫勒納港❷。我們明天會轉向西行，至少和之前逆風而行比起來，順風會輕鬆一點。到時候發的酒是額外配給，不然就沒得慶祝了，只希望酒不會太烈。」

「真抱歉讓你多費心，不過光劉寶一個人的酒量就是我的兩倍，我見過他一餐喝掉三瓶酒。」勞倫斯回想起那次經驗，鬱鬱寡歡。聖誕節以來，這位使節和他一起用餐了幾次，看來他的食欲不再受之前暈船影響。「說到這兒，孫楷喝得不多，不過白蘭地對他來說似乎和葡萄酒差不了多少。」

「管他的。」萊利說著，嘆了口氣：「唉，也許會有船員在那之前惹事，好讓我取消他們那晚配到的酒。你覺得他們要拿鯊魚幹什麼？海豚比鯊魚好吃，可是他們已經把兩條海豚丟回去了。」

勞倫斯還在思考要怎麼回答，守望員的喊聲卻讓他省事了：「有龍隻，船首左舷三十三點七五度！」他們連忙跑到船邊，拿望遠鏡看向天空。為了預防龍隻來襲，船員各自湧向他們的崗位，做好準備。

無畏原來在打盹，聽到吵鬧聲，抬起頭來看一眼，然後向龍甲板下面叫著：「勞倫斯，是小翼！他看到我們，向這邊飛來了。」無畏說完，對著遠方吼一聲打招呼，船上幾乎所有人都嚇一大跳，桅杆嘎吱作響，幾個船員不滿地瞪著他，不過誰也不敢埋怨。

無畏挪挪身子，讓位出來。大約十五分鐘之後，那隻小灰翼龍信差降落在龍甲板上，收起寬大的灰白條紋翅膀，開心地伸頭撞無畏，叫道：「阿畏！牛！」

「小翼，現在沒有牛，不過可以給你一頭羊。」無畏溺愛地說，卻發現小龍帶了怪怪的鼻音，於是問道：「他受傷了嗎？」

隆福特．詹姆士是小翼的隊長，這時從龍背上滑下來說道：「嗨，勞倫斯，你在這兒啊。我們沿著海岸來回飛，找你們好久。」他說著伸手和勞倫斯相握。「無畏，別擔心，他在多佛染上感冒。多佛半數的龍都在吸鼻子呻吟，眞沒看過那麼大的小孩，不過他再一、兩個星期就會好多了。」

詹姆士的安撫反而使無畏更緊張，稍稍從小翼身邊退後一點，看來不太想經驗感冒。勞倫斯點點頭，珍．羅蘭的信上提過感冒在流行的事。他問道：「你爲了找我們跑這麼遠，沒累著他吧？要不要我找醫官來？」

詹姆士拒絕他說：「不用，謝謝。他受夠醫生了。起碼要再一個星期，他才會忘記他吞過藥，原諒我把藥塞進他午餐裡。總之啊，我們並沒有飛很遠。這兩個星期我們都在這裡飛南端的路線，這裡可比老英國溫暖多了，知道嗎？小翼不想飛的話，一定會跟我說。所以只要他不喊累，我就讓他一直飛。」他拍拍小龍，小龍在詹姆士手裡蹭了蹭，就低下頭睡覺。

「有什麼新聞嗎？」勞倫斯翻著詹姆士遞給他的信。這次因爲是信差龍帶信來，因此負責和信差交涉的人是他而不是萊利。「歐陸的情勢有變化嗎？我們在海岸角聽到奧斯特里茲的消息，要召我們回去嗎？」勞倫斯有一件公文和幾封信，當場看信不太禮貌，於是他將公文和信都塞到外套口袋，叫他的代理二副過去：「菲利斯，把這些信交給波白克爵士，其他的拿給我們隊員。」

詹姆士說：「可惜沒有要你們回去，不過我們至少讓你的旅程輕鬆一點。英國上個月占領荷蘭在開普敦的殖民地，你可以在那裡停留了。」

船上的人因為先前拿破崙戰勝的消息消沉太久，好消息很快就從船頭傳到船尾，忠誠號為祖國響起一片歡呼，而他們在大家安靜下來之前，都沒辦法再交談。波白克和菲利斯一一發下郵件，不少人埋頭讀信，喧嘩減為交頭接耳的談話，場面因此平靜了一點。

勞倫斯派人搬桌椅到龍甲板上，請萊利與哈蒙德一起聽詹姆士帶來的消息。而詹姆士不急著離開，也很高興能告訴他們得到殖民地的消息。他從十四歲起就成為信差，非常曉得該怎麼製造氣氛，只不過這次的材料少了點。「真抱歉，我沒辦法說得更精采，其實沒打什麼仗。」他愧疚地說，「那兒有我們的蘇格蘭人，而荷蘭人只有一些外籍傭兵。我們還沒進城，他們就跑光了。殖民地政府不得不投降，居民有點不安，不過貝爾德上將把當地的事務都交給他們處理，目前還沒鬧出什麼亂子。」

「真是好消息。這樣要補給的確方便了點。」萊利說，「我們不用在聖赫勒納停留，最多可以省下兩星期。」

「你能留下來吃午餐嗎？」勞倫斯問道，「還是要馬上離開？」

小翼突然在他們身後大聲打了一個驚人的噴嚏，從睡夢中醒來，哀叫一聲，難過地用前腳抹抹鼻子，想擦掉鼻子上的鼻涕。

「喂，噁心鬼，不可以。」詹姆士說著站起身，熟練地從鞍袋裡拿出一大塊白麻布，厭煩地幫小翼擦拭乾淨。清完之後，他看著小翼沉思一會兒，「我們待一晚好了。我們及時找到你們，沒必要累著他。而且飛完你們這裡，我們就要飛向英國，你們可以寫些信讓我帶回去。」

而我可憐的百合打噴嚏的時候，總免不了噴出一些酸液，醫官說這個反射動作和噴吐時用到的肌肉完全一樣。所以她也像殲滅跟不朽也被迫離開舒服的空地，送去沙坑裡。可是他們三個很討厭那裡。沙子會一直黏在身上，他們不管怎麼洗澡，還是會像狗抓跳蚤一樣一直抓癢。

巨無霸最倒楣，他最先開始打噴嚏，其他的龍愁雲慘霧，想找人怪罪，就找上他。不過他不太在意，或是照柏克力要我寫的，「根本不理他們，整天哀哀叫，只有填肚子的時候例外。他的食欲根本沒受影響」。

除此之外，我們還過得不錯，大家還有所有的龍都向你問好，請你幫他們問候無畏，告訴無畏他們很愛他。他們眞的很想念他，只不過我們最近發現他們變憔悴的原因很不光采——他們平常太貪心了。看來無畏教會他們撬開畜欄再關起來，因此不用更聰明的傢伙幫忙，只要嘴饞，隨時都能吃——後來紀錄上顯示牲畜減少的情況不尋常，加上我們編隊的龍都吃得過量，這才發現他們的秘密罪行，結果一問之下，他們全招了。

我們等等還要巡邏，瞬翼也要出發向南，我就寫到這裡。

敬祝

一路平安，早日返鄉

凱瑟琳．哈克特　筆

勞倫斯正利用午餐前的時間讀信，寫下回音，看完這封信，抬頭質問無畏：「哈克特說，你教其他龍從畜欄偷牲畜啊？」

一看無畏臉上露出的表情，就知道他有罪：「不是那樣的，我沒教他們偷東西。只是多佛的牧人太懶了，早上有時不會來，我們就要在畜欄旁等啊等。反正牲畜都是要給我們吃的，不能叫偷吧。」

勞倫斯說：「你不再抱怨他們遲到的時候，我早該起疑了。可是你究竟是怎麼辦到的啊？」

無畏說：「畜欄的門做得很簡單，柵欄上只用一根木條架住，輕而易舉就能拿起來，然後門就會開了。燦輝的前爪最小，所以做得最順手。」他又說：「不過要讓牲畜待在畜欄裡並不容易，我頭一次發現怎麼開畜欄的時候，牠們全跑光了，巨無霸和我一直追啊追，才把牠們追回來——一點也不好玩。」他不滿地說完，用後腿坐下，憤慨地望著勞倫斯。

勞倫斯過了一會兒才平復心情：「拜託，幫幫忙，你只想到你自己、巨無霸和羊嗎——天啊。」勞倫斯說著又崩潰了。他努力克制自己，然而隊員各個露出驚訝的目光，高傲的無畏像受到冒犯一樣。

無畏等勞倫斯說完，淡淡地問：「信裡有別的消息嗎？」

「沒別的消息，不過所有龍都問候你，說他們很愛你。」勞倫斯發現提到他的朋友，他又變得沮喪，於是連忙安撫他說：「他們都病了，幸好你不在，不然也會生病的。」

「只要能在英國，我生病也沒關係，反正我都要被小翼傳染了。」無畏怏怏不樂地看著小翼說。小灰翼龍睡覺時塞著鼻子，半張的嘴巴下一坨黏液泡泡隨著呼吸一鼓一消。

勞倫斯也有點擔心，因此沒辦法安慰他，只好轉移話題。「你有話要跟他們說嗎？我要下艙房去寫信，讓詹姆士帶回去。我們的信差除了非常緊急的狀況之外，不會到遠東地區去，所以這之後恐怕很長一段時間不能送信回去了。」

「附上我的祝福就好，」無畏說，「還有跟哈克特隊長與藍登司令說，那樣根本不叫偷竊。對了，龍寫的那首詩很有趣，巨無霸和百合可能會有興趣，記得告訴他們。還有我學會爬上船的事、我們穿越了赤道，還有海神跟他侍從的戲劇表演。」

「夠了，夠了，這樣我可得寫本小說了。」勞倫斯說著站起來。幸好他的腿已經沒事了，不需要再像老頭子在龍甲板上跛著腳走路。他摸摸無畏的身子說道：「我們晚一點要喝葡萄酒，要不要來跟你一起坐？」

無畏哼了一聲，用鼻子親暱地頂頂他。「好啊，勞倫斯，謝謝你。我聽你讀過信了，可是還想聽詹姆士說其他龍的消息。」

鐘敲三聲的時候，勞倫斯寫完回信，便和他的客人開始用餐。勞倫斯難得這麼愜意，照他的習慣，他用餐時通常彬彬有禮，葛蘭比和他手下的軍官也拿他當榜樣。萊利和他的屬下依照海軍的規矩，彼此間也十分禮貌。而他平日穿的是厚粗絨布衣，緊緊圍著領巾，用個餐總是汗流浹背。不過詹姆士生來就是隨性的空軍，雖然坐騎只是乘載單人的信差龍，仍然從十四歲起便身為隊長，因此有資格可以完全不顧禮節。他才走進艙房，就脫下外套說道：「老天啊，這裡眞擠，勞倫斯，你一定悶壞了。」

勞倫斯不想讓詹姆士顯得太與衆不同，於是欣然脫下外套。葛蘭比馬上跟進。萊利和哈蒙德雖然訝異片刻，也照做了，只有波白克爵士無動於衷，一臉不以為然。午餐過程十分愉快，而詹姆士依勞倫斯要求，將新聞留待稍後再說。

用完餐後，一夥人拿著雪茄和葡萄酒，舒服地安頓在龍甲板，和無畏一起聽新聞。無畏的身體還能做屏障，在他們和其他隊員之間隔音。

勞倫斯讓手下的空軍下到船首樓，因此龍甲板上除了他們之外，只剩下又來甲板一角透氣的孫楷，幸好他不管聽到什麼，應該都聽不懂。

詹姆士說了很多編隊調動的事。地中海那一師幾乎所有龍隻都被轉派到英吉利海峽，即使拿破崙在歐陸告捷之後，想趁勢從空中攻擊，豐悅、突圍和他們的編隊也能抵擋。

「這樣子調動以後，如果他們想攻下直布羅陀，就沒什麼軍力能阻止了。」萊利說，「我們還要盯著土倫。英國雖然在特拉加法之役得到二十艘戰利品，拿破崙卻有全歐洲的木材可用，還能造出更多船艦，希望海軍部小心點。」

「唉，該死。」詹姆士砰一聲坐了起來，把腳擱在船邊欄杆上，危險地翹著椅子。「我眞蠢，你們應該還不知道彼特先生的事吧？」

「他的病好了嗎？」哈蒙德關心地問。

「好透了。」詹姆士說，「死了，兩個多星期以前走的。有人說是那消息害死他的。我們接到休戰的消息之後，他就去休息，之後再也沒從床上起來。」

「願他安息。」萊利說。

「阿門。」勞倫斯很震驚。彼特年紀並不大，比勞倫斯的父親還年輕。

「彼特先生是誰啊？」無畏問。勞倫斯不得不中斷以解釋首相這個職位。

勞倫斯解釋完，想到新上任的首相若想改變對中國的態度，不知對他和無畏會有什麼影響，於是問道：「詹姆士，你有聽說誰會接任首相、組織新內閣嗎？」

「不知道，我離開的時候只聽到他去世的消息。」詹姆士說，「我回去時一定局勢大變，盡量把消息帶到開普敦給你囉。不過啊，他們通常每六個月才會派我們南下一次，所以希望不大。降落點實在不可靠，我們之前在這裡還有信差龍飛過陸地，或只在岸上停一晚，就憑空消失了。」

隔天早上詹姆士便出發了，他坐在小翼的背上向他們揮手，直到灰白的小龍消失在低垂的絲絲雲朵中。信差帶走勞倫斯給哈克特的短信，還有之前已經動筆寫給他母親和珍‧羅蘭的信。他們接到這些信之後，很可能要等好幾個月才會再有他的消息了。

但他沒什麼時間沮喪。不一會兒，劉寶就派人找他下去，討論該用什麼代替菜裡的某種猴子器官。勞倫斯才建議他用羊腰子，他立刻又請勞倫斯幫別的忙。那個星期之後幾天的準備工作越來越忙亂，廚房夜以繼日充滿蒸氣，龍甲板最後熱到連無畏都有點受不了。中國人還派僕人在船上清害蟲，僕人雖然堅持不懈，但是實在沒什麼效用。他們為了扔死老鼠，一天甚至跑上龍甲板五、六趟。海軍見習官看了很生氣，因為那可是他們航行尾聲時的食物。

勞倫斯完全不曉得那會是什麼樣的場合，只好穿得特別正式，還向萊利借了他的管家幫他打理衣物：上好的襯衫上漿熨平，長褲換為及膝褲和長襪，配上擦亮的赫斯靴❸；還穿上深綠色、肩上有金槓的禮服外套和獎章——尼羅河之役時，當海軍上尉得到的藍色寬緞帶加金質獎章，還有以隊長身分參與多佛之役得到的銀胸針。

他進到中國人艙房時，很慶幸自己花了不少功夫打扮。一穿過門，就得鑽過一張厚重的紅簾布，房間裡掛滿簾布，要不是船規律地搖動，會誤以為身處陸地上的樓閣裡。桌上擺著精緻的瓷器，每件的花色都不同，邊緣繪上金銀顏色，而且每個座位都放了一雙漆筷，勞倫斯整週都在擔心的事成眞了。

成親王永瑆威風凜凜地坐在餐桌上座，身穿最正式的深黃絲質長袍，上面以藍線和黑線繡著龍的圖案。勞倫斯坐得夠近，看到衣服上的龍眼睛和龍爪都鑲上小片寶石，衣服的正面胸口正中的龍最大，是用純白絲線繡成的，眼睛鑲上紅寶石，每隻腳上都生了五根爪子。

所有人包括小羅蘭和戴爾，居然全都塞進房間裡。年輕的軍官自己擠在另一桌，各個都已熱得冒汗，滿面通紅。一坐上位置，僕人就來斟酒，還有僕人端著大盤子排在長桌上：冷盤肉綴著深黃堅果、醃櫻桃，還有頭和長腳都沒去掉的明蝦。

成親王首先舉杯敬酒，要衆人和他一起乾杯，米釀的酒事先溫過，入口異常滑順。敬酒顯然是開始用餐的信號，喝完之後，中國人便開動了，年輕的軍官很快就跟進開始吃。勞倫斯望向羅蘭和戴爾，才尷尬地發現他們用筷子沒什麼困難，兩頰已經鼓鼓地塞滿食物。

他用一根筷子戳起牛肉，好不容易才把那片肉弄進嘴裡。燻牛肉的味道還算可口。他才剛吞下牛肉，成親王又舉杯敬一次酒，他又得喝酒了。就這樣一口食物、一口酒，重複幾次之後，他開始覺得熱得難過，頭也有點昏沉。

他用筷子時慢慢大膽起來，夾起身邊其他軍官都避之唯恐不及的明蝦。蝦子帶著醬汁，滑不溜丟，在筷子上晃來晃去，小小的黑眼珠盯著他。他照中國人的做法，先咬掉蝦頭，但湯汁太燙，他連忙伸手去拿酒杯。他熱得冒了一頭汗，還從下巴旁滴進領子裡。劉寶看了他的表情大笑，越過桌子爲他斟酒，讚賞地拍拍他肩膀。

不久，這些盤子就被收走，換上一個個盛滿麵點的木籠。有的外面是薄薄的麵皮，有的皮發得厚厚的。這些筷子就比較好夾了，也方便整顆放到嘴裡吃。廚子少了一些基本的材料，顯然很有創意，有的加了海草，有的包了羊腰子。接下來是三道小盤的菜，接著是一道又白又嫩的生魚，配上冷麵和褐色的醃菜。問過哈蒙德，才知道裡頭咬起來嘎吱作響的東西是海蜇皮，有人聽了就偷偷把那東西挑掉，丟到地上。劉寶以動作鼓勵勞倫斯學他把裡面的料拋起來攪拌，哈蒙德替他翻譯，告訴大家這是爲了好運，所以拋得越高越好。英國人倒很樂意嘗試，不一會兒，他們的制服和桌上都沾上片片魚肉和醃菜。在此之後，大家再也顧不得尊嚴了。喝下將近一壺酒，即使有成親王在場，他們看了同袍在身上掉了一堆魚，還是忍不住開始嬉鬧。萊利對勞倫斯說：「這要比諾曼第的巡邏艇上好多了。」他指的是吃生魚時的情況，不過說話的聲音太大，其他人也聽到了，哈蒙德和劉寶都好奇是怎麼回事，於是他便解釋：「亞羅艦長那時還是新手，對大海的了解比不上訓練過的猩猩，結果在諾曼第讓我們那艘船觸礁了，我們流落到離里歐七百哩之外的荒島上。勞倫斯那時只是二副，他們派出巡邏艇去求援，卻怎麼也不肯自己去，也不肯給巡邏艇補給。」他回憶起來，仍然心有不滿。

勞倫斯說：「一行十二個人，除了餅乾和一大袋椰子之外一無所有。我們親手釣到魚的時候，還很高興有生魚吃。沒什麼好抱怨的，我相信佛利就是因爲這樣，在哥利亞號才會選我當他的大副。爲了能有那個機會，我會甘願吃更多生魚的。」他說完連忙補充：「不過這眞的好吃多了。」以免像在暗示生魚只能在沒食物時果腹。他自己是這麼覺得，不過可不能讓大家知道。

海軍軍官酒足飯飽之後，不再拘謹，聽完這個故事，也說起趣聞來。翻譯員忙碌地爲興致勃勃的中國聽衆翻譯，連成親王都開始聽他們說話。成親王除了敬酒不發一言，不過已經露出愉快的神色。

劉寶不掩飾好奇，端詳著勞倫斯說：「看來你去過不少地方，有過很特別的經歷，鄭和將軍的船到過非洲，他死在第七次航程中，家鄉只剩衣冠塚。你環繞世界好幾次，從來不擔心死在海上沒人祭弔嗎？」

「我不太常想這種事。」勞倫斯其實從來沒想過，說得有點心虛。「畢竟德烈克爵士、庫克船長❹，還有很多偉人都葬身大海。先生，若能和他們以及你們那位航海家葬在一起，是我的榮幸。」

「喔，那希望你家有不少兒子。」劉寶搖搖頭說。

他居然漫不經心地講到這麼私人的事，勞倫斯訝異極了，一時間只能回答：「沒有，先生。」他發現劉寶露出很同情的神情，於是補充道：「我還沒結婚。」中國人聽到翻譯之後，各個都驚訝不已。成親王也盯著看他，連孫楷都轉過頭來。勞倫斯在衆人環伺之下，只好想辦法解釋：「不急啊，我是第三個兒子，而我大哥已經有三個男孩了。」

「不好意思，隊長，讓我說明一下。」哈蒙德插嘴救他一命，對他們說：「各位，我們英國人的家產，是由家中長子繼承的，其他兒子必須自力更生。我們兩國的方法應該不同。」

「你父親和你一樣，都是軍人吧？」成親王唐突地問，「他的產業很小，沒辦法分給所有的兒子嗎？」

「閣下，家父是阿連德爵爺，不是軍人。」勞倫斯被成親王的暗示刺激了。「我們家的宅邸位於諾丁罕郡，應該不算小了。」

成親王聽了很意外，似乎不太高興，不過也許是在對剛上桌的湯皺眉頭。這淡黃色的清湯味道怪得很，還附了一壺酸酸的紅醋讓人加進湯裡，另外每人的碗裡還有短短的乾麵，十分有嚼勁。

僕人上菜的時候，翻譯員正在小聲地回答孫楷問的問題。他這時替孫楷向桌子這一側問道：「隊長，令尊和英國國王有親戚關係嗎？」

勞倫斯聽了很驚訝，不過很高興有藉口放下湯匙，即使之前沒吃下六道菜，他也覺得這道湯難以下嚥。「不好意思，在下不敢稱國王陛下爲親戚。家父的家族是安茹王朝❺的後裔，和當今王室只是遠親。」

孫楷聽翻譯員轉述之後，又追問道：「不過你和英王的血源比馬戛爾尼近吧？」

那個名字被翻譯員唸得有點怪，所以勞倫斯一時認不出他說的是誰，直到哈蒙德在他耳邊悄悄解釋，他才知道那是馬戛爾尼。「噢，當然了。」勞倫斯說，「他的爵位是他自己爲王室效力才得到的，雖然同樣值得尊敬，不過家父是第十一代阿連德勛爵了，這個爵位是從一五二九年傳下來的。」

他說的同時，發現自己在家鄉不曾和認識的人提起自己的出身，而在半個地球外，對完全不在意他家室的人提起來，竟然會這麼羨慕祖先。他父親從前常拿家族名譽來訓他，他第一次逃家加入海軍失敗之後罵得最兇，因此對自己的家族總是很反彈。然而一連四星期，天天被叫進父親書房聽他唸家族史，顯然有了意外的效果，即使被拿來和出身高貴的偉大外交官做比較，還能自信滿滿地回答。

孫楷和其他中國人的反應和他想的完全不同，對他說的話非常有興趣，而對他家系的好奇甚至勝過他幾位古板的親戚，而且立刻要求他詳細說明家族史。只不過他對家族史的記憶模糊，回憶一下之後，沮喪地說：「沒辦法，不用筆寫，我理不清頭緒，抱歉了。」

沒想到他這步算錯了。劉寶一直興致勃勃地傾聽，這時馬上接話：「這還不簡單。」然後叫人拿毛筆和墨水來。僕人端走湯，暫時清出桌上的空間。附近的人都靠過來看；中國人出於好奇，英國人則出於自保，不想順了廚師的意，讓等在兩旁的僕人上菜。

勞倫斯被迫在眾目睽睽下，用長長一卷絹紙畫出族譜，只覺得自己一時的虛容受到懲罰。他不但要回想各代子嗣，還得用毛筆寫英文，一些名字只好空下來用問號代替。幾番轉折，跳過薩利克家系之後，他終於連上了愛德華三世。毛筆寫出的字跡拙劣，而且這些中國人對英文的了解，和他對中文的了解一樣趨近於零，不過他們卻來回傳閱那張紙，興奮地互相討論。成親王面無表情地看了很久，孫楷最後才拿到，滿意地捲起那張紙，保管起來。

這件事幸好就這樣落幕了。只可惜下一道菜沒得拖延，他們犧牲的雞就盛在盤子裡，冒著刺鼻的酒味端出來。八隻雞全上了桌，由僕人熟練地用寬寬的刀子切成小塊，勞倫斯又有食欲了。雞肉鮮嫩多汁，十分可口，但是他們已經撐得太難過了。之後竟然還有別的菜：雞沒吃多少就收走，接著上的是全魚，炸過之後淋上船上的醃肉。這道魚和接下來的甜點，大家都飽得只能動筷子翻翻撿撿。甜點是甜湯圓，黏黏的皮裡包著暗紅色濃濃的餡，泡在甜湯裡。僕人熱心地向年紀最小的軍官推銷，只聽到可憐的羅蘭難過地說：「我能不能明天再吃啊？」

他們終於離席的時候，十來個人都要由鄰座幫忙站起來，扶他們走出艙房。還走得動的人跑到甲板上，靠著欄杆故作陶醉，其實只是等著回到下面舒適的座位去。勞倫斯當之無愧地利用職務之便，直接回龍甲板和無畏坐在一起。這時他的頭都快像肚子一樣脹了。

上了龍甲板，勞倫斯竟然發現無畏也由一群中國僕人伺候吃大餐。僕人爲他準備了中國龍喜歡的食物：塞了碎牛雜與香料，活像大香腸的全牛；還有烤牛臀，塗的醬料似乎和人類客人吃的一模一樣。海鮮料理是將巨大的鮪魚暗紫紅色的身子切成厚片，上面鋪了滿滿一層黃麵。僕人推出的下一道非常奢侈，是隻全羊。深紅的羊皮裡塡進切碎的肉，用四條木棒充當羊腿。

無畏嘗了一口，驚奇地說：「咦，是甜的耶。」他用僕人的中文母語問他們話，他們一邊回答，一邊連連鞠躬。無畏點點頭，津津有味地吃下菜餚，把羊皮和木腿留在一旁，跟勞倫斯說：「那是裝飾用的。」接著心滿意足地嘆口氣，趴了下來。他是唯一愉快的客人。下面的後甲板，一位年紀稍長的海軍見習官喝太多了，傳出一陣乾嘔聲。無畏又說：「他們告訴我，中國的龍和人一樣都不吃皮的。」

「喔，我只怕你吃那麼多香料會覺得消化不良。」勞倫斯話一出口，才察覺無畏喜歡中國的風俗，讓他吃醋了。他發現居然沒想到給無畏吃調理過的食物，覺得很內疚。即使再特別的場合，無畏的食物也只有魚和羊隻這樣的變化。

無畏打了個呵欠，滿不在意地說：「不會啊，很好吃。」除此之外沒表示什麼。他使勁伸個懶腰，動動爪子，然後一邊蜷起身子，一邊說：「我們明天飛遠一點吧？我這星期這樣飛一點也不累，飛遠一點一定沒問題。」

「可以啊。」勞倫斯很高興他覺得有力氣了。離開海岸角後不久，凱因斯終於認爲無畏恢復夠了。成親王之前禁止勞倫斯帶無畏升空，勞倫斯根本不想遵守禁令，也無意求他收回成命。不過，足智多謀的哈蒙德私下會商之後，圓滑地處理了這件事，凱因斯宣布完無畏能活動之後，成親王就來到龍甲板，大聲允許勞倫斯騎無畏升空，說是「爲了讓龍天祥適度運動」，因此他們要飛行便不用擔心引起爭執。只不過剛開始飛的那幾次，無畏一直喊肌肉會痠，而且一下就累。

無畏的大餐吃了很久，一開始天色微暗，吃完的時候夜幕已然低垂。勞倫斯靠在無畏身旁，望著南半球不太熟悉的星空。夜空晴朗無雲，他只希望船長能照星座算出正確的經度。

船員漸漸現身，參加晚上的慶祝活動，他們大桌上也盡興地傳著米釀的酒，高唱歡樂又夠粗俗的歌曲。勞倫斯瞥了眼龍甲板，確定羅蘭和戴爾沒在甲板上，不會學壞，他們倆大概吃完午餐就去休息了。

甲板上的人慢慢結束慶祝，準備上吊床睡覺。萊利原來在後甲板，這時紅紅的臉頰帶著倦意，一口氣跳上龍甲板。勞倫斯邀他一起坐，沒再請他喝酒。「慶祝很成功，外交官的妻子都難得辦出這麼好的宴會。」勞倫斯說，「不過，說實在，菜要是只有一半多，僕人別那麼怕我餓著就好了。」

「噢——是啊，沒錯。」萊利心不在焉地說。勞倫斯仔細瞧瞧他，這才發現他看來不太開心。

「怎麼了？出了什麼事嗎？」勞倫斯急忙張望著索具和桅杆，不過一切似乎都沒問題，而且他依直覺確定船航行得很平順，至少以一艘笨重的大船來說，表現很好。

「勞倫斯，我不想說閒話，不過忍不住了。」萊利說，「就是羅蘭，你那個少尉還是軍校生，我要離開的時候，他——他睡在中國人的艙房那裡。僕人請翻譯員問我他睡哪，讓他們背他過去。」勞倫斯開始擔心萊利猜到了，所以接下來的話沒嚇著他，「可是那個傢伙說羅蘭是女孩子！我正要糾正他，結果看了眼才發現——唉，簡而言之，羅蘭的確是女孩子。

眞不知道她怎麼能瞞這麼久。」

「眞該死。」勞倫斯被酒菜灌得又累又煩，不再注意用詞了。「湯姆啊，你沒跟別人說什麼吧？」萊利謹慎地點點頭，於是勞倫斯說：「請你務必保密。其實長翼龍不肯被男性隊長馴服，其他一些次要的龍品種也是。然而長翼龍不可或缺，所以必須訓練女孩子當隊長。」

萊利猶疑地似笑非笑，還以爲勞倫斯在開玩笑：「你是說？……可是很怪啊，你編隊的隊長帶了他的長翼龍來我們船上，他不是男的嗎？」

「你是說百合嗎？」無畏抬起頭問，「她的隊長是凱瑟琳．哈克特，她才不是男人。」

萊利懷疑地望著勞倫斯和無畏，勞倫斯只好說：「眞的沒錯。」

萊利開始相信了，大爲驚駭：「可是，勞倫斯，怎麼能讓女人從軍呢。如果我們讓女人上戰場，也要帶她們到海上嗎？這樣我們的軍力會倍增，但要是船都變成妓女院，孩子沒了母親，在岸上哭，該怎麼辦？」

「別擔心，不是這樣的。」勞倫斯看他太誇張，感到不太耐煩。勞倫斯也不想讓女人參戰，不過並不會說出這麼不切實際的批評。「這絕對不會變成常態，而且沒這個必要。少數人願意爲多數人的安全和幸福犧牲，我覺得沒什麼不好。我所知的女性軍官都是自願加入的，而且不像男人是出於生活壓力去工作。空軍中沒有人會污辱她們。」

萊利聽完解釋，雖然不再批評女人從軍，卻仍然不滿意，悲嘆地說：「你們眞的打算讓這個女孩子待在軍隊裡嗎？她穿成那樣混在男人堆，行嗎？」

「英王授意，依照節約法令的規定，這是女性空軍軍官執勤配給的正式服裝。」勞倫斯說：「湯姆，這件事讓你覺得不舒服的話，我很抱歉。我原來奢望完全沒必要談這方面的事，不過要在船上生活七個月，實在不太可能。」他又說：「說實話，我第一次發現的時候，比你還驚訝。不過和幾位女性共事之後，發現她們一點也不像一般女性。其實她們從小就接受空軍的培育，習慣甚至比性別還有力量。」

無畏歪著頭，越聽越迷惑，這時插嘴道：「我怎麼都聽不懂。爲什麼要有分別呢？百合是母龍，可是飛得和我一樣好啊。」他有點自豪地改口：「幾乎一樣而已啦。」

萊利聽了勞倫斯的保證，還有點不滿，無畏說完之後，他的表情很像聽到有人要他改變潮汐，或更改月亮圓缺。勞倫斯很有經驗，早知道無畏會說出偏激的話，從容地答道：「無畏，女人通常沒有男人高大強壯，不能太辛苦。」

「我沒發現哈克特隊長比其他人矮小多少耶。」無畏說。無畏身高三十呎，重達八噸，當然不會發現。「何況我比巨無霸小，豐慶又比我小，我們還是能飛啊。」

「龍和人不一樣。」勞倫斯說，「其他的事不談，女人要生小孩，還要照顧小孩長大。你們的龍只要下蛋，孵出來就能照顧自己了。」

無畏聽了驚訝不已，好奇地問：「你們不是從蛋裡出生的嗎？那你們怎麼——」

「不好意思，波白克好像在找我。」萊利急忙說完，飛快逃走。勞倫斯不滿地心想，他剛吃下四分之一體重的食物，跑的速度未免太快了。

「實際過程我沒辦法跟你說，我自己也沒小孩。」勞倫斯說，「而且現在很晚了，明天想飛的話，今晚要好好休息。」

「是啊，我也睏了。」無畏打著呵欠，伸出分叉的舌頭探探空氣。「明天應該也會很晴朗，飛行中天氣會很好。」他安頓好身子，又說：「晚安了，勞倫斯，你會早點來吧？」

「我沒別的事，吃完早餐就來。」勞倫斯答應他。他留在那兒輕撫無畏，直到龍睡著才離開。廚房做了一整天菜之後，終於休息了。無畏的龍皮大概因爲廚房有餘熱，因此摸起來還很溫暖。摸著摸著，無畏緊緊閉上眼睛，於是勞倫斯站起身爬下梯子，走向後甲板。甲板上的人不是離開了、就是在打盹，只有幾位守望員正在埋怨自己倒楣要站哨。夜裡的空氣涼快舒適，勞倫斯走向船尾，在下艙房之前先拉拉腿，見習官崔普正在值班，打了一個像無畏那麼大的呵欠。勞倫斯經過時，他倏然閉上嘴，尷尬地緊張起來。

「晚上眞愉快啊，崔普先生。」勞倫斯忍著笑和他打招乎。萊利說男孩表現不錯，不再像家族塞給他們時那樣懶惰驕慣了。他的袖子太短，露出幾公分的手腕，外套後面裂成一條條又重補過，最後只好加上染藍的帆布重縫。藍帆布和原先的衣服顏色不太一樣，讓他背後正中帶了一條怪異的藍色。他的頭髮被太陽曬得發白，變鬈了，即使他的母親也未必能認出他來。

「是啊，長官，」崔普熱情回答，「食物很好吃，他們最後還給我十二顆甜湯圓。眞可惜不能天天吃那麼好。」

勞倫斯的胃可一點也不舒服，不禁感嘆年輕人的韌性強。他對崔普說：「站崗小心，別睡著。」吃過那樣的晚餐之後，要是這男孩精神還好，倒奇怪了，勞倫斯可不希望他因爲怠忽職守受罰。

「不會的，長官。」崔普說著忍住呵欠，尖聲說出最後幾個字。勞倫斯準備走開時，他緊張地低聲問道：「長官，請問一下——您認爲中國鬼也會跟著親人以外的人嗎？」

「崔普先生，我想你除非自己藏了幾隻鬼，不然在站崗期間，應該不會看到任何鬼魂才對。」勞倫斯揶揄地說。崔普想了一下才聽懂，哈哈笑了起來，不過仍然很緊繃。勞倫斯很明白謠言對船員有多大的影響，因此皺起眉頭問道：「有人說了什麼話嗎？」

「沒有，只是——呃，我去轉沙漏的時候，好像看到前面有人。可是我一出聲，那人就消失不見了。我確定他是中國人，而且他的臉是白的！」

「應該是不會說英文的中國僕人從船頭走過來被你嚇到，他怕挨罵就逃走了。崔普先生，希望你別疑神疑鬼。船員免不了會懷疑東懷疑西，但是軍官迷信，就是糟糕的缺點。」他嚴肅地說，希望男孩看了他嚴正的態度，至少不會把發生的事請說出去。而男孩要是因爲害怕，整晚都很機警，那也不錯。

「是，長官。」崔普消沉地說，「晚安，長官。」

勞倫斯繼續巡視甲板，因爲不太舒服，所以走得很慢。走動走動，他的胃舒暢多了，還想再繞一圈，不過時間晚了，不想隔天晚起讓無畏失望。勞倫斯正要從前艙口走下去的時候，背後卻重重挨了一擊，他沒站穩，往前撲去，頭下腳上摔下梯子。他反射動作拉住扶繩，砰一聲攀住梯子，這才站穩腳步。他火大地抬起頭，看到那張醜得不可思議的白臉從黑暗中探向他，差點又跌了下去。

「老天爺啊。」他誠心地喊了聲，接著認出那是成親王的僕人馮力，才喘過氣來。這個男人怪得嚇人，是因為他倒掛在艙口，自己也差點摔下來。「你幹嘛在甲板橫衝直撞的？」他抓住男人顫抖的手放到扶繩上，讓他自己站好。「這麼久了，應該習慣在船上走才對。」

馮力一臉茫然，默默地注視他，接著把自己拉起身，匆忙地從勞倫斯身旁爬下梯子，一眨眼就跑回中國僕人住的區域。他一身深藍衣，留著黑髮，只要看不見臉，在黑暗中就像隱形似的。勞倫斯大聲說道：「難怪崔普會那樣。」他這下子比較能體會男孩為什麼那麼緊張了，連他自己走回艙房時，心臟都還不給他面子，怦怦地跳著。

勞倫斯隔天一早被頭上的驚叫聲和奔跑的腳步吵醒。他立刻衝上龍甲板，發現前桅主帆的帆桁斷成兩半，巨大的船帆半掛在前桅杆上，無畏則一臉困窘難過。「我不是故意的。」他的聲音沙啞得奇怪，說完又打了聲噴嚏，這次及時把頭轉向船外，但噴出的氣揚起幾個浪花，打上右舷的船身。

凱因斯光著腳爬上龍甲板，耳朵貼上無畏的胸前傾聽，說聲「嗯」之後便沉默下來。他聽了好幾處的聲音，最後勞倫斯不耐煩，問他是怎麼回事。

「喔，他應該感冒了，沒什麼治療的辦法，只能等感冒發出來，要是開始咳嗽，再給他吃藥。我只是想看看能不能聽到痰液在神風相關的通道流動。」凱因斯心不在焉地說，「我們沒有神風這種特性的解剖知識，從來沒有樣本可以解剖，眞可惜。」無畏聽了連忙退後，垂下頭冠，然後哼了一下，不過聲音沒發出來，只擤了一灘黏液到凱因斯頭上。勞倫斯在千鈞一髮之際躲過了。他不太同情醫官，醫官那番話實在太沒頭腦了。

無畏用乞求的眼神看著勞倫斯，粗聲哀叫道：「我沒事啊，我們還是可以去飛。」

「也許就飛短一點吧，不累的話，下午再飛一次。」勞倫斯提議著，一邊看著凱因斯。他正努力清掉臉上的黏液，卻徒勞無功。

「沒關係，天氣這麼好，他還是可以照常飛行，沒必要寵壞他。」凱因斯簡短回答，決定先把眼睛弄乾淨。「不過你可要綁緊一點，小心他打噴嚏把你甩掉。先失陪了。」

結果無畏還是如願能飛久一點。忠誠號在他們身後的藍色深海上越來越小，他們向岸邊飛近，下方海面轉爲寶石藍。海岸是古老的懸崖，因歲月而風化，覆滿綠意的緩坡斜斜降至水邊，崖底迎著海浪的是一片參差不齊的巨石。

岸邊只有幾塊小小的沙灘，都沒有大到能讓無畏降落的地方，而且他們也很謹慎，不敢隨便靠岸。樹木連綿不絕，向內陸飛了快一個小時，仍然看不到空地。

在無盡的森林上飛行，感覺很寂寞，就像在空盪盪的海上飛行一樣單調，只不過海浪換成了被風吹拂的枝葉，造成另一種寂靜。無畏每次聽到有動物叫聲打破安靜，就很興奮，但是樹木太茂密，沒看到有東西冒出樹冠。他最後終於問道：「沒有人住在這裡嗎？」

無畏也許是感冒了，才小聲說話，不過勞倫斯也不想打擾這片寧靜，於是輕聲回答：「沒有呢，我們飛得太裡面了，連最大的部落也住在海邊，不敢走到太內陸。裡面有太多野龍和猛獸了，不好對付。」

他們繼續沉默地往裡飛，陽光很烈，勞倫斯在半夢半醒間飛著，開始打盹了。他沒阻止無畏，無畏就繼續向前飛，飛的速度不快，因此他也不累。後來是無畏的噴嚏聲驚醒了勞倫斯，這時太陽已過天頂，他們要錯過午餐了。

勞倫斯跟無畏說該回去了，無畏也沒有打算飛更久，不過回程無畏飛得快了點。這時已經看不見海，四周的叢林毫無變化，只能靠勞倫斯的羅盤飛回岸邊。平滑的海岸線讓人心情舒暢，他們飛到海洋上空時，無畏的精神又振作起來。「我雖然感冒，至少不會累了。」他說完，打了個大噴嚏，發出大砲一樣大的巨響，把自己向上颳了三十呎高。

他們直到天快黑時才回到忠誠號，勞倫斯發現他除了午餐之外，還錯過別的事。前一天晚上除了崔普之外，還有另一位船員也看到馮力，情況也差不多，而勞倫斯不在的時候，鬧鬼的事已經傳遍全船，而且誇大幾倍，已經深植人心了。他努力解釋，但徒勞無功。這下有有三個人發誓前一天晚上看到有鬼在前桅帆的船桁上跳吉格舞，預言船將沉沒，值午夜更的人聲稱那個鬼整晚都在索具間飄來飄去。

連劉寶都來搧風點火。隔天他在龍甲板聽到傳聞，問清楚之後搖了搖頭，認爲鬼會出現，代表船上有誰對女人無情無義。不過船上幾乎每個男人都有這種前科，他們不住抱怨外國鬼的感情太循規蹈矩，連吃飯時都擔心地討論這個話題，人人都想說服自己和同伴，自己不是嫌犯，說自己犯的錯微不足道，而且一心想回去就娶那個女人。

衆人還沒開始懷疑特定人選，不過也是遲早的事，到時候那個倒楣鬼就會生不如死了。在此同時，船員變得討厭在晚上值勤，甚至拒絕接受需要單獨在甲板上做的工作。萊利原來想當手下的模範，在自己職班時走出其他人的視線，不過他無法偷偷溜走又取信於人，所以效果不如預期。

隊員中最早是由亞倫提起鬼的事，勞倫斯嚴厲地責備他一番，結果沒人敢在他眼前說了，不過他們職更時，全都變得愛待在無畏附近，從房間來回龍甲板的路上都不敢落單。

無畏難過到沒辦法弄清楚狀況，只覺得他們怕成這樣很奇怪，而且很失望那麼多人看得到幽魂，他卻沒看過。他大部分時間都在睡覺，努力在打噴嚏時轉頭。之前他剛有生病的癥兆，凱因斯就開始在廚房爲他煮藥了，臭臭的藥味從木板間冒出來，像在預示無畏的病況。因此他開始咳嗽時很怕吃藥，瞞著不說。但第三天晚上，他仍然忍不住咳了一陣，凱因斯便和助手將那鍋藥推上龍甲板。那是一鍋濃稠到近乎凝膠狀的褐色液體，上面還浮著亮亮一層橘色的油脂。

無畏悶悶不樂地看著藥鍋，問道：「一定要喝嗎？」

「熱的喝下去最有效。」凱因斯毫不心軟。無畏緊閉起眼睛低下頭喝藥，才吞下第一口就叫著：「噢，好難喝！」然後抓起爲他準備的水桶直接倒入口中，不少水流下他的兩顎和頸子。「我喝不下去了。」他放下水桶說。勞倫斯建議讓無畏停一下再喝，但凱因斯的態度十分嚴厲，因此勞倫斯不敢再說什麼，只好站在無畏身旁焦急地撫摸他。勸哄半天，他才把剩下的喝完，重重倒在龍甲板上，激動地說：「我永遠永遠不要再生病了。」他雖然討厭喝藥，咳嗽卻真的停下來，夜裡呼吸平順多了，也睡得很好。

無畏生病的那段時間，勞倫斯每晚都在龍甲板陪他。無畏靜靜睡著，勞倫斯有機會觀察船員避免撞鬼能荒唐到什麼程度。他們每次兩人爲伴，走到船頭窩在甲板留的兩盞提燈旁，忍著不睡。連值班的軍官都不安地靠在燈旁，每次走過甲板翻轉沙漏、敲鐘時，就擔心得臉色發白。

只有讓他們分心，才解決得了問題，不過目前也沒什麼能分心的事。天氣很好，不想交戰的船大可輕易駛離他們，所以不太可能碰上敵人。當然勞倫斯並不希望天氣變壞或遇上敵人，而這時的狀況只要忍受到靠岸爲止，暫停航程，就可能解開謠言。

無畏在半夢半醒中吸吸鼻子，帶著痰音咳了咳，淒慘地嘆口氣。勞倫斯一手摸著他、一手在膝上攤開書。他身邊掛的提燈釋出搖曳的光輝，藉著光，他緩緩地朗聲唸書，直到無畏重重闔上雙眼。

譯註：

❶：跨越赤道的儀式中，由船員打扮成海神及其妻子安菲特麗特和侍從獾皮袋（因穿著破爛而得名）。第一次通過赤道的人則被帶到海神面前，塗上焦油或發臭的油脂當肥皂，用木匙當剃刀修臉。交出一瓶酒當貢品，則可以免除麻煩的經驗。

❷：聖赫勒納港（St. Helena），當時爲英國在南大西洋的殖民地。

❸：赫斯靴（Hessian boots），爲當時英軍（特別是軍官）之標準配備，在民間也大爲風行。靴根低而筒高及膝。

❹：庫克船長（James Cook，一七二八～一七七九），著名的英國探險家及航海家。

❺：安茹王朝，又稱金雀花王朝（一一五四～一四八五）。原爲源於法國安茹的貴族室家，曾統治諾曼第公國、英格蘭王國、耶路撒冷王國與阿基坦公國。

第九章

「我無意干涉你們的計畫，」貝爾德上將嘮叨地說，「但這個時節，冬季季風還沒結束，吹向印度的風很不穩定，你們很可能直接被吹回來。何況還有首相彼特的消息，你們還是等加勒登勛爵回來吧。」

貝爾德上將年紀不大，不過臉型狹長嚴肅，嘴角帶著果決之色。他制服的領子直蓋到下巴，頸子顯得英挺又優雅。新任的英國總督還沒上任，因此貝爾德暫時在城中央的碉堡裡代管開普敦的殖民地。堡壘前方面臨平頂的桌子山山腳，庭院裡陽光燦爛，朦朧的光線中，軍隊的刺刀整齊插在周圍地上，他們由沙灘走到碉堡時吹到的涼爽微風，被環繞的城牆擋去大半。

「我們不能在港裡待到六月，」哈蒙德說，「成親王一直問我還要多久才會到、還要停靠哪些地方。在他面前寧可表現出急著趕路的樣子，在海上被拖延也好，最好別閒著沒事幹。」

「我也想補給完盡快上路。」萊利放下空茶杯，點頭示意僕人斟滿。「忠誠號開得不快，不過不管會遇上什麼天氣，我都對她有信心。」

他們走回忠誠號時，萊利對勞倫斯說：「當然啦，我並不想讓她受到颱風考驗。像下點雨，一般的壞天氣一定沒問題。」

他們還要爲接下來的漫長旅程做準備。當地港口還沒有官方的海軍供應站，因此他們不只要收購牲畜，還要醃製鹹肉。幸好補給品很充足，而且英國的統治溫和，當地居民對英國沒有太大不滿，還願賣牲畜給他們。勞倫斯煩惱的是無畏的食量變了，他感冒之後就胃口大減，開始會挑食，抱怨食物沒味道。

當地沒有正式的掩蔽所，不過貝爾德接到小翼的通知，知道他們會來，因此在降落場附近準備了一大塊綠地，讓龍隻舒服地休息。無畏飛到這塊空地，讓凱因斯仔細檢查一番。醫官要無畏頭放平，張開雙顎，讓他拿著提燈，避開巴掌大的牙齒爬進去，觀察無畏的喉嚨。

勞倫斯心急地在外面和葛蘭比一起伸頭看，只看見無畏細而分叉的舌頭平常是淡粉紅色的，這時包著厚厚的白色舌苔，上面還有可怕的紅色突起。

「所以他才嘗不到味道吧。他的咽喉看起來沒有異狀。」凱因斯聳著肩從無畏嘴裡爬出來，沒想到卻得到一陣熱烈的掌聲——一群移民和土著小孩圍在空地的籬笆外，像看馬戲團似地看得入迷。凱因斯接著說：「他們的舌頭也有嗅覺，所以會更嚴重。」

「平常沒有這種症狀嗎?」勞倫斯問道。

「我不記得看過龍感冒沒胃口。」葛蘭比擔心地插嘴說,「通常只會胃口更大。」

「他只是很挑嘴而已。」凱因斯轉頭,嚴肅地對無畏說:「感冒痊癒之前,要逼自己吃東西。」

「來吧,有點新鮮的牛肉,吃光光吧。」

「盡量啦。」無畏說著,用塞住的鼻子嘆了聲氣,彷彿哀鳴。「可是什麼都嘗不到,還要一直嚼、一直嚼,眞的很煩。」他沒什麼興致,順從地吃了幾片肉之後,就只把肉片推來推去,沒再吃多少,最後又跑到爲他挖的小坑旁,對著坑裡擤鼻涕,在一堆寬寬的棕櫚葉上擦鼻子。

勞倫斯靜靜地看著他,然後走上降落場的小路,回到城堡。成親王正與孫楷、劉寶在另一棟客人用的堡壘中休息。堡壘不用厚重的絲絨簾布,只釘起窗簾擋去陽光。兩個僕人手拿大褶扇站在全開的窗前搧風,另一個站在角落,負責爲三位使節倒茶。勞倫斯忙了一天,領子濕得塌在脖子上,靴子沾滿厚厚的泥,還濺了無畏午餐的血,只覺得自己又熱又髒。

叫來翻譯員客套幾句之後,他向他們解釋情況,盡可能禮貌地說:「不好意思,我想讓無畏吃味道比生肉濃一點的食物,希望能跟你們借用廚師,爲無畏做中式料理。」

他才剛問完,成親王就用中文發號施令,於是廚師連忙趕去廚房。成親王居然說:「和我們一起坐下來等吧。」於是要人幫他搬了張鋪上長條絲綢的椅子。

「殿下，不用了，我全身都是泥，這樣就好。」勞倫斯說著望向椅子，美麗的淡橘色絲綢上面繡了花朵。

不過成親王一再請他坐，於是勞倫斯恭敬不如從命，小心地坐在椅子邊緣，接過給他的那杯茶。孫楷竟然嘉許地對他點點頭，請翻譯員轉告：「你有家人的消息嗎？願他們一切平安。」

「感謝先生關心，不過我沒有接到新消息。」勞倫斯說。接下來的一刻鐘裡，他們隨口聊著天氣和起程時間，勞倫斯感覺他們的態度變了，只覺得奇怪。

過了不久，廚房就用木盤端出羊肉，上頭淋著晶亮的橘紅醬汁，下面還墊著點心。僕人用推車沿小徑推到空地。香料濃郁的味道穿透無畏遲鈍的嗅覺和味覺，他立刻開心起來，津津有味地吃著。吃完之後舔舔嘴旁的醬汁，還低下頭把木盤舔乾淨。勞倫斯爲無畏擦拭時，手上沾到一點醬汁，感覺一陣灼熱，還留下燒灼的印子。他擔心對無畏不好，不過無畏看起來舒服極了，喝水的量甚至和平常差不多，而凱因斯認爲當務之急是讓他正常飲食，因此勞倫斯決定繼續借用廚師。沒想到此話一出，成親王就答應了，還親自監督他們，命令他們做更精製的餐點，甚至傳喚他的醫生建議可用的藥膳。可憐的僕人和當地商人共通的語言只有白銀，卻奉命到市場去搜刮各種昂貴罕見的材料。

凱因斯不以爲然，不過不太擔心。勞倫斯有點內疚，他雖然知道該心懷感激，卻覺得彆扭，結果就算僕人從市場搬回來的材料越來越怪異，他也沒有干涉每天的菜單。廚師在企鵝肚子裡塡入米粒、漿果和企鵝蛋；願意冒險進內地打獵的獵人賣給他們大象，於是有了煙燻的象肉；綿羊的毛不是厚厚的捲毛，而是直直的長毛，除此之外，還有不少更奇怪的動植物。英國習慣只餵龍吃肉，中國人卻堅持要用奇怪的食材，向勞倫斯保證這對龍很好。無畏倒是一盤盤吃下精製的菜餚，除了打嗝的味道難聞之外，沒有其他的副作用。

當地的孩子已經變成空地的常客，而且看著戴爾、羅蘭常常在無畏周圍來去，爬上爬下，也大膽了起來。他們開始把尋找食材視爲遊戲，每上一道新菜，就大爲興奮，有時看到覺得不夠有創意的菜，也會發出噓聲。原住民的孩子來自住在附近的各個部落，這些部落大多以放牧維生，也有在山裡和森林中覓食的。後者的孩子對找食材特別投入，每天都帶來家人覺得怪到不想吃的食物。

五個孩子得意地搬來一大叢奇型怪狀的蕈類，成了拔得頭籌的戰利品。蕈類的根部還沾著濕濕的黑泥，很像菇類，不過蕈柄上卻長了三個帶褐斑的蕈傘，層疊而上。最大的那個蕈傘直徑幾乎有兩呎長，臭到抱著蕈菇的孩子都轉過頭去，又叫又笑地把它傳給別的孩子。

中國僕人付了一堆彩色絲帶和貝殼給孩子，興奮地帶回城堡。不久之後，貝爾德上將卻來空地對他們抱怨。勞倫斯隨著他回城堡去，還沒進城堡裡就明白是怎麼回事了。那附近看不到煙霧，不過空氣中滿是烹煮的味道，又酸又膩，活像燉甘藍菜加上甲板橫樑受潮長出的濕綠色黴菌停留在舌尖。有條街與廚房隔著城牆相臨，街上通常擠滿當地商人，這時卻空盪盪的。城堡的大廳充滿讓人無法忍受的臭氣。中國使節住在離廚房很遠的另一棟建築，因此不受什麼影響，然而士兵就駐紮在廚房旁，聞著令人作嘔的空氣，完全吃不下東西。

勞倫斯猜測辛勤的廚子忙了一整個星期，不斷做出各種企鵝料理，嗅覺可能已經麻木了。他們透過翻譯，反駁說醬汁還沒做好，勞倫斯和貝爾德千方百計說服他們，而他們充其量只願意改用大燉鍋來煮，還不以爲意，命令幾名倒楣的士兵用粗樹枝架著鍋子搬去空地。勞倫斯淺淺地吸著氣，跟在他們後面走。

無畏倒是很開心，高興居然能聞到味道，而且不嫌味道臭，不耐煩地點頭看著那鍋東西倒到他的肉上說：「看起來很棒啊。」他吃下整頭裹著蕈菇湯的瘤背牛，把鍋子裡舔得一乾二淨，勞倫斯則懷疑地盡量躲離鍋子。

無畏吃完，愉快地癱著身子睏了，像喝醉一樣喃喃讚美食物，說沒幾句就打個嗝。勞倫斯看他這麼快就睡著，有點擔心，走近推推他，沒想到無畏馬上醒過來，熱情地回應，堅持要貼著勞倫斯蹭一蹭，但他的氣息和蕈菇一樣讓人受不了。勞倫斯別過臉，忍著嘔吐，幸好無畏又睡著，他才逃出無畏前腳親暱的懷抱。

他沐浴更衣之後，才覺得自己見得了人，不過仍然感覺頭髮殘留了味道，快忍無可忍，心想他有資格向中國人抗議一番。結果抗議不成，中國人不以爲怪，劉寶聽到他描述蕈菇的效果，還哈哈大笑起來。勞倫斯建議他們可以準備固定幾道菜，成親王卻否決他的提議說：「廚師注意一點就好。可不能天天做一模一樣的食物，怠慢了天龍。」

勞倫斯沒達成目的就離開，還懷疑他連決定無畏膳食的權利也被剝奪了。無畏難得睡一大覺，隔天醒來時舒服許多，鼻塞也改善不少。又過幾天，無畏的感冒就痊癒了，然而勞倫斯擔心的事成真，他一再暗示廚師不用幫忙，他們仍然送來菜餚。無畏重拾嗅覺，但自然不反對吃中國菜。他現在不再直接由桶子裡吃東西，改用前腳撿起食物來吃。他把爪子仔仔細細舔乾淨說：「我覺得慢慢分得出不同的香料了。我很喜歡紅紅的這種，這叫花椒。」

「你喜歡就好。」勞倫斯說。

那晚，他和葛蘭比一起在他的小屋吃晚餐，對葛蘭比說到這件事：「我有什麼意見，都會顯得小氣吧。至少他吃了他們做的菜比較舒服，也願意吃東西。可是他越喜歡，我越說不出感謝的話。」

葛蘭比為勞倫斯抱不平道：「我覺得他們還是在干預你。等我們帶他回家以後，要怎麼繼續讓他這樣吃啊？」

勞倫斯不知怎麼回答，也想不出何時能回家，只好搖搖頭。對他來說，要是能確定何時回得去，讓無畏繼續吃中國菜也無妨。

忠誠號乘著海流離開非洲，幾乎直直向東而去。沿岸的風這時還不穩定，向南吹的機率還比向北吹大一些，因此萊利決定寧可橫越印度洋，也不要沿著岸邊逆風而行。勞倫斯看著那彎窄的陸地逐漸模糊，消失在船後的汪洋中。航行了四個月，離中國只剩一半的旅程了。

船離開舒適的港灣，和海港迷人的一切，船上其他人也感受到相近的惆悵。小翼已經帶信給他們了，所以開普敦並沒有給他們其他的信息，接下來除非有船速快的巡防艦或商船追過他們，否則不太可能接到家鄉來的消息，而這些船艦又不會在這個時節開向中國。他們眼前沒有事可期盼，而不祥的鬼魂又還縈繞心頭。

船員因爲怕鬼分了神，做事都不太專心。啓航後三天的黎明之前，勞倫斯睡得不安穩，一陣聲響清楚地傳過艙房隔板吵醒他，原來是值班的貝基特上尉正被萊利罵得狗血淋頭。夜裡海風轉向又增強，貝基特昏了頭，讓船開向錯誤方向，而且忘了要收起主桅和後桅船帆。經驗老道的船員通常會發現這種錯誤，咳嗽提示，讓他明白正確的指令。不過船員都想躲開鬼魂，離索具遠一點，因此那時沒人警告他。忠誠號過了一晚，已經遠遠向北偏離航道了。

空中雷電陣陣，浪高將近十五呎，白浪花好似肥皀泡，下方淡綠色的海面透明如玻璃，湧起成浪頭，坍下時激起大片浪沫。勞倫斯爬上龍甲板，拉起防水帽的帽簷，結了鹽巴的嘴唇又硬又乾。無畏緊緊蜷著身子，盡量離龍甲板邊緣遠遠的，而他的龍皮在提燈下閃閃發光。

「他們可以在廚房裡升點火嗎？」無畏哀怨地從翅膀下探出頭來，在雨裡瞇著眼睛，還咳了幾聲以示強調。船離港前幾天，無畏就完全康復了，因此咳嗽聲大概只是裝可憐。雖然雨水溫溫的，南面吹來的狂風仍然帶著寒意，勞倫斯並不想讓無畏感冒復發，於是要隊員拿防水布蓋住無畏，請鞍具員縫住固定。

無畏蓋著臨時遮雨布的樣子很奇怪，全身只露出鼻子，挪動身子時總是很笨拙，就像一堆送洗的衣服活了起來一樣。船首樓傳來陣陣訕笑聲，凱因斯也碎碎唸著他太寵病患，還說他鼓勵無畏裝病。不過只要無畏身子暖和乾燥，勞倫斯就心滿意足了。天氣太糟，他沒辦法在龍甲板讀書給無畏聽，因此也爬進防水布下面，陪著無畏窩在一起。防水布不但留住了廚房透上來的熱氣，也留住無畏的體熱。不久，勞倫斯就熱得脫下外套，他靠著無畏的身子愛睏起來，談話時心不在焉，只能含糊回答。

「勞倫斯，你睡著了嗎？」無畏問道。勞倫斯被他吵醒，看到四周暗暗的樣子，納悶是睡到晚上、還是防水布遮蔽了光線。

他從沉重的防水布下鑽出來，海面平滑如鏡，他們正前方的東邊卻是一大片鋪天蓋地的黑紫色雲層。雲層厚厚的邊緣迎著風，被日出的陽光染成濃濃的紅色，而雲層內部一陣陣閃電，照亮了雲堆邊緣。在雲層北邊，有一排參差不齊的雲朵正要和那前方的大塊雲層會合，就這麼飄過船的上空，向船前方飄去。船的正上方這時還是晴天。

「費洛斯先生，綁上強化鎖鍊。」勞倫斯放下望遠鏡說道。索具已經啪啪飄動了。

葛蘭比這時走來欄杆旁，站到勞倫斯身邊說道：「你們還是飛上空避過暴風雨比較好。」葛蘭比雖然待過運龍艦，不過服役的地方大都在直布羅陀和英吉利海峽，幾乎沒有在開闊海域航行的經驗，難怪會這麼建議。大部分的龍隻只要事先吃飽喝足，都能乘風在天上飛一整天，所以運龍艦遇上雷雨或暴風時，常常會讓龍隻避開風雨。但他們遇上的不是雷雨、也不是暴風。

勞倫斯對他搖搖頭：「幸好我們把防水布架起來了，他蓋著防水布再捆上鍊子，會舒服一點。」葛蘭比聽了，便明白他要怎麼做。

他們從船艙中搬出一條條強化鎖鍊，鍊子上的每個鐵環都像男孩的手腕一樣粗。鏈子交叉橫過無畏背上，然後以粗繩加強，綁緊各條鐵鍊的連接處，固定到龍甲板四角的雙纜柱上。勞倫斯憂慮地檢查了每個繩結，要隊員重綁其中不夠牢靠的，這才放心。

「沒綁得太緊吧？」他問無畏，「有哪裡被卡住嗎？」

「我身上縛著鐵鍊，動也不能動。」無畏說著，一邊推著鐵鍊，試著在有限的空間中移動，尾巴末端不安地來回抽動。「感覺和鞍具很不一樣，是做什麼用的啊？爲什麼要綁起來？」

「別繃著繩索。」勞倫斯擔心地說著，走近檢查，幸好繩索沒磨壞。他回到無畏身邊，對無畏說：「很抱歉必須這個樣子，我們只是怕浪變大，不把你固定在甲板上，可能會滑進海裡，也怕你挪動會影響船的航向。很不舒服嗎？」

「還好。」無畏悶悶不樂地說，「要很久嗎？」

「要等暴風雨結束。」勞倫斯說著，由船首望出去，雲層沒入鉛灰色的天空，升起的太陽已經完全被遮蔽了。他對無畏說：「我要去看看氣壓計。」

萊利艙房裡氣壓很低，艙房根本空空如也，除了煮咖啡的味道之外，沒有早餐的香味。勞倫斯向管家拿來杯子，站著喝了杯熱咖啡，又回到甲板上。他才走開一下，海浪已經比先前高了將近十呎，而忠誠號開始展現她的能耐了。包鐵的船頭俐落地切過海面，沉重的船身平順地將海水向兩側分開。

艙口都架好防浪蓋，勞倫斯再次檢查無畏的鏈條，然後對葛蘭比說：「要隊員下去，我來值夜更。」他鑽進防水布，站到無畏的頭旁邊，撫摸無畏柔軟的鼻頭，對無畏說：「這陣暴風雨恐怕會吹很久，你能再吃點東西嗎？」

「我昨天很晚才吃，現在不餓。」無畏說。他在昏暗的遮雨布裡張大水汪汪的黑瞳孔，藍色的虹膜只剩邊緣薄薄一層。他挪動身子，鐵鍊發出微微的磨擦聲，另一陣更低沉的咯吱聲，是船橫樑轉動時木頭發出的聲響。

無畏說：「我們之前在信賴號上，也碰過暴風雨，那時候不需要綁這種鍊子啊。」

「那時你比現在小很多，暴風雨也沒這次大。」無畏聽了勞倫斯的解釋，平靜了一點，不過仍然不滿地咕噥抱怨，而且不再和勞倫斯說話，只躺在那兒，有時用爪子抓抓鍊子。他爲了不被浪打到頭，因此頭沒正對船首，而鼻頭旁防水布的空隙看得到船員，他們正忙碌地固定設備，收起上桅帆。隔著厚厚的防水布，勞倫斯聽得見低沉的金屬磨擦聲。

晨更第二次敲鐘時，海浪正一波波襲向船的舷側，海水幾乎不停地從龍甲板邊緣撥向船首樓。船上要等暴風雨過去才會升火，因此廚房不再溫暖了。無畏低低地蜷曲在甲板上，不再抱怨，只把防水布更拉近身邊，接著抖動身子，甩掉防水布夾層裡流進的水。風中隱約傳來萊利的聲音：「全體集合，全體集合！」水手長用手圈著嘴，繼續叫喊，船員趕忙跑上甲板，腳砰砰地踩過木板，開始收短船帆，讓船迎風前進。

聽著翻轉沙漏時敲鐘的聲音，他們才知道時間在流逝。天色很早就暗了下來，日落後四周變得更爲黑暗。濕濕的甲板閃著冷冷的藍色磷光，映在纜繩和木板邊緣，浪在微弱的光亮中越升越高。

即使忠誠號也無法衝破這麼高的海浪，只能緩緩地攀上浪頭。爬升時，船身極爲傾斜，甚至勞倫斯沿著甲板看下去，就能看到下方翻騰的波浪。最後船縱身翻過波峰，一鼓作氣滑下撲落的浪頭，以雷霆萬鈞之勢直衝入浪花奔騰的波谷。接著，寬大的龍甲板在下個浪上舀起一窪水，淌著水繼續爬上下一個浪頭。周而復始，唯一的變化只有沙漏中的沙粒在流動。

隔天早晨，風還是一樣猛烈，浪小了一點，勞倫斯從不安的睡夢中醒來。無畏不肯吃東西。勞倫斯問他時，他說：「就算他們能拿食物來，我也吃不下。」說完又閉上眼睛。他沒在睡，只是已經筋疲力竭，鼻頭上還結了一層鹽巴。

葛蘭比帶著幾名隊員上龍甲板來接他的班，他們擠在無畏的另一側。勞倫斯叫來馬丁，要他拿幾條抹布。雨水混著濺起的浪，已經不是淡水了，幸好他們貯存的淡水很夠，而且甲板上的飲用水水桶在暴風來襲前裝滿過。馬丁抓住船頭連到船尾的救生索，慢慢爬向水桶，最後拿回滴著水的抹布。勞倫斯幫無畏擦去鼻頭結的鹽巴時，他只挪了挪身子。

他們頭上的天空是一片怪異的灰色，分不清雲層，也看不見陽光。風吹得大雨陣陣撲向他們。船攀到浪頭時，只見一望無際的大海都在翻騰。菲利斯上龍甲板來，勞倫斯便要葛蘭比下去休息，但自己不想離開甲板，只吃了幾塊餅乾和硬乾酪充飢。

隨著時間過去，雨勢越來越大，而且雨水也變冷了。一陣惡浪從忠誠號兩側灌下來，又有一波主桅杆那麼高的大浪撲落，沖擊無畏的身體。他一直睡得不安穩，這時驚醒過來。

大水沖得好幾名飛行員站不穩，一個個掛在情急之下抓住的東西上晃來晃去。勞倫斯搶在波提斯被沖下龍甲板、跌下梯子前抓住他，死命撐住，讓波提斯抓到救生索穩住腳步。

無畏昏昏沉沉、慌張地在鐵鏈下掙扎，喚著勞倫斯。他扯得太用力，纜柱基部四周的甲板開始變形。勞倫斯連忙跌跌撞撞越過濕淋淋的甲板，把手放在無畏身邊，大聲安撫無畏：「我在這裡，剛剛只是大浪而已。」無畏不再扯動鍊條，趴下來對著甲板喘息，但他已經拉扯到繩索，他們最需要鐵鍊的時刻，鐵鍊反而更鬆了。這樣的海況下，即使飛行員也無用武之地，大概只有海員才能把繩子重新縛緊。

忠誠號船側又被一陣大浪打到，傾斜到危險的程度。無畏全身的重量都壓著鐵鍊，鐵鍊被繃得更緊，他出於反射，伸爪抓進甲板穩住身子，橡木板應聲碎裂。

「菲利斯，來這裡陪著他！」勞倫斯吼著，然後自己越過甲板。

海浪不斷沖刷甲板，他盲目地在救生索之間移動，下意識地伸手抓住能抓的地方。

繩結全浸濕，而且被無畏拉緊了，很難鬆開。勞倫斯只能趁浪濤與浪濤間繩索放鬆時，一吋一吋使勁拆開繩結。無畏不能幫什麼忙，只能盡可能躺平，全神貫注不讓自己移動。

甲板上水沫四濺，勞倫斯沒看到別人，只摸得到手中火熱的繩子和低矮的鐵柱，稍暗的色塊是無畏的身軀。上狗更鳴了第二次鐘，雲層之後，太陽應該要落下了。他眼角瞥見幾個影子靠近，不一會兒，勒杜斯也跪到他身旁幫他處理繩索。他幫忙拉緊繩子，讓勞倫斯繫緊繩索，浪來的時候兩人抓著鐵柱，抱住對方。最後他們終於完成了。

這時，說話聲幾乎不可能蓋過風的怒號。勞倫斯指向左側的第二根鐵柱，勒杜斯點點頭，他們便朝那兒移動。風雨中爬過大砲，還比直接穿過甲板時站穩腳步容易。兩人由勞倫斯領頭，沿著欄杆而去。一陣大浪撲過，他們得到片刻的空檔，勞倫斯放開欄杆，爬過第一個大砲時，勒杜斯大喊了一聲。勞倫斯急忙轉頭，只見一抹黑影向他頭上襲來，他直覺伸手格擋，手臂像被火鉗擊中似的。他倒下去時奮力抓住大砲的砲索，恍惚之間，似乎又有黑影來到他上方，而勒杜斯則嚇呆了，高舉雙手慌忙向後逃開。又一陣浪打上船邊，勒杜斯就這麼消失了。

勞倫斯攀著大砲，嗆著海水，踢腿想踩到著力點，但靴子灌滿水，重得像石頭一樣。他披頭散髮，搖搖頭把頭髮從眼睛甩開，同時以另一隻手抓住向他落下的鐵棍，然而鐵棍後竟浮現馮力那張慘白兇狠的臉。馮力想用力拉開鐵棍再次攻擊，兩人抓著鐵棍角力，勞倫斯的靴子在濕滑的木板上站不穩，整個人幾乎要趴到甲板上了。

強風也加入戰局，努力把他們吹開，最後終於得勝。鐵棍從勞倫斯拉繩子變瘦的手中滑開，而馮力原先穩穩站著，這時踉蹌得退了幾步，張著手臂像要擁抱強風一般。風於是順勢帶著馮力撲過欄杆，落入滾滾大浪，消失無蹤。

勞倫斯奮力爬起身，望著欄杆下面，卻見不到馮力或勒杜斯的蹤影。海浪上湧起陣陣水霧，連海面都看不見了。其他人都沒看到他們短暫的纏鬥。勞倫斯身後又是一陣計時的鐘鳴。

他累到弄不清發生什麼事，因此沒說什麼，只告訴萊利有人落海。他不知道還能怎麼辦，而且暴風雨又占去他所有的心神。風勢隔天早上才轉小，午後更開始的時候，萊利決定讓船員輪班吃午餐。第六次敲鐘時，厚重的雲層開始有了空隙，陽光誇張地從烏雲後射下一道道光線，船員雖然累得要命，不過都鬆了口氣。

勒杜斯的人緣很好，他們都爲他感到遺憾，卻不認爲他是意外落海，覺得他是被鬼盯上抓走的，和他同桌用餐的夥伴已經開始向其他人誇大他的罪行了。他們和馮力不熟，倒不太在意馮力落水，覺得那是巧合——船上站不穩的外國人愛在颱風裡上甲板玩，難怪會掉進海裡。

暴風雨後的海面仍然波濤起伏，不過無畏已經被綁得受不了了。隊員吃完午餐之後，他馬上下令要他們鬆開繩索。繩結在溫暖的風中膨脹，得用斧頭劈開。無畏重獲自由之後，把鐵鍊重重甩上龍甲板，轉過頭咬著拉掉身上的防水布，用力抖抖身子讓水汩汩流下龍皮，接著堅決地說：「我要去飛。」

無畏沒戴鞍具，也沒人陪伴，就這麼躍入空中，留下船上吃驚的眾人。勞倫斯不禁詫異地伸手想留住無畏，卻徒然顯得愚蠢。他發現失態，尷尬地放下雙臂，說服自己無畏只是被綁太久，想活動活動翅膀而已。勞倫斯震驚又焦急，不過這時什麼感覺都鈍鈍的，情緒也被疲倦壓得快窒息。

「你在甲板上待三天了。」葛蘭比說完，小心領著勞倫斯走下船艙。勞倫斯的手指又僵又鈍，無力抓住梯子的扶手。他滑了一下，葛蘭比連忙扶住他手臂，這下子勞倫斯痛得叫出來，前臂擋住火鉗第一擊的地方，一碰就陣陣抽痛。

葛蘭比想帶他給醫官看，勞倫斯卻拒絕說：「約翰，只是瘀青而已，而且我現在不想張揚。」說完，他只好解釋發生的事。敘述不太連貫，不過葛蘭比在追問之下，還是明白了怎麼回事。

「勞倫斯，太過分了。那傢伙想殺你耶，你要有所行動才行。」葛蘭比說。

「嗯。」勞倫斯隨口應著，爬上吊床，眼睛已經快要闔上。他矇矓中感覺有張毯子蓋在身上，燈光暗下來，之後就失去意識。

醒來時他的腦子清楚多了，不過身上仍然痠痛。他感覺忠誠號吃水很深，無畏想必已經回來，於是立刻下床。他不再疲倦，卻憂心起來，心事重重地從艙房裡出來，差點撞上威洛比。這位鞍具員正橫睡在他門口。勞倫斯問道：「你在做什麼？」

「長官，葛蘭比先生要我們站哨。」年輕人打著呵欠，抹抹臉頰。「你要上甲板去了嗎？」

勞倫斯抗議無效，只好讓像忠心牧羊犬的威洛比一路尾隨他到龍甲板。無畏一看見他們的身影，就機警地坐起身，把勞倫斯撥入他身體繞成的屏障，其他空軍則圍到他身後。看來葛蘭比沒替他保密。

「你傷得嚴重嗎？」無畏探著舌頭嗅遍他全身。

「我很好，眞的，只是手臂撞一下。」勞倫斯說著，一邊想辦法推開無畏，心裡倒是高興無畏終於氣消了。

葛蘭比鑽進無畏蜷起的圓弧中，無視於勞倫斯不滿的眼神說道：「好啦，我們自己排好輪値了。勞倫斯，你該曉得這不是意外，他也沒把你誤認成誰吧？」

「嗯。」勞倫斯遲疑一下，才不情願地承認道：「這不是第一次了。年夜飯之後，他想把我從艙口撞下去，當時我沒多想，不過現在很確定了。」

無畏低沉地咆哮一聲，差點又忍不住用爪子刨甲板。龍甲板上已經留下暴風雨中他抓出的溝痕。

「掉到海裡最好。」他惡狠狠地說，「最好給鯊魚吃掉。」

「我不覺得耶。」葛蘭比說，「不論事實是怎樣，都更難證明了。」

「不可能是私人恩怨。」勞倫斯說，「我沒跟他說過半句話，即使說了他也聽不懂。他大概瘋了吧。」不過這話一點說服力也沒有。

「他攻擊你兩次，其中一次還是在颱風裡呢。」葛蘭比無視他的推測，「不可能是瘋了。我覺得他一定是聽命行事，也就是說，幕後主使一定是他們王爺，不然就是其他中國人。我們最好趕在他們再次下手之前，找出主謀。」

無畏熱烈地附議，勞倫斯重重嘆一口氣。

「還是私下請哈蒙德來我艙房告訴他好了。」他說，「也許他會有概念他們的動機是什麼。而且我們也需要他幫忙審問那些人。」

哈蒙德來到艙房裡聽他們說這件事，顯然很擔憂，不過他想的是另一方面的事：「你們是在建議把皇帝兄長的隨從當一般犯人來審問，控告他們圖謀殺人，還要求他們提供不在場證明。丟個火把到彈藥庫，鑿沉這艘船之後，我們任務成功的機率跟這麼做一樣大。也許更大吧，反正大家都沉到海底死掉，就沒什麼好吵了。」

「難道我們就呆坐著微笑，等他們真的殺了勞倫斯嗎？」葛蘭比也越說越氣。「你大概沒差吧。這樣就少一個人反對你把無畏交給他們，你才不管空軍死活。」

哈蒙德轉過身對他說：「我最關心的是我國的利益，而不是哪個人或哪隻龍。要是你明白自己的責任，也應該和我一樣——」

「各位，夠了。」勞倫斯打斷他，「我們的職責是和中國建立穩定的友好關係，而且不失去無畏才有希望達成任務。這兩點沒什麼好爭辯的。」

「但是審問中國人，不但無助於職責，也不會讓我們更有希望。」哈蒙德怒聲說：「即使找得到證據，又能怎樣？難道把成親王給銬起來嗎？」

他停了一下，鎮定下來又說：「沒有證據能證明馮力不是單獨行動。你說過，第一次攻擊是在新年那晚，說不定你在年夜飯時不經意得罪了他。他看你占著無畏，可能氣瘋了，也許只是單純地瘋了，也可能你完全弄錯了。在我看來，這是最可能的——兩次都在昏暗恍惚之中，第一次你喝多了酒，第二次是在暴風雨裡——」

「看在老天份上，」葛蘭比莽撞地插嘴，被哈蒙德瞪了一眼，「馮力不會無緣無故把勞倫斯推下艙口，又想敲他的頭。」

勞倫斯聽了他唐突的意見，一時間不知怎麼回答。

「如果先生的假設沒錯，那麼調查的結果一定會和假設相符。馮力真的瘋了，或是真有那麼狂熱，即使我們不知情，一定有中國人知道。要是我得罪了他，他一定提起過。」

「可是要查清楚的話，一定會讓皇帝的兄長臉上無光，而他是決定我們出使北京成敗的關鍵。」哈蒙德說，「我不支持調查，調查絕對不能進行。要是你這麼輕率行事，我會想辦法說服艦長盡他的義務幽禁你。」

他們的討論到此為止，至少哈蒙德就這麼離開了。不過葛蘭比在哈蒙德身後關上房門，折回來激動地說：「我從沒這麼想揍扁誰的鼻子。勞倫斯，只要我們把中國人帶上甲板，無畏就能幫我們翻譯。」

勞倫斯搖搖頭，走向酒瓶。他很清楚自己被激怒了，因此一時間並不信賴自己的判斷。他遞了杯酒給葛蘭比，拿著他那杯酒走去坐在船尾櫃上，看著窗外的海；深色海浪降到五呎高，陣陣拍擊右舷。

沉默片刻，他終於放下酒杯說：「約翰，不行，恐怕不能這樣。我也不喜歡哈蒙德的態度，可是他的話未必不中肯。要是我們調查下去，得罪了成親王和皇帝，又找不到證據，甚至連合理的解釋都說不出——」

「就沒機會留住無畏了。」葛蘭比幫他說完，終於讓步。「好吧，你說得沒錯，現在只好忍一忍。可是我眞討厭這個樣子。」

無畏的看法比他們更悲觀，他聽到以後氣憤地說：「我才不管我們有沒有證據。他想殺你，我怎麼能坐視不管！下次他再上甲板來，我就會殺了他，一了百了。」

「無畏，不行！」勞倫斯緊張地說。

「我當然行。」無畏不以為然，接著若有所思地說：「成親王應該不太可能再到甲板來了，不過我總可以打破船尾的窗子，從那邊抓住他。或是拿炸彈丟他也好。」

「不可以。」勞倫斯連忙制止他，「即使我們有證據，也不能對他採取行動，否則中國可能立即向我們宣戰。」

「殺他是這麼大不了的事，爲什麼殺你就沒關係？」無畏追問道，「他爲什麼不怕你對他們宣戰啊？」

「英國政府沒有充足的證據，絕對不會採取這種手段的。」勞倫斯說。他很清楚即使有證據，英國也不會宣戰。不過這番話在此刻說出來並不恰當。

「可是我們沒辦法拿到證據啊，」無畏說，「而且又不准我殺他，還要對他們有禮貌。我們這麼做，都是爲了英國政府著想。這個政府越來越討厭。我沒見過它，還總要我做我不喜歡、對別人也沒好處的事。」

「撇開政治不談，眞不知成親王跟這件事有什麼關係。」勞倫斯說，「我們對他的疑問多得不可思議。他爲什麼想殺了我，爲什麼派男僕，不派侍衛來暗殺，而馮力也可能有自己的理由。我們只在懷疑，不能以此爲根據胡亂殺人，否則就換我們變成兇手了。告訴你，殺了人可不會好過的。」

「誰知道我會好不好過。」無畏怒氣減弱，喃喃說道。

幸好成親王一連好幾天都沒上龍甲板，後來無畏就沒那麼火大了。成親王再出現時，態度卻完全相同，他照樣冷淡客套地向勞倫斯問好，接著就去唸詩給無畏聽。無畏天生脾氣不壞，不一會兒就不由得受到吸引，忘記要生氣。即使成親王覺得自己有錯，也沒表現出內疚的樣子，於是勞倫斯開始懷疑自己的判斷正不正確。

成親王離開龍甲板之後，他對葛蘭比和無畏說：「我很可能弄錯了。我記不得細節，而且那時候也差不多累昏了。那個可憐蟲也許只是來幫忙的，是我自己太會想像。現在越來越覺得不可思議。中國皇帝的哥哥會試圖暗殺我嗎？眞可笑，我對他又沒什麼威脅。哈蒙德說得沒錯，我這醉鬼眞是傻了。」

「我覺得你沒醉也沒傻。」葛蘭比說，「我自己也理不出頭緒，不過重點是馮力突然想攻擊你。我們得派人保護你，希望哈蒙德沒看錯成親王。」

第十章

平安無事過了將近三星期，他們才看到新阿姆斯特丹島的蹤影。無畏興奮地看著岸邊海豹一隻隻亮晶晶、懶散地做日光浴。少數比較有活力的海豹游到船後，在船行引起的浪花裡嬉戲。這些海豹完全不怕船員，也不怕把牠們當靶子練習的海軍，然而無畏一下水，牠們就逃得一隻不剩，連海灘上的海豹都慢吞吞地逃向離水邊更遠的地方。

牠們都不理無畏，他悶悶不樂地繞著船游幾圈，再上船來。他已經很熟練上船的動作，只讓忠誠號上下起伏一陣。無畏上船之後，海豹又慢慢回來了，似乎不太怕他靠近盯著看，只有在無畏太過分、探頭進水裡時，牠們才又深深潛入水中。

颱風把他們向南吹，幾乎漂到南緯四十度，而且差不多完全沒向東前進，讓他們浪費了一個多星期的時間。萊利看著航海圖，詢問勞倫斯的意見：「幸好季風終於開始了。我們可以從這邊直接開向荷蘭的東印度群島，接下來一連一個半月不會登陸，所以我才派小艇去島上進行補給。加上之前已經航行了幾天，接下來會很順利的。」

海豹肉裝桶醃起來，發出濃濃的腥味，另外吊錨架旁的肉櫃中，還放了兩打新鮮的海豹屍體保持涼爽。隔天繼續航行的時候，中國廚師在龍甲板上宰了其中將近一半的海豹，暴殄天物地將海豹頭、尾和內臟全丟進海裡，把肉塊烤到半熟後給無畏吃。

無畏對食物變得很講究，嘗過之後說：「加很多胡椒味道不錯，也許烤洋蔥可以多一點。」

廚子急於討好他，立刻就照他的喜好重做。於是無畏滿心歡喜地吃下他們烹煮的肉，躺下來好好小睡一覺。船上廚師、軍需官和其他成員都十分不滿，但他完全不在意。

廚師料理完卻完全不清理，於是上層甲板就像血洗一般。而且因爲事發時已經過了中午，船員早上刷過地板，萊利也不好叫他們再清理一次。於是勞倫斯陪同萊利和其他高級軍官坐下來一起午餐，卻發現氣味令人無法忍受，而他又不能開窗，以免外面掛的海豹屍體傳來更刺鼻的味道。

不幸萊利的廚子打的主意跟中國廚師一樣。他們吃的主菜是金黃漂亮的派，加了一整個星期份量的奶油，和開普敦買來的最後一些青豆，配上燙得冒著泡的肉汁。然而派一切開，就再也掩不住海豹肉的味道，全桌的人都食欲缺缺。

「算了。」萊利嘆了口氣，把他那一份倒回大盤子裡。「丟掉太可惜。傑斯森，拿去下面給見習軍官吃吧。」其他人也都把派倒回去，勉強以其他菜果腹。管家把派收走時，勞倫斯還能聽到門後傳來大聲的抱怨，說外國人「不懂規矩，壞了人家胃口」。

他們喝酒解悶時，船猛然跳了一下。勞倫斯從來沒有這種感覺。萊利剛跑到門邊，波白克便急喊著：「你們看！」同時指向窗外。肉櫃的鏈子鬆鬆吊著，鍊子上面的鐵籠已經不見了。

他們目瞪口呆地看著這一景，接著甲板上傳來尖叫與喊聲，船突然就發出砲火下的木材斷裂聲，向右舷偏去。萊利衝出艙房，其他人也緊跟著跑出去。勞倫斯爬上梯子時，又一陣劇烈的撞擊撼動了船。他往下滑了四階，差點把葛蘭比撞下梯子。

他們像惡作劇的玩偶一樣一股腦兒蹦出艙口，卻發現值勤的見習官雷諾茲只剩下一隻血淋淋的腿躺在左舷走道，腿上還穿著帶扣鞋和絲質長襪。另外兩具屍體掛在欄杆半圓型的大缺口旁，顯然死於重擊。無畏在龍甲板上用後腳坐了起來，狂亂地左右張望，甲板上其他人有的跳上索具，有的急忙衝向前艙口，和爬上甲板的見習官擠成一團。

舵手巴松沒了人影，船緩緩偏離航線，萊利連忙躍向雙輪舵，叫另外幾名船員去幫忙，同時壓過喧鬧聲大喊著：「升起國旗。」忠誠號仍然平順地前進，因此先前不是碰上礁石，四面八方的海平面也沒有其他船隻的蹤影，不過萊利仍然叫了：「擊鼓備戰！」

鼓聲響起，他們無暇研究究竟發生什麼事，不過鼓聲至少解決最迫切的危機，是讓驚慌的船員重拾秩序。波白克走到欄杆中央，一面戴著帽子，一面叫道：「嘉內特先生，降下小艇。」他習慣穿上最好的外套去午餐，因此這時更顯得高大威嚴。幾個船員躲在頂帆上低頭向下望，他發現了，對他們吼道：「葛里格斯、麥斯特森，你們在幹嘛？取消一星期的烈酒配給，下來準備大砲！」

勞倫斯沿著走道推擠前進，鑽過趕去戰備位置的人群。一名海軍跳著拉上剛抹鞋油的靴子，油手一直從靴子上滑開。船尾短砲的砲兵推擠成一團。無畏這時看見了他，喊著：「勞倫斯、勞倫斯，怎麼啦？我剛才在睡覺，怎麼回事啊？」

忠誠號突然又傾向一旁，勞倫斯被拋到欄杆上。船的另一邊湧起一道水柱，灑在甲板上，接著冒出一顆龐大恐怖的頭顱。圓圓的口鼻後長了一對斑斕的橘眼睛，網狀紋的鼻樑上纏著長長的黑色水藻，而那生物口中還掛著一隻癱軟的手臂。怪物一揚頭，吞下那隻手，只見牠的牙齒染上了鮮紅的血跡。

萊利下令右舷齊射，甲板上的波白克派了三名砲手到一門短砲旁，直接瞄準那生物。砲手鬆開滑車，由最壯的人擋在輪後。四十二磅的短砲不容易操控，砲手動作迅速，累得汗流浹背，臉色青白，除了使勁時的哼聲之外一言不發。

「淨會拖拖拉拉，開火，開火！」麥克里迪在上桅杆粗聲喊著，一面重新填裝他的槍。其他海軍慢半拍，這時才參差不齊地開槍，但子彈打不傷海蛇。牠彎曲的頸子上交疊著鱗片，厚厚的藍色鱗片帶著銀邊。牠嘶啞地低吼一聲，衝向甲板，撞倒兩人，又咬走了道爾。他在海蛇嘴裡叫著，兩腿狂亂地踢動。

「不可以！住手！」無畏用法文喊道，「住手！」那之後是一連串的中文。海蛇無動於衷地望著他，似乎一點也聽不懂。牠的嘴咬了下去，道爾的斷腿便灑著鮮血掉下來，砰地落上甲板。

無畏驚恐地無法動彈，頭冠完全癱平下來。他緊盯著海蛇嘎吱嚼食，而勞倫斯喊了他的名字，他才恍然回神。無畏和海蛇之前擋著前桅和主桅杆，沒辦法直接攻擊，他只好躍離船首，緊靠著船飛到海蛇身後。

海蛇看著他轉頭，細長的前腳攀住忠誠號的欄杆，像是從海裡探出身來，靠忠誠號支撐。牠異常長的腳爪間有蹼，身軀比無畏修長，從頭到尾粗細變化不大，不過頭相較之下大不少，兩眼大過餐盤，遲鈍的眼中露出兇殘無情的眼神，很是嚇人。

無畏俯衝下去，爪子滑過海蛇銀色的鱗皮，但海蛇雖然長，卻不太粗，無畏仍然擒住了海蛇，幾乎用前腳圍住海蛇身軀。海蛇又嘶吼一聲，喉嚨深處傳來咕嚕低鳴，接著緊抓住忠誠號，吼叫時下顎旁下垂的肉褶跟著共鳴。無畏抓穩之後，奮力鼓翅向後拖。他們倆的力量讓船劇烈地向一旁傾斜，最低層的砲門進水了，艙口傳來下面的尖叫聲。

勞倫斯連忙叫著：「無畏，會翻船，快放開！」

無畏不得已只好放手。海蛇此刻一心只想逃離無畏，於是向前攀住船，撞歪了主桅橫桁，而且搖頭晃腦地扯斷索具。勞倫斯在海蛇的黑瞳孔中看見自己的倒影被怪異地拉長。海蛇眨了一下眼，厚厚半透明的皮膜蓋了一下眼球又褪開，葛蘭比連忙把他拉向梯子。

海蛇的身軀長得不可思議，牠的頭和前腳已經消失在船另一側的海中，但尾部還沒離開水面。牠的身軀起伏向前，身上的鱗片越靠後面越接近深藍，還帶著紫色的光輝。勞倫斯連十分之一長的海蛇都沒看過，大西洋的海蛇即使在巴西外海溫暖的海域，最多也只長到十二呎。太平洋的海蛇看到船來就會鑽進海裡，頂多只能看見牠們的鰭劃開海面的樣子。

船副塞克勒被徵召前，擔任過南海捕鯨船上的大副。他氣喘吁吁地爬上梯子，手上拿著七吋寬的大銀鏟刀，將就綁在矛上。他把鏟刀丟上甲板，自己也爬上來，看到勞倫斯便嚷嚷著：「長官，長官，要他們小心點。老天啊，牠會纏住我們。」

勞倫斯記起自己見過釣起的劍魚或鮪魚也被海蛇纏絞，海蛇最喜歡這樣擒住獵物。萊利也聽到他的警告，於是叫手下拿起斧頭和劍。勞倫斯從樓梯傳上來的第一個籃子裡拿起斧頭，和其他十幾個人開始砍海蛇，但海蛇一點也沒慢下來。他們砍進灰白色的皮下脂肪，但還砍不進肉裡，更別說砍斷蛇身了。

「小心海蛇頭！」塞克勒拿著鏟刀站在欄杆邊，手焦急地在握柄上移動。勞倫斯把斧頭交給其他人，想去給無畏一點指示。無畏這時還喪氣地在船上空盤旋，海蛇和船索、桅杆纏在一起，他沒辦法和海蛇搏鬥。

塞克勒警告得好。海蛇的頭又從同一側探出海面，牠的身子開始纏緊，壓得忠誠號發出嘎吱聲，欄杆在壓力下碎裂開來。

波白克命令海軍架好砲台，準備發射。「大夥們穩住，等砲口朝下！」

「等等，等等！」無畏不知為何叫了起來。波白克完全不理他，喊了：「開火！」短砲應聲咆哮，砲彈飛過水面，打到海蛇的頸部之後還繼續飛，直到沉落海中。衝力撞得海蛇的頭歪了一邊，發出肉體燒焦的味道，然而並沒有造成致命一擊，只讓海蛇痛苦地哀嚎，身軀纏得更緊了。

海蛇的身子離波白克只有半碼遠，但他毫不退縮，砲火的煙霧一散，他立刻下令：「清砲管！」讓砲兵再次準備攻擊。不過砲彈的定位不理想，三個砲兵又慌亂不已，至少還要三分鐘才可能發射。

短砲旁一段欄杆突然被壓斷，碎裂成大塊的木屑，就像砲火擊碎飛散的木屑一樣危險，其中一塊深深射進波白克的手臂上，藍外套的袖子立刻就染上了紫紅。契文斯喉嚨上插了一片木片，發出咕嚕咕嚕的聲音，伸出雙手便倒在短砲上。戴斐德下巴雖然被木片插穿了，淌著血，仍然硬拖著身子爬到地板上。

無畏還在海蛇的頭旁來回飛舞，對牠咆哮，但或許擔心離忠誠號太近，不敢大吼，以免他們沒被海蛇絞進海裡，卻像薇洛莉號一樣被大浪擊沉。大家拿著斧頭瘋狂揮砍，但堅韌的海蛇皮卻毫髮無傷，忠誠號隨時可能破壞到無法修復的狀態。勞倫斯很想要無畏冒險一搏，要是船肋斷裂，甚至龍骨彎曲，他們可能就無法順利開回岸上。

他還來不及向無畏下令，無畏突然絕望地喊了聲，振翅飛入空中，然後收起翅膀，伸著爪子像顆石頭般俯衝而下。他直直撞向海蛇頭，把海蛇壓下海面，自己也隨衝力落入海中，海裡瞬時湧起深紫色的血水。

「無畏！」

勞倫斯喊著，匆忙爬過顫抖、抽搐的海蛇。海蛇的身軀還蠕動著，滑過染血濕滑的甲板。葛蘭比沒攔住他，他爬上欄杆，爬到主桅杆的繩索上，把靴子踢入海中。勞倫斯不太會游泳，身上沒刀沒槍，腦中只有片段的念頭。葛蘭比想一起去，船卻像木馬一樣左搖右晃，他站也站不穩。這時，一陣突如其來的顫動由海蛇的頭向後傳過牠銀灰的身軀。海蛇的後腿和尾巴抽搐得蹬離海面，接著落回水中，激起一大片浪花，之後就動也不動了。

無畏像軟木塞一樣彈起來，幾乎衝離水面，隨即嘩啦啦落回水中，咳著吐出海水，嘴旁滿是鮮血。他趁喘氣的空檔說：「她應該死了。」接著慢慢划水回到船邊。他沒爬上忠誠號，只藉浮力浮在水面，靠在船邊深深呼吸。勞倫斯從船首像爬到他上方撫摸著安慰他，也讓自己安心下來。

無畏累到一時沒辦法爬回船上，勞倫斯只好拉著凱因斯坐小艇檢查外傷。結果他身上有些抓傷，其中一個傷口嵌了一顆鋸齒狀的醜陋牙齒，除此之外沒有大礙。不過，凱因斯趴在無畏胸前聽他呼吸之後，臉色凝重了起來，認爲有水跑進肺裡了。

無畏在勞倫斯連連勸誘之下爬回船上，他太疲累，加上忠誠號上一團混亂，船下沉的幅度比平常更大，但他還是爬了上來，雖然又弄壞一點欄杆，但一向重視船外貌的波白克爵士卻沒責備他。無畏重重趴到龍甲板時，全船雖然疲倦，卻洋溢著一股由衷的喜悅。

無畏安頓好之後，凱因斯要他把頭垂在船邊。他一心只想睡覺，咕噥一陣子，仍然聽話了。他刻意把頭垂得低低的，用快窒息似的聲音抱怨自己開始頭昏，接著卻咳出了不少海水。凱因斯滿意了，才准他慢慢移回原位，蜷曲成一團。

「要不要吃點東西？」勞倫斯問道，「來點新鮮的肉，吃頭羊如何？你想要怎麼吃，我去請他們做。」

「不用了，勞倫斯，我一點也吃不下。」無畏喃喃說道。他把頭埋在翅膀下，肩膀顫抖著。「幫我把她弄走。」

海蛇的身子還癱在忠誠號上，頭浮在左舷的海面，驚人的身軀也展現於衆人面前。萊利派人駕小艇量測她全身，從頭到尾一共兩百五十呎長、二十呎寬，比體型最大的皇銅龍長兩倍以上，所以能纏住船身。

孫楷上甲板來看發生什麼事，看到海蛇，於是對他們說：「這是蛟龍，是海龍的一種。」中國海也有類似的生物，不過通常比較小隻。

沒人想吃這隻東西。他們做完測量，那個身兼畫家的中國詩人獲准爲海蛇畫畫像。畫像完成之後，他們又用上斧頭了。塞克勒熟練地用鐽刀帶領大家一下一下揮砍，普拉特使勁揮了三斧就切斷長滿鱗片的脊椎。忠誠號緩緩前進，海蛇又被本身的重量拉扯，身軀便立刻發出撕裂的巨響，一分為二，自船的兩側滑入海中。

水裡已經很熱鬧了，鯊魚啃食海蛇頭，其他的魚也聞香而來，此時魚群更用力地撕扯冒著鮮血的斷面。「我們盡快出發吧。」萊利對波白克說。忠誠號的主桅帆、後桅縱帆和索具都破損嚴重，不過前桅帆和前桅的索具除了繩索有些纏住之外，完好如初。於是他們便揚起一點帆，迎風前進，將海蛇的屍首拋在身後。

大約一小時之後，遠方的海蛇只剩下水面一條銀線。甲板刷洗打磨過，船員又活力十足地用幫浦打水，再沖洗一次。木匠和助手鋸下圓材，更換主桅和後桅的頂桅桁。船帆受損嚴重，從庫存搬出備用的帆布，卻發現帆布給老鼠咬破，萊利氣得不得了。他們雖然加緊趕工，修補帆布，但太陽開始西沉，新的繩索要等隔天早上才可能更換。值班人員放船員去晚餐，不再巡查便讓他們去睡了。

勞倫斯一直都光著腳，吃了點羅蘭帶給他的餅乾和咖啡，繼續待在無畏身邊，而無畏依舊一副無力的樣子，沒有胃口。勞倫斯想逗他開心，也擔心沒看出他可能受了內傷，無畏卻悶悶地說：「我很好，我沒受傷，也沒有不舒服。」

勞倫斯終於忍不住問道：「那為什麼這麼難過呢？你今天做得很好，保住了忠誠號。」

「我不過是殺了她，沒什麼好驕傲的。」無畏說，「她不是敵人、不是為了特定理由襲擊我們，應該只是餓了吧。我們的槍砲大概嚇到她，她才攻擊我們。真希望我能和她溝通，請她離開。」

勞倫斯大感訝異，他從沒想到在無畏眼中那隻海蛇並不是可怕的怪物。「無畏，那隻怪獸並不是龍。」他說，「牠不會說話，也沒有智能。你說得沒錯，牠一定是爲了食物而來，不過只要是動物都會獵食啊。」

「你怎麼這樣講呢？」無畏說，「她只是不說英文或是法文、中文。她活在海裡，在蛋裡時又沒給人照顧，怎麼可能學會人類語言？要是我像她一樣，也不可能聽得懂。難道要說我也沒智能嗎？」

「可是你看得出來她沒理性吧。」勞倫斯說，「她吃了四個船員，又殺了六個人。他們是人類，不是海豹，和不會言語的牲畜顯然不一樣。有智能的話，她的行爲就太沒人性……太野蠻了。」他更正自己的用語，接著說：「連中國人也說沒有人馴服過海蛇。」

「你的意思是，如果某個生物不願意服從人類、學習人類的習慣，就表示那生物沒有智能，該被殺掉嗎？」無畏激動地抬起頭，頭冠顫抖著。

「不是這樣。」勞倫斯思索要怎麼安撫他。他覺得那隻怪物的眼中顯然沒有理智。「我只是想說，有智能的話，就能學會溝通，我們就會聽到牠說話。」他想換個輕鬆點的例子，於是說：「畢竟不願接受馭龍者，也不願意和人類溝通的龍雖然少見，不過還是有的，而沒有人因此覺得龍沒有智能。」

「可是那些龍會怎麼樣呢？」無畏問道，「要是我不願意服從，會怎麼樣？我不是說違背單一的命令喔，要是我不想爲空軍作戰呢？」

他們談話的內容一直都很籠統，勞倫斯聽他突然縮小疑問的範圍，大感意外，談話也更尷尬了。幸好這時船員除了揚帆之外，沒什麼事要做，因此都聚在船首樓用烈酒的配給賭博，專心擲骰子，而還在甲板上的空軍都在欄杆邊輕聲交談。應該沒有人聽到無畏的話，誤以爲無畏不想服從，甚至對國家不忠。勞倫斯並不認爲無畏會離開空軍和他的朋友，他只平靜地答道：

「野龍都在繁殖場安頓得舒舒服服，你想的話，也可以住到那裡去。威爾斯北部的卡迪根灣就有一座繁殖場，聽說環境優美。」

「如果不想住在那裡，想去別的地方呢？」

「那你要吃什麼呢？」勞倫斯說：「餵龍吃的牲畜都是人養的，都屬於人類。」

「把所有動物都關起來，再也沒有野生的動物，那我偶爾去拿幾隻走，他們也沒話說吧。」無畏說，「而我就算不能吃別人養的動物，一樣也能去抓魚。我住在多佛附近，隨心所欲飛行，吃魚過活，不去騷擾別人的牲畜，這樣行嗎？」

勞倫斯發現無畏推論到危險的地方，很後悔讓談話往這方向發展，但已經太遲了。他很清楚當局不會容忍無畏這麼做的。民衆要是知道有龍不受管束，活在掩蔽所外面，不論那隻龍有多溫馴，還是會恐慌。無畏的計畫會遭到不少合理的反對，然而無畏又會覺得反對他等於箝制了他的自由，很不公平。勞倫斯實在想不出怎麼回答才不會讓他失望。

無畏了解勞倫斯沉默的含意，點點頭說：「我不聽話的話，就會被鍊住拖走，然後關進繁殖場不准離開。所有的龍都沒有例外。」他嚴肅的聲音裡帶了點沉沉的怒氣，「感覺我們就像奴隸一樣。只是龍的數量少，體型大得多，又比較危險，所以對我們沒那麼殘酷。但我們仍然不自由。」

「老天啊，不是這樣。」勞倫斯聽了他的話，才發覺自己有多無知，震驚地站了起來。無畏的想法不可能只是和海蛇一戰造成的，他被強化鎖鍊綁起來一定很難過，而且他腦中這種異想一定一直醞釀著。

勞倫斯又說：「不是這樣子，太誇張了。」他明白自己沒辦法從哲學的角度和無畏辯論，但是無畏這個念頭實在太荒謬了，他眞希望知道怎麼讓無畏明白實情。「我必須服從海軍部的命令，要是拒絕就會被解職，很可能被吊死，難道這樣就表示我是奴隸嗎？不是啊。」

「可是進海軍和空軍是你的選擇。」無畏說，「你想的話，可以辭職到別的地方去。」

「沒錯，可是我如果不能靠存款的利息過活，就得靠其他工作維生。說眞的，你不想待在空軍的話，我可以在北部或是愛爾蘭買一塊地，養些牲畜，讓你隨心所欲地住在那兒，沒人能反對。」勞倫斯喘了口氣，看著無畏思考他的話。無畏眼中的敵意淡了一點，尾巴不再在半空中煩躁擺動，在甲板上整整齊齊蜷成一團，而他頭冠上的棘也平順地貼到頸上。

八次鐘響，賭博的船員散去，下一班值更的人來熄滅剩餘的燈火。菲利斯打著呵欠，帶著幾個仍在揉眼睛的隊員爬上龍甲板樓梯換班。貝勒斯伍帶著前一班的隊員下去，經過時不忘和勞倫斯他們打招呼：「長官晚安，無畏晚安。」不少人還拍了拍無畏的身子。

「各位晚安了。」勞倫斯回道，無畏則低柔地哼了一聲。

這時，波白克的聲音從船尾傳來：「崔普先生，需要的話，可以讓他們睡在甲板上。」夜晚降臨忠誠號，船員愉快地窩到船首樓旁，頭枕著團團繩索和捲起的衣物。船上除了星光和另一頭忽明忽滅的船尾燈之外，一片漆黑。夜空中沒有月亮，而麥哲倫星雲和銀河特別明亮。寂靜籠罩，而空軍也安頓在左舷的欄杆旁。四周又平靜下來。勞倫斯又坐回無畏身邊，靠著他，只覺得無畏心裡有什麼話想說。

過了許久，無畏終於開口了，語氣不再有怒意，卻有如談話不曾中斷：「可是，你真的幫我買塊地的話，這還是你的地，不是我自己得到的。我知道你疼愛我，為了讓我幸福什麼都願意做，可是輕柔那樣可憐的龍，要是碰上蘭金那樣不關心他的隊長，該怎麼辦呢？我不清楚存款究竟是什麼，不過我確定我自己沒有存款，也沒辦法得到這種東西。」他不像先前那麼激動，話裡卻有倦意，又有點哀傷。勞倫斯說：「不過你有你自己的珠寶呢，單是墜子就值一萬英磅，而且是我送你的禮物，所有權絕對屬於你。」

無畏低頭看著他胸前的墜飾。勞倫斯俘虜載運無畏的法國巡防艦友誼號之後，用得到的獎金買了這個珠寶給他。白金圓盤上有了抓痕和凹陷，無畏不想讓墜飾離開身邊太久，所以還沒送修，不過上面的珍珠和藍寶石都還璀璨如昔。

「那存款是什麼呢？珠寶嗎？難怪這麼漂亮。可是啊，勞倫斯，這樣沒什麼不同，這畢竟是你送的禮物，不是我自己贏得的東西。」

「大概沒人想過要付薪水或獎金給龍吧。不過不是因爲不尊重龍，眞的，只不過錢對龍來說，似乎沒什麼用處。」

「錢對我們沒用，是因爲我們不准到處跑、不准隨心所欲做事，而且也沒地方花錢。」無畏說，「我有錢的話，一定也不能去買更多珠寶或是書。我們想吃東西時從畜欄裡面拿，還會挨罵耶。」

「可是，你不能隨心所欲到處跑，並不是因爲你是奴隸，而是因爲會驚擾到別人。要爲別人著想啊。」勞倫斯說，「要是你在城裡，還沒進店門老闆就跑了，這樣也不好吧。」

「可是我們又沒做錯事，不應該因爲他們會怕，就要約束我們。勞倫斯，你懂嗎？」

「我懂，的確不公平。」勞倫斯不情願地說，「可是不管怎麼告訴一般人龍很安全，他們還是會怕龍。怕龍雖然蠢，卻是人的天性，沒辦法的。親愛的，我很遺憾。」他說著把手放上無畏身旁。「眞希望現實不是這樣。不過不管這社會對你有多少限制，我個人還是覺得你和我一樣都不是奴隸，我也願意盡我所能，幫你克服這些限制。」

無畏沉沉地呼了口氣，親暱地蹭蹭勞倫斯，一邊的翅膀繞到他身邊。無畏換個話題，要勞倫斯唸他們正在讀的法文版《一千零一夜》，這本書是在開普敦買的。勞倫斯很高興不用再談下去，卻仍心有不安。他向來以爲無畏對平時的生活很滿意，而他居然無法說服無畏接受這樣的生活。

Ⅲ

第十一章

珍：

抱歉這麼久沒通信，這封信還寫得又短又急。這三個星期一直都忙到無法提筆。通過邦加海峽❶之後，瘧疾就開始肆虐。我和大部分屬下得以逃過一劫，凱因斯認爲我們待在無畏附近，多虧了他的體熱驅走傳染瘧疾的沼氣。不過沒染上瘧疾，卻多了許多事情做。萊利艦長幾乎一開始就沒離開病床，波白克爵士也病倒了，因此我和忠誠號的三副法蘭克斯、四副貝基特輪流值班。他們倆都是用心的好青年，法蘭克斯也盡力了，不過其實他會口吃，沒辦法管理忠誠號這種大船艦，也沒辦法管束船員的紀律，難怪我先前感覺他在餐桌上不太禮貌。

現在是夏天，而廣州不准西方船艦停靠，所以我們明早會停泊至澳門。船醫希望能在澳門找到金雞納樹皮，補充庫存。我也希望能找到這時節不可能出現的英國商人，把這封信帶回英國給妳。成親王永理特別安排讓我們繼續向北開到渤海灣，取道天津前往北京。走那條路可以省很多時間，不過西方的船一般不准航行到廣州以北，因此離開澳門港之後，我們就不太可能再遇到英國船。所以這是我寄信給妳的最後機會了。

進港之前，我們就遇見三艘法國商船。沒想到在世界這一頭還能見到這麼多法國船。自我上次來廣州已是七年前的事，現在形形色色的外國船比以前多了不少。港裡正籠罩著朦朧的霧，用望遠鏡也看不清楚，我恐怕看到有軍艦，不過不太確定，而且也許是荷蘭軍艦，不是法國的。當然絕不是英國的就是了。

忠誠號是等級完全不同的船艦，而且又在敕令的保護下，法國在中國海域也不敢輕忽，所以一定不會受到直接威脅。不過，我們擔心法國也派出了大使來到中國，即使目前還無意干涉我們的任務，不久也會計畫阻撓。我先前說過懷疑的事，還是沒定論。雖然我們的人越來越少，要攻擊更簡單了，但至少目前爲止沒有再發生事情。只希望是馮力自己有什麼不知名的動機，而不是聽命行事。

鐘聲響了，要上甲板去了。謹獻上我的愛與敬意，請相信我的心。

妳忠實的威廉・勞倫斯　筆　一八〇六年六月十六日，澳門，忠誠號早晨霧還不散，直到忠誠號駛進澳門港時，霧氣仍然徘徊不去。方方正正的葡式建築和一排排栽種整齊的樹苗環繞一彎沙岸，給人安心的熟悉感。平底船的帆大都沒放下，看起來就像芬查耳或普茲茅斯停泊區的小艇。灰霧飄走時，可見稍受侵蝕的山峰披著翠綠，和地中海港的景致十分相符。

無畏著急地用後腳蹲坐起來張望，結果卻不滿地趴回甲板，一邊說道：「唉，沒什麼不一樣嘛，我沒看見其他龍啊。」

船上看岸邊看得清楚，由海上進港的忠誠號卻有掩護，岸上的人一開始看不出她的船型，直到慢吞吞爬上來的太陽烘乾了晨霧，船也更深入港口，微風吹走船首的霧氣，岸上人才突然注意到忠誠號，激烈地騷動起來。勞倫斯從前沒到過這個殖民地，他知道運龍艦在這水域並不常見，容易造成騷動，不過岸邊爆出的喧鬧聲仍然嚇了他一跳。

「天龍，天龍！」叫聲越過水面傳來，小而靈巧的舟船划到忠誠號邊，擠成一團，小舟彼此和忠誠號甚至擠到相碰了，船員又喊又叫，想趕開他們。

忠誠號還在下錨，又有更多船從岸上入水，附近多了這些不速之客，船員下錨的動作更小心了。勞倫斯訝異地看著中國婦女以婀娜的奇異姿態走到岸邊，有些女人穿著華美的衣裳，帶著小孩，甚至只是嬰兒，就這麼擠上還有位置的小舟，一點也不怕弄髒衣服。幸好風平浪靜，不然超載的船在浪裡起伏，一定會翻覆，釀成不少慘劇。那些婦女靠到忠誠號附近之後，把懷中的孩子高舉過頭，對著船上搖啊搖。

「這是在做什麼？」勞倫斯沒見過這番陣仗，依他從前的經驗，中國婦女通常很不喜歡在西方人眼前拋頭露面，他甚至不曉得澳門有這麼多中國婦女呢。她們的動作滑稽，吸引了岸邊與港裡其他船上西方人的目光。

就在這時，勞倫斯發現他前一晚的預期不但成眞，甚至低估了，一顆心不禁沉了下去。港裡有兩艘裝備精良的法國軍艦，一艘是雙層甲板的六十門砲戰艦，比較小的另一艘是四十八門砲的重型巡防艦。

無畏沒留意到這一景，還在興致滿滿地觀察四周，好奇地對一些嬰孩噴氣。他們都穿著繡花衣，活像包在金線銀絲裡的香腸，十分可笑。不少嬰孩被舉在半空中，不滿地號啕大哭。

無畏說道：「我問問他們在幹嘛。」接著把頭彎過欄杆，詢問其中一個活力充沛的婦人，她才剛推開她的競爭者，好爲她和孩子在船邊占住位置。那胖小子大概才兩歲，雖然幾乎要被丟進無畏的滿口利齒中，鎭定的圓臉上居然帶著認命的表情。

無畏聽了她的回答，十分驚訝，坐下來對勞倫斯說：「她的口音不一樣，所以我不太確定。不過她們好像是來這裡看我的。」他裝作不以爲意的樣子，卻轉過頭，用自以爲不明顯的動作蹭了蹭龍皮，想抹掉想像中的污痕，甚至驕傲地擺起姿勢，高高揚著頭，待翅膀攤開之後，鬆鬆地摺起靠在身旁，頭冠則興奮地站了起來。

成親王也上了龍甲板，一副理所當然的樣子說：「見到天龍會有好運。他們只是商人，原來根本沒機會看到天龍的。」

他不屑地看了看，轉過頭來說：「我們將協同劉寶、孫楷去拜見廣州總督和提督，派人稟報皇上我們抵達的消息。」說完等著勞倫斯讓他使用駁船。

「殿下，恕在下提醒，我們再三個星期就會到達天津，您可以考慮一下是否要和京城通信。」勞倫斯只想讓他省點麻煩，到時候與北京的距離會比目前的一千哩近多了。

成親王聽了他的建議，卻激動地指責勞倫斯太不尊重國君，勞倫斯被迫為他的建議道歉，推說是自己不懂當地禮俗的關係。但道歉也無法平息成親王的怒氣，最後勞倫斯反而慶幸派出一艘駁船就能擺脫他和另外兩名使節。只不過大艇用來載運補給的清水和牲畜，如此一來，他和哈蒙德就只能乘小艇上岸談事情了。

「約翰，要我帶點什麼解悶嗎？」勞倫斯探頭進萊利艙房問道。

萊利的床在窗邊，他從枕頭上抬起頭，虛弱地揮揮泛黃的手：「我好多了。要是你能找來不錯的波特酒，我是不反對啦。我再也受不了難吃死的奎寧了。」

勞倫斯放心了，回去和無畏道別。無畏說服了少尉和傳令兵幫他刷身子，其實根本是多此一舉。中國的訪客越來越熱情，開始把花和其他危險的東西丟上船來。法蘭克斯一臉蒼白，驚慌地跑來找勞倫斯，結結巴巴地說：「長官，他們把點燃的香丟上船，拜、拜託叫他們住手。」

勞倫斯爬上龍甲板，對無畏說：「告訴他們別把點燃的東西丟上船好嗎？」他接著向傳令兵說道：「羅蘭、戴爾，注意一下他們拋來什麼，如果有可能引火的東西，馬上丟回去。希望他們別放鞭砲。」這他就不確定了。

「他們放鞭砲的話，我會阻止的。」無畏保證道。「你能看看我可以在哪裡上岸嗎？」

「我會看看，不過希望不大。這整個區域大概不到四平方哩，卻建滿了房子。」勞倫斯說：「不過我們至少能飛過去。中國官吏不反對的話，甚至可以飛過廣州。」

英國的商館正對港灣，非常好找。其實東印度公司的專員看到群眾聚集，便派了一小隊人馬等在岸上歡迎他們。領頭的青年穿著東印度公司私人軍隊的制服，臉上留著濃濃的連鬢鬍、頂著高挺的鷹勾鼻，眼中機警的眼神更讓他帶了掠食者的氣質。

「在下是赫瑞福特少校，請多指教。」他說著向他們一鞠躬，接著流露出軍人的率直說：「閣下，我們眞他媽的高興見到你們。等了十六個月，我們開始覺得他們不重視那件事了。」

勞倫斯震驚了一下，才不快地回憶起多少個月前公司商船被中國人徵用的事。航行中，他一直在擔心無畏的身體，煩惱這趟航程，幾乎完全忘了那件事。事情當然瞞不住駐紮在這裡的人，他們這幾個月想必火大得很，一心想回敬對方的侮辱。

「你們沒採取什麼行動吧？」哈蒙德焦急地問，勞倫斯聽到其中惶恐的語氣，更瞧不起他了。「要是做了什麼就糟了。」

赫瑞福特白他一眼：「沒有，公司專員認為在這情況下，最好先和中國保持友好關係，等待更正式的指令。」由他的語調，聽得出個人完全不以爲然。

勞倫斯不由得覺得和赫瑞福特意氣相投。他平常看不起東印度公司的私人軍隊，不過赫瑞福特外表精明幹練，手下帶的人看來紀律也很好，武器保養得宜，制服在悶熱的天氣裡依然筆挺。

朝陽向天頂攀升，幸好會議室的百葉窗隔絕了熱氣，室內擺著扇子好搧動凝窒的空氣。互相介紹完畢，他們立刻端上摻了紅酒的調酒，酒中還加了地窖拿來的冰塊冷卻。公司專員欣然收下勞倫斯帶來的信件，保證會把信送往英國。客套完畢，他們便問起勞倫斯此行的目的，用詞禮貌，用意卻很清楚。

「聽到政府補償本公司以及梅斯提斯、霍爾特、葛瑞格森三位船長，在下深感欣慰，不過那次事件眞的嚴重影響本公司在此地的作業。」喬治·史丹頓爵士平靜地強調著。爵士和其他專員相比雖然年輕，但在中國待了很久，因此成爲最高專員。他十二歲時就跟隨父親陪同馬戛爾尼出使中國，也是少數中文流利的英國人。

史丹頓告訴他們其他幾例無禮的待遇，又說：「恐怕他們就是這樣的態度。中國官方日漸傲慢貪婪，但是只針對我們，對法國和荷蘭完全不一樣。我們一抗議，他們反而變本加厲。」

葛羅辛派爾先生人高馬大，一頭白髮被扇子搧亂了。他爲史丹頓補充道：「我們天天擔心會被撤離。」他向一旁的軍官點點頭說：「無意對赫瑞福特少校和他屬下不敬，不過中國要求撤離，我們抵抗起來會很辛苦，而且法國一定很樂意幫中國逼我們離開。」

「而且我們一走，就會把我們的建設據爲己有。」史丹頓的話贏來衆人一致點頭。「忠誠號一來，我們的立場又不同了，可以抵抗——」

但哈蒙德打斷了他：「閣下，抱歉打個岔。請打消這個主意，別冀望忠誠號會涉入和大清帝國敵對的行動。」他比赫瑞福特還年輕，話卻說得斬釘截鐵。場面冷了下來，但他完全不以爲意。「我們此行最主要的任務，是重拾和中國朝廷的良好關係，防止中國和法國結盟。相較之下，其他目的就沒那麼重要。」

「哈蒙德先生，」史丹頓說，「我不相信他們可能結盟，即使結盟，威脅也沒那麼大。在外行人眼裡，大清帝國的龍種優良、體型大，但實際上的軍力不及西方。」他的反擊有點刻意，哈蒙德聽了一臉通紅。史丹頓繼續說：「而且他們並不關心歐洲的戰事，他們幾世紀以來一直對外國事務沒有興趣，朝廷的政策也是如此。」

「不過，您可知道他們派了成親王永瑆去英國，可見有足夠的刺激，中國的政策就可能不同。」哈蒙德冷冷地說。

接下來幾個小時的討論，雙方態度越來越禮貌。勞倫斯努力專注在談論上，但是他們的對話卻充斥著他聽也沒聽過的人與事。他們談到地方農民造反，聽來西藏也發生了嚴重的動亂，還談到貿易逆差的問題，認爲需要開發更多中國市場；另外南美航線上，還有印加的問題。

勞倫斯覺得自己沒辦法有定論，不過這場談話卻有別的好處。他越來越確定哈蒙德其實很無知，對所有中國情勢的觀點幾乎和專員完全相反。舉例而言，他們談到叩頭的事，哈蒙德卻覺得不重要，而他們當然會行正式的跪禮，希望彌補馬戛爾尼爵士拒絕叩頭引起的衝突。

史丹頓大力反對：「對方沒有釋出善意，我們卻在這件事退讓，只會讓他們更輕視我們。當初也不是無緣無故拒絕行禮的。叩頭表達的是臣服大清帝國，我們先前拒絕接受這樣的地位，現在受到過分的待遇，更不能讓步，否則對本公司的目標十分不利，而且會鼓勵中國繼續這樣對待我們。」

「但中國歷史悠久又強大，只因爲他們和我們認定的規矩不同，就在中國領土上拒絕遵守他們的傳統，才是對我們最不利的行爲。」哈蒙德說，「馬戛爾尼爵士出使的經過，可以證明堅持不叩頭，別的事反而一敗塗地。」

史丹頓說：「你們可知道，葡萄牙人對皇帝本人和他的畫像、御旨都五體投地，接受中國官吏的一切要求，但是他們出使中國照樣徹底失敗了。」

不管對方是不是中國皇帝，勞倫斯可不想趴在別人面前。不過他覺得他同意史丹頓的說法，不只是個人喜好的問題。在他看來，卑躬屈膝到那個程度沒什麼用，要求他們叩頭的一方看到順從的姿態，也會產生輕蔑之意，對待他們會變本加厲。他午餐時坐在史丹頓左手邊，言談之中，更加認同這男人的判斷，也越發懷疑哈蒙德的說法。

兩人離開辦事處，回到岸邊等船時，哈蒙德說：「其實我最擔心的是法國派出使節的事。」他說起話來像在自言自語。「德．吉涅很危險，眞希望拿破崙派別人來！」

勞倫斯沒回答，懊惱地發覺自己也希望派來的不是哈蒙德，眞希望能把他換掉。

隔天很晚的時候，成親王和他同伴才辦完事回來。請示他要繼續航行還是退出港口，他卻斷然一併否決，堅持讓忠誠號等待進一步指示。不過他沒明說指示會從哪裡來，何時才會到。

在此同時，當地的舟船繼續來忠誠號旁膜拜，夜裡也絡繹不絕，小船的船首掛起一盞盞燈籠照明。

隔天一早，勞倫斯被門外的爭執聲吵醒，羅蘭的音調高，聽來非常激動，話中的英文摻了些從無畏那兒學來的中國話。他大聲喊道：「外面在吵什麼？」

她把門開了一個夠她窺視說話的小縫，勞倫斯從她肩後，看見一名中國僕人不耐煩地要推門進來。「長官，是黃先生。他大驚小怪，說成親王要你立刻到甲板見他。我說你午夜之後才去休息，他也不聽。」

勞倫斯嘆了口氣，抹抹臉說：「好吧，羅蘭，跟他說我會去。」他一點也不想起來，前一晚職更的時候，一個大膽卻笨手笨腳的年輕人駕了艘船來湊熱鬧，卻撞上忠誠號的側舷。小船的錨沒下好，拖開來擊中忠誠號船底，打破了一個不小的洞，讓剛買的米浸濕了。小船則翻了船，雖然離岸不遠，船上乘客卻各個穿著厚絲綢，沒辦法自己游上岸，得由燈籠照明撈起來。這一晚累人又漫長，他値了一更又一更處理善後，清晨才爬上床睡了一下。他往臉上潑潑水，滿不甘願地穿上外套，爬上甲板。

無畏正在談話，勞倫斯又看了一眼，才確定對方竟是一隻龍，但是和一般龍隻很不一樣。無畏等勞倫斯上了龍甲板，向他介紹：「這是龍玉萍，她爲我們送信來。」

勞倫斯站在她面前，發現他和這隻龍幾乎一樣高。她比馬匹還小隻，寬額頭，鼻頭很尖，胸部厚而狹，很像獵犬的體型。她的背上只背得了小孩子，因此戴的不是鞍具，卻是黃絲與金質的精製項圈，上面掛著像鍊甲一樣的細網，緊貼在她胸前，以金指環固定在前腳爪子上。網子鍍上金，襯著她淡綠色的龍皮，十分顯眼。她翅膀上的綠色更濃，其中還有一條條細金紋。翅膀外觀也很特別，比一般龍翼狹窄，翼尾變尖，翼長大於她的身長，即使收在背上，末端還是像裙襬一樣拖在身後。

無畏用中文向她介紹勞倫斯，小龍便以後腿坐起來向他鞠躬。勞倫斯鞠躬回禮，只覺得和龍在同一高度打招呼很新奇。打完招呼，她抬起頭更仔細地端詳他，好奇地分別以兩隻眼睛把他從頭看到腳。她琥珀色的眼睛大而水亮，睫毛濃密。

哈蒙德正站在那兒和孫楷、劉寶兩人談話，劉寶讀著一疊厚厚又蓋滿印的紙，紙上黑墨與紅印交錯。成親王站在一旁，也在讀長長紙條上大字的公文。他沒讓別人看這封信，讀完就把信捲起收好，加入其他三人的談話。

哈蒙德向他們一鞠躬，爲勞倫斯翻譯新的消息：「依指示，船要繼續航向天津，我們則要飛過去。他們堅持我們立刻啓程。」

「指示？」勞倫斯疑惑地問，「我不太明白，命令是從哪來的？成親王三天前才送信去，我們不可能已經接到北京來的信息。」

無畏問玉萍一個問題，玉萍抬起頭，深沉而帶著英氣的聲音在圓圓的胸腔中迴響。無畏翻譯道：「她說信是從河源❷的驛站帶來的，離這裡有四百多里遠，不知道里的長度是怎麼計算的？然後她飛了兩個小時出頭，也不知道算快還是慢？」

「一哩是三里。」哈蒙德皺著眉頭計算。勞倫斯心算得快，驚訝地看著她，如果她沒誇張，這一趟等於飛了超過一百二十哩。信差龍以這樣的速度接替著飛的話，信息的確可能是來自將近兩百哩外的北京，眞讓人難以置信。

成親王聽到他們的話，不耐煩地說：「我們的通訊最優先，而且一路上都是以玉龍遞送的，當然已經收到答覆。皇帝有御旨，怎麼能耽擱。你們多快可以上路？」

勞倫斯還在震驚狀態，回過神來，說他此刻不能離開忠誠號，要等萊利病好才行。不過他的抗議卻徒勞無功，成親王連句駁斥的話都來不及說，哈蒙德就開始聒噪地表達意見。

「不能一開始就冒犯皇帝。我們可以先出發，讓忠誠號留在港裡等萊利艦長康復。」

「看在老天份上，這樣情勢只會更糟。」勞倫斯厭煩地說，「忠誠號船員患了熱病，不能再遺棄另一半的人。」但哈蒙德的話很有說服力，連依約來吃早餐的史丹頓也附議了。

「萊利艦長有什麼需要，只要赫瑞福特少校和他屬下幫得上忙，我一定提供協助。」史丹頓說，「不過說眞的，他們這裡非常看重形式，忽略規矩，就等於刻意冒犯，因此萬萬不能延遲。」

勞倫斯聽他敦促，去和法蘭克斯與貝基特商量。他們強作勇敢，表示自己已經準備好獨自擔起職務。接著他又去船艙裡探視萊利。萊利對他說：「不用擔心，畢竟忠誠號吃水很深，我們不會停在碼頭裡，而且有了新鮮的補給品，法蘭克斯可以把小艇拖上來，所有人都能待在船上。反正我們一定會遠遠落在你們後面，不過我和波白克都好多了，一有辦法，馬上就會趕去和你在北京會合。」

勞倫斯最後終於讓步。不過決定要飛過去，又衍生了一連串問題：大家都在打包時，哈蒙德才提醒他們，中國人並沒有請所有人去。連勞倫斯本人都只是附屬於無畏才被接受的，而哈蒙德則是中國不得不放行的英王代表。他聽到無畏的隊員要乘在鞍具上一起去，驚恐地否決了。

無畏聽到他們的難處，插嘴道：「沒有隊員守護勞倫斯，我哪兒也不去。」他以生疑的語氣對成親王說，爲了強調他的態度，還下定決心似地捲起尾巴，端坐在甲板上，一副不爲所動的樣子。中國人很快就妥協，讓勞倫斯挑選十名隊員，由其他載人無損其尊嚴的中國龍背去。

哈蒙德把這消息帶到船艙裡。這時艙房除了勞倫斯、葛蘭比之外，還有受邀下來的史丹頓。葛蘭比聽了回道：「眞不知道到北京只帶十個人，有什麼用處。」他到這時還在氣哈蒙德不願調查攻擊事件。

「要是清兵有意攻擊我們，帶一百個人又有什麼用？」哈蒙德尖銳地反問，「我們也沒別的辦法，能帶十個人已經很不容易了。」

「那就將就點吧。」勞倫斯幾乎頭也不抬地回答。他一邊談話，還得整理衣物，挑去不體面的舊衣服。「要考量安全的話，更要緊的是讓忠誠號在無畏輕鬆的單次飛行距離內下錨。」他轉身向坐在身旁的史丹頓說：「方便的話，請閣下盡可能陪著萊利艦長去好嗎？我們離開時會帶走船上唯一的翻譯員，同時船上也不再有使節了。我擔心他向北航去，可能遇到麻煩。」

「在下很樂意爲他和您效力。」史丹頓說著低頭行禮。哈蒙德看來不太滿意，卻不便表示異議，勞倫斯則暗自慶幸略施手段，之後等史丹頓趕上，就能得到他的忠告。

葛蘭比自然要陪他去，因此菲利斯得留下來管理其餘隊員。其他幾個人就難取捨了。勞倫斯不想偏心，也不想讓菲利斯身邊沒有好手。他越來越依賴醫官的意見，雖然不戴鞍具，萬一緊急時需要穿上裝備，還是得有人指揮。因此最後決定帶著地勤人員中的凱因斯、威洛比。

他和葛蘭比沉思許久，卻被李吉斯上尉打斷了。李吉斯帶了手下四位最好的槍手要一起去。「船上有海軍，這裡不需要我們。而且別忘了，要是出什麼差錯，步槍最有用。」以戰術的觀點來看，他說得很對。話說回來，步槍手是最粗野的年輕軍官，又在海上待了七個月，勞倫斯很猶豫該不該帶他們入宮。到時候他一定沒辦法就近盯著他們，要是得罪中國婦女，一定會引起公憤。

勞倫斯終於說道：「我們就帶杜恩和哈克萊吧。李吉斯先生，我了解你的用意，不過我希望帶沉穩的人去，這樣講你應該明白。很好。約翰，我們還要帶布萊斯，還有龍背員中的馬丁。」

葛蘭比算了算，說道：「剩兩個名額了。」

勞倫斯想想其他幾位上尉，決定道：「菲利斯需要可靠的副手，我不能把貝勒斯伍也帶走。我們還是帶龍腹員塞洛斯吧。最後是迪格比，他有點太年輕，不過表現很好，最好多點經歷。」

「長官，我會讓他們十五分鐘後在甲板集合。」葛蘭比說著站起來。

「好，然後叫菲利斯下來。」勞倫斯說著開始寫下指示。代理二副進艙房時，勞倫斯便對他說：「菲利斯先生，有賴您的判斷了。在這情況下，之後會發生什麼事連一成也猜不中。爲了預防我和葛蘭比出意外，我寫了完整的一份指示，要以無畏的安危爲重，此外也要照顧隊員的安全，務必讓無畏平安返回英國。」

「是，長官。」菲利斯低著頭接過封起的包裹。他沒有爭著要一起去，只是肩頭垮了下來，悶悶不樂地離開艙房。

勞倫斯重新打包完畢。幸好他爲了出使的任務做好準備，最好的外套和帽子從旅程一開始就包在紙和油布裡，塞在箱子角落。這時他換上飛行用的皮外套和厚絨呢褲，這套衣服比較有彈性，而且在旅程中很少穿，因此還算新。舊到不能穿的只有兩件襯衫和幾條領巾，不帶走的衣物全都捲成小捆收在艙房的櫃子裡。

他探頭到門外，發現有個船員正無所事事地捆著繩子，於是叫道：「博恩！麻煩把這些搬到甲板上。」

搬走行李箱之後，他寫了些話給母親和珍，拿去給萊利。結果這個小習慣卻像上戰場前寫信一樣，讓他離別的心情更加沉重。

他上甲板時，要去的隊員全集合好了，攜帶的箱子和包裹正裝上大艇。勞倫斯說明卸下中國使節的行李至少要一天的時間，因此那些行李大都留在船上。即便如此，中國使節帶的必需品仍比所有隊員的行李加起來還多。成親王交了封蠟封的信件給龍玉萍，似乎不覺得直接拿信給沒有馭龍者的龍有什麼奇怪。玉萍熟練地伸出爪子，就像人類用手抓物一樣把信夾在長長的爪子間，小心地將信塞進金網，放到肚子旁。

她對勞倫斯和無畏分別鞠躬行禮，便拖著行走不便的翅膀，搖搖晃晃來到龍甲板邊緣，展開翅膀輕輕擺了擺，一躍就到她體長那麼高，奮力鼓翅，眨眼間便縮成天空中的一小點。

無畏看著她離開，讚嘆道：「噢，她飛得好高啊，我從來沒飛到那麼高過。」勞倫斯也很驚訝，還舉起望遠鏡多看了幾分鐘。天氣晴朗，但她不久就完全飛離視線外。

史丹頓把勞倫斯拉到一旁，對他說：「我有個提議，何不帶孩子一起去呢？照我小時候的經驗，帶著小孩很有用。兒童最能傳答善意，而且中國人很尊重親子關係，即使是收養的也好。你也算是他們的監護人，不如就這麼聲稱，由我說服中國人讓孩子們跟著你。」

羅蘭聽到他的話，立刻就和戴爾一起跑到勞倫斯面前，睜著水汪汪的眼睛默默求他。勞倫斯遲疑半晌說道：「好吧——要是中國人不反對——」兩人聽了這句話，隨即消失到艙裡收拾東西，史丹頓還沒和中國人談完這件事，就拿著行李爬上來。

無畏說：「我還是覺得很瘋狂。我可以輕鬆地帶走你和那艘船上所有人，要是得飛在船邊，一定要花更長的時間。」他壓低聲音，但說話聲仍然響亮。

「我也這麼覺得，不過這事就別提了，不然爭論花掉的時間，會比任何交通方式還要久。」勞倫斯疲倦地靠著無畏，輕撫他的鼻子。

無畏蹭蹭勞倫斯，安慰他。勞倫斯閉眼休息一會兒，慌亂地忙了三小時，片刻的寧靜讓他一夜無眠的倦意又湧了上來。他說著：「好了，我好了。」隨即起身。葛蘭比等在一旁。勞倫斯戴上帽子，經過隊員時對他們點頭致意，而他們各自以手輕碰額頭祈禱，還有些人喃喃說道：「長官，祝好運。」「長官，一路順風。」

其他隊員已經乘上大艇，他和法蘭克斯握完手後，由船邊爬進鑼鼓與嗩吶的樂聲中。成親王和其他使節早就坐著吊椅垂到大艇上，這會兒正在船尾的遮蔭棚乘涼。「崔普先生，上路吧。」勞倫斯對見習官說完，便啓航了。他們升起斜桁主帆，乘著南風，看著忠誠號高大傾斜的船身向後退去，離開澳門，駛向廣大蔓延的珠江三角洲。

譯註：

❶：邦加海峽，位於蘇門答臘和邦加島之間。

❷：河源市位於今廣東省東北部。

第十二章

順著河道會到黃埔和廣州，但他們提前轉進支流，駛向東莞，一會兒乘風而行，一會兒划槳逆著緩緩的水流而上。途中兩岸是方方正正的水田，稻芽尖剛突出水面，一片蒼翠，然而糞肥的臭味卻像雲霧，在河面飄盪不去。

勞倫斯幾乎全程都在打瞌睡，只隱約意識到船員想壓低聲音，卻徒勞無功。他們下指令也輕聲細語，結果全都得重複三次，加大到一般音量才聽得清楚。要是有人不小心失手，像捲起的繩索拋得太重，或是絆到划手椅，就會引來更大聲的斥責。不過他還是睡著了，至少睡得迷迷糊糊，過一陣子就睜開眼一下，抬頭確定無畏的身影還在他們上空。

後來他睡得沉了點，天黑後不久才醒來。船正收起船帆，不一會兒便輕輕撞上碼頭，船員繫纜繩時傳來習慣的低聲咒罵。四下只有船上的燈籠亮著，微弱的光線中，勉強能看到一座寬樓梯伸入水裡，最低的幾階消失在水面下。階梯兩旁，矇矓可見當地其他小舟開上河岸。

長長一串燈籠由岸上來到河邊，看來當地官員已經接到通知，知道他們會來了。竹條綳上橘紅絲布，做成又大又圓的燈籠，熒熒發亮，映在水中有如火光。提燈籠的人整整齊齊地排到牆邊，轉眼間，一大堆中國人爬上船來，也沒徵求他們同意，就把眾人的行李傳向岸上，一邊還活力十足地彼此吆喝。

勞倫斯原本想抗議，卻發覺自己沒理由埋怨。那些人搬行李的效率驚人，階梯底端坐了一位書記，膝上放了張像是寫字檯的東西，每有行李經過他面前，他就清清楚楚記到紙卷上。

於是勞倫斯沒說什麼。他站起身來，怕伸懶腰有礙觀瞻，只悄悄左右活動脖子。成親王早已下船走進岸上的小亭子裡去了。亭子傳來劉寶宏亮的叫聲，叫的中文是連勞倫斯都學會的「酒」。孫楷則在岸邊和當地官吏談話。

勞倫斯對哈蒙德說：「先生，請你問問地方官，無畏降落在哪裡？」

哈蒙德詢問岸上的人，皺皺眉頭，接著低聲告訴勞倫斯：「他們說帶他去靜水台，我們要到別處過夜，你快大聲抗議一下，給我藉口向他們反應。可不能立下先例和他分開。」

不提示勞倫斯的話，他原有可能大聲嚷嚷，要求他演戲，他反而遲疑了。結巴一陣之後，他提高音量，語帶猶豫地說：「我現在就要見無畏，確定他沒事。」

哈蒙德隨即轉身攤著手對隨從道歉，急躁地說了些話。他們沉著臉望向勞倫斯，他只好盡量裝出刻薄頑固的樣子，心裡只覺得又生氣、又荒唐。哈蒙德最後滿意地轉過身：「太好了，他們答應帶我們去找他。」

勞倫斯鬆了一口氣，點點頭，轉身向船員說：「崔普先生，請這些人帶你和其他人去休息，明天你啓程回忠誠號前，我會和你談過。」這位見習官碰碰帽緣行禮，勞倫斯便爬上階梯。

他們跟著擺晃的燈籠走過寬寬的鋪石路，葛蘭比自動就把隊員安排成鬆散的隊形保護在他身旁。勞倫斯瞥見兩旁有許多小屋，地上的石頭鑿出車輪軌道，經年累月使用，邊緣都磨圓了。他打盹了一整天，這時清醒得很，然而行走在異國的黑暗中，卻感覺如夢似幻。領路人軟軟的黑靴在石地上摩擦出聲，附近屋裡飄出炊煙，窗簾後的窗子中透出柔和的光線，還傳來幾句女人的歌聲。

寬敞筆直的路終於走到盡頭，領路人帶著他們爬上亭閣下寬寬的階梯，穿過彩繪的圓柱，和高到隱入暗中的亭頂。龍隻低沉的呼聲在半遮蔽的空間裡隆隆迴盪，聲響環繞著他們，而龍鱗向四面八方反射燈籠黃澄澄的光，走道兩旁簡直像堆滿了珠寶似的。哈蒙德不自覺地挪到隊伍中央，龍隻半睜的眼裡映著燈光，有如閃亮的圓盤，他看了不禁屏息。

他們又穿過另一處的柱子，來到露天的園子裡。黑暗中有涓涓的水流聲，頭上枝葉窸窣。這兒也躺了幾隻龍在睡覺，其中一隻趴在通道上。領路人用掛燈籠的桿子戳了半天，龍才毫不甘願地移開，眼睛睜也沒睜。他們又爬了幾座階梯，來到另一座略小的亭閣，這才找到無畏。無畏正在空蕩蕩的空間裡蜷成一團。

他們走進去時，無畏抬起頭問：「是勞倫斯？」接著高興地往他身上蹭。「你能留下來嗎？睡在陸地上感覺好怪，好像地面在搖一樣。」

「我當然會留下。」勞倫斯說。夜晚溫暖舒適，地板是以木塊嵌成，長年使用已磨得平滑，又不會太堅硬，隊員毫無怨言地坐下來。勞倫斯窩到他在無畏前臂彎的老位置。旅途中他都在休息，這下子精神很好，於是告訴葛蘭比他會值夜更。安頓好之後，勞倫斯問無畏：「他們有給你東西吃嗎？」

「有啊，」無畏睏睏地說，「好大一隻烤豬，還有些燉香菇。我一點也不餓，反正飛行算容易，而且太陽下山之前，沒什麼好看的。不過我們經過的田野很奇怪，都是水。」

「那是稻田。」勞倫斯才開口，無畏就睡著了，不久便開始打呼。亭閣沒有牆圍繞，卻仍然放大了呼聲。夜裡很安靜，幸好蚊子不太惱人，顯然不太喜歡龍身上散發出的乾燥熱氣。

亭頂遮住了天空，因此很難看出時刻。勞倫斯已經算不出時間了。夜裡一片寂靜，只有院子裡一陣聲響引起他的注意。那是龍隻降落的聲音。龍落地時，銀白的眼睛轉向他們，像貓眼一樣反射出月光。那隻龍沒有走向他們的亭子，卻步入黑暗中。

葛蘭比醒來接班；勞倫斯靜下來準備睡覺，卻也像無畏一樣，有那種熟悉的錯覺——即使離開大海，身體還在隨海洋波動。

他醒來時，看到頭上花花綠綠一片，困惑一陣子，才想起自己正看著亭頂，亭頂的木頭以斑斕的漆及鑲金裝飾。他坐了起來，左顧右盼，只覺得有趣。亭裡的圓柱整根漆成紅色，方形的底座是白色大理石做的，亭頂足足有三十多呎高，無畏走進來也不會有阻礙。

亭閣正對著一個院子，滿是奇形怪狀的樹木和石塊，地上鋪著灰色石板，其中有一道紅石板鋪成的小徑，沒有多雅致，不過很特別。院子裡當然也有龍，五隻龍躺在那兒歇息，姿態各異，還有一隻醒了，正占據院子東北角的大池子旁講究地打扮自己。那隻龍全身藍灰，和此時天空的色調相去不遠，他四隻爪子則畫成鮮紅色。勞倫斯看著他打理完畢，飛入空中。

院子裡大部分的龍看來品種相同，不過有大有小，色調也有差異，頭上角的數量和長的位置也有不同，而且有的背脊光滑、有的背上有棘。

不一會兒，一隻很不一樣的龍從南方的大亭子裡走進院子中。那隻龍很大，體色深紅，爪上染著金色，頭上長了數隻角，頭和背脊都有亮黃色的紋路。他在池子裡喝完水，打了一個大呵欠，露出雙排又小又尖的牙齒，還有四顆又粗又彎的獠牙。院子的東側和西側都由較窄的迴廊走向兩側的亭閣，迴廊牆上開了幾座拱門。紅龍走到拱門旁，向裡頭喊了幾聲。

沒過多久，便有一個女人匆匆從門裡出來，揉著臉咕噥作聲。勞倫斯才瞥了她一眼，就羞得轉過頭去。原來她上半身都沒穿衣服。那隻龍用力拱了她一下，撞得她掉進池子裡，這一跌顯然讓她清醒過來。她睜大了眼，嘮叨著從池裡爬起來，怒罵著咧嘴而笑的龍，走回大廳裡。

幾分鐘後她又出現了，一面還不滿地大聲講話。這次她穿上縫著寬紅邊的深藍上衣，看起來像鋪棉的短上衣，袖子寬寬的，手裡還拿著一個大概是絲做的裝備，走到龍身邊，親手丟上龍背。

人和龍之間沒大沒小，勞倫斯不禁想起柏克力和巨無霸，只不過柏克力這輩子說的話加起來也沒那麼多。安好裝備，中國飛行員便爬上龍，直接升空，飛去完成他們這天的任務。

其他龍這時也開始醒來。又有三隻巨大的紅龍從亭閣裡走出來，也有人從大廳中出來。東側的是男人，西側則是女人。

勞倫斯感到身下的龍腳抽搐一下，無畏睜開眼和他道早安，打完呵欠之後，「噢」地叫了一聲。他眼睛睜得大大的，四處張望，觀察華麗的裝飾和忙碌的院子。「我還不知道這裡這麼大，有這麼多龍。」他有點緊張地說：「希望他們都很友善。」

「他們知道你從那麼遠的地方來，對你一定會很親切。」勞倫斯說著爬下無畏的腳，讓無畏能站起來。早晨的空氣濕悶，天空還是渾沌的灰色，這天應該又會很熱吧。

「你要盡量多喝點水。」他對無畏說，「今天不知道要飛多久才能休息。」

「盡量吧。」無畏不太情願地說著走進院裡。院子原先的喧鬧瞬間完全靜止，龍和他們的同伴全都公然地瞪著他，向後退了幾步。勞倫斯大感訝異，覺得他們太無禮，接著卻發現人和龍全都向無畏彎腰鞠躬，讓出一條通往水池的路。

現場一片死寂。無畏怯怯地穿過挪到兩旁的龍隻，走到水池邊，急著喝完水，便退回亭閣。他離開之後，人和龍才又開始活動，發出的噪音比先前小多了，還不時偷偷瞥過來。

「他們眞好，肯讓我喝水。」無畏以接近悄悄話的音量說，「別這樣盯著我就好了。」

那些龍似乎很想留下來，卻仍然一隻接著一隻飛走了，留下的龍回到院子的石板地上曬太陽。他們的鱗片邊緣都有磨損，顯然全都是老邁的龍隻。

葛蘭比和其他隊員之前也都醒來了，坐著看這些景象，幾乎和其他龍看無畏一樣好奇。這時他們站起身，拉平身上的衣物。「他們應該會派人來通知吧。」空軍這趟都穿飛行服，只有哈蒙德穿得很正式，這會兒正刷著他縐巴巴的長褲，徒勞無功。

就在此刻，船上跟來的年輕僕役葉冰穿過院子走來，揮手引起他們的注意。

早餐是白米粥、魚乾和顏色可怕的蛋，還有炸得油油的油條。勞倫斯吃不慣，把蛋推到一邊，逼自己吃下其他的東西，也建議無畏照做。要是有做得不錯的培根蛋，他倒能吃不少。劉寶津津有味地吃著自己那份蛋，看到勞倫斯不吃，便用筷子點點他，指著蛋說了些話。

「這是什麼蛋啊？」葛蘭比猶豫地戳著他盤裡的蛋問。

哈蒙德問了劉寶，不太確定地答道：「他說這是皮蛋。」他壯起膽，夾起一片放進口裡，咬了咬以後吞下去。其他人全等著他發表意見，他面露沉思地說：「吃起來很像醃過一樣，不過沒壞掉。」他又吃了一片，最後把整份都吃完了，勞倫斯自己還是留著那黃綠色的可怕東西不碰。

他們由人帶到離龍亭閣不遠的會客廳，船員擺著臭臉在那兒等著一起用早餐。他們和其餘的空軍一樣，想到不能參與接下來的冒險，都很喪氣，在餐桌上開始說勞倫斯一行人往後吃到的食物都會很糟。早餐後，勞倫斯和崔普道別，對他說：「別忘了跟萊利艦長說一切都很穩當。一定要照這樣跟他說。」勞倫斯和萊利約定好，要是傳別的話給他，即使再強調沒事，都表示出了問題。

他們的行李已經先送走了。門外已經有幾輛騾車等著，車子粗製濫造，騾子有氣沒力。勞倫斯爬上騾車，抓住車子邊，任由騾子拉他們顛簸前進。白天的路上沒什麼特別，路很寬，不過只鋪著舊舊的圓卵石，石塊間的灰泥已經快磨光了。騾車的車輪在石頭間深深的凹槽滾動，一碰到凹凸不平的溝就彈跳起來。周圍忙碌的人群好奇地看著他們，常有人放下手邊的工作，跟他們走上一段路。

「這邊還不算城市裡嗎?」葛蘭比好奇地張望,試圖計算人數。「以一個小鎮來說,人好多啊。」

哈蒙德正忙著在筆記本裡記東西,心不在焉地回道:「照我們最新的情報,全中國有大約兩億人。」人口比英國的十倍還要多,勞倫斯聽到驚人的數據,不禁搖頭。

這時,路的另一頭走來一隻龍,勞倫斯更驚訝了。這隻龍也是藍灰色的,戴著一件絲質的鞍具,胸口有著很顯目的胸墊。與他錯身而過時,勞倫斯發現他身後還緊跟著三隻小龍,兩隻藍灰、一隻紅色,都像牽繩一樣緊繫在大龍的鞍具上。

街上並不只有這幾隻龍,他們不久便經過一座軍營,庭院中有一小群身穿藍衣的步兵在操練,軍營外幾隻大紅龍坐在那兒聊天,看著他們隊長賭骰子的結果大叫。而他們並沒有引起特別的注意。路上趕路的平民搬著貨物走過去,瞧也不瞧一眼,有時沒路可走,還會爬過龍癱在路上的四肢。

無畏在一片空地等著他們,身旁還有兩隻藍灰色的龍,都由僕役幫忙穿上網狀的鞍具,載著行李。其他的龍彼此交頭接耳,斜眼看著無畏。無畏不太自在,看到勞倫斯才鬆一口氣。

龍隻裝備完之後,以四隻腳站著,讓僕役爬上他們背後,架起一頂頂小帳棚,跟英國空軍長途飛行用的帳棚很像。其中一位僕役指著一隻藍龍,對哈蒙德說了一句話。哈蒙德退到一旁,和勞倫斯說:「我們要騎這隻。」接著又問了問僕役,只見僕役搖搖頭,堅持地回答，又指向那隻龍。

僕役的話還沒翻譯成英文，無畏就憤然坐起身。「勞倫斯不會騎其他龍飛的。」他說著伸出爪子，吃醋地把勞倫斯摟近，差點撞倒勞倫斯，結果哈蒙德也不太需要再和中國人抗議了。

勞倫斯之前並不明白中國人不想讓人騎無畏，甚至不希望讓他騎。他不願讓無畏沒人陪伴單獨長程飛行，卻又覺得這是小事，反正他們在空中還能看到彼此，也算是一起飛，而且無畏並不會遇到什麼危險。他對無畏說：「只是這一趟這樣而已。」不過出乎意料，駁斥他的不是無畏，而是哈蒙德。

「不行，我們絕對不能接受這種要求。」

「沒錯。」無畏完全贊同，僕役想再爭論，他還咆哮了一聲。

勞倫斯靈機一動：「哈蒙德先生，請轉告他們，如果他們有意見的是鞍具，我可以直接吊在無畏的掛飾上。只要我不在項鍊上爬來爬去，應該夠牢固。」

「他們不可能反對的。」無畏高興地說完，便立刻打斷中國人，向他們提議。中國人不情願地接受了。

「隊長，請聽我說，」哈蒙德把他拉到一旁。「他們還是像昨晚一樣，想把我們分開。要提防他們，若是分開了，請閣下務必拒絕繼續前進。」

「我懂閣下的意思，多謝指點。」勞倫斯臉色凝重地說。他瞇著眼望向成親王，成親王還無意直接參與討論，不過勞倫斯懷疑中國人是聽他的。只希望他們在船上沒分開他和無畏，之後就不再嘗試。

旅程一開始情勢緊張，之後大半天的飛行卻平靜無事。只不過無畏胸前的掛飾在飛行中移動得比較具厲害，每次俯衝而下近看地上景致，勞倫斯的胃就一陣痙攣。無畏飛得比其他兩隻龍快很多，又有耐力，即使在視線所及的一個地方逗留半小時，也能輕易追上。最讓勞倫斯驚訝的是，中國的人眞的很多，幾乎沒隔多遠一定有田地，大一點的河流中都滿是來往的船隻。而且這個國家實在大得驚人，寬廣的平原幾乎一望無際，棋盤格似的稻田間有溪流交錯。

白晝很長，他們從早飛到晚，中間只有停下一小時吃中餐，就這樣飛了兩天，才看到丘陵，接著出現起伏的山巒。腳下的鄉間不時有大大小小的鄉鎮，無畏有時飛得太低，讓人認出是天龍，田野中工作的人便會停下工作，抬頭看他們飛過。

勞倫斯看到長江時，一開始還以爲是座大湖，不過籠罩在雨絲中的東、西兩岸，相隔不到一哩，沒大到超乎想像。他們飛到上空，才看出這條河有多驚人，似乎無限延伸，霧中的舟船一艘又一艘出現又消失。

他們在小鎮過了兩晚，勞倫斯不由得覺得第一夜的豪華待遇是特例，然而第一天的住所和他們第三夜在武昌住的地方相比，卻變得小巫見大巫。八座亭閣排列成八卦形，之間由狹窄的迴廊相連，中央圍繞的雖然還叫院子，已經可以算大庭園了。羅蘭和戴爾剛開始覺得好玩，想計算裡頭住了多少龍，數到三十幾隻的時候，一群紫色小龍正好降落，拍著翅膀七手八腳衝進亭閣，根本來不及數，他們只好放棄了。

無畏打起盹來，勞倫斯放下手中只有菜和飯的粗食。大部分的人都裹著外套睡著了，還沒睡的則沉默不語。雨仍然不斷落下，在亭閣牆外形成一道朦朧的雨幕，雨水流下屋頂，匯集在屋簷一角。河谷斜岸上隱約能見屋寮裡燃著點點黃色烽火，爲龍隻在夜裡指引飛行的路徑。附近的亭閣傳來輕柔的隆隆呼吸，遠方一聲尖銳的龍叫壓過大雨聲，清晰傳來。

成親王晚上住到幽靜的房間，沒和其他人在一起，這時卻走了出來，站在亭閣邊望著河谷。沒過多久，那喊聲又在更靠近的地方響起。無畏抬起頭傾聽，頭冠機警地豎立起來。革質翅膀搧動的聲音傳來，庭園裡石頭上的水氣滾滾散開，只見一片白色的幽影在銀色雨絲中浮現。這隻龍收起白色翅膀，踱步向他們走來，爪子在石板上喀喀作響。在亭子之間來去的僕役都別過臉匆匆走避，只有成親王下了階梯走進雨中。她向他揚著頭冠，低下巨大的頭，用清脆甜美的聲音喚著他的名字。

「那隻也是天龍嗎？」無畏懷疑地低語。勞倫斯搖了搖頭，不敢確定。她身上一片潔白，但他從沒在龍身上看過白色，一般的龍連斑紋都沒有白的。她的鱗片無色透明，帶著磨光的羊皮紙光澤，眼眶粉紅透亮，眼眶上的血管老遠就看得見。

她頸子上有著天龍巨大的膜狀頭冠，兩顎也和無畏一樣，長著細長的觸鬚，只是體色很不尋常。她頸根戴著鑲有紅寶石的金項圈，前腳每隻腳爪上都戴上紅寶石的金指套，寶石的顏色和她眼珠的顏色相互輝映。

她親暱地把成親王向亭閣推去，跟在他身後走進來，一進來就抖了抖翅膀，翅膀上的雨滴像小溪一樣飛散。她飛快地瞟了他們一眼，便帶著妒意蜷在成親王身旁，待在亭子另一角和成親王說悄悄話。僕人對其他龍還算勤快，對無畏更是熱情，這時卻不安地拖著步子爲她帶來食物。不過她似乎沒什麼好怕的，迅速優雅吃完，盤子外沒濺半滴湯，毫不理睬他們。

隔天早上，成親王簡單地向大家介紹，說她名叫龍天蓮，接著就讓她獨自去吃早餐了。哈蒙德私下打聽過，在隊員用餐時告訴他們：「她的確是天龍，應該是白化症吧。不知道他們爲什麼那麼怕她。」

他們私底下問劉寶，劉寶一副理所當然的樣子：「她生來身上就是服喪的白色，所以是不祥的龍。」他又說：「乾隆皇帝原來要把她送給蒙古的一個王爺，不讓她的厄運影響到皇長子，可是成親王不想讓皇族之外的人擁有天龍，堅持要自己養她。他原來可能當上皇帝的，可是皇帝養受詛咒的龍會禍國殃民，所以他弟弟才成爲嘉慶帝。這是天意！」他頭頭是道地說完，聳聳肩，又拿了一片炸饅頭。哈蒙德和勞倫斯聽了都不禁感嘆。高傲是一回事，爲了這種事放棄王位，未免太固執。

陪伴他們的兩隻龍換成另一隻藍灰色的龍，和一隻藍紋的深綠龍，後者的體型較大，頭上光滑無角。這兩隻龍乖乖的，對無畏依然敬畏，龍天蓮則讓他們緊張。無畏恢復了莊嚴自得的態度，一直入迷地斜眼瞥著龍天蓮看，最後她轉過頭，刻意回瞪他，他才慚愧地低下頭。

她這天戴著怪模怪樣的頭巾，在突出於額上的金釵間垂著綢布，爲雙眼遮蔭。這時天氣又灰又陰，勞倫斯眞不覺得有這個必要。不過飛了沒幾個小時，陰沉的天氣突然轉晴。他們飛過古老山脈間的峽谷，只見南面的山坡綠意盎然，北面的山坡則幾乎寸草不生。從峽谷出到山腳時，一陣涼風迎面而來，雲開後的陽光亮得刺眼。稻田沒再出現，取而代之的是好大一片即將熟成的麥田，他們還看到一大群褐色的牛隻低頭嚼食，慢步走過長滿青草的平原。

俯視牛群的山丘上蓋了間小屋，小屋旁有幾塊大烤肉，叉子上叉著全牛，烤肉香冉冉上升。

無畏看著，渴望地說：「看起來好好吃。」可不只有他這麼想。他們飛近時，一同飛的其中一隻龍加速俯衝而下，停在小屋旁。屋裡的人出來和那隻龍談了一會兒，走回屋去，又出來時，帶了一大段木柴放到龍面前，龍便用爪子在木柴上刻了幾個中國字。男人把木柴搬走，龍則帶走一隻烤牛，顯然和男人完成一場交易。他立刻抓起烤牛，開心地飛回他們之中。他看來覺得沒必要在吃東西時讓身上的乘客下來，勞倫斯覺得他開心地吸食牛腸時，可憐的哈蒙德臉都綠了。

「要是他們收英國金幣的話，我們可以買一隻來吃。」勞倫斯猶豫地對無畏說。他沒帶紙幣，身上只有金幣。

「我其實不太餓耶。」無畏的心思完全放在別的事上。「勞倫斯，他在那塊木頭上做什麼？是寫字，對吧？」

「我不是中國字的專家，不過應該是吧。」勞倫斯說，「比起來你還比較可能認出來呢。」

「全中國的龍都會寫字嗎？」無畏想到就喪氣。「要是只有我不會，他們一定覺得我很笨。我還以爲寫字一定要用筆，用爪子刻字我就沒問題了，我一定要學會寫字。」

龍天蓮好像討厭強烈的陽光，日正當中時，他們大概爲了她而暫停，在旅途附近的亭閣休息，接著繼續飛到日落。地上相隔不等的距離便有烽火引路，而勞倫斯由星相也看出他們一哩一哩快速飛過，路徑更急轉向東北。日間仍然炎熱，不過不再濕悶難耐，而夜晚也變得涼爽舒適。北風的威力強了起來，但亭閣三面有牆，立在石台上，下方有爐子可以溫暖地面。

北京城在高大綿延的城牆後，向遠方延伸。城牆上的方形城樓和城垛與歐洲相去不遠。寬大的灰色石板路從城門向內直直而去，從上空俯望，街上滿是川流不息的人、馬與馬車。地上和空中的龍隻都不少，龍會躍入空中，從城裡的一區飛到另一區，有時身上還掛著一群人，用這種方式移動。北京城全都區劃得方方正正，十分整齊，只有四彎小湖所在的地方例外。城東立著壯觀的皇宮，是由許許多多的小宮殿組成，包圍在黑漆的護城河裡。夕陽撒出餘輝，宮殿的屋頂一個個像鍍金似的閃爍，環繞的樹木剛萌新葉，帶著青綠春色，在灰石板廣場投下長長的陰影。

他們飛近時，一隻黑色淡黃條紋的小龍在空中與他們會合。小龍戴著墨綠色的絲質項圈，背上載著一名馭龍者，卻會直接與別的龍交談。這兒離皇宮不到半哩，無畏跟著其他龍降落到最南邊那座湖泊的圓形小島上。

他們停在伸入湖中的白色大理石碼頭。碼頭是龍隻專用的，顯然沒有船隻。大理石碼頭最後通往高大的門口。紅色的牆體不只是圍牆，卻又窄得算不上建築，而大門的出入口是三座方正的拱門，兩側的兩座門比較小，但比無畏的頭還高上幾倍，寬得能讓他們四隻龍並肩而過。中間那座門就更高大了，門兩側由一對巨大的帝王龍守著，一隻是黑的、另一隻體色深藍，兩隻長得都和無畏很像，但是頭後沒有顯眼的頭冠。他們身旁是長長一列步兵，身穿藍衣，頭戴閃閃發亮的鐵頭盔，手裡拿著長矛。

兩隻陪他們來的龍就這麼從兩側小門進去，龍天蓮直直走過中間的門，帶著黃斑紋的龍則攔下無畏，深深一鞠躬，以抱歉的口吻指著中間的門對他說話。無畏簡短地問了幾句，便堅決地蹲坐下來，露出不滿的態度，膜狀的頭冠僵硬地貼到頸子上。「有什麼問題嗎？」勞倫斯小聲問道。他由拱門能看到牆後的院子裡聚了不少龍和人，顯然有事要慶祝。

「他們要你下去，從那個小拱門進去，說我得走那個大拱門。」無畏說，「我才不要放你下來一個人走。三個門都通往相同的地方，好蠢。」

勞倫斯這時眞希望有哈蒙德或其他人幫忙出主意。然而黃斑龍和他的馭龍者看著無畏不服從，也很困窘，勞倫斯發覺自己正與同樣不知所措的男人大眼瞪小眼。在拱廊的龍和士兵仍然像雕像般一動也不動，但是再過不久，另一側聚集的人一定會察覺不對勁。一個男人身穿滿是刺繡的藍上衣，匆忙走過側廊，對黃斑紋的龍和他的馭龍者說話，接著懷疑地看了勞倫斯和無畏一眼，便趕回另一邊去了。一陣喃喃低語聲沿拱廊迴盪而來，接著突然安靜了。遠處的人離開，而一隻龍穿過拱門走向他們。她的龍皮黑亮，色澤和無畏近似，深藍的眼睛、翅膀的斑紋都很像，頭後黑色半透明的膜狀頭冠上，則長著朱紅的稜狀犄角，完全是天龍的特徵。她走到他們面前，以低沉共鳴的聲音說話。勞倫斯覺得無畏僵了一下，顫抖起來，頭冠緩緩立起，接著躊躇地低聲說：「勞倫斯，這是我母親。」

第十三章

哈蒙德後來才告訴勞倫斯，中間的門是皇室的人和帝王龍、天龍專用的，也難怪他們不讓勞倫斯走了。當時無畏的母親龍天蒨帶著他飛過門口，停到後面的庭院中，輕鬆解決了難題。

不過禮數不能免，他們都被帶去最大的龍亭子參加盛宴。亭子裡有兩張大桌子，龍天蒨自己坐在上位，無畏坐到她左手邊，成親王永瑆和龍天蓮則坐在她右邊。勞倫斯被人領到較遠的位置，哈蒙德坐在他斜對面更下方處，其他的英國同伴都坐到第二桌。勞倫斯想提出異議，不過抗議沒禮貌，而且他們的間隔距離不到一個房間長，反正無畏也忙著和他母親說話。無畏和平常的表現截然不同，對她太敬畏了，顯得有點羞怯。龍天蒨的體型比他還大，鱗片半透明，氣度恢宏，看得出年歲已高。她身上沒有鞍具，頭冠的棘上套了大塊黃玉裝飾，頸子則戴著看似脆弱的鏤空金頸飾，嵌著黃玉與大珍珠。

龍的面前放著巨大的黃銅盤，盤裡是一隻鹿茸猶在的烤全鹿，肚子裡塞了堅果和鮮紅的漿果，鹿茸上插著塞丁香的橘子，人類聞起來還算可口。人有八道菜，雖然份量比較小，不過同樣精製。他們旅途中吃得很差，這時的食物雖然仍充滿異國風味，已經很吸引人了。

坐在勞倫斯左側的是一位老態龍鍾的中國官吏，頭上的帽頂有一枚泛著珠光的寶石，帽子後吊著根孔雀羽毛，臉上滿是皺紋，髮辮卻近乎全黑。他蒙著頭吃吃喝喝，一點也沒打算和勞倫斯說話。勞倫斯看到坐他另一邊的人靠近他耳邊向他大喊，這才明白他有非常嚴重的重聽，不說話不只是語言不通的關係。

勞倫斯入座時沒看到翻譯員，還以爲用餐中只要不對哈蒙德聊天，就不會有人跟他說話。沒想到他才坐下不久，坐他右邊的人就用帶著濃濃法國腔的英文，愉快地對他說：「您的旅途還舒適吧？」說話的人是法國大使，他穿了中式長袍，頂著一頭黑髮，勞倫斯沒看出他不是中國人。

這位姓德．吉涅的大使繼續對勞倫斯說：「我們兩國關係不太好，不過我可以冒昧向您自我介紹吧？其實我跟您也算有淵源。我聽姪子說，是您寬宏大量饒了他一命。」

「不好意思，我不知道先生您在說什麼。」勞倫斯聽了一頭霧水。「您的姪子是？」

「尙．克勞德．德．吉涅，他是我們的空軍上尉。」大使微笑著一鞠躬，「去年十一月在你們英吉利海峽，他登上您的龍和您交手過。」

「天啊，我想起來了。」勞倫斯叫道。他終於記起護航龍奮勇作戰的年輕上尉，於是熱切地和德·吉涅握了握手。

「他表現得非常英勇，現在應該都復原了吧？」

「是啊，他的信中說他很快就能出院了。出院後當然會進牢裡，不過至少好過進墳墓。」德·吉涅說著，不在意地聳聳肩。

「他知道我被派到法國，也就是您旅途的終點，就在信裡寫到您的旅程非常有趣。過去一個月接到他的信以後，我就一直期待您來。眞欽佩您寬大的行爲。」

他們之間的氣氛一開始就很融洽，之後繼續聊中國的天氣、食物還有龍口繁多這些不牽涉立場的話題。在這東方的土地上，勞倫斯不禁覺得和他是同鄉。德·吉涅雖然不是軍人，卻很熟悉法國空軍，因此很能了解勞倫斯。用餐之後，他們一起跟著其他賓客走到外面的庭院，大部分的客人都照原路由龍隻接走。

「眞是交通的好辦法，對吧？」德·吉涅說道，勞倫斯看得有趣，完全同意他的話。那些龍大多是藍龍一族，背上戴著絲做的鞍具，鞍具上連著緞帶繫成的結。乘客靠著緞帶結爬上最上方的那個，把結從頭上套下來，坐到屁股下，只要龍飛得平穩，他們就能拉著緞帶結，安穩地坐在龍背。

哈蒙德從亭閣裡出來，見到兩人站在一起，不由得睜大了眼，急忙走過來加入他們。他和德·吉涅攏著笑臉，親切地交談。一等到法國大使告辭，和兩位中國官吏一同離開，哈蒙德就轉過身面對勞倫斯，理直氣壯地要他說出他們談話的內容。

他聽完之後，驚訝地說：「竟然從一個月前就在等我們！」他接著委婉地暗示勞倫斯太沒腦袋，才會把德．吉涅的話當眞。「天曉得這個月來，他爲了對付我們做了什麼事。拜託別再私下跟他說話。」

勞倫斯很想反駁，但是忍耐下來，去找無畏。龍天蒨是群龍中最後離開的，她和無畏親暱地道別，還用鼻子蹭了蹭他才躍入空中。優雅的黑色身影急速消失在黑夜中，無畏帶著渴望的神情，望著她離去的方向。

這座島爲皇帝所有，島上有幾座雅致的龍亭閣，還有給人用的建築與之相連。朝廷已經安排好讓無畏暫時待在最大的亭閣，隔著寬敞庭院與之相望的房舍，則是勞倫斯一行人的住所。這建築寬大華麗，不過二樓全被他們幾乎用不上的僕役給占據了。滿屋子都是僕役，有點礙手礙腳，勞倫斯不禁開始覺得這是爲了看守、監視他們而安排的。

他睡得很沉，但是天沒亮，僕人就探頭進房間看他們醒了沒，反而吵到他。勞倫斯前一晚喝得太盡興，一早還在頭痛，但十分鐘裡僕人來了四次，他只好爬起來。他向僕人要來洗臉盆，但是沒人聽得懂，最後只得去庭院裡的池子洗臉，幸好房內有扇大圓窗，從離地到他身高之上的距離，所以要爬出去並不難。

無畏還在睡夢中，正恣意趴在庭院另一角，肚子貼在地上，伸著四肢，連尾巴都伸得直直的，偶爾發出愉快的咕噥聲。地板下探出一排用來加熱石頭的竹管，向水池裡吐出雲霧似的水蒸氣，因此勞倫斯洗臉用的池水並不冰冷。

僕人成天不耐煩地晃來晃去，發現他爲了盥洗而脫下上衣，個個露出不以爲然的神色。他回到房間以後，他們塞了一套中式服裝給他，是一條柔軟的長褲，和一件幾乎人人一樣的硬領長袍。他起初堅持不穿，然而中國服雖然穿不慣，和自己旅途中穿縐了的衣服相比，至少還乾淨整齊，只不過少了外套或領巾實在覺得不得體。

某個官吏等在桌旁要他們一起用早餐，也難怪僕人會焦急了。勞倫斯對這位名叫趙偉的陌生人欠欠身，就自個兒喝起茶來，讓哈蒙德負責和那個人談話。中國茶又香又濃，但是桌上連半杯給人加到茶裡的牛奶都沒有。他向僕人要牛奶，僕人聽了翻譯，又是一臉茫然。

趙偉外表清瘦，模樣一絲不苟，用勉強聽得懂的破英文說：「皇上決定讓你們在中國的期間待在這裡。」勞倫斯用起筷子還不太熟練，他看了，嘴邊露出輕蔑之意，又說：「你們可以隨意在院子裡走動，但是必須提出正式要求，得到批准之後，才能離開這棟建築。」

哈蒙德回道：「閣下，我們非常感激。但是不能隨意活動的話，這間屋子對我們來說實在太小了。而且昨晚只有我和勞倫斯隊長有自己的房間，房間又小又簡陋，其他同伴還得擠在共用的房間裡。」

勞倫斯倒不覺得空間不足，聽到中國人想限制他們活動、哈蒙德想爭取多一點空間，只覺得雙方都很奇怪。在他們談話中，他發現整座島竟然已經爲了無畏而空出來。島上的設施可以讓十幾隻龍舒舒服服地待著，人住的屋子也很多，甚至夠讓勞倫斯的部下一人住一棟房子。不讓他們在島上自由走動很荒謬，但是現在住的地方維護良好，又很舒適，比過去幾個月來的船艙好多了，同樣也沒道理要求更多的空間。哈蒙德和趙偉仍然用一副嚴謹而禮貌的態度談論這件事，最後趙偉終於讓步，同意讓他們在僕役陪同下在島上走動，「只要不到湖邊或碼頭，不要干涉衛兵巡邏就好。」這麼一來，哈蒙德終於心滿意足了。趙偉啜飲一口茶，繼續說道：「皇上希望龍天祥看看北京城，等他吃完早餐之後，我會帶他去參觀。」

勞倫斯還沒反應過來，哈蒙德就接話說：「我想無畏和勞倫斯隊長都很有興趣。眞的很感謝先生爲勞倫斯隊長找來中國服飾，讓他在街上不會受到過多關注。」

趙偉這時才注意到勞倫斯的衣著，顯然他和這個安排一點關係也沒有。不過他很有風度地認命了，只對勞倫斯點點頭說：「隊長，希望你可以馬上動身。」

無畏吃完早餐後，便開始洗刷身體，還一一伸出腳爪，讓人以肥皂水用力刷洗爪子，連牙齒都這麼清理，還由婢女鑽到他嘴裡刷後面的牙齒。

他一邊讓人伺候，一邊興奮地問：「我們可以直接在城裡走動嗎？」

「喔？當然可以。」趙偉看來被問得莫名其妙。

哈蒙德之前陪著他們走到院子，這時提議道：「無畏，如果城裡有龍隻訓練場的話，你或許可以去看看，一定很有趣的。」

「好啊。」無畏回答時，頭冠已經興奮地直立起來，開始顫抖了。

哈蒙德意有所指地看了眼勞倫斯，勞倫斯卻刻意不理會。就算眞的有趣，他也不想當密探，而且不想拉長參觀的行程。他改口問道：「無畏，準備好了嗎？」

他們搭著華麗而笨重的駁船去湖岸，小湖湖面雖然平靜，駁船載了無畏，卻搖搖擺擺。勞倫斯待在舵柄旁，嚴格地看著粗手粗腳的舵手，眞想從那傢伙手中奪走駁船。結果他們花了兩倍長的時間才到達離小島不遠的湖岸。一大批負責巡邏小島的衛兵被撥來護衛他們，其中大部分的人呈扇形散開在隊伍前開道，但仍然有一些緊跟在勞倫斯後頭，互相推推擠擠，簡直像堵人牆防著他脫隊。

趙偉帶著他們穿過另一道金碧輝煌的城門，這座城門周圍的城牆經過強化，城門後則是一條寬敞的大道。看守城門的是幾位身穿清兵制服的衛兵，和兩隻武裝的龍；一頭是常見的紅龍，另一頭鮮綠的龍皮上帶著紅色斑紋。兩隻龍的隊長都是女性，熱得脫掉鋪棉外衣，坐在棚子下喝茶。

「原來你們也有女性的隊長啊。」勞倫斯對趙偉說，「她們負責的是特別的品種囉？」

「龍從軍的話，他們的伴都是女性。」趙偉說，「當然只有品種低下的龍才會做這行。那邊綠色那隻的品種叫翡翠玻璃，既懶又鈍，所以科舉考不好。紅花這個品種的龍太好戰，除了打仗之外什麼都做不來。」

「你的意思是，你們空軍只有女性嗎？」勞倫斯相信他聽錯了，沒想到趙偉點頭同意他的話。他於是問道：「可是爲什麼要有這種規定呢？你們不會要女性進陸軍或海軍吧？」

他不以爲然的意味太明顯，趙偉似乎覺得有必要爲自己國家的傳統辯護，於是說起這傳統的起源。故事當然很浪漫，是說一名女子裝成男人代替父親上戰場，成了軍龍的隊長，最後贏得大戰，拯救了國家。因此當時的朝廷便宣布准許女子在空軍服役。

趙偉說得有聲有色，至少準確地描述了中國的政策，也就是實行徵兵制度時，各家的家長必須親自從軍，或讓孩子代替。而他們重男輕女，因此只好讓女孩入伍。女性只能進入空軍，所以女性軍人的比例在空軍越來越大，最後全空軍都是女性了。

勞倫斯聽著傳說根據的詩詞，覺得在翻譯的過程中失眞很多。那首詩伴著他們走過城門，在通往灰石板廣場的大道上走了一段路，只見廣場上滿是小孩和幼龍，男童在前方盤腿而坐，幼龍則在後方端端正正地蜷著身體。前面講台上則站著老師，正看著一本大書朗誦，每讀完一句，就示意學生跟著唸，而稚嫩的童音和共鳴的龍聲便重複他的話。

趙偉向他們揮揮手：「你們說想看我們的學校，這就是了。不過這班剛開課，才開始學《論語》。」

勞倫斯聽到龍要上學、還要考試，心裡十分詫異。他觀察了一下說道：「他們好像不是成雙成對的？」

趙偉不解地望著他，勞倫斯只好解釋道：「我是說，男孩子沒和他們的幼龍坐在一起，而且他們的年紀對龍來說實在太小了。」

「喔，這些小龍太年輕，還不能選同伴。」趙偉說，「他們才幾星期大而已。等到十五個月就可以選同伴，那時候男孩子也大了一點。」

勞倫斯瞠目結舌，轉頭又看了看那群幼龍。照他所知的說法，龍一孵出來就要馴服，否則就會變野，逃到野外去，但是這和中國的例子完全矛盾。無畏說：「一定很孤單吧。我孵化的時候才不要沒有勞倫斯在身邊。」他說著，低下頭用鼻子蹭蹭勞倫斯。「而且剛孵出來的時候，我一直在肚子餓，自己要不停地獵東西吃，一定很累。」

「幼龍要讀書，當然不用自己狩獵。」趙偉說，「有龍負責照顧蛋，餵食小龍。這些事由龍來做，比由人做好多了。否則的話，小龍還沒有智慧選擇未來的伴，一定會因爲受照顧而產生依賴感。」

這番話很刻意，勞倫斯冷冷地回道：「要是你們選擇空軍的規範不夠嚴格，的確會有這種問題。我們要在空軍服役很多年，才有資格馴養幼龍。這樣的話，我覺得你說的依賴，反而能造成更深遠的感情，對雙方都有好處。」

他們繼續參觀城裡，在地上走，周圍的景物看得比空中仔細，勞倫斯這時才驚覺街道非常寬，設計時說不定已經考慮到龍隻了。雖然北京城和倫敦實際的人口應該相差無幾，不過寬大的街道讓城裡有著截然不同的開闊風貌。城內居民顯然已經習慣品種珍稀的龍隻，因此無畏沒那麼引人注目，倒是無畏第一次來到中國大城，一直東張西望，脖子都快打結了。

官吏都坐綠轎子出外辦事，衛兵粗魯地推開轎前的平民。一條大路上，迎娶的隊伍喜氣洋洋，沿途拍手吆喝、敲鑼打鼓又放鞭砲。新娘子躲在蓋著布幔的花轎裡，排場很大，看來是有錢人家。勞倫斯在大街上都沒看到馬或馬車，偶爾只有拉車的騾子踺踺走過，對龍的存在習以爲常。或許馬還是沒辦法忍受有龍在附近。北京城裡的氣味很不同，在倫敦，馬尿味和馬糞中的草料酸味都揮之不去，但這裡只有龍排泄物淡淡的硫磺味。東北風吹起時，味道濃了點，城東北那一區大概有大型的糞坑。

最大的不同是，北京城裡龍隻隨處可見。最常見的是藍龍，做的事情種類最雜。勞倫斯注意到，乘龍的人帶著乘坐用的鞍具和給龍載運的貨品，也有不少龍看來有正事要辦，戴著五顏六色的項圈，很像官吏戴的朝珠。趙偉證實了勞倫斯的猜測，說龍的項圈代表地位，戴項圈的龍都是文官，「神龍❶就像人一樣，有的聰明、有的懶散。很多高貴的品種是由優秀的神龍養成的，最聰明的神龍能與帝王龍通婚。」勞倫斯聽了，覺得十分有趣。路上還有其他十多種龍，不一定有人伴著，而各自都有各自的工作。途中還有兩隻帝王龍迎面而來，經過時對無畏尊敬地低下頭。他們身上以紅絲綢帶纏上金鏈，縫滿小珍珠作裝飾，模樣炫麗，無畏不禁羨慕地偷瞄。

他們不久便來到店鋪林立的市區。店鋪都飾有鍍金的雕刻，舖子裡擺滿商品，絲緞細緻光澤，有的比勞倫斯在倫敦看過的上等貨還要高級。一捆捆藍棉布、藍棉線，顏色有深有淺，料子有薄也有厚。賣瓷器的店特別讓勞倫斯動心。他不像他父親懂得鑑賞藝術，不過這裡瓷器上的藍白紋路清晰俐落，似乎也比進口英國的高級，漆盤更是漂亮。

「無畏，請你問一下他收不收金幣？」他問道。無畏好奇地探頭進店裡，商人緊張地注意他。看來即使是中國，也有這種不太歡迎龍的地方。商人面帶猶豫，問了趙偉幾句，然後接過金幣端詳著，在櫃台邊敲了敲。他自己沒剩幾顆牙，只好叫年輕點的兒子來咬咬看。坐在後頭的女人被吵鬧聲吸引，從角落向外窺視，也不理會旁人大聲斥責，從頭到腳看了勞倫斯一番才退回去，接著後頭的房間便響起她刺耳的聲音，看來也加入爭論的行列。

商人最後似乎同意了，不過勞倫斯剛拿起挑好的花瓶，商人卻突然跳過來搶走，嘮叨了一堆話，示意勞倫斯等著，自己則走到後頭的房間。無畏向勞倫斯解釋：「他說你拿的不值那麼多。」勞倫斯反駁道：「可是我才給他半英磅而已。」

男人回來時，手裡拿著一只更大的花瓶，深紅的瓶身泛著光澤，漸層的顏色非常精緻，在瓶口轉爲純白，光可鑑人。他在櫃台上放下花瓶，大家都投以著迷的目光，連趙偉都不禁喃喃讚賞，無畏說：「眞漂亮啊！」

勞倫斯硬是多給了商人幾枚金幣，才心懷歉疚地帶走包在幾層棉布裡的花瓶。他從沒看過這麼迷人的花瓶，這下子已經開始擔心旅途中會受損了。他頭一次購物就大獲成功，膽子大了起來，接著便買起絲綢、瓷器和玉掛飾。買東西的過程中，趙偉的表情漸漸由輕蔑轉爲熱中。在看玉器時，爲勞倫斯解釋掛飾上的字，它是描述傳說中女龍兵的詩詞。顯然常有人買這樣的掛飾給將從軍的女子當護身符。勞倫斯覺得珍·羅蘭應該會喜歡，於是它也加入越來越大堆的戰利品之中。沒過多久，趙偉就不得不指示手下的衛兵幫忙拿包裹了。衛兵這時不再擔心勞倫斯會逃跑，倒是因爲像拉馬車一樣抬了一堆東西而心懷不滿。

許多東西的價格，加上運送到英國的費用，還比勞倫斯想像的低很多。不過他聽過澳門東印度公司的專員說當地官僚貪得無厭，除了關稅之外，還收取高額賄款，因此沒有很意外，只不過差額太大。他先前估計過官員敲詐的金額，這下子得大幅修正了。他們走到街尾時，對無畏說：「眞可惜，要是可以開放貿易，商人還有工匠應該能過更好的日子。就是因爲必須經過廣州把商品賣出去，那裡的官吏才會那麼囂張。說不定他們是嫌麻煩，反正在這裡能賣東西，讓我們買他們賣剩的殘渣就好。」

「也許他們不想把最好的東西賣到那麼遠吧。」無畏說著，一行人一面過橋，進入由水渠和石牆圍繞的區域。這時無畏突然開心說道：「好香的味道啊。」路兩旁的壕溝中塞滿悶燒的煤碳，上面用金屬桿子串著肉來烤，由打赤膊、渾身是汗的男人用大刷子塗上醬汁。串著烤的有牛、有豬，也有羊、鹿、馬，和比較小隻的動物。勞倫斯沒靠近看，因此無法辨識。醬料流了下來，在石頭上滋滋作響，飄出香噴噴的濃煙。那兒的顧客大多是龍，其中只有幾個人類顧客在龍隻間敏捷穿梭。

無畏那天早上吃了塡鴨當開胃菜之後，又吃下幾頭小鹿，十分滿足。不過他看到幾隻紫色的小龍在吃烤肉叉上的烤乳豬，還是露出渴望的神色。又走了一陣子，勞倫斯卻看到胡同裡有隻憔悴的藍龍，龍皮上有絲鞍具磨出的傷痕，忍住不看可口的烤牛，只買了一旁烤焦的小羊。他把小羊拿到角落裡拉開來慢慢吃，內臟和骨頭都一點不剩地吃掉。這也難怪，要是龍必須自己賺取飯錢，一定就有龍比較不幸。勞倫斯看到有龍挨餓，還是感到內疚，尤其是他們的住所和其他地方都過得這麼浪費。

無畏一直在注意烤肉，沒看到這一幕。他們從另一座小橋離開這一區，又回到原先那條大道。無畏滿足地嘆了口氣，不情願地呼出鼻腔中的香氣。

勞倫斯倒沉默了下來。周圍景象的新鮮感，和壯觀的異國首都吸引人的感覺，都因爲胡同裡那一景而煙消雲散。他不再因爲新奇的事物分心，便注意到中國對待龍是多麼不同。北京城的街道比倫敦寬那麼多，絕非偶然，也不是因爲中國人講求氣派。這樣的街道只是爲了讓龍隻能和諧地和人類一起生活，而且的確對人與龍雙方都有好處。而他看到的悲慘景象，其實更凸顯了一般龍的富足生活。

走著走著，午餐時間已到，趙偉帶著他們走向回小島的路。他們離開店鋪區，無畏也沉默了，於是一行人和龍靜靜地走回城門口。無畏在門口停下來，回頭看著活力十足的城市。趙偉發現他臉上的表情，於是用中文對他說了什麼。無畏回道：「這樣很好啊。只不過我無從比較，我沒在倫敦或多佛街上走過。」

他們在亭閣外和趙偉簡單道別，接著一同走進亭閣裡。勞倫斯重重地坐上木凳，無畏則開始焦躁地來回踱步，尾巴末端煩亂地來回擺動，最後才脫口而出：「根本不是那樣。我們高興去哪就去哪，走到街上、還去逛商店，誰也沒害怕逃走。南方或這裡的人都一樣，一點也不怕龍。」

「很抱歉，」勞倫斯輕聲說，「是我錯了，看來人還是能習慣和龍一起生活。大概是因為這裡龍這麼多，大家從小就常看見龍，所以習以為常。可是我真的沒騙你，在英國並不是這樣。少見多怪吧。」

「要是習慣能成自然，為什麼還要把我們關起來，讓他們老是看到我們會怕？」無畏說。

勞倫斯答不出來，放棄傷腦筋，回自己房間獨自吃了點午餐，不過食欲很差。無畏則按他的習慣躺下來睡午覺，睡得很不安穩。

哈蒙德稍後來找勞倫斯，問他們看了什麼。勞倫斯盡量簡單地說了一遍，卻壓不下壞情緒，不一會兒就一臉不悅地把他請出去。

葛蘭比探頭進來問：「他又來煩你啦？」

「沒有。」勞倫斯疲倦地站起來洗手，用的是自己拿臉盆從池子裡盛來的水。「說實話，恐怕我剛剛對他太沒禮貌。不是他的錯，他只是想知道中國人是怎麼養龍的，好和中國人爭論無畏在英國受的待遇不差。」

「我還是覺得他被你修理是活該。」葛蘭比說，「我起床的時候，聽他得意地說你和中國佬出去了，差點沒氣死。無畏當然會保護你，不過街上人多，什麼都可能發生。」

「沒有，完全沒有人試圖傷害我。我們的守衛剛開始不太禮貌，不過最後倒變得畢恭畢敬了。」勞倫斯望著趙偉屬下搬來的那堆東西。他悶悶不樂地說：「約翰，我開始覺得哈蒙德說的沒錯，是我死腦筋作怪，憑空想像。」他們遊歷了一天，勞倫斯覺得中國本身就很有說服力，成親王根本沒必要用到暗殺這麼激進的手段。

葛蘭比消極地說：「成親王應該在船上放棄嘗試了，現在只是等著你在他的監視下安頓下來。這間房子算不錯，可是周圍太多偷偷摸摸的衛兵了。」

「所以才不用擔心啊，」勞倫斯說：「要是他們想殺我，現在早殺掉十幾遍了。」

「無畏已經起疑了，要是禁衛軍殺害你，他不可能留下來，應該會盡量把他們殺光，找到我們的船坐回英國。只不過龍失掉主人會很傷心，也可能離開我們，逃到野外。」

「這種事我們可以吵個沒完。」勞倫斯不耐煩地揮揮手。「至少今天他們只企圖讓無畏大開眼界。」他沒說他們的目標輕而易舉就達成了。要是告訴他們中國和西方對待龍的方法有如天壤之別，即使聽起來不像在批評祖國，也會像在抱怨。而他又一次意識到自己不是空軍出身，因此不希望說的話傷到葛蘭比。

勞倫斯坐著靜靜沉思，沒想到葛蘭比冒出一句：「你太安靜了。」讓他心虛地嚇一跳。葛蘭比又說：「無畏一向對新奇的事很熱中，他很喜歡北京城，我並不意外，不過有這麼嚴重嗎？」

勞倫斯終於鬆口：「不只是北京城的關係。這裡不只對他禮遇，整體而言都很尊重龍，龍全都很自由。今天我至少看到一百頭龍吧，他們在街上走來走去，誰也不會特別注意。」

「而我們即使只飛過攝政公園❷，下面的人也會驚叫四起，海軍部還會連發十封公函怪罪我們。」葛蘭比突然也憤憤不平地附和。「即使我們想在倫敦待著不動也不可能。倫敦街道只容得下最小的溫徹斯特龍。從空中就看得出這裡的規畫有條理多了，難怪他們龍的數量是我們的十倍以上。」

勞倫斯發現他說的話沒有得罪葛蘭比，這才鬆了口氣，肯討論這個話題：「約翰，你知道嗎？他們這裡要等龍十五個月大才會指派馭龍者，在那之前幼龍都由其他龍照顧。」

「讓龍不做正事，只照顧小龍，在我看來眞是浪費到極點。」葛蘭比說，「不過他們應該不覺得浪費吧。勞倫斯，那十幾隻紅色的大傢伙坐在那裡混吃等死，只要想到我們能怎麼善用他們，就覺得受不了。」

「是啊。不過我的意思是，他們似乎沒有野龍。」勞倫斯說，「恐怕我們輸的不只是龍的數量。」

「喔，現在差距沒那麼大了。」葛蘭比說，「以前一堆長翼龍都留不住，後來伊莉莎白女王才想出好辦法，讓她的侍女去馴養，這才發現長翼龍在女孩子手下像綿羊一樣溫馴。結果寶禮龍也是這樣。從前溫徹斯特龍還來不及裝上鞍具就迅雷不及掩耳地飛走，現在都讓他們在室內孵化，讓他們蹦蹦跳跳累一陣子，再給他們食物吃。扣除繁殖所被野龍藏起來而丟掉的蛋，三十隻最多只會有一隻失敗。」

僕人打斷兩人談話，勞倫斯揮手想趕走他們，但僕人連連鞠躬道歉，拉住勞倫斯的袖子，顯然想帶他們去主餐廳。原來是孫楷來找他們喝茶了。

勞倫斯沒心情和人作伴，哈蒙德來充當翻譯，卻仍是一副拘束、不友善的樣子，因此場面尷尬，幾乎都很沉默。孫楷禮貌地問他們過得習不習慣，喜不喜歡中國，勞倫斯懷疑中國人想藉此刺探無畏的想法，因此回答得很簡潔。孫楷終於說到找他們的目的時，他的疑心更重了。

孫楷說：「龍天倩想邀請你和無畏明天一早蓮花開之前，到萬蓮殿去和她喝茶。」

「先生，感謝您傳話。」勞倫斯淡淡地客氣說道，「無畏一直想多了解他母親。」他不希望讓無畏接受到更多誘惑，不過這個邀請可不能拒絕。

孫楷沉穩地點點頭：「她也很希望多了解她孩子的狀況。皇上很重視她的話。」他啜飲一口茶，又說：「你可以跟她談談貴國，還有龍天祥在貴國受敬重的情形。」

哈蒙德翻譯完他的話，立刻接在後面補充一句，好讓孫楷覺得那是翻譯的一部分：「先生應該看得出他在暗示要盡量討她歡心。」

大使離開之後，勞倫斯說：「孫楷一直很客氣，可是都不太熱情，眞不懂爲什麼要給我建議。」

葛蘭比說：「這不算什麼建議吧？他只是要你告訴她無畏過得很開心。這種事你自己也想得到，他只是禮貌提一下而已。」

「是沒錯。不過我們不知道她的看法這麼重要，也沒這麼重視他們會面。」哈蒙德說：「他身爲外交官，應該已經盡他所能，說了很多，只不過沒有公然坦白而已。眞是太好了。」哈蒙德寫了五封信給朝中大臣請求會面，以便呈上國書。但是信一封封完好如初地送回，也不准他離開小島和城裡其他西方人見面。勞倫斯覺得哈蒙德連連受挫，這時恐怕太過樂觀了。

隔天一大清早，勞倫斯就著晨光檢查前一晚拿去晾的上好外套和長褲，接著發現領巾該燙平，襯衫似乎有點脫線。他對葛蘭比說：「她肯送他到那麼遠的地方，看來不是多有母愛。」

「可是龍通常就是這樣，」葛蘭比說，「至少孵化出來以後就不太管了，只是第一次生蛋時比較緊張。她們倒不是不在乎小龍，只是小龍從蛋裡出來五分鐘，就能一口咬掉羊頭，不需要母親照顧。來，我來縫。我會燙焦衣服，不過縫東西倒沒有問題。」他由勞倫斯手中接過襯衫和針，開始縫補裂開的袖口。

「就算這麼說，她也不想看到他過得不好吧。」勞倫斯說，「不過沒想到她那麼得皇帝信賴。我還以為他們送走的天龍，血統應該沒那麼高貴。」小傳令兵這時拿燒熱的熨鐵來房裡，勞倫斯說道：「戴爾，謝謝了。」

勞倫斯盡量打理好自己的儀容，便在院子和無畏會合，而黃斑龍又回來護送他們。這趟飛行很短，不過很有趣。因爲飛得低，能看到宮殿的黃色瓦片上爬著一叢叢長春藤和爬藤。時候還早，大臣卻匆匆走過下方大片廣場和走道，飛過時還能看到他們官帽上七彩的珠寶。

他們要去的宮殿在紫禁城城牆後，從空中一目了然。一座長長的水池中滿是含苞水蓮，兩側各有一間雄偉的龍亭閣。寬寬的堅固橋樑橫過水池，曙光正照向南方院子黑色大理石的地板。

黃斑龍降落後，彎著身恭送他們離開。無畏走過時，勞倫斯注意到巨大亭閣下的其他龍在晨光中醒過來。一隻年老的天龍從最東南邊的隔間走出來，下顎的觸鬚長長垂下，就像鬍子一樣。他的大頭冠已經褪色了，原先黑色的龍皮變得近乎透明，還透出下面血肉的顏色。一隻黃斑龍亦步亦趨地隨侍在側，偶爾用鼻子推推他，帶他走向沐浴在陽光中的庭院。老天龍的眼睛是渾濁的淡藍色，白內障使得瞳孔都快看不見了。

又有幾隻龍現身，不過他們沒有頭冠、也沒有觸鬚，是帝王龍。這些龍的體色更多樣，有的和無畏一樣黑、有的是深靛藍。不過除了龍天蓮以外，色調都很深。龍天蓮這時正好從另一處專用的亭子走出來，獨自待在後面的樹木間，後來才走到池邊喝水。她一身白色龍皮，在其他龍之中有點像鬼魅，難怪有人因爲迷信而排斥她。其他龍刻意讓出空間來，她瞧也不瞧他們，回到樹木旁打了大大的呵欠，猛然搖頭甩掉頭上的水珠，接著莊嚴地走開。

龍天蒨在正殿等他們，身旁有兩隻特別優雅的帝王龍相伴，三隻龍都穿戴著華麗的珠寶。

她禮貌地低頭打招呼，用爪子彈彈一旁立著的鐘鈴喚僕人來。侍龍挪開位置讓勞倫斯和無畏到她的右邊，僕人搬了張舒適的椅子給勞倫斯坐。龍天蒨一開始並沒有說話，卻對他們指著前方的湖水。朝日始出，水面的光輝隨之北移，蓮花的花苞如芭蕾舞者般流暢地接連綻放，果眞有數千朵之多，鮮豔的桃紅花色襯著深綠蓮葉，景致十分迷人。

最後一朵蓮花也綻開之後，龍隻全都像鼓掌一樣以爪擊地，發出扣扣的聲響。這時僕人爲勞倫斯搬出一張小桌，其他龍則有一大只藍白瓷碗，碗中倒入辛辣刺激的黑色茶水。勞倫斯驚訝地看著那些龍愉快地喝下茶水，甚至還舔了舔碗底。他覺得茶的味道太強了，嚐起來很怪，幾乎像是燻肉的味道，不過仍然喝完以示禮貌。無畏急著一股腦兒喝掉，坐下之後臉上泛起狐疑的神情，似乎在思考究竟喜不喜歡茶的味道。

一名僕人悄悄站到龍天蒨旁翻譯。龍天蒨對勞倫斯說：「你千里迢迢來拜訪我們，會想家嗎？招待不周的地方，請多包涵。」

勞倫斯不曉得她的話是不是有所暗示，於是答道：「夫人，在下爲英王陛下效力，赴湯蹈火也在所不惜。而且我從十二歲第一次搭上船以來，就沒在家裡待超過六個月了。」

「那麼小就離家這麼遠，令慈一定對你寄望很高。」龍天蒨說。

「她認識在下當時的艦長蒙喬伊，我們兩家很熟。」勞倫斯抓住機會說，「只可惜您和無畏分別時沒有這樣的熟人。要是想知道之前的事，我將竭盡所知爲您解答。」

她轉向侍龍說：「清美、清書，帶天祥去池邊看蓮花。」話中用的是無畏的中國名字。

兩隻帝王龍頷首，站起來等無畏一起走。無畏有點擔心地看著勞倫斯說：「可是在這裡就很好看了，不是嗎？」

勞倫斯一心想和龍天蒨獨處，雖然不清楚要怎麼討她歡心，仍然向無畏擠出微笑說：「我會和你母親在這裡等你。去看蓮花吧，一定很美的。」

「別去打擾祖父或天蓮。」龍天蒨囑咐兩隻帝王龍，兩隻龍點點頭，便帶無畏離開了。僕人拿著新煮的壺子，爲勞倫斯和龍天蒨添茶。她這次悠閒地用舌頭舔茶來喝，過了一下才說：「據我所知，無畏在爲你們軍隊作戰。」

她的聲音中指責的意味非常明顯，甚至毋需翻譯。

「敝國所有有能力的龍都會保衛國土。爲國效力是我們的義務，並不會不光采。」勞倫斯說：「我向您保證，我們非常尊重他。英國的龍很少，即使最普通的龍都很寶貴，何況無畏是最珍貴的龍。」

她若有所思地隆隆哼了聲：「你們的龍爲什麼那麼少，少到必須讓最珍貴的龍去打仗呢？」

「敝國和貴國不一樣，國家很小，」勞倫斯說，「羅馬人來英倫群島馴服原生的龍，那時龍的品種只有寥寥數種。在那之後，龍不同品種間雜交，因此品種變多了。靠著用心蓄養牛隻，龍的數量也得以增加，可是仍然養不起貴國這麼多的龍。」

她低下頭熱切地端詳他，問道：「那法國人怎麼對待龍呢？」

勞倫斯直覺英國人一定比其他西方國家善待龍隻，卻悶悶不樂地想起他從前一直認為英國人對龍會比中國人好，來中國才發覺不是這麼回事。一個月之前，他談起英國人照顧龍的方式還很自豪。無畏和其他龍一樣，住的是光禿禿的空地，吃的是生肉，經常要操練，只有一點娛樂。勞倫斯身處蓮花環繞的宮殿裡，眞覺得和這隻美麗的龍說起他們照顧龍的方法，就像對英國女王誇耀他在豬舍裡養孩子一樣。法國人對龍即使沒英國這麼好，也不會差到哪去。而抹黑別人，也不能讓他們的行為變得合理。於是他最後答道：「一般而言，法國對待龍應該和英國差不多。我不知道他們承諾怎麼照顧無畏，不過法皇拿破崙自己也是軍人，我們離開英國時，他都還在戰場上，如果他有龍為伴，一定也會跟著他上戰場。」

龍天蒨這時突然說：「聽說你也是王族後裔。」她說著轉頭示意僕人，於是一名僕人拿來捲起的宣紙攤在桌上。勞倫斯訝異地看著那張紙，紙上端正的大字，是由他許久前年夜飯畫的族譜謄寫來的。她發現他這麼驚訝，問道：「沒寫錯吧？」

他從來沒想到她會聽說他的身世，也沒想過她會有興趣，不過他立刻壓下不情願的想法，要是他的血統能讓她認同，他願意從早到晚不停向她誇耀自己的地位。「我的家族古老而高貴。我自己則加入空軍，以身為空軍自豪。」只不過和他相同出生的人不會這麼認為。他心裡不禁慚愧。

龍天蒨滿意地點點頭，啜飲一口茶，讓僕人把族譜拿走。勞倫斯又開口說：「恕我冒昧，無論當時你們送無畏的蛋給法國時開了什麼條件，我都有信心代表敝國政府說，我們很樂意接受。」

但她聽了他的提議，只回道：「我們還有很多事要考量。」

無畏已經和兩隻帝王龍折回來了。同時白龍身邊也伴著成親王一同走回她的住處，成親王在她耳邊低語，一隻手親暱地放在她身上。她配合他的速度，走得很慢，同時也讓後面搬著卷軸和書冊、老不甘願的僕役跟上。無畏顯然加快了腳步，趕在龍天蓮之前走過，先回到正殿，兩隻帝王龍則耐心地等待龍和人經過，才走回來。

無畏等龍天蓮離開之後，回頭偷看一眼，問龍天蒨：「母親，她為什麼是那個顏色，好奇怪啊。」

「天之所惡，孰知其故？」龍天蒨嚴厲地說，「不准對她不敬。天蓮是傑出的學者，雖然是天龍，不需要參加科舉考試，多年前仍然中過狀元。而且她是你表姊。她父親天楚和我一樣，都是龍天賢的孩子。」

「噢。」無畏慚愧地說，接著怯怯地問：「那我父親是誰？」

「是龍清高。」她搖擺著尾巴，回憶起來似乎很愉快。「他是隻帝王龍，他的伴是個郡王，他們現在正在杭州西湖出遊。」

勞倫斯很意外天龍能和帝王龍配種，一問之下，龍天蒨證實了他的想法說：「天龍和天龍不能交配，我們的血脈要靠那樣延續。」她完全沒察覺勞倫斯震驚的樣子，繼續說：「現在母的天龍只剩下我和龍天蓮了，公的天龍除了祖父和天楚之外，只有天全、天明和天智，我們有的還是堂親或表親。」

晚上七點，勞倫斯回到房間裡，終於開始嚴重延後的午餐。和龍天蒨的會面結果持續了好幾個小時，爲了驅走飢餓的感覺，他一直喝茶，肚子都快撐破了。這時哈蒙德和葛蘭比來找他，聽他說會面的過程。

「所以只有八隻天龍囉？」也難怪哈蒙德驚訝得呆坐下來。

「他們怎麼可能一直這樣下去。」葛蘭比說，「他們一心只讓皇帝擁有，不怕血脈斷絕嗎？」

勞倫斯吞下一口食物說：「顯然有時會有帝王龍的父母生下天龍。現在最老的那隻就是這樣生下來的，其餘的都是他的子孫，有四、五代了。」

哈蒙德似乎聽而不聞：「眞搞不懂。他們只有八隻天龍，當初究竟爲什麼把他送走？當然至少是給法國配種，可是我、我不相信。他們沒當面見過拿破崙，而且他還在千里之外，不可能讓他們那麼敬佩。一定還有什麼我不知道的因素。各位，恕我失陪。」他心不在焉地說完，就起身離開他們。勞倫斯胃口缺缺地吃完飯，放下筷子。

「她至少不反對我們留下他。」葛蘭比打破了沉默，不過還是很喪氣。

過了一會兒，勞倫斯一半是爲了自己安心，開口說：「我不會那麼自私，剝奪他的快樂，不讓他熟悉自己的族人和家鄉。」

葛蘭比安慰他說：「勞倫斯，那是沒用的，即使給龍全阿拉伯的寶石，全基督教國家的牛，龍也不會願意和隊長分開。」

勞倫斯站起來走到窗邊。天晚了，無畏又在加熱的石板地上蜷起來睡覺。月亮爬上夜空，他在銀色的光輝照耀下十分迷人，開滿花的樹木低垂在他頭尾上方，池水反射出斑斑月光，映得他鱗片閃閃發亮。

「龍的確受不了和隊長分離，不過也不該拿這來考驗他。」勞倫斯低聲說完，垂下簾子。

譯註：

❶：神龍的「神」在此取其「意識」或「心神」之意。

❷：攝政公園位於倫敦市中心北部，占地一百六十六公頃。

第十四章

拜訪完龍天蒨的隔天，無畏一直很沉默。勞倫斯坐在他身邊，關心地望著他，卻不知道該說什麼、該怎麼問他在心煩什麼事。無畏如果對他在英國受的待遇不滿，想留下來，那也沒辦法。哈蒙德只要談判能成功就好，不會反對無畏留下。比起帶無畏回英國，他更希望獲准派駐常駐使節，簽下有利英國的條約。勞倫斯完全不希望太早逼他行動。

他們向龍天蒨道別時，她歡迎無畏隨時去找她，但並沒有這樣邀請勞倫斯。無畏沒有問勞倫斯能不能讓他去，卻不想聽勞倫斯唸書，只在院子裡踱步，渴望地望向遠方。勞倫斯終於不耐煩了，問他說：「你還想去找龍天蒨嗎？她一定很歡迎你去的。」

「可是她沒邀你。」無畏雖然猶豫，翅膀卻緩緩半張開來。

勞倫斯告訴他：「做母親的當然想單獨見自己的孩子。」

這理由就很充分了。無畏聽了開心起來，立刻動身。那天他很晚才回來，歡天喜地，一直說要再去。

「他們開始教我寫字了。」他說，「我今天已經學了二十五個字。要寫給你看嗎？」

「好啊。」勞倫斯可不是隨口附和，無畏寫完之後，他開始研究無畏寫的字，聽著無畏為他唸出來，還拿鵝毛筆照著寫。他學無畏發音，無畏卻覺得他唸得很奇怪。雖然他的中文沒什麼進展，不過無畏看他有心學習就很高興，所以他也不忍心拒絕，只好把度日如年的一天受到的龐大壓力埋藏心底。

但是除了自己的心情之外，勞倫斯還得應付哈蒙德對這件事的看法，這就讓人氣憤難忍了。這個外交官對他說：「你陪著他去拜訪一次，可以讓她安心，而且讓她有機會認識你。可是不能讓他一再單獨過去。要是他變得比較喜歡中國，決定留下來，就沒希望了，他們一定馬上遣送我們回去。」

「先生，夠了。」勞倫斯憤慨地說，「說無畏想和他親族相處，就表示他對英國不忠，根本就是在污辱他。」

哈蒙德堅持他的看法，於是爭論越演越烈，最後勞倫斯撂下一句話：「我就坦白說好了：我不認為我必須聽令於你。沒有人指示我要受你指揮，所以你根本不該命令我。」

他們之前的關係已經很冷淡，這下子更降到冰點。那天晚上，他和他的軍官用餐時，哈蒙德沒有來。不過隔天無畏還沒出發去找龍天蒨，他就和成親王一起來到亭子裡。哈蒙德對勞倫斯說：「成親王特地來看我們過得怎樣。你一定要來跟我一起歡迎他。」他特別強調最後一句，勞倫斯只好不甘願地起身專程迎接。

他心裡依然覺得成親王不懷好意，因此禮貌而愼重地說：「殿下，您太客氣了。我們在這裡很舒服。」成親王也很拘謹，面無表情地微微頷首，轉身示意一個小男孩跟著他。那孩子不到十三歲，身穿靛藍棉布做的樸素衣物，抬頭向他點點頭，於是經過勞倫斯身旁，直接走向無畏，兩手抱拳向無畏鞠躬，同時用中文對他說話。無畏有些疑惑，哈蒙德見狀，連忙插嘴說：「老天啊，答應他。」

「噢。」無畏遲疑地應了聲，接著對男孩說了些話，顯然同意了。

勞倫斯驚訝地看著男孩爬上無畏前腳，穩穩坐好。成親王的表情一向深不可測，但這時嘴邊卻露出一絲滿意，接著說道：「我們進去喝茶吧。」便轉身走開。

哈蒙德擔心地看男孩子一眼，急忙叮嚀無畏：「別讓他跌下來了。」那男孩盤著腿穩穩坐著，要是他會跌下來，佛祖像就會從山牆上爬下來。

羅蘭和戴爾正在後面的角落算三角數學，勞倫斯喚著她：「羅蘭，看看他要不要吃點什麼。」

她點點頭，走向男孩，用她彆腳的中文跟男孩說話。勞倫斯這時得跟著其他人穿過庭院，進房子裡去了。僕人加緊腳步擺放家具，為成親王搬來鋪著綢緞的太師椅還有腳凳，右前方則放著給勞倫斯和哈蒙德的一般椅子。僕人畢恭畢敬地端來茶水，成親王從頭到尾都不發一言。僕人退下以後，他也沒說話，只慢慢地啜飲茶水。

最後是由哈蒙德開口打破沉默，感謝他爲他們安排如此舒適的住所，讓他們受到周到的照顧，「參觀北京城更是我們莫大的榮幸，敢問這是殿下的意思嗎？」

成親王說：「那是皇上的意思。」他問勞倫斯：「隊長，你還滿意嗎？」

這根本不算問話。勞倫斯接著回答：「殿下，當然滿意，你們的城市太了不起了。」成親王微微一笑，脣間帶著一絲刻薄，沒再說什麼，而他也達到目的——勞倫斯別過頭，腦中浮起英國掩蔽所和中國城市的強烈對比。

他們又默默地坐了一會兒，哈蒙德才開口說：「不知皇帝龍體是否安康？殿下，我們想盡快拜見皇帝，呈上國書。」

「皇上他人在承德，暫時不會回北京，你們要耐心點。」成親王一副應付了事的樣子。

勞倫斯越來越火大。他先前就明目張膽要拆散他們，現在還想讓男孩成爲無畏的同伴。而哈蒙德居然一點也不反對，還和他禮貌對話。勞倫斯刻意問：「陪殿下來的那位外表不俗，是令郎嗎？」

成親王聽了皺起眉頭，冷冷回了句：「不是。」

哈蒙德察覺勞倫斯沒了耐性，搶在他開口之前說：「我們當然樂於配合皇帝，不過如果要等很久，希望我們能更自由活動，至少像法國大使一樣自由。殿下，您應該沒忘記從英國啓程不久，他們就心狠手辣攻擊我們。容我重申，和法國比起來，敝國與貴國的利益比較吻合。」

成親王沒表示反對，於是哈蒙德就繼續說了。他說得激動，最後講到拿破崙稱霸歐洲會影響貿易，中國將不能賺進大筆財富，而貪得無厭的征服者不斷擴張他的帝國，甚至還會打到中國門口。「拿破崙已經在印度對我們發動攻擊，而且他還不諱言想讓自己的功勳勝過亞歷山大。他成功得到印度，絕不會以此為滿足。」

對勞倫斯而言，拿破崙占領歐洲，征服俄國和土耳其，越過喜馬拉雅山攻下印度之後，根本不可能還有餘力和中國開戰，這樣的想法誇張得沒人會相信。至於貿易呢，成親王總是以中國能自給自足為榮，不會在乎這種事。沒想到成親王從頭到尾都沒打岔，只皺著眉聽哈蒙德說。最後哈蒙德又請求讓他們像德．吉涅一樣自由行動，成親王聽完沉默了好一會兒才說：「你們已經和他一樣自由了，不該再奢求。」

「殿下，」哈蒙德說，「您可知道，我們不能離開小島，甚至不能和英國官員通信。」

「他也不行，」成親王說，「讓外國人在北京城裡遊蕩，干涉中央、地方官員辦事，成何體統。」

哈蒙德聽了啞口無言，一臉錯愕。勞倫斯坐得不耐煩了，他很明白成親王只想拖延時間，讓男孩子討好無畏。成親王顯然從親戚中選出特別討喜的小孩，指示他盡量巴結無畏。勞倫斯倒不擔心無畏會鍾情於那個男孩，不過更不想配合成親王待在這兒當傻子。於是他丟了一句：「可不能放著小孩沒人照顧。恕我失陪。」接著一鞠躬就要離開了。

勞倫斯猜得對，成親王只是想讓男孩好好發揮，無意和哈蒙德講話，於是就這麼起身告辭。三人一起走到庭院裡，沒想到男孩已經從無畏腿上爬了下來，和羅蘭、戴爾在玩拋石子的遊戲，孩子嘴裡都嚼著船上的餅乾。無畏則晃到碼頭旁去享受湖上吹來的微風。

勞倫斯心裡暗自高興。成親王厲聲說話，男孩一臉愧疚，連忙爬起來。羅蘭和戴爾也心虛地瞥了眼丟下的功課，她注意著勞倫斯的臉色，著急地說：「我們只是想好好招待客人。」

「希望他玩得還愉快。」勞倫斯溫和的語氣讓他們鬆了口氣。「回去做功課吧。」他們匆匆回去讀書。成親王把男孩叫來跟前，和哈蒙德用中文交談幾句，就憤憤然揚長而去，勞倫斯幸災樂禍地目送他離開。

過了一下，哈蒙德說：「幸好德．吉涅也像我們一樣被限制活動。成親王應該無意爲這種事撒謊，只不過究竟爲什麼——」他困惑地停下來，搖搖頭又說：「也許明天能問出更多事吧。」

勞倫斯脫口問道：「你說什麼？」哈蒙德心不在焉地回答：「他說明天這個時候還會來，他想經常來拜訪。」

勞倫斯發現哈蒙德沒徵詢他的意思，就順從地同意人家再次闖入，不悅地說：「他愛怎麼想就怎麼想，不過我不會再呆呆陪著他。你高興浪費時間和絕不會認同我們的人套關係，不關我的事。」

哈蒙德有點火了：「成親王當然不會認同我們。中國人何必認同我們呢？我們只要說服他們就好，要是他願意給我們機會說服他，我們就有責任好好把握。沒想到客客氣氣喝點茶，你就不耐煩了。」

勞倫斯怒聲說：「你之前還不讓他們拆散我和無畏，我剛發現到這次成親王想找人取代我，你竟然一點也不在乎。」

「喔，被十二歲的小孩取代嗎？」哈蒙德質疑的口吻不太禮貌了。「閣下，我倒很意外你會緊張。要是你之前聽一下我的意見，現在就沒必要擔心了。」

「我才不擔心。」勞倫斯說，「可是我可不想忍受他那麼明目張膽，也不打算乖乖讓他每天闖進來羞辱。」

「隊長，恕我提醒，你之前說的話，我原話奉還。你不是我屬下，我也不是你屬下。」哈蒙德說，「外交的決定權在我手上。幸好是這樣，不然要是由你決定，我敢說你會高高興興地飛回英國，放著我們在太平洋的半數貿易機會在你背後沉入海底。」

「隨你高興。」勞倫斯說，「不過你最好跟他說清楚，我不會再讓那個孩子單獨和無畏在一起。別以爲我會容忍別人趁我不注意放孩子進來。」

「既然你都覺得我會騙人，會耍不道德的心機，那我也沒必要否認了。」哈蒙德氣得面紅耳赤，轉身離開，讓怒氣未消的勞倫斯心生慚愧，意識到自己的話並不公平。要是換作他自己，可能會氣得要求決鬥。

隔天早上，勞倫斯發現成親王見不著無畏，提早帶著男孩離開。他內疚地向哈蒙德道歉，卻不太成功。哈蒙德完全不接受他的歉意，冷冷地說：「可能是你不願意一起來得罪他，也可能是他的計畫被你料中，不過都不重要了。不好意思，我還有信件要處理。」他說完便離開房間。

勞倫斯不再堅持，打算去和無畏道別。但看了無畏暗自興奮，急著離開，勞倫斯之前的罪惡感和怒氣又浮上心頭。哈蒙德說得沒錯，孩童空洞的恭維，還不如讓龍天蒨和兩隻帝王龍陪伴他來得危險。只不過更沒理由埋怨她。

無畏會好幾個小時不在，但他們的住處不大，房間只由紙門隔開，還能模糊看到哈蒙德氣憤的身影，因此無畏離開之後，勞倫斯繼續待在亭閣裡寫信。距他上一次接到信件已經過了五個月，這時寫信其實多此一舉，而且也沒什麼好寫的。兩星期前的歡迎宴之後，幾乎沒發生什麼事，他又不想在信中提起和哈蒙德爭吵的事。

勞倫斯就這麼攤著信紙睡著了，猛然驚醒時差點撞上孫楷的頭。只見孫楷彎腰搖著他說：「勞倫斯隊長，醒醒啊。」

勞倫斯順口應聲：「怎麼了，什麼事嗎？」接著才驚覺孫楷說著一口純正的英語，帶的還不是中國腔，而是義大利腔。「天啊，原來您會說英文？」他回想起孫楷在龍甲板的那些場合，原來他完全聽得懂他們私下說的話。

「現在沒時間解釋。」孫楷說，「快跟我來，有人要來殺害您和您同伴。」

這時大約下午五點，夕陽照得亭閣外的湖水與樹木一片金黃，屋簷上的鳥兒時而鳴叫。孫楷平靜說出的話太過荒謬，勞倫斯一時間沒弄懂，過了半晌才憤然站起身說：「不給我解釋清楚，只說有人要來殺我，我哪兒都不會去。」他提高音量叫道：「葛蘭比！」

葛蘭比跑過來時，在隔壁院子裡窮忙的布萊斯探頭過來問：「長官，有什麼事嗎？」

「葛蘭比先生，有敵人要來襲。」勞倫斯說，「這間屋子不方便掩蔽，我們要去南方那間前面有池子的小亭閣。派人警戒，手槍塡好彈藥。」

「是。」葛蘭比回答完，轉身又跑走了。布萊斯沉默依舊，撿起他在打磨的海軍軍刀，遞了一把給勞倫斯，把其他的包起來，和磨刀石一起搬去亭閣裡。

孫楷跟著勞倫斯走，一面搖頭說：「太不聰明了。城裡最大的一幫混混正要攻過來，我在碼頭有艘船，夠你和所有部下帶著東西離開。」

勞倫斯研究著亭閣的入口。如同他的記憶，柱子不是木頭做的，是石柱，而且直徑將近兩公尺，非常牢固，紅漆牆下則是平整的灰磚頭。可惜亭頂是木構造，不過上了釉的屋瓦應該不太容易著火。他對布萊斯說：「想辦法找東西墊高，讓李格斯上尉和他的步槍手可以從花園裡的石頭後攻擊。威洛比，麻煩你去幫他忙。」

接著他轉身對孫楷說：「先生，您還沒說要帶我去哪裡，也沒說這些刺客是什麼人，爲什麼派他們來。我甚至沒理由相信您。您通曉我們的語言，卻瞞我們到現在。不知道您現在為什麼要轉變立場，不過我們受了這些待遇，現在可不想把自己交到您手裡。」

哈蒙德和其他人來找勞倫斯。他一臉疑惑，用中文和孫楷打了招呼，接著不自在地問：「請問發生什麼事了？」勞倫斯說，「孫楷說又有人要來刺殺我，看你能不能多問點東西出來。我要先當我們會受到攻擊，做些安排。」說到這兒，勞倫斯補充道：「對了，他英文說得很溜，你不用跟他說中文。」

他把訝異不已的哈蒙德交給孫楷，到入口處和李格斯與葛蘭比會合。

「只要能在前面的牆上打出幾個洞，就可以射中攻擊來的人。」李格斯敲敲磚牆說：「長官，不然的話，我們最好在中間設下掩體，等他們進來的時候再射擊。但是這樣就不能讓人拿劍擋在入口了。」

「設掩體，安排火力吧。」勞倫斯說，「葛蘭比先生，盡量封住入口，只容三、四個人並肩進來。其餘人力會排到入口兩側，避開彈火，在步槍齊射空檔時，用手槍和軍刀應戰，讓李格斯和他手下裝彈藥。」

葛蘭比和李格斯一同點頭。李格斯說：「沒問題。長官，我們還有好幾枝步槍，你可以來掩體幫忙。」

李格斯犯的錯太明顯，勞倫斯絲毫不給他台階下：「多的槍留下來射第二發，別把槍浪費在不是專業步槍員的人身上。」

凱因斯踉踉蹌蹌抱來一籃床單，上頭堆了他們房子裡拿來的三只精製瓷瓶，對他們說：「通常我的患者不是人類，不過至少能幫忙包紮、上夾板。我待在後面池子那裡。」接著他用下巴指指瓷瓶，揶揄道：「我還拿了這些瓶子來裝水。在英國拍賣，一個可以叫到十五英磅，拿的時候可別滑手了。」

「羅蘭、戴爾，你們誰裝彈藥的動作快？」勞倫斯問，「好，前三次齊射，你們一起幫忙裝彈藥，之後戴爾去幫凱因斯先生，有空就拿水瓶去裝水。」

葛蘭比等其他人離開之後，輕聲對勞倫斯說：「原來不停巡邏的衛兵都不見了，一定有人把他們叫走。」

勞倫斯默默點頭，揮手叫他回去準備。這時哈蒙德和孫楷走過來，勞倫斯說：「哈蒙德先生，請待在掩體後面。」

這位外交官急忙說道：「勞倫斯隊長，請聽我說，我們最好趕快跟孫楷走。他說要攻來的人是滿族的旗人青年，沒錢又不務正業，在本地爲非做歹，人數可能不少。」

「他們有砲嗎？」勞倫斯絲毫不聽他的勸。

「大砲？當然沒有，他們連毛瑟槍都沒有。」孫楷說，「不過有什麼分別？他們大概有一百多人，聽說還違法偷練了少林拳。」

哈蒙德幫腔道：「其中還有些人和皇帝有血源關係，即使是遠親，要是被我們殺了，還是很容易拿來當藉口，把我們趕出中國。我們得趕快離開。」

勞倫斯對孫楷說：「先生，請讓我們私下討論討論。」大使沒和他爭論，靜靜頷首，便走到稍遠的地方去。

「哈蒙德先生。」勞倫斯說著轉過身，「你才警告我別讓他們試圖分開我和無畏。你想想，要是他回來找我們，發現人和行李都無緣無故消失，他該怎麼再找到我們呢？他甚至可能相信我們談好條件，刻意留下他。成親王就曾經想這麼說服我。」

「那他回來發現你和我們全死光了，還不是一樣？」哈蒙德不耐煩地說，「何況孫楷之前就幫過我們，信任他也是有理可循。」

「我不像你那麼重視無關緊要的建議。對我來說，長久以來刻意隱瞞事情更嚴重。打從我們相識以來，他就一直在監視我們。」勞倫斯說，「我們不會跟他離開。過不了幾個小時，無畏就會回來了，我有信心可以撐到那時候。」

哈蒙德說：「也許他們已經想了辦法吸引他，把他留下來。要是中國政府打算把我們和他分開，只要他不在，他們就可能以武力辦到。我們安全離開以後，孫楷一定有辦法送信息到他母親住處給他。」

「他要就現在離開去傳信。」勞倫斯說，「你也可以和他一起走。」

「不，我不走。」哈蒙德紅了臉，轉身和孫楷說話。大使搖搖頭離開了，哈蒙德則從那堆軍刀中取一把刀走掉。

他們又準備了一刻鐘，把外頭三塊怪形怪狀的石頭拖進院子，做成步槍手的掩體，還拖來龐大無比的龍臥榻擋住入口大半的空間。太陽已經西沉，但小島上並沒有如常點起燈籠，也沒有其他人影。

「長官！」迪格比突然指著外面花園，輕聲說：「門外右舷二十二點五度方向。」

勞倫斯連忙說：「離開入口！」微光中他什麼也沒看到，不過迪格比年輕，眼力顯然比他好。「威洛比，把燈滅掉。」

起先他只聽到步槍手拉起扳機發出微微的喀答聲，外頭蒼蠅和蚊子持續不斷的嗡嗡叫，還有自己的呼吸聲在耳中迴響。等到習慣這些聲音後，他聽見外頭輕輕的腳步，不禁心想：好多人啊。幾碼之外猛然一陣木板斷裂聲。哈克萊躲在掩體啞啞低語：「他們攻進房子裡了。」

勞倫斯出聲道：「安靜。」他們默默警戒，聽著破壞家具、打碎玻璃的聲音從房子裡傳來。外面的火把在亭中投下黑影，隨著對方開始搜索，光影也怪異地搖曳跳動。

勞倫斯聽到外面屋簷處傳來彼此呼喊的人聲。他回頭望了眼，只見李格斯點點頭，三個步槍手便舉起槍來。第一個人出現在入口，發現龍臥榻的木板擋在前面。這時李格斯口齒清晰地說：「我來。」隨即開了槍。中國人才張口要喊，就倒在地上死了。

但外頭的人聽到槍聲，仍然叫喊起來，立刻便有拿著火把和刀的人蜂湧而入。三枝步槍齊射，又有三個人倒下，接著是最後一枝步槍的槍響。李格斯喊道：「裝火藥！」

敵人接連倒下，他們大部分的同伴都不敢再前進，只擠在門口剩下的小入口。空軍喊著

「無畏萬歲！」「英國萬歲！」從陰影中衝出去，和身旁的敵人打鬥起來。

勞倫斯在黑暗中等待太久，看了火把的光便覺得刺眼，木柴燃燒的煙霧又和步槍的煙硝混爲一氣。空間小到不能眞的鬥劍，除非中國人發出鏽味的劍斷掉，或是有人倒下，否則只短兵相接，把狹窄入口處幾十個人試圖推擠進來的力量頂回去。

迪格比太瘦小，撐不住人牆，因此專找空隙刺向敵人的手和腿。勞倫斯一手握在刀柄、一手扶著刀刃擋住三個中國人，沒時間拔槍，只好向迪格比喊道：「幫我拿手槍。」他們擠得太緊，自己也沒辦法挪動身子攻擊他，只能直直舉起劍砍下，打算以蠻力砍斷勞倫斯的刀刃。

迪格比幫他從槍套中拔出一把手槍，一開火就正中勞倫斯面前男人的眉心。其他兩人不由得退開，勞倫斯刺向其中一人的肚子，接著抓住另一人的右手把他摔倒在地。迪格比在他背上補了一刀，他就不再動彈了。

這時李格斯由後方喊道：「舉槍！」勞倫斯緊接著大吼：「門口淨空！」他一刀揮向跟葛蘭比僵持的男人頭上，逼著男人退後，然後和葛蘭比一同向後方逃開。地上磨光的石地沾了血，已經開始滑腳了。

有人遞來淌著水的水罐，他吞了幾口水，把水罐傳下去，用袖子擦擦嘴和前額。步槍齊發，之後又響了幾聲，接著他們又回去戰鬥了。

敵人已經知道要小心步槍，因此門前空出了一小片空間，許多人都在幾步之外的火把照耀下徘徊。孫楷沒有誇大，他們人數眾多，幾乎占滿了亭子外的庭院。

勞倫斯射中六步之外的人，接著把手槍抓在手裡。敵人衝回來時，他擊向另一人的頭側，然後又開始擋著刀刃強壓，直到李格斯再次大喊。

「幹得好，各位。」勞倫斯深深呼吸著。中國人聽到李格斯大喊就徹退了，沒有待在門口。李格斯很有經驗，會等到敵人再度進攻才讓步槍齊射。勞倫斯對其他人說：「目前我們占了優勢。葛蘭比先生，我們分成兩組，擋住下一波攻擊之後交換。塞洛斯、威洛比、迪格比和我一組；馬丁、布萊斯和哈蒙德跟著葛蘭比。」

迪格比說：「我沒辦法擋住他們，所以出的力比較少，一點都不累，兩組都可以參加。」

「好，不過空檔還是要拿水來，有空休息一下。」勞倫斯坦白地說，「你們應該都看到了，他們人非常多。可是我們的位置占上風，只要抓好規律，我們要撐多久就能撐多久。」

葛蘭比接著說：「我們禁不起有人慢慢流血而死，要是被砍到或擊中，馬上去找凱因斯包紮。」勞倫斯點點頭說：「打個暗號，就會有人來遞補。」

這時外面傳來眾人的叫喊，接著是奔跑的腳步聲，敵人又迎著齊發的步槍而來，跑到門口時，李格斯喊道：「發射！」

這次在門口抵抗的人少了，打起來更累人，幸好入口夠窄，即使人比較少，還能擋住。死去敵人的屍體已經堆了兩、三呎高，也變成可怕的障礙，有些敵人還被迫從屍體上伸出手和他們對打。填火藥的時間無比漫長，步槍準備好齊射時，勞倫斯非常慶幸能休息。他靠到牆邊喝著瓶裡的水，雙臂、雙肩和膝蓋都因爲一直出力而痠痛。

「長官，水瓶空了嗎？」戴爾急著問，勞倫斯把水瓶交給他，他便穿過房裡的煙霧跑向池子。霧氣緩緩升起，湧向屋頂的空洞。

有步槍等著，這一回中國人又沒有立刻衝向門邊。勞倫斯向亭子退幾步，想看到外面攻擊線之後的情況。但是火把的火光太眩目，只照到第一排的人急切注視入口、因打鬥而緊張的樣子，後面則是深不可測的黑暗。時間似乎永無止境，他眞想念船上的沙漏和定時響起的鐘聲。應該已經過了一、兩個小時，無畏就快回來了。

外頭突然傳來一陣喧嘩和規律的拍掌聲。勞倫斯的手自動抓向軍刀的刀柄。步槍齊射，葛蘭比喊道：「英國萬歲，英王萬歲！」便帶著他的小組上前抗敵。

然而入口處的敵人卻退到兩旁，留下葛蘭比和其他人不安地站在那兒。勞倫斯懷疑敵人說不定還是有大砲，沒想到空出的通道卻跑來一個人，彷彿要縱身躍向他們的劍。他們擺好架式等著，但他跑到三步之外，居然縱身躍入空中，在柱子上一踢，接著跳過他們頭頂，翻個筋斗落到石板地上。他全憑一雙腿，就躍入空中十呎高，安全落地，勞倫斯還沒見過這麼違反地心引力的動作。敵人的主力又開始衝向入口，男人則毫髮無傷地跳起身。勞倫斯喊著自己這組的部下：「塞洛斯、威洛比！」不過他們已經早一步趕上前阻擋他了。

男人身上沒武器，但是異常敏捷，靈活地從他們揮舞的刀劍前跳開，讓他們揮劍的動作一點也不像在奮力砍殺他，倒像在演舞台戲。勞倫斯離得比較遠，看得出那個人正逼著他們退向葛蘭比那組人的刀前，讓自己人的武器成爲威脅。

勞倫斯摸到腰間的手槍，拔槍後在嘈雜的暗中開始熟練操作，一邊聽著和他幾乎並進的步槍操作聲。他拿著碎布擦過槍口兩次，把擊槌拉到一半，摸索著腰間小袋裡的紙彈藥包。

塞洛斯尖叫了一聲，抱著膝蓋倒下去；威洛比轉頭看，刀舉到胸口防禦，中國人卻在他不留意的那一剎那又高高跳起，兩腳踢向他下顎，傳來頸骨碎裂的嚇人聲響。他被踢得離地一吋，兩手直直伸出，然後倒了下去，頭軟軟地靠到地上。中國人以肩著地，打個滾兒輕鬆站起來，轉過身看著勞倫斯。李格斯在他身後喊著：「快裝好！快點啊，混帳！」而勞倫斯的手仍不停動作，用牙齒咬掉包火藥的紙，幾粒沙沙的粉末在舌頭上留下苦味。火藥直直從槍口倒下，塞進鉛球，放入塡塞用的紙片以後用力壓緊。沒時間檢查底火了，他舉起槍轟掉男人的腦袋。男人離他不到一臂之遙。

中國人從蓄勢待發的步槍前退開，勞倫斯和葛蘭比連忙拖著塞洛斯到後面給凱因斯治療。塞洛斯的腿無力地掛著，低聲啜泣，不斷哽咽地說：「長官，對不起。」

他們把塞洛斯放下時，凱因斯嚴厲地責備：「拜託別再哀怨了。」說著毫不憐憫地甩了塞洛斯一個耳光。年輕人喘了口氣，立刻停下來，用手臂抹了抹臉。凱因斯檢查了一下，告訴他們：「膝蓋骨碎了，裂得乾淨，不過還要好幾個月才能站起來。」

「上好夾板就去找李格斯，幫他們裝火藥。」勞倫斯對塞洛斯說完，就和葛蘭比跑回門口。他在其他人身邊跪下，對他們說：「我們輪流休息。哈蒙德先去跟李格斯說留一把上膛的步槍，預防他們再派那樣的人來。」

哈蒙德氣喘吁吁，兩頰泛紅，點點頭沙啞地說：「手槍留下來，我來裝彈藥。」

布萊斯喝了口瓶裡的水，突然嗆得噴出水來，大喊：「耶穌基督啊！」眾人嚇了一跳，勞倫斯轉頭張望，才看到石板地上的水灘裡躺著兩指長的亮橘色金魚。

「不好意思，」布萊斯喘著氣說，「那傢伙在我嘴裡扭來扭去。」

勞倫斯睜大了眼，馬丁笑了出來，一時間大家都相視而笑。然後槍聲又響起，他們再度回到門邊。

勞倫斯倒是意外敵人的火把那麼多，小島上也有不少木頭，但居然沒放火燒亭閣。他們倒想到用煙燻，在房子兩側屋簷下築了兩小堆篝火，不過不知是亭閣設計好還是風太大，氣流捲起濃煙，就這麼吹出黃瓦屋頂下。剩下的煙雖然讓人不舒服，不過不至於受不了。池子邊的空氣比較清新，輪到休息的人就回到池邊喝水、呼吸新鮮空氣，在身上劃傷的傷痕塗上藥膏，把有流血的傷口綁上繃帶。

敵人砍下樹幹，還連著枝葉，就想拿來撞開門口障礙。勞倫斯喊道：「他們來的時候退到兩邊，砍他們的腿！」於是抱著樹幹的敵人勇氣十足地衝向刀刃，被刀一砍，即使離亭閣門口只剩三步，衝力也消失了。

前面幾個被砍得深及骨頭，又被手槍柄重擊而死，然後樹幹落了下來，更阻擋他們的進路。勞倫斯他們花了幾分鐘忙亂地砍掉枝葉，爲步槍手清理視野。完工之後，下一輪的槍早已準備好發射，而敵人也放棄用樹幹攻門了。

在這之後，戰鬥進入可怕的步調。中國人想突破少少的英國軍防守，卻死傷慘重，顯然灰心了，因此每一輪開槍都爲他們贏得更多休息時間。而李格斯和他部下受的訓練，是在酣戰中於時速三十海里飛行的龍隻背上射擊，門口才離他們不到三十碼，幾乎不可能射偏，因此每發子彈都正中要害。但是這樣戰鬥感覺特別漫長，一分一秒都像過了五倍的時間，勞倫斯開始用步槍攻擊的次數計時了。

輪到勞倫斯休息時，他跪到李格斯身旁，聽李格斯說：「長官，我們最好一次只射三發。反正他們已經學乖了，只射三發也擋得住。我雖然帶了所有的彈藥來，可是我們的彈藥畢竟沒有步兵多。塞洛斯在幫我們做，可是我想火藥最多只夠再撐三十輪。」

「沒辦法了。」勞倫斯說，「我們盡量在你們每次開槍之間撐久一點。你們每射兩輪，就讓一個人休息一次吧。」他把他和葛蘭比的火藥也交給他們，只多了七包，不過至少能增加兩輪，而且步槍要比手槍有用多了。

他用池裡的水洗把臉，這時眼睛比較習慣黑暗了。池裡魚兒逃竄，他看了不禁微笑。他解下濕透的領巾擰乾，脖子吹到風實在太舒服，一時之間真不想把領巾繫上，於是只洗乾淨晾著，便急忙回到門前。

又是一段無法度量的時間，敵人在門口的臉龐變得模糊難辨。勞倫斯和葛蘭並肩努力擋住幾個人，這時卻聽到後面傳來戴爾尖銳顫抖地叫著：「隊長！隊長！」但他沒時間停下來往後看。

「我來對付他們。」葛蘭比喘著氣，抬起厚重的赫斯靴踢向男人的下體。勞倫斯退開，匆匆跑向後頭。

池邊站了幾個全身濕淋淋的男人，還有一個正從池裡爬出來。他們似乎找到通往池子的水道，從下面游了過來。凱因斯動也不動地趴在地上，李格斯和其他步槍手一邊裝填彈藥、一邊跑來應戰。輪到休息的人是哈蒙德，他正拿刀向其他兩人瘋狂揮砍，把他們逼向水邊。不過他不會用刀，對方又有短劍，不久就會突破他的防守。

小戴爾拿起一只盛滿水的大花瓶，砸向揮刀要砍凱因斯的人。花瓶在男人頭上砸碎了，男人倒了下去，暈茫茫地滑進水裡。羅蘭跑過去抓住凱因斯的手術鉤，趕在男人爬起來之前，用銳利的鉤尖劃過他的喉嚨。他壓住傷口，鮮血卻從指縫噴出。

從池裡爬出來的人越來越多。李格斯喊著：「各自開火！」三個敵人應聲倒地，其中一人才剛冒出水面就沉了下去，雲狀的鮮血在水中散開。勞倫斯來到哈蒙德身旁，一同將他頑強抵抗的兩人趕回水裡。哈蒙德仍然埋頭劈砍，勞倫斯則以刀尖刺中其中一人，用刀柄在另一人頭上敲一記。那人失去意識倒入水中，半張的嘴湧出氣泡。

「把他們推進水裡，我們把通道堵起來。」勞倫斯爬進池裡，用力逆流推著屍體。他感覺到另一側傳來更大的壓力，還有人要從通道過來。「李格斯，帶你部下回前面去，讓葛蘭比休息。」他說，「這裡交給我和哈蒙德。」

塞洛斯一拐一拐跳過來：「我也來幫忙。」他的個子高，可以坐在池邊，用沒受傷的腿頂住屍體。

「羅蘭、戴爾，看看能不能幫忙凱因斯。」勞倫斯向後喊道，但是沒立即聽到回應，於是回頭看了眼。他們倆沒說話，正在牆角嘔吐。

羅蘭擦擦嘴站了起來，搖搖擺擺的樣子彷彿剛出生的小馬。她回道：「是，長官。」接著便和戴爾跑向凱因斯。兩人把他翻過身，只見眉毛上的額頭有一大塊血跡。他咕噥了一聲，他們爲他包紮時，他還昏沉地睜開眼睛。

另一側推擠的力量變弱了，接著漸漸消失。他們身後的槍響速度一輪接著一輪，突然加快，李格斯和他手下竟然以接近英國步兵的速度開槍。勞倫斯回頭看了看，但是看不到霧後面發生什麼事。

哈蒙德喘著氣說：「塞洛斯和我沒問題，去吧。」於是勞倫斯點點頭，拖著盛滿水的沉重靴子爬離水池，半途停下來倒出靴子裡的水，才跑向門前。

他還沒到前面，射擊聲就停下來，但是煙霧又濃又白，他們除了腳前那堆屍體之外，什麼也看不見。

他們站在那兒等待。李格斯和他部下的手顫抖著，裝填的速度更慢了。

勞倫斯走向前，用手扶著柱子保持平衡，但是前面已經沒有空地，堆滿屍首。於是他們走出門口，眨著眼穿過薄霧，迎向清晨的陽光，嚇得一群停在院子屍體上的烏鴉粗聲叫著，振翅飛過湖面。視線內沒有一點動靜，其他的敵人都跑走了。馬丁突然跪倒在地，手中的刀沉沉地落到石地上。葛蘭比上前扶他，結果也跌坐一旁。勞倫斯在自己的腿癱掉之前摸到一張小木凳，一股腦兒坐下，也不在乎凳子上倒著死人。那青年嘴角染著血跡，胸前子彈打穿的洞旁，藍衣服染成了紫色。

然而這時還不見無畏的蹤影。他仍舊沒出現。

第十五章

一個小時後，孫楷帶著十來個武裝人員來找他們，這些人有別於邋遢的混混，穿著衛兵制服。他小心翼翼地從碼頭進到院子裡，發現半死不活的勞倫斯一夥人。悶燒的篝火因爲沒燃料，已經自然滅掉了，英國人正抬著屍體堆到濃密的樹蔭下，免得太快腐敗。他們全都累得視線迷濛，知覺痲木得無法反抗。勞倫斯說不出無畏去哪了，也不知道該怎麼辦才好，只好任他們帶上船，到湖邊之後換成簾子全拉上的悶熱轎子。轎子搖搖晃晃，前進中不時有吆喝聲傳來，但他枕著繡花枕頭，隨即就睡著了，失去知覺，直到轎子被放下來被搖醒。

孫楷對他說：「請進。」拉著他站起來。哈蒙德、葛蘭比和其他隊員也從後面的轎子裡出來，昏沉虛弱的樣子和他差不多。勞倫斯累得無法思考，跟著走上樓，走到涼快舒適、帶著薰香香氣的屋裡，穿過長長的迴廊，進到面對花園庭院的房間。勞倫斯一進房裡，發現無畏在石地上蜷曲著睡覺，便跑向前，跳過陽台的低欄杆，叫道：「無畏！」孫楷用中文叫著，追在他後面，趕在他跑到無畏身邊之前攔住他。那隻龍抬起頭好奇地看著他們，勞倫斯這才發現他竟然不是無畏。

孫楷跪了下來，努力想把勞倫斯也拉到地上。勞倫斯甩開他，站穩身子，這才注意到旁邊的凳子上坐了一名年約二十的男子，身上深黃色的絲袍繡著龍紋。

哈蒙德跟著勞倫斯進房，這時抓著他的袖子低聲說道：「看在老天份上，快跪下，這是要成爲皇太子的綿寧。」說完自己雙膝跪下，照著孫楷的樣子磕了頭。

勞倫斯楞楞地看著地上的兩人，又望了眼年輕人，遲疑一下才對年輕人深深一鞠躬。他很清楚自己即使單膝跪下，臉色也會不好看，甚至累得會不小心雙膝著地。而且他不願意對皇帝磕頭，更別提皇太子了。

皇長子似乎不以爲意，用中文對孫楷說了些話，孫楷和哈蒙德才緩緩爬起身。哈蒙德對勞倫斯說：「他說我們可以放心在這裡休息。隊長，請你務必相信他，他沒有理由欺騙我們。」

勞倫斯說：「你可以問他無畏的事嗎？」他發現哈蒙德疑惑地看著那隻黑龍，補充道：「那隻天龍不是無畏。」

孫楷告訴他們：「龍天祥待在永春殿休息，有信差等在那裡，他一醒來，就會通知他。」

「他沒事吧？」勞倫斯沒打算知道他在那裡做什麼，只想弄清楚他爲什麼耽擱了。

「當然沒事。」孫楷像應付，但是勞倫斯累昏了，不曉得該怎麼讓孫楷解釋。幸好孫楷和善地說明：「他很好。我們不能打擾他，不過他今天就會出來，等他出來，我們就會帶他來找你。」

勞倫斯仍然沒頭緒，不過目前也想不出其他辦法，只好勉強說：「謝謝。殿下熱情招待，請代我們傳達無盡的謝意。如果我們舉止有任何不妥，希望他見諒。」

皇長子點點頭，揮手遣他們下去，孫楷帶他們從陽台回到房裡，也許擔心他們再跳出去到處閒晃，因此還站在一旁看著他們倒上床榻。勞倫斯想到他們根本沒力氣亂跑，差點就要笑出來，但念頭沒想到一半就墜入夢鄉。

「勞倫斯，勞倫斯！」他聽到無畏焦急地聲音喊著，睜開眼睛，發現無畏的頭從陽台伸進來，外面天色已暗。無畏又問道：「勞倫斯，你沒受傷吧？」

「噢！」哈蒙德醒來發現自己正對著無畏的口鼻，嚇了一跳，跌下床去。他痛苦地爬起身坐回床上，一邊說：「天啊，我好像八十歲、兩腿痛風的老人。」

勞倫斯吃力地坐起來，覺得身上每條肌肉都在他睡著時僵住了。「我沒受傷，好得很。」他高興地伸手放在無畏鼻頭上，感覺著無畏的存在。「你不是生病了吧？」

他無意指責無畏，但是實在想不出無畏爲什麼拋下他們。他的語氣多少透露了他的感覺，無畏垂下頭冠，沮喪地說：「沒有，我沒生病。」他沒再說什麼，而哈蒙德在場，勞倫斯也沒再逼問他。無畏羞愧的表現並不能解釋他爲什麼沒出現，但是勞倫斯逼問也沒好處，何況有哈蒙德在場，更不恰當。無畏縮回頭，讓他們到花園裡去。這次花園沒有耍雜技的人跳來跳去了。勞倫斯從床上撐著起身，小心翼翼地跨過陽台欄杆。哈蒙德跟在後面，雖然欄杆離地不過兩呎高，他卻幾乎沒辦法抬腿爬過去。

皇長子已經離開了，不過那隻黑龍還在。無畏向他們介紹，說那隻龍名叫龍天全。龍天全對他們沒什麼興趣，禮貌地點點頭，便繼續在潮濕的沙盤上用爪子寫字。無畏說他在寫詩。

哈蒙德向龍天全鞠完躬，坐到凳子上時又呻吟著低聲咒罵，咒罵的辭彙是從船員那兒學來的，實在不符合他的身分。不過勞倫斯看了前一天他的表現，願意原諒他。哈蒙德沒受過訓練，沒經過磨鍊，而且完全不認同他們，居然願意和他們一起拚命。

「先生最好別一直坐著，到花園裡走動走動吧。據我的經驗，這樣比較有效。」勞倫斯說。

「我還是去走走好了。」哈蒙德說完深呼吸幾次，努力爬起來，欣然握住勞倫斯的手，徐徐邁出步子。哈蒙德一開始走得慢，不過他年紀輕，他們才走到一半，他的腳步就輕鬆多了。這時他的好奇心也恢復過來，於是徐徐走去輪流仔細研究兩隻龍。庭院狹長，兩端有叢高大的竹子和幾棵較矮的松樹，中間很空曠，兩隻龍面對面趴著，更容易互相比較。

他們兩隻就像同一個模子刻出來的，只有身上的裝飾不同。龍天全從頭冠到整個頸子都以金網覆蓋，上面鑲著珍珠，雖然十分耀眼，不過劇烈動作時一定不方便。龍天全身上沒有疤痕，無畏胸口有幾個月前釘球留下的糾結圓形疤痕，身上還有其他的抓傷，不過都不明顯。除此之外，他們的表情與動作中，還有一股勞倫斯說不出的差異。

「這是偶然嗎？」哈蒙德說，「天龍都有血源關係，可是怎麼那麼相像呢？我都分不出來了。」

無畏聽到他的話，抬起頭答道：「我們的蛋是一起生出來的，龍天全的蛋先出來，再來是我的。」

「唉，我怎麼沒猜到。」哈蒙德癱到凳子上，卻開心了起來。「勞倫斯，勞倫斯——」他說著抓住勞倫斯的手搖了搖：「難怪啊，難怪，他們不想讓別的皇子爭皇位，所以才把蛋送走。天啊，可以鬆口氣了。」

勞倫斯被他激動的樣子嚇到了：「先生，事情應該就是你說的這樣，不過這對我們的現狀有什麼影響呢？」

「你還不懂嗎？」哈蒙德說，「他們只是利用拿破崙這個遠在天邊的皇帝，而我還一直傷腦筋，不懂他們甚至不讓我把鼻子伸到門外，德．吉涅怎麼能讓他們送龍給法國。哈！原來法國根本沒盟友，和中國也沒協議。」

「這的確是好消息，」勞倫斯說，「不過他們不成功，我們的地位並不會直接受惠。中國人顯然改變主意，想把無畏要回去了。」

「不對，你沒看出來嗎？只要無畏可能讓別人登上皇位，皇長子綿寧仍然有理由要他離開。」哈蒙德說，「這關係可大了。我一直都在瞎摸索，了解他們的動機以後，很多事都明白了。」他說到這兒，突然抬頭問勞倫斯：「忠誠號還要多久才會到呢？」

勞倫斯大感意外：「我不清楚渤海灣的海流和風向，沒辦法估得準。應該至少一星期吧。」

「真希望史丹頓已經來了，我有好多疑問還沒解答。」哈蒙德說，「不過最少還能跟孫楷問些事出來，但願他現在坦白一點。不好意思，我去找他了。」

他話才說完，就轉身跑進房裡。但他褲子膝蓋下的扣子全鬆開，一身滿是恐怖的血跡，襪子裂開的模樣非常驚人。勞倫斯跟在後面喊道：「哈蒙德，你的衣服——」卻慢了一步，他已經走了。

勞倫斯心想，他們來時沒帶行李，這就不能怪他們外表邋遢了。他對無畏說：「唉，至少他如願解開一些疑惑，而且現在知道法國和中國沒結盟，我們也能放心了。」

「是啊。」無畏無精打采地說。他整晚都很安靜，蜷著身子在園子裡沉思，尾巴末端在一旁的水池邊不安地來回擺動，濺得池水落到太陽曬熱的石板地上，形成一塊塊黑斑，倏然又乾掉消失。

哈蒙德不在了，但勞倫斯並沒有馬上要無畏解釋。他走過來坐到無畏頭旁，一心希望不用問無畏，無畏自己就會說。

過了一會兒，無畏問：「我的隊員都還好吧？」

勞倫斯說：「很遺憾，威洛比死了。另外有幾個人受傷，幸好傷勢都不重。」

無畏打了個顫，喉嚨深處傳來一陣痛苦的低鳴。「我應該回去的。我在那裡的話，他們就不敢傷害你們了。」

勞倫斯默默想起可憐的威洛比死得眞冤枉。過了很久，他才開口：「你沒派人說一聲，眞的很不應該。威洛比被殺，我並不怪你。他早在你平常回來的時間前就死了，而且即使知道你不回來，我也不會改變已下的決定。只是你的確逾時未歸。」

無畏又難過地輕輕哼了聲，然後低聲說：「我沒盡到責任，對不對？是我的錯，沒什麼好說的。」

勞倫斯說：「不是這樣。我們都覺得那裡很安全，你派人通知的話，我也一定讓你待下去。而且我們在空軍，覺得龍沒必要學習，所以還沒正式教你休假的規定。你不懂規定，是我的責任。」

他看到無畏搖搖頭，於是繼續說：「我不是爲了安慰你才這麼說。我不要你爲了自己不能控制的事內疚，而轉移了注意力。希望你明白自己眞的犯了錯。」

「勞倫斯，你不懂。」無畏說，「我不是因為不知道規定才沒派人通知，我一向很清楚規矩，只是沒想到會待那麼久、沒注意到時間過那麼快。」

勞倫斯為之語塞。無畏總是會在天黑前回來，他很難接受無畏居然沒注意到一天一夜過去了。要是他的屬下提出這樣的藉口，勞倫斯絕對認為在騙他。

他默默無語，無畏猜到他的想法，彎下身子抓了抓地面，爪子磨擦石頭發出了噪音，惹得龍天全抬起頭，壓下頭冠，隆隆地抱怨了一聲。無畏停下來，就這麼脫口而出：「我和清美在一起。」

「誰？」勞倫斯楞楞地問。

「龍清美。」無畏說，「她是帝王龍。」

勞倫斯弄懂他的意思，幾乎為之一震。無畏向他坦白，他以無畏為傲的同時，又感到內疚而難堪。

勞倫斯費盡全力擠出回答：「我終於懂了。嗯——」接著回復鎮定說：「你年輕力壯，又——又沒有戀愛過，當然不知道自己會多沉迷。我很高興你能說出來。這算是理由。」這雖然是勞倫斯的肺腑之言，但他其實不太想為了那種事原諒無畏。

成親王帶男孩給無畏，他和哈蒙德起過爭執，卻不曾真的怕無畏變心。然而，意外地發覺他的妒意有了根據，還是很難受。

清晨，孫楷帶他們到城外的大公墓埋葬威洛比。祭拜的人一小群一小群，仍讓廣大的墓地顯得擁擠。

無畏和出殯的西方面孔引起祭拜者的興趣，衛兵推開過分好奇的旁觀者，他們身後還是很快就跟了一堆人。旁觀者不久就增加到數百人，不過都維持尊重的態度，勞倫斯爲死者說弔詞，帶領部下禱告，全場都安靜下來。墳墓用白石塊建在地面上，像中式建築一樣有著翹起的屋頂，和附近的陵墓比起來也很精緻。葛蘭比靜靜地說：「勞倫斯，如果不會對死者不敬，應該畫張素描給他母親。」

「是啊，我早該想到的。」勞倫斯說，「迪格比，你可以想個辦法嗎？」

「請讓我找畫家來畫吧。」孫楷提議，「眞抱歉之前沒想到。請向他母親保證，我們會照規矩祭拜他。皇長子已經找了家室良好的青年來負責。」勞倫斯表示認可，沒再問個究竟。他記得威洛比老太太是很虔誠的衛理會教徒❶，她聽到兒子的墳墓建得雅致，有人照顧，一定會很欣慰。

他們之前在倉促迷惑之間離開小島，東西都還留著，因此結束之後，勞倫斯便和無畏以及幾名部下回小島收拾行李。島上的屍體已經清掉，不過敵人在亭閣外躲的地方留下煙燻黑的痕跡，石頭上還有乾掉的血痕。無畏默默端詳半晌，別過頭去。

他們先前住所裡的家具東倒西歪，門上的紙都扯破了，行李箱也被砸開，把衣服翻到地上亂踩一氣。

布萊斯和馬丁兩人負責收拾狀況還算良好的東西，勞倫斯則巡視各個房間。他的臥房給人徹底洗劫，床翻起來靠到牆邊，好像怕他躲在床下，買來的一捆捆東西被扔得滿地。瓷器的大小碎片從包裹裡漏出來，撒在地上宛如船跡，而絲綢被扯成一條條，像要裝飾似的掛滿整個房間。勞倫斯在房間角落找到包住紅花瓶的包裹，裡頭東西的形狀無法辨識。他彎腰拿起，小心拆開包裝，接著發現自己的視線矇矓了——光亮的瓶身完好如初，沒有一絲缺口，在下午的陽光中映著躍動的暗紅與深紅。

炎夏的烈焰已襲向北京。白天的石地熱得像打鐵時的鐵砧，風則將源源不絕的黃沙由戈壁大沙漠向東吹來。哈蒙德費盡心思慢慢談判，勞倫斯只覺得他一直在原地打轉。屋子裡不斷有蠟封的信件傳進傳出，小禮物收來送去，沒什麼實際行動，只得到模稜兩可的保證。這時大家全變得沒耐性，煩躁不堪，只有無畏還忙著學寫字、談戀愛，心情好得很。龍清美每天都來他們住所教無畏。她一身深藍，戴著鑲珍珠的美麗銀項圈，翅膀上有紫色與黃色的斑點，爪子上戴著一只只黃戒指。

她第一次來訪之後，勞倫斯注意到龍清美以龍的標準應該算很好看，覺得應該先讓步，於是對無畏說：「龍清美很迷人。」

「眞高興你也覺得她很美。」無畏的頭冠開心地揚起，輕輕顫抖，「她三年前才孵出來，剛通過科舉的初試。她很溫柔，還教我讀書寫字，不會取笑我不懂。」

無畏已經學會用爪子在沙盤桌上寫字了，龍清美還稱讚過他在黏土上寫的書法。在軟木上刻字需要鑿挖得更精確，不過不久之後，她就答應要教他。勞倫斯相信她的學生進步神速，她應當很滿意。勞倫斯看著無畏勤快地練習到天色漸黑，而龍清美不在時，他也常當無畏的聽衆，聽無畏吟詩。雖然聽不懂中國詩詞，不過無畏嘹亮的聲音十分悅耳，唸到精采部分，還會停下來翻譯給他聽。

其他人都沒什麼事做。綿寧有時會請他們吃午餐，還請他們看神奇的雜耍表演，表演的配樂不堪入耳，但幾乎清一色都是靈活如山羊的兒童雜耍演員。他們偶爾會在住處後面的庭院裡練槍，不過庭院熱得難受，練習完，一行人總是急著回到宮殿陰涼的走廊和花園中。

他們搬到宮裡約兩星期後的一天，無畏在院子裡睡著了，勞倫斯坐在俯看院子的陽台上讀書，哈蒙德則在房裡的寫字檯上處理文件。這時有個僕人帶信給他們。哈蒙德撕開蠟封，看了內容對勞倫斯說：「是劉寶寫的，他請我們到他家用餐。」

勞倫斯沉默一會兒之後，問道：「哈蒙德，你想他可不可能摻一腳？我不想這麼猜測，可是我們知道他和孫楷不同，不是綿寧下面的人，會不會是成親王同夥呢？」

「他的確可能牽連進去。」哈蒙德說，「他是滿人，有可能策畫攻擊。不過據我所知，他是太后的親戚，也是正白旗的官員，最好能得到他支持。要是他對我們不懷好意，絕不會公開邀請我們去。」

他們謹慎地出發，不過走到他宅邸門口，聞到誘人的烤牛肉香，提防的念頭就被拋到腦後。劉寶的廚子已經變成遊歷豐富的人，於是劉寶要他為勞倫斯一行人做了道地的英式餐點。薯條上多了點咖哩醬，塞滿葡萄乾的布丁有點過爛，不過看了烤牛肋上綴著顆顆洋蔥，大家都心服口服。而約克郡布丁❷則意外地成功。

他們拚命地吃，最後一盤菜端走時仍然滿滿的。恐怕有些客人也塞得滿滿地被抬走了。無畏吃的是生的現宰牲畜，不過廚師還是不得閒，不只給他一隻牛或羊，而是牛和羊各兩隻，再加上一頭豬、一隻山羊、一隻雞，還有一尾龍蝦。他盡責地清光了每道菜，然後微微呻吟著，不經同意就爬進花園，倒下來睡癱了。

勞倫斯正要道歉，劉寶卻揮手阻止說道：「沒關係，讓他睡吧，我們可以坐到觀月台上喝點酒。」

勞倫斯做好心理準備，不過劉寶難得沒太熱情地勸酒。喝到微醺坐在那兒，看著太陽落下灰藍的山巒，眼前無畏昏沉地在夕陽下熠熠生輝，眞是一大享受。勞倫斯完全不認爲劉寶有參與策畫攻擊，這麼想雖然不太理智，不過坐在人家家裡，肚子裡塞著他豐盛的食物，實在不可能懷疑人家。就連哈蒙德也都不情願地放鬆了，眨著眼努力保持清醒。

劉寶很好奇他們爲什麼會住在皇長子綿寧的宮裡。他應該與攻擊無關，因爲聽到他們被歹徒圍攻，他驚訝得很，還同情地搖搖頭。「眞的該想辦法治治這些混混，實在管不了他們了。幾年前，我有個外甥和他們有點牽連，他可憐的母親都快擔心死了。她以大禮祭觀音，在他們的南花園特地爲觀音擺了供桌。現在她兒子結婚，又開始讀書了。」他戳戳勞倫斯說：「你也應該讀書吧！要是你的龍通過科舉，你卻沒過，那不是很丟人嗎？」

勞倫斯震驚地坐直身子：「天啊，哈蒙德，他們眞的覺得我該去考嗎？」他很努力了，但是仍覺得中文像轉譯十次的密碼一樣晦澀，怎麼可能教他坐在七歲就開始學中文的人旁邊考試。

然而劉寶這時開心地說道：「我只是在逗你啦。」勞倫斯鬆了口氣，而劉寶又說：「別擔心，要是龍天祥眞的想和不識字的野蠻人做伴，誰也奈何不了他。」

「當然他那樣講你只是開玩笑而已。」哈蒙德翻譯完，半信半疑地解釋道。

「照他們做學問的標準，我的確是不識字的野蠻人，不過沒笨到裝聰明。」勞倫斯轉頭向劉寶說：「只希望談判的人和你看法相同，不過他們很堅持天龍只能成爲皇族的同伴。」

「不過要是那隻龍不肯接受其他人，他們也只得認了。」劉寶猶豫地說，「皇上怎麼不收你做養子呢？這樣大家都有面子。」

勞倫斯還以爲他在開玩笑，但是哈蒙德一本正經地看著劉寶：「先生，他們眞的會接受這種建議嗎？」

劉寶聳聳肩，又爲他們斟滿酒。「有何不可？皇上有三個兒子可以替他傳香火，沒必要收養子，不過多一個也沒差。」

一行人走向轎子準備回宮裡時，勞倫斯懷疑地問：「你想照這樣做嗎？」

「當然要你同意了。」哈蒙德說，「這辦法很不尋常，不過大家都能了解，這只是形式而已。」他越說越認眞，「說實在，我認爲這在各方面都很好，中國絕對不會和關係這麼緊密的國家開戰。想想看，這樣的關係對我們的貿易會有多大的幫助。」

勞倫斯父親的反應倒比較容易想像。他最後還是同意了，不情願地說：「如果你覺得這樣比較好，我也沒異議。」他原來想把那只紅花瓶送給父親，和父親講和的。不過阿連德勛爵聽到他像棄嬰一樣給人收做養子，即使對方是中國皇帝，恐怕那樣的花瓶也不夠討他歡心了。

譯註：

❶：衛理會（Methodist）為基督教主要宗派之一，由英國人約翰·衛斯理於十八世紀創立。

❷：約克郡布丁，為類似麵包的鹹布丁，呈杯狀，中間鬆軟，易吸收肉汁，是烤牛肉的配菜。

第十六章

萊利對早餐的稀飯不太有興趣，倒是樂意接過桌上遞來的茶，然後說：「只能說我們到達之前，他們雙方勢均力敵。我從沒見過這種事——敵方是二十艘船的艦隊，由兩隻龍支援。船是巡防艦一半大的平底帆船，不過中國海軍的船也沒大多少。眞不懂他們怎麼任由那麼多海盜橫行。」

史丹頓說：「他們的艦隊司令那麼理智，倒是讓人印象深刻。沒那種擔當的人，一定不肯讓人伸出援手。」

萊利可沒那麼厚道：「要是他寧可被炸沉，就太笨了吧。」

萊利和史丹頓那天早上才帶著忠誠號上的一小群人出現。他們震驚地聽完歹徒瘋狂攻擊的事，便開始說他們的船經過中國海的驚險遭遇。離開澳門一星期後，他們遇上一艘中國艦隊鎮壓海盜。那一大批海盜常在舟山群島❶出沒，襲擊中國船隻和西方的小商船。

萊利繼續說：「我們現身以後，事情就擺平了。海盜的龍沒什麼武器裝備，龍上的人想用箭射我們，可是他們根本沒有距離概念，飛得太低，毛瑟槍輕易就能打中，更不用說胡椒砲了。他們一嘗到苦頭就調頭飛走，而我們一次舷砲齊射，就炸沉三艘海盜船。」

哈蒙德問史丹頓：「艦隊司令有說他會怎麼向上級報告這件事嗎？」

「他沒說，他表示謝意時很謹慎。不過他到我們船上來，應該算讓步吧。」

萊利說：「我們讓他觀摩我們的大砲，他應該一心都在大砲上，顧不得禮貌了。反正我們看著他進港才繼續航行。船現在停在天津港，我們可能早點離開嗎？」

「我不想說得太白，不過大概不可能。」哈蒙德說，「中國皇帝還在北方避暑遊獵，還要幾星期才會回到圓明園。到那時候，應該能安排我們正式謁見。」

他又對史丹頓說：「我說過的收養一事，已經向他們提過了。除了皇長子綿寧之外，我們也得到一些支持，而您援助他們的事，可望扭轉他們的看法。」

「忠誠號可以一直留在天津港嗎？」勞倫斯擔心地問。

「目前沒問題，可是說實話，我沒料到食物會那麼貴。」萊利說，「他們沒有賣醃肉那樣的東西，牛肉又是天價，後來都在吃魚和雞了。」

「我們的錢要用完了嗎？」勞倫斯大肆採購，後悔得太遲。「我花錢有點浪費，不過還剩一些錢。他們發現金幣是真的以後，就變得貪得無厭了。」

「勞倫斯，謝了，不過我們還沒到山窮水盡，不需要搶你的錢用。」萊利說，「我擔心的是回程——應該還有隻龍要餵吧？」

勞倫斯不曉得怎麼回答，顧左右而言他，接著沉默了下來，讓哈蒙德繼續主導話題。

吃完早飯，孫楷來告訴他們晚上會設宴爲客人接風。

勞倫斯正在房間想要穿什麼衣服時，無畏探頭進房裡說：「勞倫斯，我想去找母親，你不會離開這裡吧？」

攻擊事件之後，無畏就格外關切勞倫斯的安危，不肯留下勞倫斯一個人。他疑心重重，幾個星期來，一直懷疑地注意僕人，提議了些保護勞倫斯的方法。他想出一份班表，讓勞倫斯隨時都有五個人守護，還在沙盤桌上畫出盔甲的設計圖，只不過那盔甲比較適合十字軍東征的戰場。

勞倫斯答道：「放心吧，我要讓自己夠體面，恐怕有得忙了。請爲我問候她。你會待很久嗎？今晚的宴席是爲我們辦的，可不能遲到。」

「好，我很快就會回來。」

無畏沒有食言，不到一小時就回來了。他壓抑著興奮，頭冠不住顫抖，前腳抱著一個長長的包裹。他要勞倫斯到院子裡去，然後害羞地把那包東西頂向勞倫斯。勞倫斯驚訝了半晌，才小心地拆開外面的絲綢，打開漆盒。黃絲墊上一把精巧的軍刀躺在刀鞘旁。他由絲墊拿起軍刀，握柄圓滑，重量平衡，基部寬，彎彎的刀尖兩側都十分銳利，刀面像上好的大馬士革鋼一樣帶著波浪紋，沿著後側的兩條血溝更讓刀刃顯得雪亮。

刀柄包著黑色的魟魚皮，鍍金的鐵護手上嵌著金珠與小珍珠，刀刃基部畫了金龍頭，以兩小顆青玉做眼睛。木質刀鞘上了黑漆，也以鍍金鐵片裝飾，用強韌的絲線固定。勞倫斯解下腰間耐用卻寒酸的海軍軍刀，扣上新的軍刀。

「喜歡嗎？」無畏急著問。

「很喜歡。」勞倫斯試著拔出刀來，刀身的長度恰好適合他的身高。「親愛的，眞的太好了，你怎麼會有這把刀？」

「其實不是我的功勞。」無畏說，「母親上星期稱讚了我的墜飾，我說那是你送的，說我也很想送你禮物。她說龍找到同伴時，龍的父母通常會送禮物，所以我可以從她的寶物中爲你選一件東西。我覺得這是裡面最好的。」他滿意地左右打量勞倫斯。

「眞的，這是最棒的禮物。」勞倫斯覺得幸福得誇張，努力保持鎭定。但回到房間繼續打扮時，還忍不住站到鏡子前欣賞他的軍刀。

哈蒙德和史丹頓都穿上了書生的長袍，他其他部下則穿著深綠外套和長褲，赫斯靴擦得閃亮，領巾洗淨熨過，連羅蘭和戴爾都很精明，洗完澡換上衣服後就坐在椅子上動也不動了。離開住處時，萊利穿著海軍藍外套、及膝褲和皮鞋，一樣帥氣，還氣派地帶著四名身穿鮮紅外套的海軍在後面壓陣。

廣場中間架了戲台，戲台雖小，不過台面有三層，還畫上金漆和斑斕的色彩，十分絢麗。

龍天蒨位在庭院北端的正中間，皇長子綿寧和龍天全在她左手邊，右側則爲無畏和一行英國人留了位置。那裡除了天龍之外，還有幾隻帝王龍，龍清美坐在較遠的下座，身上的金色裝束上鑲著玉石，十分優雅。勞倫斯和無畏入座時，她向他們點頭致意。白色的龍天蓮也出席了，她沒和其他賓客一塊兒坐，卻和成親王坐在一旁，慘白的顏色和周圍深色的帝王龍與天龍對比十分強烈。這天她驕傲揚起的頭冠裝飾著細緻的金絲網，額前掛著一大顆紅寶石垂飾。

「噢，綿愷在那裡。」羅蘭低聲對戴爾說，然後很快向綿寧身旁的一個男孩揮了揮手。男孩頭戴精美的官帽，身上的深黃色長袍和皇長子十分相似。他正襟危坐，看到羅蘭對他揮手，微微抬起頭回禮，馬上又低下頭瞥了眼桌子對面的成親王，確定老人沒注意自己的動作，這才鬆了口氣。

哈蒙德問她說：「你怎麼會認得三皇子綿愷？他有去找過皇太子嗎？」勞倫斯也很好奇，因爲他向來不准傳令兵離開他們的住所，不應該認識其他人，即使那個人只是小孩子。

羅蘭訝異地抬頭看著勞倫斯，說道：「咦，是你在島上介紹他給我們認識的啊。」

勞倫斯又仔細望著他。男孩包在華服中，看起來完全不同，幾乎看不出是不是成親王帶來的那個男孩子。

哈蒙德說：「什麼？你說成親王帶來的小孩是三皇子綿愷？」

他嘴巴在動，可能還說了什麼，可是突如其來的鼓聲卻蓋掉其他一切聲音。樂器應該藏在戲台下，不過一點也沒有因此變小聲，甚至大過二十四門砲近距離齊發的聲響。

戲裡用的全是中文，他們看不懂戲，不過仍覺得布景變換和演員的動作別具巧思。劇中人在三個不同高度間起落，花朵綻放，雲朵飄過，日出月落，同時還有迷人的舞蹈和舞刀弄劍。勞倫斯看得出神，不過鼓聲嘈雜、奏樂聲刺耳，有時還放鞭砲，聲音實在太大了，過了一陣子，他的頭痛了起來，心想中國人說不定也聽不出台詞。

他也沒辦法問哈蒙德或史丹頓台上在演什麼。他們倆從頭到尾就比手畫腳地在談話，完全不注意台上發生什麼事。哈蒙德帶了望遠鏡，他和史丹頓就用他的望遠鏡偷看院子對面的成親王。第一幕壯觀的收場揚起了陣陣煙霧火焰，他們只埋怨視線被擋住。

戲台更換布景，準備第二幕，因此有片刻的空檔，他們倆好抓住機會講話。哈蒙德說：「勞倫斯，很抱歉，你說得沒錯。成親王果眞想讓那男孩取代你，成爲無畏的同伴。這下我曉得爲什麼了。他想必打算讓男孩登上皇位，讓自己當攝政王。」

「皇帝年紀大，還是龍體欠安啊？」勞倫斯疑惑地問。

史丹頓意有所指地說：「都不是。他好得很。」

勞倫斯驚訝地說：「兩位，聽起來你們在指控他要弒兄、弒君。不是眞的吧？」

「不是眞的就好。」史丹頓說，「要是他眞的做了，我們就會身陷內戰，不管誰輸誰贏，我們都要倒楣。」

「現在還不會發生這種事，」哈蒙德信心滿滿地說，「皇長子綿寧不笨，我想皇帝也還算聰明。成親王帶孩子來的時候，幫他喬裝打扮了一番，一定有目的。我把事情原原本本告訴皇長子綿寧以後，他們一定看得出來，想必也明白這只是他計畫的其中一個環節。他先試著用條件賄賂你，不曉得他怎麼有權提出那些條件。接著他的僕人在船上攻擊你。就在你拒絕讓無畏跟那個男孩在一起以後，混混立刻就來襲。他的意圖還不明顯嗎？」

他有點得意忘形，讓無畏聽到了。無畏怒氣騰騰的說話聲嚇他一跳：「你的意思是我們有證據證明成親王是一切的主謀嗎？可以證明他想傷害勞倫斯，而且害死威洛比嗎？」他說著，龐大的頭便轉向成親王，細長的瞳孔縮成一直線。

「無畏，慢著！」勞倫斯連忙伸手放到他身上，阻止他，「別現在動手！」

「不行，不行，」哈蒙德警覺地說，「我當然不確定，只是我的假設，而且不能由我們行動，要交給他們來——」

台上演員就位，他們的談話也中斷了，然而勞倫斯的手中能感覺到無畏胸中的怒氣正在翻騰，低沉的隆隆咆哮無聲地迴盪。他的爪子抓著石板邊緣，長著棘的頭冠半張，發紅的鼻翼微搧，注意力全由台上的戲轉到看戲的成親王身上。

勞倫斯再次輕撫著他身邊，想引開他的注意。廣場上架了布景，滿是賓客，他可不敢想像無畏憑著對那個人的恨意冒然行動，會有什麼後果。勞倫斯更不敢想像成親王會怎麼報復。那人是皇帝的兄長，哈蒙德和史丹頓想出的情節太誇張了，別人不會輕易相信的。

戲台後傳來一陣銅鈸響和低沉的鈴聲，兩隻紙糊的龍現身了，鼻子裡噴出劈哩啪拉響的火花。龍身下幾乎所有演員都在最下層的戲台上，揮著刀和黏上寶石的短劍跑來跑去，演出一場大戰。鼓聲再度震耳欲聾，大到勞倫斯感覺受到一擊，肺裡的空氣被擠壓出來。勞倫斯喘著氣，伸出手摸了摸肩頭，才發現自己的鎖骨下冒出一把短劍的劍柄。

「勞倫斯！」哈蒙德叫著跑向他。葛蘭比對部下喊著，一面推開椅子，和布萊斯擋到勞倫斯前方。無畏低下頭來看他。

「我沒受傷啊。」勞倫斯困惑地說，怪的是他一開始不覺得痛，想站起身，舉起手臂才感覺到手上的傷口。鮮血從劍柄旁湧出。

無畏發出一聲駭人的尖叫，叫聲壓過喧嘩和音樂。在場的龍隻都撐起前腿看他。鼓聲猛然靜止。倏然降臨的寂靜中，羅蘭大喊：「是他丟的，我看到了，是他！」她指向台上的演員，其他演員都還拿著道具武器，只有那男人一身樸素，手上空無一物。他發現藏不住身，轉身要逃，但是慢了一步。無畏笨拙地躍入廣場，演員全尖叫起來，四處奔逃。而男人只尖叫一聲，就被無畏致命的利爪抓住，刺穿身子。無畏將他殘破的身軀粗魯地丟到地上，還伏在屍體上徘徊不去，確定男人確實死掉，這才抬起頭轉向成親王，露出牙齒兇狠地嘶吼叫著，接著大步朝成親王走去。龍天蓮隨即跳去擋在成親王前面，前腳拍下無畏伸出的爪子，咆哮了一聲。

於是無畏鼓起胸膛，頭冠上的棘伸長，拉著薄膜一同伸展，勞倫斯從沒看過他這個樣子。龍天蓮毫不退縮，輕蔑地對他吼了一聲，羊皮白的頭冠平展開，兩眼布滿血絲。她邁步走進廣場，迎向他。

院子裡的人倉皇逃逸，演員拖著鼓、鈴、胡琴和道具逃離戲台，發出可怕的噪音。觀眾撩起長袍下襬，略有尊嚴但步履迅速地離開。

「無畏，住手！」勞倫斯明白太遲了。傳說中野地裡的龍相鬥，總會戰到至少一方倒下。而白龍顯然比他年長，體型又大。他掙扎著想用另一隻手解下領巾，一邊對葛蘭比說：「約翰，幫我把這鬼東西拔出來。」

「布萊斯、馬丁，幫他固定肩膀。」葛蘭比指揮他們就位，接著握住短劍把劍拔出。劍刃磨過骨頭，鮮血在目眩的一瞬間噴出，他們立刻用領巾充當繃帶壓住傷口，緊緊包紮好。

戲台占了大半的院子，周圍還圍著空盪盪的座位，他們能活動的範圍不大。無畏和龍天蓮仍在對峙，稍稍前後移動，雙方幾乎目不轉睛地看著對手。

「沒用的。」葛蘭比低聲地說，一面抓住勞倫斯的手臂幫他站起來。「他們一旦像那樣開始決鬥，干預的人一定會被殺。」

「好吧。」勞倫斯沙啞地說著，推開他們的手。他還能忍受傷口的痛，腳步穩住了，不過胃還是緊張糾結。他轉身對隊員下令，「大家站開。葛蘭比，帶人回去拿我們的武器來，以防他們派衛兵抓他。」

葛蘭比帶著馬丁、李格斯跑開，其他隊員則從座位間爬開，遠離打鬥。廣場幾乎空了，除了和兩隻龍有密切關係的人，只剩下幾個不怕死的在看熱鬧。龍天蒨不滿又焦急地看著，龍清美在大家逃離時退到後面，跑一半又偷偷回來，待在龍天蒨身後。

皇長子綿寧也沒離開，他退到了安全距離外，不過龍天全仍然十分不安。綿寧靜靜地把手放在龍天全身上，對他的侍衛說話。侍衛不顧三皇子綿愷抗議，抓起他撤離。成親王看著這一幕，冷冷地向綿寧點頭表示嘉許，自己卻覺得沒必要離開。

白龍赫然嘶嘶叫了聲，同時出擊。勞倫斯緊張一下，但無畏在千鈞一髮之際退開，白龍紅色的爪尖在他喉嚨前數吋處劃過。無畏以強有力的後腿蹲踞，伸爪撲出，逼得龍天蓮笨拙地後退，失去平衡。她張了一下翅膀幫忙站穩，無畏再襲向她時，她便躍入空中。他立刻隨她升空。勞倫斯一把抓起哈蒙德的望遠鏡，想看清他們的去向。白龍比較大，展翼也寬，馬上甩掉無畏，優雅地回身，殘酷的意圖招然若揭——她準備俯衝攻擊。然而，無畏開頭時的衝動一過，經驗便派上用場。他明白她的優勢所在，不再追趕，繞開之後飛離燈籠的光線，隱入暗中。

勞倫斯說道：「幹得好。」龍天蓮疑惑地在半空中拍著翅膀左右張望，睜著奇異的紅眼望向夜空。無畏突然吼著由空中直直撲向她，但她沒有遲疑，以驚人的速度閃開攻擊，還在無畏漆黑的身上抓出三條血痕。濃濃的深色血滴到院子裡，映著燈籠的光閃耀。龍清美輕輕嗚咽了聲，爬近了點，龍天蒨轉頭嘶聲威脅她，她只好服從地伏下身子，接著繞在一叢樹木旁專心觀看。

龍天蓮利用她飛行的速度來回衝向無畏，引誘他浪費力氣攻擊，不過無畏學聰明了，保留了攻擊的速度。勞倫斯只希望他不是因爲傷口疼痛才慢下來。他成功地誘得龍天蓮飛近他，接著突然兩爪一伸，抓住她的腹部和胸部。她痛苦地叫出聲，慌亂地拍翅想飛離。

成親王喪失冷靜，一躍起身，撞倒了椅子，握拳看著他們。白龍的傷口看來並不深，不過似乎非常震驚，痛得哀嚎，振翅在空中舔著傷口。宮裡的龍身上都沒有任何傷疤，勞倫斯這才想到，她很可能沒有眞正打鬥過。

無畏收起爪子在空中逗留了一下，見龍天蓮沒有再襲來，便抓住空檔俯衝向他眞正的目標——成親王。龍天蓮猛然抬起頭，又尖叫一聲，忘記有傷在身，奮力鼓動翅膀衝向他。他接近地面時被她攔住，撲了上去，肢體、翅膀交纏，把他拖離俯衝的路徑。

他們一同滾落地上，同聲嘶吼，像隻八腳獸兇殘地抓著自己身子，兩隻龍都不理會身上的抓傷，也無法深呼吸吐出神風攻擊。他們的尾巴四處揮打，打倒了盆栽，一擊鏟平一大叢竹子。勞倫斯抓住哈蒙德的手臂，拖著他躲開竹幹，任竹子撞上坐椅，發出空洞的聲響。

勞倫斯抖去頭髮和外套領子上的竹葉，用完好的那隻手撐起身子，由竹子下爬起來。無畏和龍天蓮在酣戰中撞歪了戲台一根柱子，富麗堂皇的戲台開始緩慢而近乎威嚴地歪向一邊，顯然不久就會塌下來，但是綿寧並沒有閃避，卻走來伸手要扶起勞倫斯，大概還沒意識到自己身處險境。他的龍天全一心擋在他和兩隻龍間，也沒注意到戲台的狀況。

勞倫斯奮力跳起來，搶在華麗的戲台倒下之前把綿寧撲倒。台架砸在院子石地上，木頭裂成一截截。他在皇長子身上壓低身子躲避，用沒受傷的手保護後頸。木片甚至穿過外套的鋪棉絨布刺痛了他，一片木片穿破褲子刺進大腿，另一片飛過的木片利如剃刀，劃開他太陽穴上的頭皮。

飛散的木片落盡，勞倫斯擦著臉旁的血爬起來，才發現成親王面露吃驚的表情倒在地上，一大片木片穿出他的眼睛。

無畏和龍天蓮從糾纏中分開，跳到兩旁，蹲踞著向對方咆哮，尾巴憤怒地擺動。無畏伸出前腳正要再攻擊，回頭望了眼成親王，卻停住了。龍天蓮一躍而來，他躲開攻擊，跳向一旁，而她這時才看見地上的人。

她楞了好一會兒，微風中只有她的頭冠微微揚起，腿上鮮血涓涓流下。她徐徐走向成親王的屍體，低下頭輕輕蹭他一下，像在讓自己確定她了然於心的事。

勞倫斯見過猝死的人，成親王和他們一樣不會抽搐，動也不動，癱平身子。肌肉最終放鬆的那一刻，訝異的表情也一同消失了。他臉上此時平靜而不帶笑意，伸出的一手手掌微張，另一手覆在胸前，璀璨的袍子仍在火把光線中閃爍。幾名僕人和侍衛沒逃離廣場，小心地回到廣場邊盯著這一幕，其他龍沉默不語，大家都沒靠近。

勞倫斯擔心龍天蓮會放聲尖叫，但她卻一聲不吭。她不再轉向無畏，只低頭以爪子小心撥開成親王長袍上的木屑、木片和幾片破竹葉，接著用兩爪拾起屍首，默默地帶著他飛入黑暗。

譯註：

❶：舟山群島，位於今浙江省沿海。

第十七章

裁縫不斷從四面八方伸手捏痛勞倫斯，但他周圍被包圍住，身上還穿著沉重的黃袍，袍子因為金線、綠線繡的龍紋而硬直，寶石做的龍眼睛鑲滿袍子，更添重量，他想躲也躲不掉。肩上受傷已經是一星期前的事了，但在沉重的衣物下仍然疼痛，裁縫又一直移動他手臂，調整袖子。

「你還沒好嗎？」哈蒙德急得探頭進房裡問，接著用連環珠砲似的中文催促裁縫，一名裁縫匆忙間失手用針戳到勞倫斯，他急忙閉嘴吞下驚叫。

「不是兩點要到嗎？我們沒遲到吧。」勞倫斯忘了不該動，轉頭想看鐘，結果遭到三面來的責罵夾攻。

「和皇帝約好時間，應該早好幾個小時準備好，何況今天的場合這麼重要。」哈蒙德拉了張凳子來，撩開袍子坐下。「你還記得要說的話嗎？順序沒忘吧？」

勞倫斯點點頭，又被罵了一次。他的姿勢太難受了，至少這樣能讓他分心。他們最後終於放他離開，由其中一名裁縫尾隨著調整衣服的肩膀，跟過半個迴道，哈蒙德還在一旁催他快走。

三皇子綿愷的證詞顯示他是無辜的，同時證明成親王的陰謀。他保證男孩可以得到自己的天龍，還問他想不想當皇帝，不過沒說清楚要怎麼讓他爬上皇位。成親王的支持者堅信不該和西方接觸，事發之後都被貶官，讓綿寧在宮中重新得勢，因此也沒有人反對哈蒙德提議的收養一事了。皇帝下詔書同意收勞倫斯爲養子，對中國人來說，等於命令他們立刻辦妥，於是一反之前拖拖拉拉的態度，事情都俐落了起來。日期訂下之後，僕役便湧進他們在綿寧宮中的住處，把他們的家當都裝箱打包帶走。

皇帝正在圓明園避暑，距離北京乘龍只需一天的時間，因此他們匆匆忙忙就到了圓明園。夏焰把紫禁城花崗岩的空地烤得火燙，在圓明園則因草木和精心維護的湖泊而完全收斂了。圓明園如此舒適，勞倫斯這才明白皇帝偏好這裡的原因。

只有史丹頓獲准陪同勞倫斯和哈蒙德參與收養儀式，萊利和葛蘭比領著其他屬下護衛。皇長子綿寧借了遠超過英方人數的侍衛和官吏，讓勞倫斯隨從的聲勢符合身分。他們一同離開暫住的樓閣，前往皇帝將接見他們的宮殿。他們走了一小時，越過了六座湖泊小溪，侍衛不時停下來爲他們指出特別雅致的景色。勞倫斯不禁擔心他們不能準時到達。不過他們終究來到宮殿，被領到牆垣圍繞的院子裡，等候皇帝召見。

等待似乎永無止境，他們坐在閉不通風的炎熱庭院，汗水漸漸濡濕長袍。僕役帶來一杯杯冰塊、一盤盤熱食，勞倫斯只得逼著自己品嘗。他們還端出一碗碗牛奶和茶，以及給他們的贈禮——金鍊子完美地鑲上一大顆珍珠，幾卷中國詩文。無畏得到一組金銀爪套，跟他母親有時會戴的很像。他們之中只有無畏不怕熱，馬上開心地戴起爪套，就著陽光欣賞爪套的光輝，其他人則越發昏沉。

那些官吏終於出來了，鞠躬將勞倫斯迎進去。哈蒙德和史丹頓跟在後面，由無畏殿後。接見廳四面開敞，掛著美麗的薄布簾，缽裡一堆金黃的水果飄著桃子香。牆邊沒有椅子，只有皇帝坐的紫檀寶座和一張龍臥榻，上面躺了隻公天龍。

皇帝身材結實，下巴寬厚，不像綿寧面容削瘦。他留著兩撇八字鬍，雖然年近五十，鬍鬚依然墨黑。他泰然自若地穿著極其華美的皇袍，耀眼的黃色只在宮殿外的禁衛軍身上見過。勞倫斯心想，他進宮過幾次，連英王穿著王袍都沒那麼愜意。

皇帝皺著眉，並非不悅，只是在沉思，看到他們進來，便期待地點頭。綿寧微微低著頭，立在寶座兩側的達官顯貴中。勞倫斯深吸口氣，小心地雙膝著地，聽著官吏粗聲計算跪拜的次數，每次伏到地上，都能看見身後的哈蒙德和史丹頓跟著照作。地板是由磨亮的木板鋪成，上面蓋著精緻的地毯，動作做起來並不會難過，不過這動作仍然有違他的意願。完成形式之後，他欣然起身，幸好皇帝沒有擺架子，皺起的眉頭倒是平緩了，大廳裡緊張的氣氛也一掃而空。皇帝這時站起來，帶著勞倫斯走到東側的一張小神桌前。勞倫斯照哈蒙德辛苦教他的，在神桌上點起手上那束香，看了哈蒙德微微點頭，知道至少沒犯什麼大錯，這才鬆了口氣。這次他得在神桌前跪下，雖然這更接近褻瀆，不過他卻羞愧地發覺比向人跪拜容易忍受。他悄悄向上帝祈禱，希望表明他無意打破基督教的戒律。跪拜完後，最糟的部分就完成了。他們傳無畏來舉行儀式，以示勞倫斯和他正式成爲同伴，勞倫斯愉快地重述誓詞。

皇帝坐回寶座，看著典禮進行，這時讚許地點點頭，向他的隨從比了簡短的手勢。立刻有人搬著桌子進到大廳中間，不過沒搬來椅子，倒是拿來更多冰塊。皇帝由哈蒙德翻譯，詢問勞倫斯的家庭狀況，很訝異勞倫斯還沒結婚生子。結果勞倫斯不得不被嚴厲地訓了半天，說他不顧家族責任。其實勞倫斯不太在意被訓斥，只慶幸沒有出錯，而且折磨又將近尾聲。

他們離開時，哈蒙德一臉蒼白，走回住處的路上還得停下來在凳子上歇息。幾名僕役爲他拿水搧風，他直到臉上回復血色才蹣跚地繼續走。

他們好不容易把哈蒙德送回房裡，史丹頓握著他的手對他說：「先生，恭喜你，老實說我根本不相信可能成功。」

哈蒙德被他感染了愉快的心情，重複說道：「謝謝，謝謝。」不過整個人都快癱下去了。

哈蒙德不但讓勞倫斯成爲皇室一員，皇上還賜了北京內城一幢宅邸給勞倫斯。這不是正式的使館，不過哈蒙德可以應勞倫斯之邀在那裡久住，所以實際並沒有差別。就連叩頭一事都皆大歡喜。對英國人來說，勞倫斯是以養子的身分，而不是代表英王下跪。中國人也很滿意他們照規矩來。

史丹頓和勞倫斯站在他們房外時，對勞倫斯說：「哈蒙德跟你說了嗎？大清郵政送來一些廣州官吏極為友善的訊息。皇帝表示將免除英國商船今年的稅務，東印度公司獲利不少，不過中國人有了新觀念，長久來看更有好處。對了——」史丹頓說到這裡，遲疑一下。他的手扶上紙門邊，正要進門。「要你留下來，應該會有違你的職責吧？我當然明白英國本土很需要龍，但其實你待在這裡，幫助也很大。」

勞倫斯終於回到房間，把一身衣物換成普通的棉布長袍，便到外面橙花清香的樹蔭下找無畏。無畏的書架上攤了一卷書，卻沒在閱讀，只望著附近的水池。池上橫著九拱長橋，池水被夕陽染成橙黃色，橋在水中投下黑影，池中的蓮花隨著天色暗去，開始收起花瓣。

他轉過頭蹭蹭勞倫斯打招呼。「我在看龍天蓮，在那裡。」他說著，揚著鼻頭指向水池對岸。白龍正獨自過橋，身邊只有一名高大黑髮、學者裝束的男人。男人看來有點怪，勞倫斯瞇眼仔細看了半天，才發現他沒剃髮、也沒蓄辮子。龍天蓮走到橋中央時停了下來，轉身注視勞倫斯和無畏。勞倫斯注意到她紅眼堅定的目光，不自覺伸手放上無畏的頸子。

無畏哼了聲，微微揚起頭冠，她卻沒停留，高傲地挺著頸子轉身繼續走，不久就消失在樹林後。無畏說：「不知道她會怎麼樣。」

勞倫斯也猜不出。她早在剛發生噩運之前就被視為不吉利，絕不會有人願意當她同伴。他甚至聽到幾位大臣說是她為成親王帶來噩運。要是讓她聽到這種話，可就太殘酷了。有人認為應該將她驅逐出境。「她或許會進到與世隔絕的繁殖所吧。」

「他們應該沒有特別用來繁殖的地方。」無畏說，「我和清美不用到——」他倏然住口，要是龍會臉紅，他一定面紅耳赤，連忙改口說：「也許有吧。」

勞倫斯緊張地問：「你很喜歡龍清美吧？」

「嗯，是啊。」無畏憂愁地說。

勞倫斯沉默了。他拾起還沒成熟的黃色小果實在手中搓揉，片刻之後才開口。「只要風向沒問題，下次順潮的時候，忠誠號就會起航。」他低聲地說：「你要留下來嗎？」他發現無畏聽了很驚訝，於是補充道：「哈蒙德和史丹頓說，如果我們留在這裡，會幫英國帶來更大的利益。你想留下來的話，我會寫信給藍登，告訴他最好派我們駐守在這裡。」

「噢。」無畏低頭看著書架，並沒有要看書，只是思考著，「你還是想回家對吧？」

「說真的，我的確想回去。」勞倫斯沉重地說，「可是我更希望你快樂。你看過中國龍的生活，我不知道怎麼讓你在英國過得幸福。」這些批判祖國的話很難啓齒，他無法再說下去了。

「中國的龍沒有比英國龍聰明。」無畏說，「巨無霸或百合一定也能學會讀書寫字，或是從事其他職業，不該把我們龍像動物一樣關起來，除了怎麼打架，什麼都不教。」

「對，你說得沒錯。」中國隨處可見的例子，都令英國對待龍的方式站不住腳。即使有些龍塡不飽肚子，中國的方式也瑕不掩瑜。他自己寧可餓肚子，也不願放棄自由。這種事向無畏提起，根本就是在污辱他。

他們倆一同沉默了許久。僕役進來點亮燈火，升起的弦月映在池裡發著銀光，勞倫斯閒適地把石頭丟進水裡，打破倒影，激起陣陣漣漪。他很難想像自己在中國除了徒具形式之外，還能做什麼。反正他一定得學中文的，就算不會寫，也得會說。

「勞倫斯，不行。我不能待在這裡享樂，丟著他們在英國打仗，何況他們還需要我。」無畏終於說了：「英國的龍根本不知道還有別的生存方法。我會很想念母親和龍清美，不過即使待在這裡，想到巨無霸和百合仍然受到苛待，我也不會開心。我覺得回去改善龍的生活，是我的責任。」

勞倫斯不知該怎麼回答。他一直說無畏是改革派的，喜歡煽動，不過那只是玩笑話。他從沒想過無畏會眞的去實踐。勞倫斯不清楚當局會有什麼反應，不過他們想必不會欣然接受無畏的意見。

「無畏，你該不會——」他住口，看著大大的藍眼睛期待地看著他。

他沉默許久，才說道：「親愛的，我眞慚愧。我們知道有更好的辦法以後，當然不能任由事情維持現狀。」

「我就覺得你會同意，」無畏滿意地說，接著嘮叨起來：「而且母親說天龍根本不應該打仗或做其他的事，可是整天鑽研學問聽起來沒什麼意思。還是回家比較好。」他點點頭，望向他的詩，又說：「勞倫斯，船上的木匠可以多做些書架吧？」

「親愛的，只要能討你高興，讓他做十幾、二十個都行。」勞倫斯說著靠到他身上，雖然心有不安，卻仍滿懷喜悅，一邊看著月亮，計算何時海潮會變，帶著他們回到英國。

〈附錄〉

摘自〈以畜養龍隻之技術探討東方龍品種〉

發表人：皇家學會會員艾德華．豪爾爵士

一八〇一年六月，發表於皇家學會

對西方人而言，東方「無數不受拘束的龍群」已經變成讓人敬畏的名詞了。這樣的觀念來自從前更迷信的朝聖傳說。傳說故事雖然在當初讓人一窺東方的神秘，然而有時是原作者迷信，有時爲了滿足聽衆而誇大，故事裡全都加入大量怪物和新奇的成分，在現代幾乎沒有學術研究的價値。

因此現代的報告良莠不齊，有的和虛構故事差不多，其他的幾乎都經過嚴重的扭曲，因此讀者與其相信其中某部分，還不如全數忽略。舉例來說，研究龍學的學生應該都很熟悉日本的水龍。一六一三年約翰．沙里斯艦長的信件中，言之鑿鑿地描述水龍能在大晴天召喚暴風雨，等於讓凡間的生物篡奪了羅馬主神朱彼特的能力。不過這樣驚人的敘述，筆者會忽略不計。筆者見過水龍，這種龍的確能吞下大量的水，轟然吐出，而此等能力不但在戰場上極其寶貴，也能滅火，從而保護日本的木製建築。旅行者一不小心被捲入水龍造成的急流，可能誤以爲雷鳴讓天空在頭上裂開，不過此時的洪水不會伴隨閃電或積雨雲，只會持續一小段時間，而且理所當然與超自然現象無關。

筆者的報告將不矯飾地採納單純的事實，盡量避免這種錯誤，以滿足博學的讀者——

常有人說龍與中國人的數量比例爲一比十。不過如此誇張的估計應予以直接屏除。假使果眞和事實相距不遠，而吾人所知中國人口與實際誤差不大，國土廣大的中國應遍布龍隻，而提出資訊的旅行者在中國應該幾乎無立足之地。利瑪竇栩栩如生地敘述廟宇庭園中蜿蜒的軀體彼此交疊，這樣的景象長久以來就是西方對中國龍的主要印象，其實和事實相差不遠。不過中國的龍大多住在城市裡，因此較西方更爲常見，而且可以自由來去，下午在市集的龍和早上在寺廟沐浴的龍很可能是同一隻，而他幾個小時後，還可能在城郊的牛欄用餐。

然而實際的龍隻數量，並沒有值得信賴的資料來源。米歇爾．班諾神父是耶穌會的天文學家，曾在乾隆皇帝宮中任官，其書信中記載他和另兩名耶穌會教士目睹爲皇帝祝壽時，有兩隊空軍龍隻飛過圓明園表演特技。一隊龍有十二隻，約和西方最大的編制相當，而隊員則共有三百人。滿清八旗的空軍，起初各有二十五隊龍隻，因此八旗共有兩千四百隻龍、六萬人，數目驚人。而隊伍的數量自清初以來，已大幅增加，今日已經成長爲當時的兩倍。因此可推算中國空軍中約有五千隻。如此的數量雖然驚人，又不至於太誇張，應該讓人對中國的龍隻數量有約略的概念。

西方國家深知在長期軍事行動中管理上百隻龍，有根本上的困難，本國的空軍規模因此嚴重受到局限。

牛隻移動的速度遠不及龍快，龍隻也無法背負活生生的食物移動。因此餵養如此大量的龍隻，顯然並不容易。中國爲此建立了龍務部——

——中國古代將錢串成一吊一吊的習俗，可能是爲了方便與龍交易。不過這已是過去的遺俗。最遲至唐代，便已發展出現今的系統——龍隻成年後，會得到世襲的標記，上有其父母及本身的身分，並在龍務部留有紀錄。因此支給龍的薪餉皆進入庫房，龍光顧的商人（主要爲牧人）向當局提出其標記，則以該龍的薪餉支付費用給商人。

這樣的系統看似不可能運作，若一國政府以此管理國民的薪資，後果也不難推想。然而中國的龍似乎不會想到變造標記來購物，即使餓著肚子，沒有錢的時候，聽到這樣的想法都覺得奇怪，還露出輕蔑之意。或可將之視爲龍天性中的尊嚴或家族榮譽。然而他們也會毫不遲疑、毫不愧疚地由無人看管的欄廄抓走牲畜，絲毫無意付錢。龍隻並不認爲這是行竊，而犯罪的龍甚至就坐在畜欄旁吃他偷的牲畜，不理會來晚一步的牧人在他身旁抱怨。

中國龍使用標記十分守規矩，也很少被僞造標記交給當局的不肖人士敲竹槓。龍隻十分珍惜自己的錢財，在一個地方落腳，就會去詢問自己的帳戶狀況和收支情形，多收了錢或沒付錢很快就會發現。而即使是以這種間接的方式，暗地裡偷龍的錢，龍還是一樣火大。龍若因此殺死偷錢的犯人，中國法律並不追究，一般對犯人的懲罰是將犯人交給受害的龍。龍殘暴地殺死犯人，這樣的刑罰在我們看來野蠻，不過有不少主人和龍向我保證，唯有這樣才能平息受害龍的怒火。同時，此系統也得以持續運作千年之久。然而改朝換代後，新朝廷的要務之一，便是確保能正常支付薪餉，否則一群飢餓的龍暴動，後果可不堪設想——

中國的土壤並未比歐洲土壤更適於耕種，因此餵養龍所需要的大量牲畜，主要是由一種設計精良的古老畜牧法而產生。牧人將一部分禽畜趕入城裡餵飽龍，同時從城裡的龍糞堆帶回大量充分發酵的糞肥，回到村子裡和農人交換作物，而龍糞可以和牛糞一起施肥。西方由於龍隻稀有，居處偏遠，因此未曾知道此法可行。以龍糞施肥，可有效回復土壤肥力。其原理現代科學仍然無解，但中國的農作產量已證實確有其事，相信中國農作一般產量比英國多出將近一倍——

〈謝誌〉

第二本小說有新的挑戰，也是新的難題。我特別感謝德爾瑞（Del Rey）出版社的編輯貝西・米契爾，以及英國哈潑・柯林斯出版社的珍・強森和艾瑪・庫得她們高明寶貴的意見。草稿的讀者荷莉・班頓、法蘭契西卡・科帕、黛娜・杜邦、多莉斯・伊根、黛安娜・福克斯、凡妮莎・藍恩、雪莉・米契爾、喬琪娜・派特森、莎拉・羅森邦、L・莎蘭、米可・薩德柏、蘿貝嘉・圖什內特和周維禪（音譯）幫我很多，也給我很多鼓勵，我十分感激。

很感謝傑出經紀人辛西亞・曼森的幫助與指點。謝謝我的家人不斷給我建議、支持，讓我有動力。我能擁有我丈夫查爾斯這個最好的專職讀者，更是三生有幸。

特別要向多明尼克・哈曼致謝，他爲美國版及英國版繪製一幅幅精美的封面，讓我的龍在他畫筆下鮮活起來，讓人興奮無比。

http://www.booklife.com.tw inquiries@mail.eurasian.com.tw

當代文學 072

戰龍無畏2——勇闖皇城

作　　者／娜歐蜜．諾維克（Naomi Novik）
譯　　者／周沛郁
發 行 人／簡志忠
出 版 者／圓神出版社有限公司
地　　址／台北市南京東路四段50號6樓之1
電　　話／（02）2579-6600．2579-8800．2570-3939
傳　　真／（02）2579-0338．2577-3220．2570-3636
郵撥帳號／ 18598712　圓神出版社有限公司
總 編 輯／陳秋月
主　　編／沈蕙婷
責任編輯／周文玲
美術編輯／劉語彤
行銷企畫／吳幸芳．王輅鈞
印務統籌／林永潔
監　　印／高榮祥
校　　對／周沛郁．方非比．周文玲
排　　版／陳采淇
經 銷 商／叩應有限公司
法律顧問／圓神出版事業機構法律顧問　蕭雄淋律師
印　　刷／祥峰印刷廠
2009年5月　初版

定價 300 元　ISBN 978-986-133-284-0

每一本書，都是有靈魂的。
這個靈魂，不但是作者的靈魂，
也是曾經讀過這本書，與它一起生活、一起夢想的人留下來的靈魂。
——《風之影》

國家圖書館出版品預行編目資料

戰龍無畏2：勇闖皇城／娜歐蜜．諾維克（Naomi Novik）著；周沛郁 譯
-- 初版. -- 臺北市：圓神，2009.5
368 面 ；14.8×20.8公分. --（當代文學；72）
譯自：Throne of Jade
ISBN：978-986-133-284-0（平裝）

874.57　　98004431